어떤 작위의 세계

정영문 장편소설
어떤 작위의 세계

초판 1쇄 발행 2011년 9월 1일
초판 14쇄 발행 2022년 11월 11일

지은이 정영문
펴낸이 이광호
펴낸곳 ㈜문학과지성사
등록번호 제1993-000098호
주소 04034 서울 마포구 잔다리로7길 18(서교동 377-20)
전화 02)338-7224
팩스 02)323-4180(편집) 02)338-7221(영업)
전자우편 moonji@moonji.com
홈페이지 www.moonji.com

ⓒ 정영문, 2011. Printed in Seoul, Korea
ISBN 978-89-320-2225-3 03810

이 책의 판권은 지은이와 ㈜문학과지성사에 있습니다.
양측의 서면 동의 없는 무단 전재 및 복제를 금합니다.

어떤 작위의 세계

정영문 장편소설

문학과지성사
2011

차례

데킬라를 마시며 선인장을 저격하며 보낸 시간 ··9
할리우드 ··44
어쩔 수 없이 하게 되는 어이없는 짓 ··54
미국의 호보 ··72
내가 재미있게 생각하는 것들 ··91
고양이물고기와 고양이 ··100
샌프란시스코의 괴짜들과 맛이 간 자들 ··108
최초로 북극점에 도달한 원숭이 ··118
내가 매사에 의욕이 없어 태평양을 떠돌지 못하게 된 과일들 ··132

멘도시노‥159
어떤 작위의 세계‥177
계시 아닌 계시‥196
익사체들‥205
시간의 허비‥211
복수에 대한 생각‥232
하와이의 야생 수탉‥244
뜬구름‥266

해설 미의 무의미_김태환 271

이 소설은 서울에 있는 대산문화재단의 지원을 받아 2010년 봄부터 여름까지 샌프란시스코에 머물며 쓴 것으로, 내게는 샌프란시스코 표류기에 더 가깝게 여겨지는 샌프란시스코 체류기이다. 이 글에는 샌프란시스코에 관한 이야기도 있지만 이 도시에 관한 이야기는 아니다. 나는 이 도시에 머물면서 되도록 많은 것을 보고 듣고 느끼고 경험하려 하지 않았는데 특별히 보고 듣고 느끼고 경험하고 싶은 것이 없었기 때문이다. 이 글은 그냥 보이는 대로 보고 들리는 대로 듣고 느껴지는 대로 느끼고 어쩔 수 없이 경험되는 대로 경험한 것들에 대한 이야기이다. 아니, 그보다는 보이는 대로 보지 않고 들리는 대로 듣지 않고 느껴지는 대로 느끼지 않고 경험한 대로 받아들이지 않은 것들에 대한 이야기이다. 내가 마음대로 뒤틀어 심하게 뒤틀리기도 한 이야기들이 있는 이 글에는 지극히 사소하고 무용하며 허황된 고찰로서의 글쓰기에 대한 시도, 혹은 재미에 대한 나의 생각, 혹은 사나운 초록색 잠을 자는 무색의 관념늘, 혹은 뜬구름 같은 따위의 부제를 붙일 수도 있을 것이다.

데킬라를 마시며 선인장을 저격하며 보낸 시간

샌프란시스코는 처음은 아니었는데, 5년 전 여름에 미국에 왔을 때 이 도시에 아주 잠시 머문 적이 있었다. 그때 나는 아주 오래전 한동안 사귀었던 과거 여자 친구와 그녀의 멕시코계 남자 친구와 함께였다. 키는 작지만 아주 다부진 멕시코계 친구는 약간 그녀에게 얹혀살며 주로 그녀의 운전기사 역할을 했는데, 진짜 구실은 잠자리에서 하는 것 같았다. 나는 내 과거 여자 친구에게 얹혀사는 그를 되도록 곱지 않은 시선으로 보려고 했지만 그는 귀여운 구석이 있었고, 우리는 친하게 지냈다. 그는 별 이유 없이 내게 호감을 보였고, 주로 흑인들이 그러듯 나를 형제라고 불렀는데, 내가 그렇게 부르지 말라고 해도 계속해서 그렇게 불렀다. 결국 그가 그렇게 부르게 내버려두었고, 나 역시 그를 형제라고 불렀다. 하지만 그 후 내가 그를 자매라고 부르기 시작하면서 그 역시 나를 자매라고 불렀고, 그렇게 해서 우리는 자매 사이가 되었지만 자매처럼 지내지는 않았다.

우리가 처음 만났을 때 그가 팔에 한 문신이 내 눈길을 끌었는데,

그것은 화염에 휩싸인 새 문신이었다. 무슨 새인지 본인도 모르는 새는, 그냥 새였고, 팔색조처럼 화려했지만 작았고, 불사조처럼 보이지는 않았다. 불에 그슬린 것 같은 새는 눈에 띄지 않게, 아주 천천히 구이가 되어가고 있는 것 같았다. 나는 그 새를 보며 그것이 언젠가는 그의 팔에서 불사조처럼 날아오르는 대신 완전한 숯이 될 수도 있을 거라는 생각을 했다. 작은 숯이 되어가고 있는 새 문신을 한 그는 하는 짓이 약간 우스웠다. 그는 갱 흉내를 내며 걸을 때도 약간 갱처럼, 그것도 흑인 갱처럼 걸었고, 바지도 통이 넓은 것을 팬티가 때로는 살짝, 때로는 심하게 드러나게 입었는데, 나는 그가 걷는 모습을 보며 진짜 갱이 아니니까 갱 흉내를 내며 걸을 때도 약간 갱처럼 걸을 수 있는 거야, 진짜 갱이라면 갱 흉내를 내지는 않을 거야, 하는 생각을 하기도 했다. 누군가가 자신의 흉내를 낼 수는 없는 노릇이었다. 따라서 진짜 갱이라면 갱인 자신의 흉내를 낼 수는 없을 것이고, 기껏해야 다른 갱들을 웃기려고 어떤 갱의 흉내를 낼 수는 있을 것이었다.

그는 수많은 사람이 총에 맞아 죽는 시시한 서부영화에 등장하는 모든 인물들 가운데서도 가장 아무런 이유 없이, 그 죽음이 너무도 자연스러워 억울해할 것도 없이 죽음을 맞이하는 멕시코인 역에 어울릴 것 같은 얼굴이었다. 아니, 그것은 사실이 아닌데, 혼혈인 그는 나름대로 매력적인 얼굴을 하고 있었다. 아니, 내가 나름대로 매력적인 얼굴이라고 생각한 그의 얼굴은 사실은 상당히 매력적이었다. 이것은 나 혼자만의 완전히 쓸데없는 생각이었지만 나는 그를 보자마자 그의 적수가 못 된다는 생각을 했고, 꼭 그래서만은 아니지만 한 여자를 두고 과거의 남자와 현재의 남자 사이에 있을 수도 있는 이상한 견제나 팽팽한 긴장 같은 것은 아쉽게도 처음부터 없었는데, 그의 매력적인 얼굴 때문만은 아니었다.

내 과거 여자 친구는 오래전 한국을 지긋지긋해하며, 더 이상 한국에서 한국 사람들과 못 살겠다며 떠났는데, 나는 그것이 나의 잘못인 것처럼 그녀에게 미안해했었다. 떠날 때 그녀는 내가 나중에 한국을 떠나 그녀가 있는 곳으로 올 것을 약속하게 했고, 나는 그 약속을 절반은 지킨 셈이었다. 어쨌든 나는 그렇게 생각했다. 우리가 만나던 어느 날 밤에 그녀는 미국에 가기로 결정했다고 했는데, 그 말은 과연 돌아오게 될지 모르는 산책을 밤에 혼자 나가고 싶다는 말처럼 들렸다. 일주일 후 긴 산책을 나간 그녀는 그 길로 돌아오지 않았다. 미국에 건너온 그녀는 사업을 해 제법 성공을 한 상태였다. 그녀는 인생의 행로를 바꾸는 결정을, 어쨌든 겉보기에는 별로 아무렇지 않게 내렸는데, 그것은 그녀의 훌륭한 점 중 하나였고, 그 점은 별로 변한 게 없었는데, 어쩌면 그녀가 제법 성공을 거둔 이유가 거기에 있는지도 몰랐다.

그녀가 무슨 일을 하는지는 정확히 알 수 없었지만 멕시코에서 뭔가를 수입하는 일을 한다고 했고, 주로 전화로 일을 했는데, 가끔은 욕실에 기 전화를 받기도 했다. 그녀가 하는 일은 수상쩍어 보였는데, 그것은 일을 해 제법 성공을 거둔 모두가, 아니, 그 이전에 일을 하는 모두가, 사람들이 하는 모든 일이, 세상의 모든 것이 내게는 수상쩍어 보였기 때문이다. 그래서 내게는 물고기를 잡는 어부도, 구둣방의 점원도, 학생들을 가르치는 선생도, 글을 쓰는 작가도, 슬픔과 기쁨을 노래하는 가수도, 그냥 노래하는 새들도, 도토리를 모으는 다람쥐도, 다람쥐가 모으는 도토리도, 가수와 새들이 노래하는 노래도,

작가들이 쓰는 글도, 선생들이 가르치는 학생들도, 구둣방의 점원이 파는 구두도, 어부에게 잡히는 물고기도 다 수상쩍게 보였다.

그것들은 적어도 내게는 수상쩍게 보자면 얼마든지 수상쩍게 볼 수 있는 것들이었다. 하지만 그것들은 얼마든지 수상쩍지 않게 볼 수도 있는 것들이었다. 그 때문에 그녀가 하는 수상쩍은 일이 그렇게 수상쩍어 보이지는 않았다. 그럼에도 나는 그녀가 내 여자 친구였다는 생각을 하며 수상쩍은 일을 제법 크게 하고 있다고 믿고자 했다. 하지만 나를 만날 당시에도 착했던 그녀는 여전히 착했고, 그 점은 변하지 않았다. 그녀는 사업을 했지만 사업가 같지 않았고, 자신이 하는 일을 중요하지 않게 생각했으며, 그래서 그런지는 몰라도 자신이 뭘 하는지 내게 끝내 얘기하지 않았다. 그래서 오히려 나는 그녀를 신뢰했다. 나는 자신이 하는 일을 중요하게 생각하거나, 삶에 중요한 뭔가가 있다고 믿는 사람들을 별로 신뢰하지 않았다.

그녀의 집에서 며칠을 보낸 우리는 로스앤젤레스에서 남동쪽에 있는, 차로 꽤 시간이 걸리는 거리에 있는 그녀의 별장에 가 시간을 보냈는데, 그곳이 어디쯤인지는 지도를 보면 알 수 있었지만 지도를 보지 않으면 어디쯤인지 도저히 가늠이 되지 않는 곳이었다. 풍경에 거의 변화가 없는 황량한 곳을 한참 달려갔기 때문이었고, 그래서 그곳은 지도 위에서만 존재하는 공간 같았다.

황량한 벌판에 있는 그곳은 낮이면 사막처럼 햇살이 무척 강렬했고, 전갈을 어렵지 않게 볼 수 있었는데, 우리가 도착했을 때에도 빈 집 안에 전갈 한 마리가 있어 그것을 내보내느라 작은 소동을 벌여야 했다. 전갈은 크지 않았고, 약간 귀여워 보였다. 전갈들은 그늘이 있어 한낮에 지내기 좋은 집 안으로 어떻게든 들어오려 했고, 특히 신발에 들어가 있기를 좋아했는데, 그것은 신발이 침침하고 아늑하기 때문으로, 신발을 신을 때면 꼭 잘 털어야 했다. 나는 왜 내 과거 여자 친구가 낮이면 사막처럼 뜨거운 그곳에 별장을 얻었는지 알 수 있었는데, 뜨거운 날씨에 뭔가를 할 기력을 잃어 자연스럽게 만사를 귀찮아하며 아무것도 하지 않고 게으름을 피우며, 어떻게든 집 안으로 들어온 전갈을 어떻게든 내보내며 지내기 위해서인 것 같았다.

마침 에어컨이 시원치 않게 작동해 너무 더웠지만 우리는 에어컨 바람을 싫어했고, 에어컨을 어떻게 할 생각은 하지 않았다. 우리는 집 안에서도 집 밖에서도 거의 벗고 지냈다. 주변 집들 또한 서로 꽤 많이 떨어져 있었고, 그렇게 서로 떨어져 있는 집들 주위에만 나무들이 몇 그루 서 있었고, 그래서 집들이 있는 곳은 사막의 오아시스처럼 보였다. 그럼에도 꽤 떨어진 곳에 있는, 가장 가까운 집에서 개가 짖는 소리는 가끔 들을 수 있었는데, 그 개는 때로는 개처럼, 때로는 늑대처럼 짖었다. 그 개가 늑대처럼 짖을 때면 자신이 늑대의 후예라는 사실을 자신에게 상기시키고 있는 것처럼, 개처럼 짖을 때면 자신이 늑대와는 구별되는 개라는 사실을 스스로 잊지 않으려 하고 있는 것처럼 여겨졌다.

나는 로스앤젤레스의 어떤 공원에서 평소에는 개처럼 짖다가도 엠뷸런스의 사이렌 소리가 들리면 목소리를 완전히 바꿔, 그리고 음계 또한 바꿔 늑대처럼 울부짖기 시작하는 개들을 보았는데 한 마리가 그렇게 하면 주위에 있는 개들 모두가 그렇게 했다. 심지어는 큰 개들 사이에 있던 퍼그까지 그렇게 했는데, 퍼그가 제대로 된 늑대 소리는 못 내면서 늑대 소리에 가까운 소리를 내는 것은 약간 이상하게 들렸다. 퍼그는 '수치의 콘'이라고도 불리는, 원뿔 모양의, 엘리자베스 칼라를 목에 하고 있었는데 다친 후 회복 중인지, 아니면 어떤 만화영화에서처럼 주인이 내린 벌을 받고 있는지는 알 수 없었다. 미국의 앰뷸런스 사이렌 소리는 무척 크고 날카로워 가까이서 들으면 귀가 아플 정도이며 거의 늑대처럼 울부짖고 싶은 마음이 들게 했는데, 그것이 개들이 늑대처럼 울부짖는 이유인지는 분명치 않았다. 그런데 개처럼 짖던 개를 늑대처럼 울부짖게 만드는 것이, 개를 잠시나마 늑대로 돌아가게 만드는 것이 사이렌 소리 말고 또 무엇이 있을지 궁금했지만 알 수 없었다. 내 과거 여자 친구의 별장에서 들은, 늑대처럼 울부짖는 개의 짖는 소리는 그것에 대해서 아무런 단서도 제공해주지 않았다.

내 과거 여자 친구는 자신이 한때 키우던 퍼그 얘기를 했는데, 생기다 만 것처럼 생긴 퍼그는 하는 짓도 좀 덜 떨어진 것 같았고, 잘 때 심하게 코를 골고, 재채기를 하면서 침을 튀겨 조심을 해야 했다고 했다. 그리고 그 개는 게을러빠져 늘 아무 곳에서나 아주 방정맞은 자세로 널브러져 있어 몇 번이나 밟고 지나가야 했다고 했다. 다행히 퍼그는 그렇게 밟히며 압사의 위기를 여러 번 넘기고도 장수를 했다. 그녀는 여러 시기에 걸쳐 다양한 종류의 개들을 여러 마리 키웠는데 퍼그들은 모두 그 모양이었으며, 일반화하는 것은 공정치 않지만 어떻게 해도, 의젓한 퍼그를 생각하기는 어렵다고 했다.

그런데 우리의 멕시코계 친구는 때로, 나체주의자도 아니면서 나체주의자 행세를 하며 완전히 발가벗고 왔다 갔다 하기도 했는데, 내가 어느 날 오전에 일어나 창밖으로, 아주 오래전에 한동안 사귀었던 여자 친구의 남자 친구인 그가 알몸으로, 흑인의 것처럼 보이는 시커먼 발기한 자지를 드러낸 채로—나는 자지 한번 겁고 크구나, 하고 생각했다—삽질을 하며, 자신이 그날 아침 어딘가에 가 사 온, 데킬라의 원료인 용설란 묘목 몇 그루를 집 앞에 심고 있는 모습을 보고 있자 기분이 이상한 끝에, 이상하게도 즐거웠다. 하지만 묘목들을 다 심은 그가 전날 데킬라를 취하도록 마셔 데킬라가 남아 있는 오줌을 용설란 묘목들에, 이상한 세례식을 거행하듯 세차게 뿜으며 흐뭇해하고 있는 모습을 보고 있자 기분이 이상하게도 이상했다. 그것은 마치 얼룩무늬가 없고 피부가 까무잡잡한 얼룩말이 용설란에 오줌을 갈기는 것을, 혹은 사람의 옷을 입은 침팬지가 호스로 용설란에 물을 주는 것을 보는 것처럼 이상했다. 그 전날 그가 역시 알몸으로 집 앞에서 빨래를 널고 있는 모습을 창밖으로 보게 되었을 때에는 그가 너무도 자연스럽게 행동해 내 눈에 보이는 장면을 의심하기가 어려웠다.

밖으로 나가 용설란으로 데킬라를 만들 거냐고 묻자 그는 나를 한심하다는 듯 쳐다보며 그냥 보기 위한 것이라고, 용설란은 그 자체로 보기 좋은 것이라고 했다. 발가벗은 채로 용설란에 오줌을 갈긴 자가 나를 한심하다는 듯 쳐다보자 내가 한심하게 여겨졌고, 우리 중 누가 더 한심한지 잘 알 수 없었다. 그사이 용설란 앞에서 커져 있던 그의 자지는 작아져 있었고, 나는 무슨 일로 그것이 커졌다가 다시 무슨 일로 작아졌는지를 생각했지만 알 수 없었고, 자지야 늘 틈만 나면 커졌다가 작아지기를 거듭하는 물건이라는 생각을 했다. 하지만 그의 자지는 작아졌음에도 작지 않았다. 그런데 그의 자지는 볼 때마다 그 크기가 달랐고, 그래서 나는 그가 어딘가 서랍 속에 크기가 다양한 여러 개의 자지들을 크기별로 가지런히 넣어두고 그때그때 기분에 따라 그중 하나를 자신의 사타구니에, 커다란 나사나 전구를 끼우듯 끼우고 지내는지도 모른다는 상상을 하기도 했다.

그사이 나는 그의 자지를 가만히 바라보고 있었는데 그것이 쉽게 눈을 뗄 수 없는 것이라도 되는 것처럼 눈을 떼지 않았다. 녀석은 자신의 자지가 보여줄 만한 것이라도 되는 것처럼, 전혀 무안해하지 않으며, 가만히 보여주었다. 가만히 생각해보니 그로서는 그럴 수밖에 없는 것 같았다. 남의 자지는 그렇게, 누군가의 얼굴을 바라볼 때처럼 가만히 바라보아서는 안 되는 것이었다. 나는 약간 무안해졌지만 여전히 눈을 떼지 않으며, 쓸 만한 자지라고 했다가, 얼른 말을 바꿔, 훌륭한 자지라고 했다. 그 말을 할 생각이 전혀 없음에도 어떤 말이 나오는 경우가 있는데 그 경우도 그랬다. 그런 말을 할 때에는 그 말을 하는 순간에도 이것이 내가 말하려는 것이 아니라는 생각을 하며 했다. 그리고 그 말을 한 후에는 이것이 얼마나 내가 말하려던 것과는 거리가 먼 것인가를 생각하게 되었다. 녀석은 우쭐해하거나 하지는 않았지만 내가 비꼬는 것으로 생각한 것 같았다. 비꼬는 것이기도 한 그 말은 진심 어린 말이기도 했다. 녀석은 자신의 자지를 거느리고 다시 용설란들 쪽으로 가 자신이 기르게 될 용설란들을 하나씩 살펴보기 시작했다.

그런데 녀석의 자지는 인간의 자지들에 대해 생각하게 했는데, 세상의 자지들은 세상의 모든 물건들 가운데서도 내게 가장 독특한 감정을 불러일으키는 것이었다. 샤워장 같은 곳에서 내 것이 아닌 다른 자지들을 볼 때마다 나는 말로 표현하기 어려운 감정을 느꼈다. 사타구니 사이에서 주로는 쓸쓸하게, 아무런 생각이 없는 것처럼 축 처져 있다가도 무슨 생각이 번쩍 난 것처럼 고개를 들기도 하고, 풀이 죽은 것 같은 모습에서 성이 난 것 같은 모습과 우쭐해하는 모습과 민망해하는 모습에 이르기까지, 보여주는 모습도 다양한 자지는 그 기능뿐만 아니라 생김새를 생각하면 무척 이상했다. 어떤 때 보면 목을 빼낸 자라의 머리 같고, 또 다른 때 보면 목을 움츠린 자라의 머리 같고, 구조적으로 덜렁거릴 수밖에 없게 태어난 자지는 내게 인간의 몸에 달린 것들 가운데서뿐만 아니라 세상의 모든 물건들 가운데서도 가장 유별나게 여겨지는 것이었다. 내게 인간의 자지만큼이나 독특한 감정을 불러일으키는 것에는 소나 말이나 낙타나 원숭이나 코끼리 같은 다른 포유류들의 자지들 말고는 없었다.

그런데 우리가 남자의 음부라고 부르는 곳에는 자지 말고도, 자지 못지않게 이상하게 생긴 불알 두 쪽이 달려 있는데 그것들은 한통속인 것 같으면서도 서로 딴마음을 먹고 있는 두 사람처럼, 하나를 이루는 것 같으면서도 따로인 것처럼 보이기도 했다. 불알들이 따로 떨어져 나와 자지와는 약간 거리를 두고 있는 이유는 알 것도 같으면서 모를 것도 같았다. 한데 얼마든지 자지와 따로 떼어 생각할 수도 있을 것 같고, 또 그렇게 생각할 수는 없을 것 같기도 한 불알들은 약간 음흉하게 여겨졌는데, 그것은 자지의 그늘에 가려 별로 주목을 끌지 못하며, 자지를 보조하는 역할에 머무는 것 같은 그것들이 사실은 자지를 배후에서 꼭두각시처럼 조종하며, 귀찮거나 즐거운 일을 자지에게 시키는 일을 하면서도 자신은 별로 하는 일이 없는 척하고 있는 것처럼 보이기 때문이었다. 하지만 정작 중요한 구실을 하는 것은 자지가 아니라 불알인지도 몰랐다. 어쩌면 불알이 하나가 아니라 2개인 이유도 그것들이 그만큼 중요한 존재들로, 그중 하나에게 무슨 일이 생기면 다른 하나가 분발해 맡은 바를 하게 하기 위해서일 수도 있었다.

나는 자지에 대해 생각을 하면서도, 느닷없이 든 자지에 대한 생각은 그만하고자 하며 멕시코 녀석의 팔에 새겨진 문신을 보며, 그에게 그의 가슴에 데킬라 병을 새기고, 그 병에는 데킬라라는 글씨와 함께 멕시코의 지도와 용설란을 새기는 것이 어떻겠냐고 했다. 멕시코를 사랑하는 것 같은 그가 자신이 멕시코인이라는 사실을 잊지 않기 위해 멕시코를 상징하는 것들을 문신으로 새기는 것도 괜찮을 것 같았던 것이다. 하지만 그는 다시 나를 한심하다는 듯 쳐다보았다. 그러면서 나한테 여자 같은 남자를 의미하는 시씨sissy라고 했는데, 그것은 긴 머리에, 선글라스를 끼고, 웃통은 벗은 내가 과거 여자 친구의, 화려한 꽃무늬가 있는 랩 스커트를 허리에 두르고 있어 영락없는 여자처럼 보였기 때문이었다. 나는 거의 그런 차림으로 지냈다. 나는 남자다움을 과시하는 그에게 마초,라고 했다. 그사이 우리는 서로를 놀릴 수 있는 한에서 놀리는 사이가 되어 있었다. 사람은 어느 정도 친해지면 서로 놀리게끔 되어 있는지도, 그래서 서로 어느 정도 놀리는 사이가 아니면 친하다고 할 수 없는지도 몰랐다. 주로 나는 녀석을 은근히 비꼬았는데 녀석은 나를 대놓고 비꼬았다.

한데 그날 오후에 그들이 자신들의 방 침대에서 문을 열어놓은 채로 섹스를 하고 있는 것을 복도를 지나가다 보게 되었을 때—나는 그들을 보며 그들 사이에 내가 끼어들어 할 수 있는 일에 뭐가 있을지 생각했지만 별로 없는 것 같았음에도 내가 끼어들 경우 힘이 센 멕시코 녀석이 나를 힘으로 밀어내거나, 심지어는 발길질을 해 나를 나가떨어지게 할 수도 있을 거라는 생각을 하며 속으로 웃었다—, 그러니까 멕시코계 친구가 나를 자매라고 부르며 내게 인사를 한 후 자신이 하던 일로 돌아가는 것을 보았을 때에는 기분이 이상했다. 아니, 사실은 하나도 이상하지 않았고, 그것은 얼마든지 이상하지 않게 볼 수 있는 것이었다. 늘 그렇게 생각해온 것처럼, 세상에 일어나는 모든 일은 일어날 수 있기에 일어난다는 생각을 하면 그 무엇도 이상하지 않았다. 섹스가 다소 특별하게 여겨지는 것은 그것이 뭔가를 하면서도 그 뭔가를 하는 것이 뭔지를 생각하게 되는 것들 가운데에서도 그런 생각을 때로 가장 심하게 들게 하는 것뿐이라는 것이었다.

그들은 자신들이 하는 일을 내가 봐주기를 원하는 것처럼 보였다. 나는 그것이 볼 만한 일이라면 팔짱을 낀 채로 옆에 서서 봐줄 수도 있지만 별로 그렇지는 않다는 생각을 했다. 그들이 다시 하던 일로 돌아가는 것을 보고는 내 방에 가 침대에 누워 창밖을 내다보았는데, 내 과거 여자 친구가 황량한 벌판에 집을 얻은 진짜 이유를 알 수도 있을 것 같았다. 그곳에서는 눈만 돌리면 언제든 창밖으로 황량한 풍경을 볼 수 있었다. 나는 그 황량한 풍경을 보며 옆방에서 섹스를 하고 있는 두 사람을 생각했고, 황량한 풍경이 보이는 곳에서의 섹스는 괜찮을 것 같았다.

나는 계속해서 황량한 풍경을 보며, 마땅히 할 만한 다른 일이 없었기에, 내가 언젠가 심심한 나머지 확인해본 바, 자지를 의미하는 페니스의 동의어가 영어에는 140개가 넘는다는 사실을 생각하며 그중 내가 외우고 있던 몇 개, 가령, 지미와 존과 존슨과 존 토머스와 피터와 윌리와 리틀 밥과 리틀 엘비스와 페드로와 퍼시와 소피아 공주 같은 사람 이름과, 비버에게 공격적인 존재, 외눈박이 뱀, 요구르트 총과 같은 묘사적인 표현들을 생각했고, 옆방에서 섹스를 하고 있는 두 사람을 생각하며, 리틀 엘비스가 요구르트 총을 쏘는 모습을 상상하며, 외눈박이 뱀이 소피아 공주에게 해서는 안 될 짓을 하고 있다고 생각했다. 그리고 라틴계인 멕시코 녀석을 생각하며, 페드로가 비버에게 공격적인 짓을 하고 있다고 생각했다. 그러자 가서 그를 온몸으로 저지해야 할 것 같았지만 참았는데, 그것은 비버가 그것을 즐기고 있다는 생각이 들었기 때문이다. 그에 따라 외눈박이 뱀이 소피아 공주에게 해서는 될 짓을 하고 있다는 생각이 드는 것을 막을 수가 없었다. 한데 다른 것은 몰라도 왜 자지를 소피아 공주라고도 하는지는 이해가 되지 않았다.

그리고 내 과거 여자 친구가 확실히 변했다는 생각을 했다. 과거에 우리가 만날 당시에 우리는 두서없는 이야기들을 오래도록 하곤 했다. 그런데 두서없는 이야기를 나누다 보면 이야기는 갈수록 이상해졌고, 그것이 우리를 즐겁게 했고, 그래서 우리는 더욱더 이상한 이야기들을 했다. 그럴 때면 맥락이 없는 것들 속에서만 찾을 수 있는 뭔가가 있기도 한 것 같았지만 그것들 속에서 찾을 수 있는 것은 또 다른, 맥락이 없는 것들이었다. 이제 그녀는 그런 얘기들을 나와 더 이상 나누지 않았다.

당시 우리가 그런 이야기를 실제로 나눴는지는 기억이 나지 않지만, 내가 그녀의 집 방에 함께 누워 그녀의 젖꼭지를, 빨지는 않고, 빨 생각은 없이, 입에 가만히 문 채로, 세상의 모든 남자들이 여러 번 아쉬워했을 어떤 것, 즉 성인 여자의 젖꼭지에서 평소에 젖이 나오지 않는 것을 아쉬워하다가—어떤 이유로 평소에 젖이 나오지 않게 진화한 것은 무척 아쉬운 일이었다—, 그 아쉬움을 달래주기에는 충분치 않지만 어쨌든 상당히 달래줄 어떤 생각이, 가령, 이렇게 가만히 입에 물고 있기에는 젖꼭지만 한 것도 없다는 생각이 들어, 이런 생각은 젖꼭지를 입에 가만히 문 채로 하기에 적당한 것이라는 생각을 하며, 성인 여자의 젖꼭지 말고 이렇게 입에 가만히 문 채로 있기에 좋은 것에는 뭐가 있을지를 생각하다가 젖꼭지만 한 것이 떠오르지 않아, 입에 가만히 문 채로 있기에 좋은 것으로는 그 무엇도 이렇게 따뜻하고 부드럽게 입에 물 수 있는 젖꼭지에 비할 것이 없다는 생각을 하며, 잠시 젖꼭지에서 입을 떼고 내 생각을 얘기하면, 그녀가 누군가에게 물리고 있게 하기에도 젖꼭지만 한 것이 없다는 얘기를 했고, 우리가 어떻게 진화해 지금의 인간이 되었건 이렇게 젖꼭지를 물고 있고 물릴 수 있게 진화한 것은 인간 진화의 가장 훌륭한 점 중 하나라는 데 의견의 일치를 본 후, 그녀가 다시 자신의 젖꼭지를 물게 했을 수도 있었다. 그사이 그녀는 머리를 쓰다듬어주는 것을 내가 무엇보다도 좋아한다는 것을 알기에 계속해서 머리를 쓰다듬어주고, 나는 기분이 몹시 좋아 이 모든 생각은 그녀가 머리를 쓰다듬어주기에 할 수 있다는 생각을, 그리고 세상에 머리를 쓰다듬어주는 것을 좋아하지 않는 동물은 없다는 생각을 했을 수도 있었다.

그리고 나는 다시 젖꼭지를 문 채로 젖꼭지에 대해 생각할 수 있는 여러 가지 중에서도 그것의 크기에 대해 생각하며, 어쩌면 이렇게 적당한 크기인지를 생각하며—당시 나는 많은 성인 여자들의 젖꼭지를 보지 못했지만 그녀의 젖꼭지는 보통 크기라 여겼다 , 만약 이보다 더 크거나 작거나 하면 입에 물고 있기에는 너무 크거나 작다고 생각했을 수도 있었는데, 그랬다면 입에 물고 있기에는 젖꼭지만 한 것이 없다는 생각은 하기 어려웠을 수도 있었다. 남자의 젖꼭지는 물고 있기에 너무 작은 게 분명했고, 그것은 세상의 모든 여자들에게 안된 일이었다.

그리고 그렇게 가만히 젖꼭지를 문 채로, 이렇게 가만히 젖꼭지를 물고 있으면 세상에서 더 이상 바랄 것이 없는 것 같고, 세상의 모든 것이 아득하게만 느껴지고, 마치 딴 세상에 와 있는 것만 같고, 시간이 멈춘 것 같고, 고요하고 황홀하게 정지한 이 순간 너머의 세상은 생각할 수도 없는 것 같고 생각하기도 싫고, 세상의 모든 문제들이 아무렇지 않게만 느껴지는 것 같고, 이 상태로 이 세상이 끝나도 좋을 것 같고, 그런 다음 다시 이 상태로 새로운 세상이 시작되어도 좋을 것 같다는 생각을 했을 수도 있었다.

하지만 가만히 입에 물고 있기에 더없이 좋은 젖꼭지고, 언제까지라도 물고 있을 수도 있을 것 같은 젖꼭지지만 생각만큼 오래 물고 있기는 어려워, 그래서 이제 그만 물고 있을까 하다가, 이런 짓을 하는 데에는 약간 애를 먹어 마땅하다는 생각을 하며 계속해서 젖꼭지를 문 채로, 그냥 물고 있는 것으로도 충분했지만 충분한 것으로는 충분하지 않은 것처럼, 뭔가가 모자라게 느껴져, 그냥 물고 있는 대신 물고 늘어질 수 있는 것에는 뭐가 있을지, 그렇게 하기에 좋은 것에는 뭐가 있을지 생각하다가, 멀리서 찾을 것도 없이 지금 내가 물고 있는 젖꼭지를 물고 늘어져도 좋을 것 같지만 그런 짓은 하지 않는 게 좋을 것 같다는 생각을 하면서도 그녀에게 허락을 구하거나 허락을 구할 것도 없이—마음이 착한 그녀는 얼마든지 허락해주었을 것이 분명했다—물고 늘어지고 싶은 마음을 억누르고, 이제는 물고 있는 데 정말 애를 먹으며 내가 물고 있는 젖꼭지와, 과거에 물었던 다른 젖꼭지들과 물고 싶었지만 물지 못했던 젖꼭지들과 앞으로 물게 될 젖꼭지들과 세상의 온갖 종류의 수많은 젖꼭지들에 대해 생각을 한 후 그 이야기를 그녀에게 하고, 그래서 그녀가 자신의 젖꼭지를 물고 늘어진다는 느낌이 확실하게 들도록 나로 하여금 물고 늘어지게 했을 수도 있었다. 누워 있기에 좋은, 그녀의 침침한 방에서 우리가 그런 생각들을 할 때면 생각들이 알에서 깨어 기어 다니기 시작하는 누에들같이 꿈틀거리는 것 같았을 것이다.

캘리포니아의 황량한 벌판에 있는 내 과거 여자 친구의 집에 누워 젖꼭지에 대한 생각을 하고 있자, 이제는 더 이상 젖꼭지가 물고 있기에 좋은 것으로는 여겨지지 않았다. 앞으로는 젖꼭지든, 다른 무엇이든 뭔가를 문 채로 그것이 물고 있기에 좋다는 것 같은 생각은 하지 않을 것 같았다. 하지만 더 이상 젖꼭지에 대한 생각은 하지 않으려고 하는데, 그럼에도 물고 있기에는 젖꼭지만 한 것이 없다는 생각이 다시 들었다. 아기들을 보아도 알 수 있었다. 물고 있기에는 젖꼭지만 한 것이 없다는 것을 누구보다 잘 알고 있는 아기들은 많은 시간을 젖꼭지 생각을 하며 그것을 물 생각을 하며, 실제로 문 채로 보내는 것이 분명했다. 그들이 열심히 젖꼭지를 찾는 이유도 거기에 있었다. 그리고 그것은 그들이 젖을 빨기 위해 젖꼭지를 물기도 하지만 젖꼭지를 문 채로 잠이 드는 것만 보아도 알 수 있었다. 그것을 보면 그들이 젖꼭지를 물고 있기를 얼마나 좋아하는지뿐만 아니라 물고 있기에는 젖꼭지만 한 것이 없다는 것을 잘 알고 있다는 것 또한 알 수 있었다.

한데 젖꼭지에 대한 생각에 빠져 있다가 문득, 맙소사, 혹은 이런, 혹은 어머나, 혹은 제기랄을 의미하는 성스러운 몰리holy moly라는 표현이 떠올랐는데, 그것은 내가 젖꼭지에 대한 생각에 그토록 깊이 빠져 있는 것에 나로서도 약간 놀랐기 때문이었다. 하지만 놀람도 잠시, 성스러운 몰리와 비슷한 표현들이 연이어 떠올랐다. 나는 놀람과 경멸과 분노와 혐오와 좌절을 가볍게 드러내는 영어 표현인 성스러운 모세holy Moses와, 성스러운 암소holy cow와, 성스러운 고등어holy mackerel와, 성스러운 연기holy smoke와, 성스러운 쓰레기holy crap와, 성스러운 똥holy shit을 떠올리며 그것들을 하나씩 소리 내어 말해 보았다. 이 표현들 가운데 내가 가장 좋아하는 표현은 성스러운 고등어와 성스러운 몰리였다. 나는, 고등어는 금요일에 고등어를 먹은 가톨릭교도들의 별명이기도 했고, 17세기에는 일요일에 고등어를 팔았던 까닭에 고등어가 신성한 물고기로 여겨졌으며, 몰리는 약초 이름으로 호메로스의 『오디세이』에도 등장하는데, 그것의 꽃은 우유처럼 희고 뿌리는 검었다는 사실에 대해 생각했다. 그 사실에 대해 생각하며 다시 한 번 성스러운 고등어와 성스러운 몰리를 소리 내어 말하자 기분이 좋았다.

　과거 여자 친구의 별장에 있는 방에서 계속해서 침대에 누워 이상한 생각들을 하고 있으니, 오래전 우리가 사귀고 있을 때 그녀가 우리가 만나기 전 잠시 사귀던 남자 얘기를 하며 그들이 잠자리를 함께하면서부터 그가 자신의 젖가슴 2개를, 며칠은 왼쪽을, 며칠은 오른쪽을 애무하는 식으로, 한쪽을 편애한다는 느낌이 확실하게 들게, 번갈아가며 애무를 해주었는데, 처음에는 이상했지만 시간이 지나면서 그것에 적응이 되었고, 그것을 즐기게 되었다는 얘기를 해주었던 기억이 났다. 그녀는 그것은 어쩌면 무시를 당한 한쪽 젖가슴이 며칠 후면 있을 애무에 대한 기대를 갖는 것을 느꼈기 때문일 수도 있다고 했다. 그 이야기를 들으며 나는, 여기서 중요한 것은 2개의 젖가슴이 공평한 느낌을 갖지 못하게, 한쪽이 따돌림을 당하고 있다는 느낌을 갖게 하는 것이라는 생각을 했다. 그녀의 이야기는 지어낸 이야기 같았지만 그 후 나는 그녀가 원하는 대로, 그리고 그녀가 시키는 대로 했다. 어쨌든 나는 마지막으로 어느 쪽 젖가슴을 애무했는지 잊어버리곤 했지만 그녀는 확실히 기억하고 있는 것처럼 보였고, 애무를 받아야 하는 젖가슴을 내게 내밀어주곤 했다.

옆방에서 섹스를 하고 있는 과거 여자 친구와 관련해 젖꼭지와 젖가슴 생각을 하고 있자 그녀와 만났던 시간이 거짓말처럼 여겨졌다. 아니, 그보다도 내가 캘리포니아의 황량한 벌판에 있는 과거 여자 친구의 별장에 있는 방에 누워 젖꼭지와 젖가슴에 대한 생각을 하고 있다는 것이 거짓말처럼 여겨졌다. 나는 다시 한 번 우리가 과거에 나눴을 이야기들을 생각했다. 그녀는 당시 우리가 나누던 것과 같은 이야기를 멕시코계 남자 친구와는 나누지 않는 게 분명했다. 나는 다시 한 번 그녀가 무척 변했다는 생각이 들었고, 나 자신은 거의 변한 게 없다는 생각이 들었다. 그녀를 만나던 당시에도, 오랜 시간이 흐른 지금에 이르러서도 나는 주로 터무니없는 생각들을 했고, 사람들을 만나도 주로 그런 이야기를 했다.

그 얼마 후 섹스를 끝낸 그들이 섹스를 끝낸 후의 달콤한 잠에 빠져 코를 고는 소리가 들려왔을 때에는 밧줄을 구해 그들을 꽁꽁 묶어 그렇게 정신없이 자다가는 신변에 무슨 일이 일어날 수 있는지를 알게 해주고 싶었지만 참았다. 나는 마지막으로 숙면을 취한 게 20년은 넘은 상태였다. 무엇보다도 조금이나마 잠을 자고 싶었고, 그래서 데킬라와 수면제를 함께 먹은 다음 아주 잠시 잠을 잔 후 깼다. 어떤 여자와 침대에 같이 누워 있는데, 그녀가 자신의 가슴을 만지게는 하지만 보지는 못하게 하는, 사춘기 때 꿀 법한 꿈을 꿨다.

우리는 매일 밤 데킬라를 취하도록 마셨다. 나는 갈수록 깊어가는,

한국에 대한 혐오를 달래기 위해 마셨고, 내 과거 여자 친구는 과거와 현재의 남자 친구들이 사이좋게 지내는 것에 기분이 좋아 마셨으며, 그녀의 남자 친구는 데킬라를 워낙 좋아해 마셨다. 나는 내가 데킬라를 취하도록 마시는 이유가 가장 나쁜 것 같았고, 그래서 그냥 아무 이유 없이 마시려고 했다. 하지만 내 과거 여자 친구는 술에 완전히 취하면, 오랜 세월 고립된 채로 살아온 탓에 단일민족이 갖출 수 있는 모든 편협함을 다 갖추고 있는 한국인들이 얼마나 정신적으로 미숙한지에 대해 얘기했고, 한국의 가장 나쁜 점은 그곳의 너무도 많은 것이 부자연스럽고, 그래서 자연스럽게 존재하기가 어렵다는 것이라는 얘기를 했다.

소파에 누워 우리가 하는 이야기를 조용히 듣고 있던 멕시코 친구는 술에 취하면, 갱처럼 보이다가도 약간 히피같이 보이기도 했는데, 그는 약간 엉뚱한 얘기를 하며, 과거 멕시코에도 히피 문화가 상당했으며, 아반다로라는 곳에서 우드스톡 축제 같은 축제가 열리기도 했다고 했다. 실제로 멕시코에는 히피와 보헤미안의 문화가 뿌리 깊게 존재하고 있었는데, 가능한 상황은 아니었지만 한때 한국에 히피와 보헤미안의 문화가 정착되지 못한 것은 무척 아쉬운 일이었고, 한국에서 정신적인 자유를 추구하는 전통이 자리를 잡지 못한 것 역시 얼마간은 그것과도 무관하지 않았다. 만약 그런 것들이 가능했다면 한국도 정신적으로 조금은 덜 억압적인 곳이 되었을지도 몰랐다.

약간 보헤미안 같은 데가 있는 내 과거 여자 친구는 역시 술에 취해 조금 엉뚱한 얘기를 하며, 자신이 제법 성공을 거둔 것은 나와 헤어져 미국에 올 수 있게 된 덕분이라고 했는데, 나는 그것을 결과적으로는 내 덕분이라고 이해했다. 나는 우리가 지금 좋은 친구로 지낼 수 있게 된 것은 서로에 대한 쓰라린 원망 같은 것이 없이 헤어질 수 있어서인지도 모른다는 생각도 했다.

　어느 날 밤, 취해서 아무렇게나 말하고 있는 과거 여자 친구를 바라보며 그녀가 나의 여자 친구였던 때를 생각하자 다른 무엇보다도, 우리가 대학생이었을 때 비가 내리던 어느 날 밤 술을 마신 후—그녀는 대단한 술꾼이었고, 나는 그녀에게서 술을 배웠다—그녀의 집에 함께 가는데 갑자기 그녀가 설사가 터져 나와 치마 속의 팬티만 내리고, 어느 골목에 있는 누군가의 집 대문 앞에 설사를 했고, 마침 화장지가 없어, 내가 그 집 담장 너머로 드리워진, 손바닥만 한 포도나무 잎을 몇 장 따다 준 기억이 떠올랐다. 그녀는 하마터면 옷에 설사를 할 뻔했지만 옷에 설사를 하는 것보다는 누군가의 집 대문 앞에 하는 것이 단연 나았고, 그녀가 일촉즉발의 위기의 순간에 현명한 판단을 내렸다고 볼 수 있었다. 그녀가 설사를 하는 것을 지켜보며 나는 그녀에게 치하를 해주는 것을 잊지 않았다. 그것은 서로에게 민망한, 혹은 나보다는 그녀에게 좀더 민망한 일이었지만, 우리는 그 일이 일어나기 전 무척 유쾌한 상태였고, 그래서 민망할 수도 있는 그 일은 우리를 더욱 기분 좋게 했고, 앞으로 우리 사이에, 민망하면서도 유쾌한 그런 일들이 더욱 자주 일어나기를 바랐다. 그런데 그 후로 나는 두고두고, 길에서 설사를 하는 누군가에게 포도나무 잎을 몇 장 따다 준 것이 내가 지금껏 살면서 누군가에게 베푼 가장 큰 선행 중 하나처럼 생각되었다.

　포도나무 잎이 손바닥만 했던 것으로 미뤄보아 그때는 여름이었던 것 같았는데, 그해 여름 말고 또 다른 여름에 우리는 포도와 관련된 또 다른 경험을 하기도 했다. 그녀와 함께 목포에서 제주도로 배를 타고 가는데, 그냥 바닥에서 자게 되어 있는 3등칸에서 자고 일어났을 때 나는 누군가의 다리가 내 배 위에 걸쳐져 있는 것을 발견했다. 그런데 그 다리의 임자는 휴전선 근처에서 복무 중인, 당시 내 나이 또래인 자신의 아들을 면회하고 집에 돌아가던, 30여 년 전 한국전쟁 당시 압록강 전투에서 중공군과 싸우다 한쪽 다리를 다쳐 다리를 저는, 제주도 태생의 중년 남자였다. 반바지를 입어 다리가 드러난 그는 자신의 다리가 자신도 모르게 저지른 잘못에 대해 정중하게 사과했고, 나는 괜찮다고 하며, 내게는 중공군과 싸우다 다친 후로 기회만 나면 누군가의 배 위로 올라가려 하는 것 같은, 잘못을 저지른 그 다리를 마음속으로 용서했다. 그는 내 배 위에 올라가 있던 다리가 중공군과 싸우다 다친 다리라고 했다. 나는 마음속으로, 보통 다리였다면 쉽게 용서가 안 되었겠지만 중공군과 싸우다 다친 다리라면 그것이 어떤 잘못을 저지르더라도 용서할 수 있을 거라는 생각을 했다. 그리고 그 다리가 30여 년 전 한국전쟁 당시 압록강 전투에서 중공군과 싸우다 다친 다리라는 생각을 하며 바라보자 다르게 보였다. 하지만 흉터는 볼 수 없었고, 보이지 않는 곳에 있는 것 같았다.

  나는 한국전쟁 때 중공군과 싸우다 다친, 그리고 30여 년이 지난 후 북한군과 싸울 준비가 되어 있는지는 모르지만 그래야 하는 상황이 오면 싸울 수밖에 없는 아들을 면회하고 집에 돌아가는 사람의 다리가 내 배 위에 올라온 까닭은 알 수 없었지만 그의 두 다리 가운데서도 30여 년 전 중공군과 싸우다 다친 다리가 30여 년이 지난 후, 어떤 까닭으로, 목포에서 제주도로 가는 배에 타고 있던 내 배 위에 올라와 있게 되었다는 생각을 하자 기분이 이상했다. 나는 그가 자면서 중공군과 싸우다 다리를 다치는 악몽을 꾼 것은 아닌가 하는 생각도 들었다. 그 역시도 그의 다리가 왜 내 배 위에 올라와 있는지 알지 못했지만, 나는 그것은 우리가 배에 타고 있기 때문이라고, 배에서는 누군가의 다리가 다른 누군가의 배 위에 올라가 있게 되는 것도 배가 산 위에 올라가 있게 되는 것만큼이나 자연스런 일이라고 생각했고, 우리가 자는 사이, 목포와 제주도 사이에 다리는 없었지만 여러 개의 다리 아래를 지나온 게 틀림없다고 생각했는데, 그렇게 함으로써 누군가의 다리가 내 배 위에 올라와 있는 것을 납득할 수 있을 것 같았기 때문이다.

나는 그가 자신의 다리를 다치게 한 보답으로 중공군의 다리 몇 개를 다치게 했는지, 혹은 다리보다 더 중요한 기관, 가령 머리나 심장을 다쳐 죽게 했는지는 알 수 없었지만, 전쟁이 끝난 후면 전쟁 동안 한 국가의 국민의 다리와 머리와 심장뿐만 아니라 눈과 코와 입과 귀와 손가락과 발가락 몇 개가 전혀 혹은 부분적으로 못 쓰게 되었는지에 대한 통계 조사도 이루어져야 한다는 생각을 했다. 그렇게 되면 전쟁 후 배상을 청구하는 국제회의에서, 당신들이 시작한 잘못된 전쟁으로 인해 우리나라의 소중한 자산인 건강한 불알 123개가 아예 또는 부분적으로 못 쓰게 되었으니 그것들을 물어내도록 하시오, 그리고 그것들은 다른 것으로 대체할 수 없으니 당신 나라의 긴강한 불알 123개를 내놓도록 하시오, 라는 황당하지만 무척 근거 있는 이야기가 나올 수도 있을 거였다.

우리가 탄 배가 제주도가 보이는 곳에 이르렀을 때 그는 사실 다리를 다친 것은 압록강 근처에서 중공군에 의해 퇴각하면서였다고 했다. 그는 어디선가 중공군이 처음에는 10명 정도가 나타났다가 그다음에는 수십 명이, 그다음에는 수백 명이 나타났는데, 그것이 무척 이상했다고 했다. 중공군은 낮에는 어딘가에 숨어 있다가 밤이면 몰려왔는데 모두 똑같은 옷을 입고 방한모를 썼으며 사람이 아닌 존재들처럼 여겨졌다고 했다. 그는 제주도로 향하는 배 위에서 멀리 압록강 쪽으로 시선을 향하며 중공군은 진정으로 신출귀몰하는, 환영 같은 존재들이었다고 했다. 그의 부대는 혹한의 겨울 추위 속에서 장진호까지 퇴각했다가 원산항을 통해 겨우 철수할 수 있었는데 그의 동료들은 귀신을 상대로 싸울 수는 없다는 생각을 하며 후퇴했는지도 몰랐다. 그의 소속 부대원 대부분이 전사하거나 얼어 죽었고, 그는 자신이 살아남은 것은 어쩌면 다리를 다쳐서였을 수도 있다고 했는데, 자신의 다리에 약간 감사하는 것 같았다. 그는 한국전쟁은 수많은 병사들이 적에 의해 죽기도 했지만 얼어 죽기도 한 전쟁이라고 했다.

그런데 그 인연으로 우리는 그의 집에 가 며칠을 묵었고, 그의 과수원에 있는 포도를 따기도 했는데, 나는 포도를 따면서도 인연이란 묘한 것이라는 생각을 했다. 그가 우리를 부려먹으려고 자신의 집에 오게 한 것은 아니었지만 우리는 그런 생각을 하며 포도를 땄고, 그가 그냥 집에서 쉬라고 하는데도 자처해 그의 일을 거들었는데, 포도를 따는 일은 생각만큼 재미없었고, 힘들 거라고 생각한 이상으로 힘들었고, 따면서 먹는 맛있는 포도도 조금 먹고 나자 더 이상 먹고 싶지 않았고, 그래서 조금 따다가 그만두었다. 그는 우리에게 좀더 잘해주지 못해 초조해했는데, 그것은 그가 본래 그런 사람인지, 아니면 내가 그의 집 거실에 사진이 걸려 있는, 나와는 전혀 닮지 않은, 군대에 가 있는 그의 아들을 떠오르게 했기 때문인지는 알 수 없었다. 사진 속의 그의 아들은 총을 들고 싸워야 하는 상황이 오면 싸울 것처럼, 혹은 버리고 달아날 것처럼 총을 들고 있었다.

어느 날 오후 그가 관광객들은 찾지 않는, 기생화산인 오름들이 있는 곳을 알려줘 그곳에 갔을 때 그곳 오름의 풍경들도 좋았지만, 우리가 생각지 못한 어떤 일이 우리를 즐겁게 해주었다. 우리는 어떤 오름의 꼭대기에서 누운 채로 멀리, 점점이 있는, 높낮이가 다른 고분 같은 오름들과, 아주 가까이, 바람에 두서없이 흔들리는 키가 작은 풀들과, 또다시 멀리, 하늘에 떠 있는 구름들과, 좀더 가까이, 하지만 그것들을 자세히 보면 소들이라는 것을 알아볼 수 있을 정도로만 먼 곳의 초원에서 풀을 뜯고 있는 소 떼들과, 아주 가까이, 짝짓기를 하고 있는 여치들과 땅에서 꼼짝 않고 있는 거미 같은 것들을 보며, 섹스에 집중하기 어렵게 만드는 것들에 둘러싸여, 그것들로 인해 섹스에 집중하기 어렵다는 얘기를 실제로 하며, 하지만 그 모든 것들이 우리와 함께하고 있다는, 심지어 우리와 관계를 갖고 있다는 생각을 하며 관계를 가졌는데, 우리를 둘러싼 그 모든 것들이 우리가 관계를 갖게끔 부추기고 있는 것처럼, 그런 상태에서는 관계를 갖지 않는 것이 어려운 것처럼 느꼈기 때문이었다.

실제로 나는 관계를 가지면서도 우리가 이렇게 관계를 갖고 있는 것은 오름들과 바람과 풀과 구름과 소 떼와 여치와 거미 같은 것들 때문이라고 생각했다. 물리적인 크기가 다른 그것들 각각이 심리적으로는 동일한 비중으로 다가온 것도 그것들 모두와 함께하고 있다는 느낌을 더해주는 것 같았다.

하지만 사실은 오름들과 바람과 풀과 구름과 소 떼와 여치와 거미 같은 것들보다도 더 내 시선을 붙들고, 내 주의력을 뺏은 것이 있었는데 그것은 다름 아닌 사마귀 두 마리였다. 사마귀 두 마리가 풀밭에서 몸을 포갠 채로 교미 중이었는데 그것들이 가만히 있었다면 그토록 주의력을 뺏기지는 않았을 것이다. 아니, 사실 그것들은 가만히 있었다. 그럼에도 산들바람이 불었고, 그 때문에 아주 가늘고 긴 다리 6개를 가진 사마귀들이 모빌같이 계속해서 천천히 움직였고, 나는 모빌에서 눈을 떼지 못하는 아기처럼 그것들에서 눈을 떼기가 어려웠다. 몸에 비해 아주 큰, 하지만 작은 초록색 눈이 달린 사마귀들은 교미를 하면서도 우리에게 관심을 가진 듯 작은 머리를 옆으로 돌리며 우리를 바라보았다.

나는 사마귀의 눈이 백합꽃의 수술과 무척 닮았다는 생각을 했고— 언젠가 백합꽃의 수술을 보며 사마귀의 눈과 무척 닮았다는 생각을 한 적이 있었는데, 자연계의 전혀 다른 뭔가에서 비슷한 점을 발견하는 것은 즐거운 일이었다—, 어쩌면 사물을 모자이크 형태로 지각하는 사마귀의 눈에는 우리가 관계를 갖는 모습이 모자이크 처리를 한 것으로 일그러진 형태로 지각될 수도 있다는 생각을 했다. 곤충들 가운데서도 사마귀는 내게 독특한 감정을 불러일으키는 것이었고, 그래서 나는 그것들이 우리와 함께하는 것이 기뻤다.

우리는 여러 가능한 체위 중에서도 옆으로 나란히 누워 하는 체위를 채택했는데 왜 그렇게 했는지는 알 수 없었다. 하지만 그 체위는 그 오름에서 채택하기에 어울리는 것 같았고, 그렇게 함으로써 우리는 서로의 얼굴 너머로 펼쳐진 주위의 파노라마로 이따금 눈길을 돌릴 수 있었다. 나는 그중에서도 구름들을 보는 것을 가장 좋아했는데, 구름은 누워서 볼 때 제대로 볼 수 있었다. 그 후 한국에서 헤어질 때 나는 우리가 제주도의 오름에서 관계를 가졌던 기억을 떠올리며 그녀가 미국에 가게 되면 무엇보다도 버팔로들이 있는 초원에서 누군가와 관계를 가질 수 있기를 마음속으로 바랐지만 그 이야기를 하지는 않았는데, 그녀에게 그런 일이 일어났는지는 알 수 없었다.
 관계를 갖는 사이 나는 몇 번 그녀의 얼굴 너머로, 구름 사이로 태양을 보았고, 그때마다 햇빛이 눈을 찌르는 것 같았지만, 눈을 찌르게 내버려두었다. 눈이 부신 것이 좋았고, 눈부신 하루를 보내고 있는 것 같았다. 관계가 끝난 후 우리는 두서없는 얘기들을 오랫동안 나눴는데 무슨 얘기를 했는지는 기억이 나지 않지만, 오름 위에 앉은 채로 내가 돌멩이 몇 개를 비탈 아래로 굴러가게 한 것은 기억이 났다.
 나의 취미 중 하나는 기회가 날 때마다 돌멩이를 비탈 아래로 굴러가게 하는 것이었다. 아주 어린 시절 갖게 된 취미였는데, 취미로 시작한 것은 아니었지만 그럼에도 취미가 된 것이었다. 어린 시절 나는 알 수 없는 감정들이 일 때면 언덕 위에 올라가 그 아래로 돌멩이를 굴렸고, 굴러가는 돌멩이를 보며 더욱 알 수 없는 감정들에 빠지곤 했다. 그렇게 해서 나는 언덕 위에서 돌멩이들을 굴리며 많은 오후를 보냈고, 많은 저녁을 맞았으며, 어둠이 내리면 일과를 끝낸 것처럼 느끼며 언덕을 내려오곤 했다. 굴러가는 돌멩이를 보며 알 수 없는 감정들에 눈을 뜨게 되었다고 생각하는 것은 다소 억지스런 것일 수도 있었지만 때로 나는 억지스럽게 그런 생각을 하곤 했다.
 과거 내 여자 친구는, 자신은 돌멩이를 굴러가게 하지는 않았지만 내가 그렇게 하는 것을 보기 좋아했고, 그것이 나의 커다란 취미 중 하나이자 거의 유일한 취미라는 것을 알고 있었다. 그녀는 내가 굴린 돌멩이가 잘 굴러가기를 비는 것처럼 바라보았지만 돌멩이들은 잘 굴러가지 않았는데, 돌멩이들이 너무 작았고, 둥글지 않았기 때문이었다. 돌멩이들이 잘 굴러가기 위해서는 비탈의 경사도 중요했지만 돌멩이들이 적당한 크기에 가급적 둥근 형태를 하고 있어야 했다. 그런데 일단 굴러가기 시작한 돌멩이는 마음을 단단히 먹고, 마음 놓고, 마음껏 굴러가는 것 같지만 마음을 놓아서는 안 된다는 것을, 그리고 모든 것이 마음먹은 대로 되는 것만은 아니라는 것을 보여주기라도 하듯 여차하면 멈춰버렸다. 돌멩이가 굴러가는 모습을 바라보는 것을 내가 좋아하는 데에 특별한 이유는 없었지만, 굴러가는 돌멩이를 바라보고 있으면 마음이 유순해지는 느낌이 들기도 했다. 하지만 늘 그렇지만은 않았는데, 때로는 돌멩이가 굴러가는 모습을 바라보고 있으면 마음이 사나워지기도 했고, 또 때로는 아무렇지 않기도 했다.
 하지만 제주도의 오름에서 그녀가 어느 여름 누군가의 집 대문 앞에 설사를 해 내가 그 집 담장 너머로 드리워진 손바닥만 한 포도나무 잎을 몇 장 따다 준 일에 대해 얘기하며 웃은 기억은 났으며, 캘리포니아의 황량한 벌판에 있는 그녀의 집에서 데킬라에 취해 있던 그날 밤에도 그녀가 설사를 한 날 밤의 기억이 생생하게 떠올랐는데—그날 밤 내리던 비의 감촉까지도 생생하게 떠오르는 것 같았다—, 우리가 사귀던 때는 너무 오래전이었고, 그런 때가 있었는지조차도 의심스러웠지만 그 기억을 다시 떠올리자 그런 때가 있었던 게 분명하다는 생각이 들었고, 그 기억은 우리가 사귀었던 때로 기억을 더듬어가려면 반드시 지나가야 하는 어떤 관문처럼 여겨졌다. 나는 그런 선행의 기억은 영원히 잊지 못할 기억이고, 죽는 날에도 떠오를 기억이며, 우리가 오래전 헤어졌음에도 불구하고 그렇게 친구로 지낼 수 있는 것은 그런 기억이 있기 때문이라고 생각했으며, 살면서 중요한 것 중 하나는 헤어진 애인과 좋은 친구로—그만하면 좋은 친구라고 말할 수 있는 친구로—지내는 것이라는 생각도 했다.
 내 과거 여자 친구와 그녀의 남자 친구는 술에 취할 때마다 내게 언제까지나 그들과 함께 지내자고 했지만 술이 깨면 그런 얘기는 하지 않았는데, 나 또한 술에 취하면 그렇게 언제까지나 그들과 지내도 좋을 것 같다는 생각이 들었지만 술이 깨면 그러고 싶지는 않았다. 그들에게는 내가 언제까지나 그들과 함께 지내기 어렵게 만드는 것이 있었고, 그 이전에 나는 누구와도 언제까지나 함께 지내는 것이 가능하지 않았다.

그런데 낮에도 술에 취해 있을 때면 이상하게도 전갈과 함께하고 싶은 마음이 들었는데, 물론 전갈에 물린다고 죽지는 않고, 단지 굉장히 고통스러울 것이고, 일부러 고통을 맛보기 위해서가 아니라면 물려야 할 이유는 없었지만 할 수 없이 물리게 된다면 그것은 어쩔 수가 없는 일이라는 생각을 하며, 그리고 그 생각은 취해서 할 수 있는, 별로 말이 안 되는 것이라는 생각을 하며, 전갈을 찾아 주위를 둘러보곤 하기도 했다. 하지만 전갈은 집 안에는 없는지, 아니면 보이지 않는 곳에 숨어 있는지 눈에 보이지는 않았다. 하지만 어느 날 밤 거실 소파에서 모두 취해 있을 때 전갈 한 마리가 거실을 가로질러 가는 것이 보였음에도 누구도 그것을 내보내려고 하지 않았다. 전갈을 잡으러 가는 길은 너무도 멀고 험해 보였기 때문이다. 나는 그것이 나를 문다 해도 상관없고, 내가 곧 잠이 들고 그것이 내 옆에서 나란히 잔다 하더라도 상관없다고 생각했다. 술에 취한 상태에서는 전갈이 같이 자기에 좋은 상대처럼 여겨졌다. 이튿날 보니 그것은 욕실에 있었고, 우리는 그것을 내보내느라 또 한바탕 소동을 벌여야 했다.

우리는 오후에도 주로 그 집의 현관에 앉아 데킬라를 마시며 전갈을 넣어 담근 데킬라를 마시는 것에 대해 얘기를 했지만 실제로 그렇게 하지는 않았는데, 그렇게 죽어가야 마땅하다고 느껴진 전갈이 우리에게는 없었기 때문이었다. 나흘째에는 데킬라를 마시며 게으름을 피우는 것도 따분해져 오후에 집 근처, 낮은 언덕들이 있는 들판에 나가 권총으로 몇 개의 기둥들을 묶어놓은 것 같은 커다란 선인장을 표적으로 삼고 사격을 하기도 했는데, 그것은 그 근처에 선인장 말고는 다른 마땅한 표적이 없었기 때문이었다. 멕시코계 친구는 그 총을 빌렸는지 샀는지 주웠는지, 아니면 누군가에게서 뺏었는지 분명치 않게 말했고, 그냥 어떻게 해서 생기게 되었다고 했다. 그 역시 수상한 녀석이었다. 그는 우리에게 필요한, 먹을 것 같은 것들을 어딘가에 가서 사 왔는데 항상 언제 갔는지 모르게 가 사 왔고, 그래서 그가 사 온 모든 것들이 국경을 불법으로 넘어 멕시코에서 밀수해온 것들 같았다. 그리고 그 일대에서 그렇게 총을 쏘는 것이 법적으로 괜찮은지 알 수 없었지만 멕시코 녀석은 아무 문제 없다고 했다. 어쨌든 우리는 그 일대 혹은 다른 어디에서도 보안관은 보지 못했다. 녀석은 자신이 법을 약간 우습게 보는 사람이라는 것을 보여주고 싶어 하는 것 같았다.

내가 그 권총 말고 구경이 더 큰 총이나 대포는 없냐고 물었더니 그는 그런 건 없다고 했다. 나는 그럴 수만 있다면, 권총 같은 작은 것 말고 대포를 쏘고 싶었고, 내 눈앞에서 거대하게 폭발하는 뭔가를 보고 싶었다. 마음 같아서는 대포 같은 것으로 눈 하나 깜짝하지 않고 커다란 바위 하나쯤은 폭파하고 싶었다. 아니, 커다란 바위 하나쯤을 폭파하며 눈 하나 깜짝하지 않고 싶었다.

멕시코계 친구는 되도록 선인장을 맞췄지만 나는 선인장을 겨냥해 총을 쏘면서도 되도록 빗나가게 했다. 선인장들은 총으로 저격하기에는 너무 애꿎은 존재들 같았다. 나는 누구도, 그 무엇도 다치는 것을 원치 않았지만 녀석은 총이 있는 한 누군가는, 뭔가는 다쳐야 한다고 생각하는 것 같았다. 나는 독수리가 있으면, 그것을 향해 총을 쏘지는 않고 총성으로 겁을 줘 딴 데로 날아가게 하고 싶었지만 독수리는 보이지 않았다. 독수리를 무서워할 작은 새들은 있었지만 내가 원한 것은 독수리였고, 그래서 그 작은 새들에 대해서는 상관하지 않았다. 그리고 늘 약간씩은 겁을 먹고 살아갈 작은 새들을 나까지 들어 겁주고 싶지는 않았다. 우리가 총을 쏠 때면 멀리서 개들이 늑대처럼 울부짖는 소리가 들리기도 했고, 나는 사이렌 소리 외에도 총성이 개를 늑대처럼 울부짖게 만든다는 것을 알게 되었는데 그 외에 또 무엇이 있을지 궁금했다.

나와 멕시코계 녀석은 번갈아가며 총을 쏘았는데, 다시 내 차례가 되어 천천히, 별 뚜렷한 표적 없이 총을 쏘고 있는데, 문득 한순간 내 머리를 쏘고 싶은 충동이 일었다. 막대를 들고 있으면 뭔가를 후려치고 싶은 충동이 이는 것과 비슷한 것 같았다. 아니, 그보다도 그 전날 마신 데킬라로 인한 숙취 때문에 두통이 가시지 않았기 때문이다. 나의 두통은 화려한 무늬가 있는 유리구처럼 머릿속에 자리하고 있는 것 같았고, 그래서 그것을 쏘면 수많은 모자이크 조각들로 산산조각을 낼 수도 있을 것 같았다. 한데 다음 순간에는 근처에 서 있는 두 사람을 아무 이유 없이 쏘고 싶은 욕망이 일었는데, 욕망이 그렇게 크지는 않았지만 눌러야 했다. 어쩌면 표적으로는 사람만 한 것도 없어서였는지도 몰랐다. 어쨌든 사람은 아무런 반응도 보이지 않는 선인장보다는 확실히 나은 표적이었다. 아니면, 이 둘을 없애지 않으면 내가 계속해서 이들과 머물며 데킬라를 마시며 총이나 쏘며 살게 될 거라는 생각이 들어서였는지도 몰랐다. 하지만 뚜렷한 이유는 전혀 없었다.
 나는 누구를 먼저 쏠지 결정하지 못하는 것처럼 잠시 그대로 있었고, 사람을 쏘고 싶은 욕망은 총을 갖고 있는 사람에게는 자연스러운 것이라는 생각을 결론처럼 했다. 두 사람은 서로 무슨 얘기를 하며 나를 보고 웃고 있었는데, 그것이 그들을 쏘지 못할 이유는 전혀 못 된다는 생각이 들었고, 일순간 웃음이 경악의 표정으로 바뀔 것을 생각하자 더 쏘고 싶었고, 잠시 둘 중 누구를 먼저 쏠지, 쏘게 되면 어디를 먼저 쏠지를 생각했다. 먼저 남자부터 처치하는 게 좋을 것 같았고, 머리나 가슴을 명중시키는 것보다는 먼저 두 다리를 쏘아 자연스럽게 무릎을 꿇게 한 후 두 팔을 쏘고 싶었는데, 그것은 멕시코 녀석이 매일 하루 한 차례 팔굽혀펴기를 300번씩 했고, 그것이, 물론 다른 이유도 있겠지만, 그가 그토록 다부진 비결이라는 생각이 들었기 때문이다.
 하지만 그가 무릎을 꿇은 모습을 상상하자 이미 그렇게 한 것 같았고, 그래서 다음 기회를 노리자는 생각을 했는데, 마침 그때 내 전 여자 친구가 아주 오래전 어느 날 길에서 설사를 했을 때 내가 포도나무 잎들을 따다 준 기억이, 선행을 베풀고 기분이 좋았던 기억이 떠올랐고, 그들을 살려주는 선행을 베풀고 싶었고, 그로 인해 기분이 좋았고, 그래서 선인장을 향해 아무렇게나 쐈는데 선인장 하나에 명중했고 탄환이 선인장을 관통하며 선인장에 구멍이 뚫렸다. 나는 몇 발을 더 그 구멍을 표적으로 해 쏘았지만 계속해서 빗나갔고, 마지막 한 발은 가혹한 열기를 내뿜고 있는 태양을 향해 쏘았다.
 내가 권총을 건네주자 우리의 멕시코계 친구는 차 안에 있던, 가우초가 쓰는 모자를 쓰고 와 가우초의 흉내를 내며 권총을 빼 들고 움직이는 뭔가를, 뱀 같은 것을 쏘려고 했지만 다행히도 움직이는 것은 아무것도 없었다. 나는 녀석이 전날 밤 우리가 술을 마실 때 뱀에 대해 했던 이야기를 떠올렸다. 그것은 그가 10대 시절 멕시코의 시골에 살 때 독사를 잡아 가죽을 벗긴 후 살을 빨래집게로 고정시켜 빨랫줄에 걸어 햇빛에 말렸다가 살이 나무처럼 딱딱해지면 빻아 가루로 만든 다음 그것을 여러 가지 음식에 넣어 먹곤 했다는 이야기였는데, 그것이 그곳의 관습이라고 했다. 그곳의 많은 아이들이 어른들을 따라 뱀을 잡아 가죽을 벗겼다고 했다. 그런데 술에 취해 그 이야기를 듣고 있자, 가죽을 벗긴 뱀의 살을 빨래집게로 고정시켜 빨랫줄에 걸어 말리는 일이 이상하게도 시적으로 여겨졌다.

우리는 총상을 입은 선인장을 칼로 조금 잘라 데킬라에 넣어두었다가 마시기도 했는데 특별한 맛은 없었고, 그 선인장이 그렇게 해서 먹어도 되는 것인지 아닌지는 알 수 없었지만 별 이상은 없었다.

그사이 많이 변한 내 전 여자 친구에게서 한 가지 변하지 않은 게 있다면 그것은 정오가 넘어서까지 늦잠을 잔다는 것으로, 그녀는 과거와 현재의 남자 친구들이 오전에 일어나 잠시 작은 뭔가를 한 후 마땅히 할 일을 찾지 못하고 있을 때 일어나 그날 뭘 할지를 알려주었는데, 그것은 전날 한 일과 거의 다르지 않았다. 우리는 충실한 하인들처럼 그녀의 말을 따랐다.

우리는 며칠을 더 밤이면 데킬라를 마시고, 낮에는 황량한 들판에 가 선인장을 향해 총을 쏘았고, 그것도 지루해져, 어느 날에는 차를 몰고 역시 황량한, 좀더 높은, 가파른 언덕이 있는 곳까지 간 다음 강렬한 햇빛 아래에서 언덕을 걸어 올라가 정상에 서서, 흔히 정상에

서면 그 아래로 어떤 드라마가 펼쳐지기를 기대하듯 뭔가를 기대하며 황량한 들판을 바라보았지만 모든 것은 꼼짝 않고 있었고, 동물들도 밤에 활동하기 위해 그늘에서 쉬고 있는 듯 어떤 움직임도 없었다. 푸른 하늘은 깊고 넓었고, 마치 자신의 깊이와 넓이에 깊이 빠져 있는 것 같았다. 나는 그 하늘을 보며 인상을 쓴 채로 돌멩이 몇 개를 발로 차 가파른 비탈로 굴러가게 했다. 실없이 굴러가는 돌멩이들을 보자 실없는 짓을 좀더 하고 싶었고, 그래서 몇 개를 더 굴러가게 했다. 그러면서 내가 지금껏 살면서 얼마나 많은 돌들을 비탈을 굴러가게 했는지를 생각했다. 그 돌들을 모두 모으면 작은 돌탑 하나 정도는 쌓을 수도 있을 것 같았다. 그런데 그때 멕시코 녀석이 내가 하는 짓을 따라 하기 시작했는데, 어떻게 된 노릇인지 그가 찬 돌이 더 멀리 굴러가는 것 같았다. 그는 실없이 웃으며 돌멩이들을 차고 있었고, 그것이 돌멩이들이 더 멀리 굴러가게 하는 비결 같았다. 내 과거 여자 친구는 우리가 하는 짓을 구경하기만 했는데, 돌을 더 잘 굴러가게 하는 남자를 최종적으로 선택해 자신을 섬기게 하려는 것 같았다. 하지만 내가 실없이 돌멩이들을 굴러가게 하는 짓을 그만두자 멕시코 녀석도 그만두었다.

날씨는 무척 더웠고, 우리는 기력을 모두 잃은 사람들처럼 잠시 꼼짝 않고 서 있었다. 그런데 어느 순간 까마득한 지평선 너머에서 작은 비행기 한 대가 나타나 우리 쪽을 향해 날아오는 것이 보였는데, 그래서 우리가 황량한 언덕 위에서 구조를 기다리는, 조난당한 사람들처럼 여겨졌다. 하지만 하늘은 매우 넓었고, 비행기는 속도가 빠르지 않아 우리는 한참을 참을성을 발휘하며 기다렸다. 마침내 가까이 온 경비행기는 우리를 발견하지 못한 것처럼, 아니면 우리를 그곳에서 그냥 죽어가게 놓아둘 것처럼, 우리 위를 그냥 지나쳐 갔다. 우리는 그것이 까마득한 지평선 너머로 사라질 때까지 다시 한참을 참을성을 발휘하며 바라보았다. 나는 비행기가 갑자기 검은 연기를 내뿜으며 불시착하는 것을 상상했지만 그런 일은 일어나지 않았다. 그것이 사라지는 모습을 보고 있자 문득 그 비행기가 쥬라기에서 곧장 날아온 익룡같이 느껴졌다. 나는 진짜 익룡들이 무리를 지어 날아오기를 기다렸지만 진짜 익룡도, 익룡처럼 느껴지는 비행기도 더 이상 날아오지 않았다. 잠시 소리가 들렸다가 그 소리가 사라지고 나면 더욱더 거대하게 여겨지는 고요 속에서 이제는 구조에 대한 희망을 모두 버리고 조용히 죽음을 맞을 준비를 해야 할 것 같았다.

하지만 너무 더워 우리는 더 이상 그곳에 있기 어려웠고, 결국 돌멩이 몇 개를 굴러가게 한 후에는 올라온 것을 후회하며 내려와야 했는데, 내려오는 길도 무척 힘들었고, 나와 나란히 가고 있는 나의 허물 같은 나의 그림자 역시도 몹시 지쳐 보였다. 내가 그 그림자에서 눈을 떼게 되면 너무 지친 나머지 그것은 그냥 뒤에 처져 있을 것 같았고, 그래서 나는 그것과 떨어지지 않기 위해 그것에서 눈을 떼지 않고 걸었다. 우리는 내려오는 길에 다른 언덕의 바위 위에 앉아 있는 독수리 한 마리를 보았다. 그 언덕 너머 또 다른 언덕들 너머로 큰 산들이 있었고, 그곳에는 어쩌면 코요테들이 있을 수도 있었지만 없을 수도 있었다.

돌아오는 길에 우리는 길가에 버려져 있는 망가진 휠체어 하나를 발견했는데, 멕시코계 친구는 일부러 차를 세우고 그 휠체어에 총탄 두 발을 명중시킨 후 다시 출발했다. 나는 다리가 불구인 사람을 실어 날랐지만 이제 그 자신이 불구가 된 그 휠체어에게 몹시 미안한 마음이 들었는데, 멕시코계 친구는 나보다 열 살은 더 어려 에너지가 넘쳤고, 어린 녀석이어서 어쩔 수가 없다고 생각했다.
　나는 데킬라를 마시며, 총을 쏘거나 한낮에 황량한 언덕에 올라가는 짓을 하며 계속 그곳에 있을 수는 없다는 생각을 했지만 데킬라를 마셔 취하면 얼마든지 그렇게 지낼 수도 있을 것 같았고, 그 이상으로 괜찮은 것도 없을 것 같았다. 술이 깨었을 때에는 뭔가 다른 할 일이 필요하다는 생각을 했지만 다른 할 일은 없는 것 같았다. 우리는 그다음 사흘간은 아무것도 하지 않으며 밤낮없이 데킬라를 마셨다. 그리고 마땅히 할 일이 없어 사소한 뭔가를 하는 데에도 최대한 시간을 지체했는데, 반쯤 열려 있는 창문을 완전히 열기 위해 창가까지 가는 데에도 결심이 필요할 정도였다. 우리가 얼마나 뭘 하는 것을 귀찮아하며 뭔가를 하지 않으려고 했는지는 장황하게 얘기할 수도 있지만, 가려운 데가 있어도 긁는 것조차 귀찮아 그냥 있거나 옆에 있는 누군가에게 긁어달라고 했지만 서로 잘 긁어주지 않았다는 정도로만 얘기해둘 수도 있을 것 같다. 그런데 가려울 때면 가려움에 대한 귀찮은 생각을 해야 했고, 그럴 때면 주로 아주 귀찮아하며, 귀찮아하는 것도 귀찮아하며 가려운 곳을 스스로 긁기도 했다.
　거실 구석에 빈 데킬라 병이 수북이 쌓여갔지만 누구도 그것을 치울 생각을 하지 않았다. 그것은 멕시코계 친구의 일처럼 여겨졌지만 그는 그것만큼은 자신도 하지 않으려는 것 같았다. 집 안에는 전갈도 더 이상 보이지 않았는데 그것은 집 밖도 마찬가지였고, 그래서 집 밖에 있는 전갈을 가축을 몰 듯 집 안으로 들어가게 한 후 다시 내보내는 일도 할 수 없었다. 어느 하루 우리는 어디를 갈 것처럼 옷을 다 챙겨 입고 차에 타 시동을 걸었지만 어느 방향으로 갈지 결정을 못했고, 결정을 하지 못하고 있는 사이 어디에도 안 가는 게 좋겠다는 생각이 들어 그냥 집에 들어온 적도 있었다.

그곳에서 보낸 마지막 날에는 내가 늦게 일어나 부엌에 갔을 때 내 과거 여자 친구가 팬티만 입은 채로 설거지를 하고 있었고, 나는 말 없이 다가가 그녀를 안으며 젖가슴을 두 손으로 쥐었는데, 따뜻한 물을 넣은 물 풍선을 쥐고 있는 것 같았고, 그 젖가슴이 오래전 내가 오랫동안 만졌던 젖가슴이 맞는지는 그냥 쥐고 있는 것만으로는 분명치 않았고, 어쩌면 직접 보면 알 수도 있을 것 같았지만 일부러 보지는 않았다.

그들과 열흘쯤 그렇게 데킬라를 마시고, 총을 쏘고, 황량한 언덕에 올라 황량한 들판을 내려다보고, 전갈들을 집 밖으로 내보내고, 사흘은 아무것도 하지 않고 지내고 나자 100일은 지난 것 같았다. 100일이 10일 사이에 지나갔다는 생각을 하면 시간이 아주 빨리 지나간 것 같았지만 10일이 100일 동안에 지나갔다는 생각을 하면 시간이 너무도 느리게 지나간 것 같았다. 11일째 되는 날 우리는 로스앤젤레스로 돌아와 시내에 있는 멕시코 식당에 가 비리아라는, 멕시코식 염소탕을 점심으로 먹었는데, 데킬라를 마시는 고행의 시간을 끝낸 후 하는 식사 같았다.

할리우드

그날 우리는 할리우드에 갔는데 멕시코계 친구가 그곳에서 볼일이 있었기 때문이다. 대낮이었고, 그는 할리우드의 중심가에서 약간 벗어난 곳에 있는 어떤 나이트클럽에 들어갔는데 그곳에서 누구를 만나는 모양이었다. 그가 작은 봉지 하나를 들고 클럽 안으로 들어가는 모습을 보자 그가 다시 갱처럼, 어쩐지 조무래기 갱처럼 여겨졌다.

차 안에서 기다리고 있는 사이 맞은편 도로로 차 한 대가 지나갔다. 열린 차창 밖으로 커다란 개 한 마리가 머리를 내민 채로 긴 머리털을 휘날리며 그 순간을 만끽하며 가고 있는 것이 보였다. 그 개는 그렇게 머리털을 휘날리며 가는 것이 잘 어울려 보였는데 털이 아주 길었다. 그 개는 거의 영화배우 같아 보였다. 그 개의 뒤를 이어 아프리카 대륙 가운데서도 에티오피아 출신 같은 흑인 남자 하나가 그 나라의 전통 의상 같은, 길게 내려오는 옷을 입은 채로 아프리카 전통 타악기처럼 보이는 것을 들고 너무도 신이 난 얼굴로 횡단보도를 건너갔는데, 마치 자신이 부족의 추장으로 지명된 소식에 기쁨을 참지 못하는 것 같았다.

조금 후 아프리카의 추장이 사라지고 나자 이번에는 포르노 배우들 같은, 실리콘을 아주 많이 집어넣어 젖가슴이 어마어마하게 큰 여자들 3명이 쇼핑백을 들고 지나갔는데, 그들을 보고 있자니 할리우드에 와 있다는 게 실감 났다. 3명 중 가운데에서 걸어가는, 젖가슴이 제일 큰 여자가 그들의 대장처럼 보였는데, 그녀는 누가 보아도 대장이라는 것을 금방 알 수 있을 만큼 젖가슴이 컸다. 어쩌면 그들은 젖가슴의 크기로 대장을 정하는지도 몰랐다. 그녀는 대장답게 풍선껌을 씹으며 젖가슴 같은 커다란 풍선을 불었는데, 나는 그녀를 만화의 주인공으로 상상하며 그녀의 입에 달린 말풍선 속에 대사를 넣을 수 있었다. 세상에 실리콘이 없었다면 어땠을까? 그랬다면 우리의 운명 또한 달라졌겠지? 실리콘이 없는 세상은 생각하기도 끔찍해. 내 꿈은 실리콘으로 만들어진 집에 사는 거야. 나는 다시 태어난다면 아예 실리콘으로 태어나고 싶어. 풍선껌을 씹고 있지 않아 말풍선이 없어 말을 할 수 없는 다른 두 여자는 전적인 수긍의 의미로 어마어마하게 크지만 대장의 젖가슴보다는 작은 젖가슴을 마치 고개를 끄덕이듯 아래위로 흔들었다. 그들의 어마어마하게 큰 젖가슴은 여러 용도로 사용되지만 가장 일반적인 용도는 고개를 끄덕이는 것을 대신하는 것 같았다.

그리고 조금 후에는 장을 본 듯한 백인 난쟁이 여자가, 파의 일부가 밖으로 나와 있는 쇼핑백을 팔에 안은 채로, 막대 사탕인 츄파춥스를 물고 있는 또 다른 라틴계 난쟁이 여자와 나란히 걸어가는 것이 보였다. 레즈비언 커플처럼 보이는 둘은 한바탕 크게 싸운 듯 인상을 쓰고 있었다. 백인 난쟁이 여자가 뭐라고 하자 라틴계 난쟁이 여자는 신경질을 내며 츄파춥스를 길에 내던졌고 뭐라고 소리를 질렀다. 나는 그녀가 파가 든 쇼핑백도 집어던지고 자신의 길을 갈 거라고 생각했지만 그녀는 그렇게 하지는 않았다. 그럼에도 둘은 길모퉁이를 돌아 사라질 때까지 언성을 높이며 싸웠는데, 그사이 라틴계 난쟁이 여자는 어느새 또 다른 츄파춥스 하나를 입에 물고 있었다. 그녀는 화가 나면 츄파춥스를 내던지기도 하지만 츄파춥스를 무는 것으로 화를 다스리기도 하는 것 같았다.

문득 데이비드 린치 감독 영화의 한 장면을 보는 것 같았다. 나는 츄파춥스가 빨기에는 좋지만 물고 있기에는 젖꼭지만 못하다는 생각을 했다. 그리고 나는 츄파춥스의 데이지 무늬 포장지 로고를 살바도르 달리가 그린 사실에 대해 생각했다. 자신이 로고를 도안한 츄파춥스를 빨고 있는 난쟁이 여자 일행을 봤다면 그가 어떻게 했을지 궁금했다. 그냥 지나치지는 못했을 것이다. 어쩌면 그들에게 접근해 환심을 사려 했거나, 그들에게서 영감을 얻어 '츄파춥스를 빠는 난쟁이 여자와 그녀의 동성 난쟁이 연인'이라는 제목의 초현실주의 그림을 그렸을 수도 있을 것이다.

어쩌면 그들은 양성애자로 둘 중 하나가 다른 난쟁이 남자와 바람을 피우던 것이 들통 났는지도 몰랐다. 아니면, 라틴계 난쟁이 여자가 츄파춥스를 너무 좋아하는 것에, 그녀가 츄파춥스를 자신보다도 더 좋아하는 것에 백인 난쟁이 여자가 화가 나 둘이 싸우게 되었을 수도 있었다. 어쩌면 그들은 늘 하루 한 차례, 세 끼 식사 외의 한 끼 식사를 더 하는 것처럼 싸우는데, 그 시간이 라틴계 난쟁이 여자가 츄파춥스를 빠는 시간인지도 몰랐다. 어쩌면 그들은 집으로 돌아가 라틴계 난쟁이 여자가 만든, 파가 들어간 요리를 먹은 후 조금 전 싸운 것에 대해서는 잊어버리고 기분이 좋아져 둘이 사이좋게 츄파춥스를 빨 수도 있을 것이었다. 그리고 그들은 츄파춥스를 모두 빨아먹고 나면 기분이 너무 좋아져 사랑을 나누지 않을 수 없게 되어 사랑을 나누게 될 수도 있었다. 그리고 그것이 그들이 함께하는 방식인지도 몰랐다.

나는 난쟁이들을, 하나도 아니고 둘을, 그리고 남자도 아니고 여자들을 본 것에 마치 쌍무지개를 본 것처럼 기분이 몹시 좋았는데, 난쟁이에 관한 어떤 기억이 떠올라 더욱 기분이 좋았다. 그것은 내가 난쟁이를 보면 늘 떠오르는 기억이었다. 나는 살면서 난쟁이들을 여럿 보았지만 실제로 이야기를 나눈 적은 단 한 번이었는데, 그것은 언젠가 내가 서울의 골목길을 걷다가 맞은편에서 온 난쟁이가 내게 다가와 도화지와 수채 물감을 사려면 어디로 가야 하는지 물었을 때였다. 어느 길로 가야 하는지 분명치 않았던 나는 자신 없는 투로, 큰길로 나가는 길을 가르쳐주었는데, 내가 자신이 없었던 것은 그 길이 맞는지 분명치 않아서이기도 했지만 난쟁이를 보면 자신이 없어졌기 때문이기도 했다. 나는 그 난쟁이가 도화지와 수채 물감으로 무엇을 할지는 알 수 없었지만, 어쩌면 그가 자신의 자화상이나, 죽은 자신의 난쟁이 아버지, 혹은 두꺼비나 화산을 그릴 수도 있을 거라고 생각했다.

그런데 내가 난쟁이를 보면 자신이 없어지는 것은 어느 날 길을 잘못 들어 가게 된, 서울의 어떤 골목에서 자신의 집 앞인 것처럼 어느 집 앞에서 맨손체조를 하고 있는 난쟁이를 본 후부터였다. 그는 절도 있게 우렁찬 구령 소리를 내며 구령에 맞춰 체조를 하고 있었다. 나는 잠시 서서 그를 지켜보았는데, 그의 무서운 점을 본 것처럼 약간 겁이 났다. 우렁찬 구령 소리에 골목은 도리 없이 그의 차지가 되고 있는 것 같았다. 나는, 체조를 하려면 집 안에서 하지, 그리고 이렇게 나와서 할 거면 최소한 큰 소리로 구령을 붙이는 일만큼은 삼가야지, 보기 좋지 않은 것을 두 가지나 한꺼번에 하다니, 이루 말할 수 없이 보기 좋지 않아, 하는 생각을 했다.

그런데 놀랍게도 그는 그냥 맨손체조가 아니라, 오래전 한국이라는 나라에서 국민 모두가 빠짐없이 해야 했던 국민 체조를 처음부터 끝까지 하고 있었다. 그 체조는 건강에는 좋을 수도 있지만, 그것에 얽힌 나의 기억은 매우 좋지 않은 것이었고, 그가 하는 체조를 바라보고 있기만 해도 기분이 좋지 않았다. 한국이라는 나라가 가난으로부터 벗어나기 위해 미친 듯이 애를 쓴 한 시대에 걸쳐, 전국의 학교와 군대와 공장과 회사의 운동장과 마당 들에서 확성기를 통해 울려 퍼지는 구령과 음악 소리에 맞춰 해야 했던, 하지만 이제는 하는 사람이 거의 없는 그 집단 체조를 오랜 세월이 흐른 후 작고 조용한 골목에서 난쟁이가 하고 있는 것을 보고 있자 무척 퇴폐적으로 여겨졌다. 퇴폐적인 것이라고 말하는 것은 정확치 않음에도 달리 말할 수는 없는 것 같았는데, 거기에 퇴폐적인 뭔가가 있기라도 한 것처럼 여겨졌기 때문이다. 개인보다는 집단이 중요하다는 것을 각인시키는 데 유용한 도구로 집단 체조를 즐겨 이용하며, 그것에 집착을 보이는 전체주의 체제가 퇴폐적으로 여겨진 이유도 거기에 있는지도 몰랐다. 난쟁이는 집단 체조를 하며 전체주의 체제에 대한 향수를 달래고 있는 것 같았다.

난쟁이는 나를 놀리고 있는 것 같았다. 어렸을 때 누군가가 나를 놀리면 대체로 가만히 있었던 나는 이번에도 가만히 있었다. 그러면서, 나를 놀리는 사람도 없는 지금 와서 난쟁이가 나를 놀리고 있군, 놀리고 싶으면 얼마든지 놀리라지, 그냥 가만히 있기만 할 테니, 하고 생각했다. 나는 맨손체조를 하는 그의 옆에서 그가 하는 짓을 어떻게든 훼방하고자 마사이족 전사처럼 뜀박질을 할까 했지만 그냥 멍청하게 서 있기만 했다. 그러면서 그가 맨손체조 대신 기계체조를 한다면 흥미를 갖고 봐줄 수도 있을 거라는 생각을 했다. 나는 기계체조를 하는 사람에 대해서는 선망 같은 것을 약간 갖고 있었다. 나는 그냥 가면 될 텐데 무슨 이유에서인지 가지 않고 그대로 서 있었다.

한데 나를 진짜 겁나게 한 것은 그가 체조를 끝낸 후 한 어떤 동작이었다. 그는 잠시 가만히 서 있다가 숨을 길게 내쉬며 다리를 굽혀 두 손을 벌려 뻗었다가 허리 쪽으로 가져갔고, 그러기를 몇 번 반복했다. 그는 기 체조를 하고 있었다. 나는 어떤 기에 눌린 것 같은 기분이었는데, 그는 어떤 기를 모으고 있는 중으로 이미 상당한 분량의 기를 모았지만 그것으로는 부족한 듯 기를 더 모으려 했다. 난쟁이를 보면 늘 마음이 약해지고 착해지는 나였지만 이번에는 오히려 사나워졌다. 그런데 기를 쓰며 기를 모으느라 그는 얼굴이 빨개졌고 손도 떨고 있었다. 그렇게 해서는 기가 모두 빠져나갈 것 같았다. 그런데 그는 사기(邪氣)를 모으는 것처럼 보이지는 않았지만 좋은 기를 모으는 것 같지도 않았고, 나는 그 기에 잠시 심하게 눌려야 했다.

그는 자신이 사람의 기를 죽이려고 작정하면 얼마나 그 일을 잘할 수 있는지 보여주기로 작정한 것 같았고, 그래서 나는, 그렇게 사람의 기를 죽이려는 노력은 쉽게 기죽지 않는 아이들에게나 기울이라는 생각을 하며 그가 하는 얼빠진 짓을 상당히 얼이 빠진 채로 지켜보았다. 나는 정신을 바짝 차리려고 하지는 않았는데, 그것은 그렇게 한다 해도 소용이 없을 것 같았기 때문이다. 나는 그가 좋아할 수도 있는, 마음에도 없는 말을 조금은 해줄까 하다가 그런 말은 조금이라도 하지 않도록 조심했다. 그래서, 눈까지 벌건 게 접나는군요, 와 같은 말은 하지 않았다. 어떤 방법을 써서 그는 그의 사기를 채우기 위해 나의 기를 빼내고 있는 것 같았는데, 나의 기는 그가 빼내가는 이상으로 빠지는 것 같았다. 한데 기를 조금씩조금씩 빼내가는 것이 그의 수법인 것 같았다. 조금 지나자 나는 두 다리가 풀리려 했다. 늘 기가 한껏 빠져 있는 나는 그를 눈 뜨고는 못 봐줄 것 같다는 표정으로 빤히 쳐다보았지만 그는 누군가가 봐주는 것에 상당히 고무된 것 같았다.

그는 내가 은근히 비웃고 있다는 것은 전혀 알아차리지 못했고, 그래서 내가 거의 경멸하는 얼굴을 지었는데도 그것을 몰라주었고, 그래서 나는 몹시 답답한 심정이 되었다. 나는 나의 경멸을 몰라주는 그가 원망스럽기까지 했다. 그는 눈치라고는 없는 난쟁이 같았다. 그토록 사람의 마음을 몰라주는 그가 무심한 사람으로 여겨졌다. 그럴 만한 상황이고, 마음이 허락하면 꽤나 치사해질 수도 있는 나였고, 난쟁이에게 치사하게 굴고 싶었지만 마음이 허락하지 않았다. 그것은 그 난쟁이가 성장기에 누군가로부터, 못 보던 사이 키가 몰라보게 컸구나, 하는 말을 한 번도 듣지 못했을 거라는 생각이 들었기 때문이기도 했다. 그런데 내가 엉뚱한 생각을 하는 사이 그는 자신이 해 보이고 있는 것이 허풍이 아니라는 것을 보이기라도 하듯 당찬 기합 소리를 냈는데, 그 모든 것이 허풍처럼 여겨졌고, 그래서 나는, 너, 순전히 허풍쟁이 난쟁이구나, 하고 속으로 말했다. 하지만 그는 난쟁이가 틀림없는 것과는 상관없이 완전히 허풍쟁이만은 아닌 것 같았다.

조금 후 그는 자신이 필요로 하는 만큼의 기를 모은 듯 기가 완전히 살아난 모습이었다. 나는 기가 막혔고, 맥이 풀렸다. 기와 맥이 어떻게 다른지 잘 알 수 없었지만 맥이 좀더 육체적인 것 같았다. 그의 기를 죽이기 위해서는 그의 기를 누를 수 있는 기가 필요했지만 내게 그런 기는 없었다. 때로 하는 생각이지만, 나의 기가 넘쳐 상대를 기로 꺾어버릴 수 있거나, 아니면 손가락 하나 까딱하지 않고 순전히 기로 상대를 넘어뜨릴 수 있으면 얼마나 좋을까 하는 생각을 했지만, 곧, 기가 넘치는 것은 보기에도 좋지 않다는 생각을 했다.

그런데 그때 그가 갑자기 스파링을 하는 권투 선수처럼 훅을 날리기 시작했는데, 내가 가만히 쳐다보고 있자, 뭘 그렇게 쳐다보고 있냐고 따지는 대신 자신이 하는 짓을 똑똑히 보라는 것 같은 얼굴로 내 쪽을 향해 허공으로 주먹을 날렸다. 나는 바보처럼 가만히 선 채로, 이대로는 이 난쟁이의 상대가 못 된다는 생각을 했지만 달리 내가 그의 상대가 되게 할 만한 어떤 것을 생각해내지도 못했다. 나는, 이 난쟁이가 자신에게 무슨 짓을 하고자 하면서 내게는 또 무슨 짓을 하고자 하는 거지, 하는 생각을 했다. 그가 노리는 것을 알 것도 같고 모를 것도 같았다. 그는 대단히 공세적이었고, 나는 가만히 서 있는데도 계속해서 수세에 몰리고 있는 것 같았고, 막다른 골목으로 뒷걸음질을 치는 것 같았다. 나는 이 난쟁이를 무서워하며, 무서운 눈으로 바라볼지언정 뒷걸음질을 치지는 말자고 생각하며 가만히 서 있었다. 맨손체조를 한 후 기를 모으고, 기를 모은 후 권투 연습을 하는 그가 그다음에는 무엇을 할지 궁금해하며(그는 그대로 골목에 앉아 명상에 들어간 후, 최종적으로는 달리기를 해 심신을 단련하며 지나가는 사람의 기를 죽이는, 그날 하루 그의 중요한 일과를 마무리 지을 것 같

있는데, 나는 그가 심신을 단련하는 이유가 사람의 기를 죽이기 위해서라면 그는 소인배 난쟁이에 지나지 않는다고 생각했다) 그에게서 도망치듯 그곳을 떠나며, 이래서 난쟁이들과는 맞먹을 수가 없다는 생각을 했는데, 그 후로는 난쟁이만 보면 자신이 없어졌다.

나는 그가 마음을 수양하지는 않고 몸을 단련한 후에는 집에 들어가 날계란 3개를 먹어 마음을 가라앉히는 대신 들뜨게 한 후, 조용히 천장을 바라보며 입에 비웃음을 머금으며 그날 할 만한 좋지 않은 일들을 생각할 거라고, 내 멋대로 생각해버렸다. 그런 다음, 아냐, 그는 날계란 대신 작은 꿀단지에서 꿀을 세 숟갈 퍼먹어 꿀 먹은 사람처럼 조용히 벽을 바라보며 만면에 비웃음을 머금을 게 분명해, 하고 생각했다. 꿀이 없다면 설탕이라도 퍼먹겠지, 단맛은 비웃음을 머금는 데 도움이 될 테니까, 그리고 그는 비웃음을 한참 동안 머금고 있겠지, 세상에는 그가 비웃을 것들이 많이도 있을 테니까. 나는 그가 골목에 나와 이상한 짓을 하는 대신, 자신의 집 안에서 고장이 나 소리가 제대로 나지 않는 트럼펫 같은 것을 조용히 불며 세상을 비웃을 수 있기를 바랐다.

난쟁이 여자 둘이 사라진 조금 후에는 게이처럼 보이는, 얼굴에 화장을 한, 키가 큰 백인 노인이 횡단보도를 건너가는 것이 보였다. 성적 매력을 완전히 잃은 그는 사람들 사이에서 쓸쓸해 보였고, 성적 매력을 완전히 잃어 더 이상 이성이든 동성이든 누구의 관심도 끌지 못하는 나이에 이른다는 것은 어쩌면 인생에서 일어날 수 있는 가장 슬픈 일 중 하나라는 생각이 들게 했다. 그의 존재 자체에 슬픔이 밴 것처럼 보였다. 그가 집에서 조용히 거울을 보며 화장을 하는 모습을 떠올리자 그의 쓸쓸함이 느껴졌다. 하지만 그는 자신의 모습과 쓸쓸함에 만족하고 있는지도 몰랐다. 그런데 그가 가장 쓸쓸하게 느끼는 순간은 화장을 지워 본모습이 드러난 자신을 바라볼 때 같았다. 그가 사라지고 나자 할리우드의 거리는 그냥 여느 거리처럼 보였다. 내 전 여자 친구는 내게 캘리포니아에 정착하는 문제를 진지하게 생각해보라고 했고, 나는 그러겠다고 했다. 그것은 가능하고도 괜찮은 것이라는 생각이 들었다.

우리의 갱은 한참 후에야 나왔는데 손에 커다란 쇼핑백을 들고 있었다. 내용물이 뭔지 묻자 그는 대답해주지 않았고, 그래서 나는 마약이 틀림없다고 생각했다. 나는 그것을 훔쳐 달아나, 그 일부를 잉어들이 사는, 어떤 공원의 연못에 뿌려 잉어들에게 새로운 세계를 맛보게 해주는 것을 생각했다. 그러면 잉어들은 반나절쯤 수면에 기분 좋게 드러누워 있다가 깰 수도 있을 것이었다. 그는 쇼핑백 안에서 데킬라 2병을 꺼내며 아주 좋은 데킬라라고 말했다. 녀석은 아무래도 약간의 마약을 갖고 가 그것의 값을 돈으로 받은 대신, 손해를 보면서 데킬라로 받은 것 같았다. 데킬라 산지로 유명한, 멕시코의 데킬라 시에서 멀지 않은 곳이 고향으로, 어려서부터 데킬라를 마시며 자란 그가 데킬라에 사족을 못 쓰는 것은 어쩔 수가 없는 것 같았다. 녀석은 끝내 자신이 무슨 일을 하는지 말하지 않았는데 내 과거 여자 친구 역시 그것에 관해서는 분명하게 얘기하지 않았다. 녀석은 떳떳하지 않은 일을 하고 있기보다는 아무 일도 하지 않고 있는 것을 떳떳하지 않게 생각해 차라리, 떳떳하지 않은 어떤 일을 하고 있는 것처럼 보이려고 하는 것 같았는데, 내 생각에는 그런 거라면 얼마든지 떳떳하게 말할 수도 있는 것이었다.

어쩔 수 없이 하게 되는 어이없는 짓

    그날 저녁에 우리는 약간 정처 없이 태평양 해안선을 따라 북쪽으로 여행을 했다. 도중에 몇 군데 해변에서 수영을 했고, 펠리컨과 물개와 바다사자 들을 보았으며, 밤에는 몬터레이의 해변에 있는 호텔에 투숙했다. 나는 도중에 있는 호텔에서 밤을 보낸 후 산타크루즈 근처에 있는 누디스트 비치에 가고 싶었지만 멕시코 녀석이 사람들이 있는 데서 다 벗고 있을 수는 없다며 반대를 했다.
    한데 이튿날 오전에 일어나 2층에 있는 객실에서 창밖을 보고 있는데 어떤 영화의 한 장면처럼, 20대 초반으로 보이는 백인 남자애가 모래사장으로 걸어가, 마치 무인도에 표류한 사람이 구조 요청을 하는 것처럼, 모래 위에, 멀리서도 보이게 발로 커다란 글씨로 뭔가를 적는 것이 보였다. 그는 다 적은 후 자신이 적은 것을 보았고, 나도 그것을 보았는데, 그것은 발레리라는 이름이었다.
    발레리라는 이름은 폴 발레리의 『해변의 묘지』를 떠오르게 했는데, 물론 주위에 해변의 묘지 같은 것은 없었다. 그가 왜 그 이름을 적었는지는 알 수 없었다. 어쩌면 발레리라는 여자를 찾고 있을 수도 있었고, 이 가능성이 더 큰 것 같았는데, 발레리라는 여자가 호텔 객실에서 자신의 이름을 적는 것을 지켜보았을 수도 있었다. 발레리가 벌을 받아 마땅한 짓을 한 그에게 벌을 줬을 수도 있었고, 그가 발레리의 환심을 사고자 했을 수도 있었다. 그는 적은 이름을 잠시 바라본 후 역시 어떤 영화의 한 장면처럼 딴 곳으로 사라졌다.

하지만 더욱 알 수 없었던 것은 모든 것을 지켜본 후 내가 거의 달려 나가다시피 해 모래사장으로 가서 모래 위에 적힌, 발레리라는 이름을 지우기 시작한 것이었다. 그는 발레리에게 뭔가를 보여주고자 하는 등의 이유가 있을 수 있었고, 발레리 또한 그에게 어떤 벌을 줘 자신의 이름을 적게 한 것일 수도 있었지만 내가 그렇게 한 데에는 아무 이유도 없었다. 내가 한 행동은 전혀 어떤 영화의 한 장면처럼 여겨지지 않았다. 그것은 이상한 소설 속의 삭제해야 할 어떤 장면처럼 여겨졌다.

어쩌면 발레리는 호텔 창가에서 자신의 이름이 실성한 것 같은 어떤 동양 남자의 발에 의해 무참하게 지워지는 것을 남자 친구와 함께 보았는지도 몰랐다. 그들은 저 인간이 제정신인지에 대해 얘기를 했을 수도 있었다. 말썽이 나는 것을 개의치 않을 뿐만 아니라 말썽을 일으키는 것을 좋아하는 남자 친구가 당장 달려 나가 나를 어떻게 하려는 것을 어떤 경우에도 말썽이 나는 것을 좋아하지 않는 발레리가 말렸을 수도 있었다. 어쩌면 그들은 잠시 그 문제로 다퉜을 수도 있었다. 한번 화가 났다 하면 쉽게 분을 삭이지 못하는 남자 친구가 이번에도 분을 쉽게 삭여서는 안 된다고 생각하며 문을 향해 걸어가는 것을, 발레리가 두 팔을 벌려 막아 세우고, 촉촉한 눈으로 그의 부리

부리한 눈을 똑바로 쳐다보며, 제발 자신을 봐서라도 성질을 죽이라고 했는지도 몰랐다. 그래서 마음먹고 좋지 않은 짓을 하는 것을 좋아하는 발레리의 남자 친구가 이번만큼은 마음먹고 좋지 않은 짓을 하지는 말자고 마음을 먹었는지도 몰랐다.

어쨌든 나를 향해 오는 사람은 아무도 없었다. 나는 발레리라는 이름을 깔끔하게 지웠다. 뭔가를 하면서도 내가 뭔가 뻔한 수작을 부리는 것 같다는 느낌이 들 때가 많았지만 그 순간에는 그런 느낌이 들지 않았다. 아니, 내가 하는 모든 것이 거의 늘 어림없는 어떤 수작을 부리는 것같이 느껴지기도 했었는데, 그 일은 전혀 어림없는 수작을 부리는 것같이 느껴지지 않았다. 내가 저지른 짓의 흔적을 잠시 내려다보고 있자 무슨 짓을 했는지 차츰 의식이 되었고, 뭔가를 수습해야 할 것 같았다. 하지만 내가 수습하기에는 역부족인 어떤 일이 돌이킬 수 없게 저질러진 것 같았다.

그럼에도 아무런 근거 없이, 어떤 만족감의 모습을 한, 그 정체는 알 수 없는 감정이 일다 말았다. 일다 만, 이내 사라진 감정의 여운으로는 그것이 만족감이었는지도 분명치 않았다. 아무래도 만족감은 아니었던 것 같았다. 한데 깔끔하게 지웠다고 생각한 글자의 지워지지 않은 아주 작은 일부가 남아 있는 것이 보였고, 마저 없애야 하는 어떤 미련처럼 여겨졌고, 그래서 그것을 발로 마저 지웠다. 이번에는 역시 아무런 근거 없이, 막연한 후회의 감정이 밀려왔다. 감정들이 제멋대로 드는 것 같았다. 내게 찾아온 그 후회의 감정을 발로 지그시 밟고 있는 것처럼 잠시 서 있자, 그 후회의 감정이 일깨운 어떤 생각처럼, 어떤 경우에도 말썽이 나는 것을 좋아하지 않는 내가 말썽을 빚을 수도 있는 짓을 했다는 생각이 들었다. 하지만 후회 역시 감정으로서는 약간 모자라는 모습으로 찾아왔다 이내 사라져버렸다. 그런 다음에는 별 느낌이 들지 않았다.

 문득 내가 그런 짓을 한 것은, 무엇으로부터인지는 알 수 없으나 발레리를 구해야겠다는 생각이 들어서라는 생각을 했지만 그것은 말이 안 되는 것 같았다. 말이 안 되는 생각들이 열을 지어 머릿속을 스쳤고, 그것들을 모래 속에 파묻듯 괜히 발로 모래를 모래 위에 일 삼아 끼얹었다. 그 일을 한 후 해변의 묘지는 없는 그 해변에서 또 무엇을 할 수 있을지를 잠시 생각했지만 마땅한 것이 떠오르지 않았다. 그럼에도 누군가가 발레리라는 이름을 쓰고, 내가 그것을 지운 일이 있은 후에 무슨 일이 일어나면 좋을지를, 어떤 일들의 자연스런 연쇄를 생각하듯, 생각했다. 무슨 일이 일어나도 좋고, 아무 일도 일어나지 않아도 좋을 것 같았다. 무슨 일이 꼭 일어나야 한다면 내가 아무 일도 아닌 것처럼 바다로 걸어 들어가는 것과 같은 일이 일어나야 된다고 생각했지만 그것은 생각에 그쳤다. 그것은 내가 위신이 떨어지는 짓을 했고, 이제는 어떻게든 떨어진 위신을 세워야 한다는 생각이든 것과는 상관없었다. 모두 다 떨어져버린 나의 위신은 바닷속으로 걸어 들어간다고 다시 세워질 수 있을 것 같지 않았다. 딴청을 피우듯 담배 한 대를 피웠지만 잘못을 지지른 후 딴청을 피우는 사람처럼 여겨졌고, 곧 꺼버렸다.

 나는, 다른 할 일도 없는데 아무것도 하지 않고 그냥 꼼짝 않고 서 있을까, 하는 생각을 했지만 그렇게 하지 않았다. 나는 멋쩍게 다시 모래를 발로 끼얹고 있었다. 마음의 여유가 있으니 작게 노래라도 할까, 하는 생각을 했지만 그렇게 하지도 않았다. 시간적인 여유가 있으니, 아무 이유 없이, 갈피를 잡지 못하는 사람처럼 모래사장 위를 왔다 갔다 할까도 생각했지만 아무 이유 없이 하는 것으로는 발레리라는 이름을 지운 것으로 충분한 것 같았다. 그럼에도 나는 잠시 왔다 갔다 했는데 그렇게 함으로써 갈피를 잡을 수도 있을 것만 같았기 때문이다. 하지만 그렇게 하자 더욱 갈피를 잡을 수 없게 된 것 같았다. 우뚝 멈춰 서서 내가 개인적으로 아는 발레리라는 이름의 여자가 있는지를 떠올려보았지만 아쉽게도 없었다. 내가 아는 여자들 가운데는 나탈리와 테레사가 있었지만 그 이름들은 발레리라는 이름과는 느낌이 사뭇 달랐다. 발레리라는 이름을 너무 철저하게 지운 것 같았고, 내가 알지 못하는 세상의 모든 발레리들에게 잘못을 저지른 것 같았다. 나는 발레리라는 이름의 V 자를 모래 위에 작은 글씨로 적어 부활시켰다. 그런 다음 범죄의 현장을 떠나듯 그곳을 떠났다.

잠시 후 다시 객실에 들어와 창밖을 내다보고 있는데, 내가 약간 흥분했었다는 생각이 들었다. 모래 위에 적힌, 발레리라는 글씨를 본 후 나가 지우며 느낀 그 흥분은 타고 있던 작은 보트가 뒤집혀 물에 빠져 허우적거릴 때의 흥분 정도 되는 것 같았다. 하지만 그것은 적절한 비유 같지 않았다. 오히려 적절하지 않은 비유의 예로는 적절한 것 같았다. 아니, 그런 예로도 적절하지 않은 것 같았다. 그것 말고 다른, 역시 적절하지 않은 비유들이 계속해서 떠올랐지만 적절한 비유는 떠오르지 않았고, 결국 적절한 비유를 찾는 것을 포기할 수밖에 없었는데, 그것이 나를 무척 괴롭혔다.

이제는 발레리라는 이름을 지운, 내가 저지른, 이해할 수 없는 일이 아니라 그것에 대한 비유를 찾지 못하는 것이, 비유 자체가 문제가 되는 것 같았다. 적절한 비유를 찾기만 하면 내가 저지른 그 어이없는 행동을 이해하고 수긍할 수 있을 것만 같았다. 때로 그랬듯이,

그 순간에도, 뭔가에 대한 적절한 비유를 찾지 못하는 것이 얼마나 괴로운 일인지 새삼 실감했다. 그리고 적절한 비유를 찾지 못함으로써 비유의 힘을 새삼 실감했는데, 적절한 비유를 찾았다면 내가 그토록 괴로워하지는 않았을 것이었다. 나는 거의 머리를 쥐어뜯어야 할 것만 같았고, 그래서 약간 쥐어뜯었는데, 그러고 나자 나 자신이 아주 어렵게, 하지만 거의 극복했다고 생각한 심한 정서적 혼란을 다시 겪고 있는 사람처럼 여겨졌다.

그 괴로움은 집 안 어딘가에 있는 게 분명한, 당장 필요하지만 어디에 뒀는지 알 수 없는 물건을 찾느라 정신이 나갈 것 같은 상태에 비유할 수도 있는 것이었지만 그 두 가지는 엄연히 달랐다. 그런데 내가 비유를 할 때면 거의 항상 직유법을 사용한다는 사실을 다시 깨달았다. 나는 은유는 좋아하지 않았다. 그 정확한 이유는 알 수 없었지만 내게 직유가 물이 쏟아진 바닥의 물기 같다면 은유는 물기가 마른 자국 같았다.

결국 적절한 비유를 찾는 것을 포기하고, 창밖 모래사장 위에 내 발자국이 어지럽게 난 것을 보고 있자, 모래 위에 적힌 누군가의 이름을 지운 것은 내가 살면서 저지른 가장 어이없는 행동 중 하나인 것처럼 여겨졌다. 물론 나는 살면서 기회만 되면 어이없는 일을 저지르고자 하지는 않았지만 어이없는 일을 꽤 저질렀는데, 이번의 일은 그중에서도 꽤나 돋보이는 것이었다. 나는 무슨 이유에서인지 어떤 상황에 처했을 때 여러 가지 가능한 선택 가운데서도 가장 이상적인 선택을 하는 대신 가장 이상하고 어이없는 선택을 하곤 했는데 그럴 때면 그 결과는, 물론 당연한 귀결이기도 했지만, 어이없었다. 한데 평소에도 나는 나 자신을 꽤나 실없는 사람으로 여겼지만 좀더 실없는 사람이 되도록 노력해야지 하는 생각은 가끔 하기도 했다. 하지만 모래 위에 적힌 누군가의 이름을 지운 것과 같은 실없는 짓을 기회가 되면 또 해야지, 하는 각오는 하지 않았다. 그런 각오를 하는 것은 무척 실없게 여겨졌기 때문이다.

  나는 많은 사람들을 행동으로 이어지게 하는 고상하거나 명분 있는 동기들에 의해 내가 움직이는 일이 얼마나 드문지에 대해 잠시 생각했다. 나를 움직이게 하는 것은 고상한 것과는 거리가 멀거나, 거의 명분 없는 동기들이었다. 잠시 나는, 세상에는 아무 이유 없이 할 수 있는, 때로 하지 않을 수 없는 일들이 너무도 많이 있고, 그것들이 내게 많은 즐거움을 주기도 한다는 사실에 대해, 그리고 그런 일들로 인해 내가 잠시나마 얼마나 기분이 좋았는지를 생각했다. 그 사실에 살짝 고무되었고, 그래서 나는 앞으로 기회가 되면 어이없는 짓을 또 저질러야지, 하는 생각을 했다. 그러자 그것은 어떤 각오로 여겨졌고, 그런 각오를 하는 것이 옳은 일인지를 생각했지만 아무래도 상관없다고 생각했는데, 그런 짓은 각오와 상관없이 기회가 되면 또 저지를 것이 분명했기 때문이다. 나는 앞으로 그런 짓을 하게 되거나 하지 않게 될 거라고 생각했다. 다시 한 번 어이없는 짓을 저지른 후 즐겁기도 했던 기억을 떠올렸고, 약간 터무니없이 기분이 좋았는데, 그것은 기회가 되면 어이없는 짓을 저질러야지, 하고 마음을 먹는 사람은 세상에 거의 없을 거라는 생각이 들었기 때문이다.

  결국 내가 저지른 그 어이없는 행동은 적절한 비유를 찾지 못한 탓에 이해할 수 없는 것으로 남게 되었다. 그 후 발레리와, 발레리의 남자 친구이거나 발레리를 찾는 남자애일 수도 있는 녀석은 보이지 않았다. 나는 어떤 남자애가 다시 모래사장에 와 모래 위에 발레리라는 이름을 적지 않는 것이 아쉽게 여겨졌다. 내가 이번에도 그 이름을 지우게 될지는 알 수 없었다. 하지만 다시 그런 일을 하게 될 것 같지는 않았다. 그런 일은 한 번으로 족한 것 같았다. 나는 그들이 세상에는 사이코들이 너무 많으니 그들을 일일이 상대하며 살 수는 없다는 얘기를 하며, 그렇게 하는 것이 사이코들이 많은 험한 세상을 헤쳐나가는 길인 것처럼 손을 다정하게 잡고, 그들이 그날 가려고 했던 곳으로 가 즐거운 시간을 보내기를 바랐다.

한데 창가에 서서 모래 위에 적힌 V 자를 가만히 보고 있자 무안함의 모습을 꽤나 갖춘 무안함이 밀려왔고, 그 무안함에 대해 무슨 조처를 취해야 할 것 같았다. 하지만 마땅한 생각이 나지 않았다. 나 자신이 딴사람같이 느껴지는 때가 있다면, 그것은 내가 아주 드물게 신통한 뭔가를 생각해낼 때였다. 하지만 그 순간에는 신통한 뭔가를 생각해내지 못했고, 그래서 내가 딴사람처럼 여겨지지 않았다. 생각해보니 신통한 생각을 해낸 적이 너무도 오래된 것 같았다. 더 생각해보니 그런 적이 아예 없는 것 같았다. 할 만한 게 없나 생각하다가 문득 나도 모르게 팬티 속으로 손을 넣어 엉덩이를 만져보았는데 절망적이라는 생각이 들었다.

본래 얼마 나가지 않던 체중이, 그사이 데킬라를 너무 열심히 마시느라 제대로 음식을 섭취하지 못한 탓에 너무도 빠져, 엉덩이에 살이 없어 엉덩이뼈가 만져지며 엉덩이가 아예 없는 것처럼 느껴졌다. 엉덩이는 말 그대로 뼈대만 있고 살이 없는 소조 같았고, 실물임에도 어떤 비유로 받아들일 수도 있을 것 같았다. 그것을 좀더 잘 확인하기 위해 화장실로 가 팬티를 내리고, 말하자면 엉덩이를 까고 거울에 비춰보았더니 엉덩이는 보기에도 애처로워 보였고, 엉덩이가 애처로운 사람만큼 애처로운 사람도 없다는 생각이 들었다. 볼품이라곤 없는 것이 볼 만한 것이라도 되는 것 같았다. 아니, 그렇게 보이지는 않았다. 엉덩이를 마지막으로 거울에 비춰본 게 언제인지 정확하게 기억나지 않았지만 그때보다도 한층 더 볼 만해진 것은 아닌 것 같았다. 그때는 이 정도로 봐주기 어려운 정도는 아니었던 것 같았다.

이제는 아랫도리를 올리고 멀쩡한 뭔가를 해도 좋을 텐데 나는 그렇게 하지 않았다. 그 순간, 엉덩이가 그렇게 된 후로는 어엿한 방귀도 뀌지 못한 것 같다는 생각이 들었던 것이다. 방귀도 볼품 있는 엉덩이라야 어엿하게 뀔 수 있을 것 같았고, 그것이 이치인 것 같았다. 그 사실을 확인하려고, 얼마나 어엿하지 않은 방귀가 나오나 보려고 정색을 하고 방귀를 뀌려고 했지만 방귀는 나올 마음이 없는 것 같았다. 마음 같아서는 한 방으로 그치지 않고 여러 방 뀌고 싶었지만 나올 기미조차 없는 것 같았다. 나오려 들지 않는 방귀가 거의 야속하게 여겨졌다. 어떤 이유로 마음먹고 방귀를 뀌려고 하면 여간해서는 나오지 않는다는 사실을 다시 한 번 확인했다. 그것 역시 어떤 이치 같았다. 잠깐 사이에 어떤 이치를, 그것도 아주 허무맹랑한 이치를 두 가지나 깨닫게 된 것 같은 것이 하나도 뿌듯하지 않았다. 아니, 이것은 사실이 아닌데, 애초에 방귀 같은 것은 나오지 않을 것 같았고, 그래서 방귀를 뀔 마음 같은 것은 먹지 않았었다.

그럼에도 방귀에 대한 어떤 생각이 나를 사로잡지는 않고, 어떤 냄새처럼 스쳤는데, 그것은 노래 한 곡을 방귀로 노래한 것으로 알려진 성 아우구스티누스에 대한 것이었다. 그것이 사실이라면 그는 굉장한 방귀쟁이였고, 그것은 그가 굉장한 엉덩이를 갖고 있어서 가능했을 것 같았다. 그의 엉덩이는 만삭인 여자의 엉덩이 같았을 수도 있었다. 그는 그러한 엉덩이로 성령에 사로잡힐 때면 경건한 마음으로 방귀를 뀌어 성가를 불렀고, 그것을 듣는 사람들은 성령으로 충만해지는 것을 느꼈는지도 몰랐다.

　방귀에 대한 생각은 그만두고 엉덩이를 다시 보자. 살이 거의 사라진, 딴에 엉덩이라고 할 수 있을 것 같기도 하고, 할 수 없을 것 같기도 한 엉덩이는 애처로운 동시에 거의 고매해 보이기까지 했다. 나는 그 엉덩이에 '고매하기 짝이 없는 엉덩짝'이라는 이름을 붙여주었는데 그것은 비웃음을 받아 마땅한 엉덩이라는 의미로, 돼먹지 못한 엉덩이라고 바꿔 말할 수도 있었다. 그 밖의, 그 엉덩이에게 과분하지 않은 수식어를 찾으려 했지만 과분한 수식어만 떠올라서, 수식어를 찾는 일은 포기했다. 그렇지 않아도 불쌍한 엉덩이를 욕하고 있는 나 자신이 엉덩이에게 너무 심한 짓을 하고 있는 것 같았다.

　그런 엉덩이와, 그것에 어울리는 비리비리한 몸을 하고 뛰쳐나가 발레리라는 이름을 지운 것이 너무도 무안했다. 그런 엉덩이를 한 사람은 육체적으로뿐만 아니라 정신적으로도 여간 피폐한 게 아닐 것만 같았다. 그 엉덩이는 벌을, 그것도 체벌을 받아야 마땅한 것 같았고, 마땅한 체벌로 때려주는 것보다는(때려줄 엉덩이도 없는 것 같으니까) 엉덩이로서의 면모를 더욱 잃게 해 더욱 애처롭게 만드는 것이 나은 것 같았다. 하지만 생각해보자, 아니 생각해볼 것도 없이, 엉덩이가 그런 애처로운 모습을 하게 된 것은 엉덩이의 잘못이 아니라 내 잘못이었다. 엉덩이는 하나도 죄가 없었다. 그것은 주인을 잘못 만나 엉덩이로서의 면모까지 잃어가며 고생하고 있었다. 벌을 받아야 마땅한 것은 엉덩이가 아니라 나였다. 미안한 마음에 나는 엉덩이를, 이번에는 사죄하듯 쓰다듬었고, 나 자신에 대한 벌은 앞으로 잊지 말고 차

차 주기로 했다.

 엉덩이를 거울에 비춰보는 일은 상당히 민망한 짓이기에 자주는 하지 않고 어쩌다가 하는 것이었다. 그래도 한 달에 한 번은 하는 것 같았다. 그것 말고도, 내가 혼자 하는 민망한 짓들이 상당히 있지만 그것들에 대해서는 얘기하지 않을 작정이다. 사실 그 다른 것들에 비해 엉덩이를 비춰보는 일은 그다지 민망한 짓도 아니었다(한데 자신의 엉덩이와 방귀와 같은 지극히 사적인 이야기를 하는 것 역시 나로서는 민망한데, 민망하게도 나는 어엿한 것들에 대해 얘기하는 것에는 별로 관심이 없다).

 거울에 비친, 모든 것을 포기한 것 같은 엉덩이는 내게도 모든 것을 포기하라는 것 같았다. 나는 바지를 올리며, 이런 엉덩이를 하고는 아무것도 할 수 없다고 결론을 내리며, 이젠 뭘 믿고 뭘 해야 하지, 하는 생각을 했다. 그런 엉덩이로는 가망이 없는 것 같았고, 무엇을 하기도 어려울 것 같았고, 무엇을 해도 부끄러울 것 같았다. 그런 엉덩이로는 앞날 같은 것은 생각지도 말아야 하는 것이 지당한 것 같았다. 그런 엉덩이로는 여하한 희망을 갖는 것이 가당찮은 것 같았다. 엉덩이는 자신 같은 모습을 한 엉덩이로는 여자에 대해서는 꿈도 꾸지 말라고 말하는 것 같았다. 나는 속으로, 알았다고, 그만하면 됐다고, 했다.

 엉덩이라고 할 수 없을 것도 같은 엉덩이를 거울에 비춰보고, 그것으로는 부족하다는 듯 방귀에 대한 생각을 하고, 엉덩이에게 욕을 하고, 그것으로도 모자란 것처럼 삶에 대한 희망을 버리고 나자 내가 무척이나 궁상을 떨고 있는 것처럼 여겨졌다. 한데 나의 궁상은 거기서 그치지 않고 궁상에 대한 궁상맞은 생각으로 이어졌는데, 그것에 대해서는 거의 감탄이라도 해야 할 것 같았지만 그런 일은 내게는 전혀 새로운 것도 아니었다. 나는 도가 지나치다는 것을 알면서도 도를 넘어서는 경우가 종종 있었다. 나는 궁상을 떨고 있다는 것을 의식하며, 궁상에 대해 다음과 같이 요약할 수 있는, 어떤 이론 같은 것을 펼쳤다.

가끔은 떨어줘야 하고, 가끔 떠는 것은 나쁘지 않은 궁상은 잘 떨면 재미있고, 정신적인 건강을 위해서 좋을 수도 있지만 잘못 떨면 스스로도 면목 없게 될 위험이 있고, 곧잘 그 정도가 지나치기 쉽고, 정도가 지나치게 되면 몸에도 좋지 않을 수 있어 궁상을 떨 때에는 조심해야 했다. 궁상의 문제 중 하나는 알맞은 정도로, 품위를 잃지 않고 잘 떨기가 어렵다는 것이었다. 그런데 궁상은 일종의 정신적인 행태로 볼 수도 있었는데, 어쩌면 나락으로 떨어지지 않고자 하면서 기어코 떨어지고자 하는 어떤 정신적 분투로 볼 수도 있기 때문이었다. 궁상은 가혹하게 권태롭고 무의미한 이 세계에 맞서기보다는 패배를 받아들이며 백기를 흔들면서 속으로 웃는 것으로 볼 수도 있었다. 카프카와 이상 같은 작가들이 그 점을 가장 잘 보여주었다. 이상이 어떤 몹시 불쾌한 하루를 선택해 회충약을 복용했다고 했을 때 그는 궁상의 정수를 유감없이 보여주었다. 내가 보기에 그들의 궁상에는 배울 점이 많았다. 한데 내 생각에는 궁상이 궁상으로서 돋보이려면 자의식으로 충만한 상태에서 그것을 떨어야 했다.

궁상에 대한, 어떤 이론 같은 것을 펼치고 나자 떨 수 있는 궁상은 다 떤 것 같았다. 생각은 관념적인 것에서 구체적인 것으로, 실물로, 내 엉덩이로 다시 돌아갔다. 그런 엉덩이는 그냥 누워 있기에나 제격인 것 같았고, 그래서 침대에 가 누워 꼼짝 않고 있었다. 모든 것을 깨끗이 단념하라는, 하늘의 부름과도 같은 목소리가 내 안에서 들려오는 것 같았다. 아무것도 하지 않고 누워 있을 때면 그렇듯, 할 바를 다하고 있다는 생각이 그 순간에는 들지 않았다. 모든 것을 체념한 사람에게 찾아오기도 하는 마음의 평화가 올 것처럼 하면서 오지 않는 것이 아니라 아예 올 것처럼 하지도 않는 것 같았다. 한데 모래 위에 적힌 V 자가 마음에 걸리기 시작했다. 이제는 그것이 승리를 의미하는 V 자로 다가왔고, 그래서 내가 한 짓이 더욱 터무니없게 여겨졌다. 나는 발레리라는 이름을 지운 후 그 위에 V 자를 쓴 사람은 정신 나간 사람이니 상대하지 않는 게 좋다는 생각을 한 후에야 발레리에 대해서도, 내 엉덩이에 대해서도, 나 자신에 대해서도 잊고 가만히 누워 있을 수 있었다.

내 과거 여자 친구와 그녀의 멕시코계 남자 친구와 함께 아침을 먹을 때 내가 저지른 어이없는 짓에 대한 얘기를 하자 멕시코 녀석은 자신이 그것을 봤다면 그렇게 하지는 않았을 테지만, 나더러 잘했다며 나를 칭찬했다. 그리고 모래에 어떤 여자 이름을 적는 녀석은 틀림없이 뻔뻔스럽거나 소심하거나, 뻔뻔스러우면서도 소심할 거라고 했다. 그리고 그런 짓을 못하게 막을 수는 없으니 사후에라도 그것을 소용없는 것으로 만들어야 한다고 했다. 녀석의 말은 어느 정도는 거의 어이가 없게 들렸고, 어느 정도는 어이라곤 전혀 없게 들렸다.

그럼에도 나는 어쩌면 앞으로도 모래 위에 적힌 누군가의 이름을 보게 되면 또 지우게 될지도 모른다는 생각을 했다. 그것은 지워서는 안 되는 것으로는 여겨지지 않았다. 그렇게 되면 그 이름과 함께 발레리라는 이름을 떠올릴 수도 있을 것이었다. 아니면, 앞으로는 모래 위에 적힌 누군가의 이름을 보게 된다 하더라도 그것을 지우는 짓 따위는 다시는 하지 않을지도 몰랐다. 그런 짓은 살면서 한 번 한 것으로 족한 것처럼 여겨졌다. 아니, 절대로 그런 짓은 하지 않을 것이었다. 그런 짓은 하지 않을 거라고 생각하자 그것은 해서는 안 될 짓으로 여겨졌다. 하지만 앞으로 절대 하지 않을 거라고 해서 하지 않게 되지 않을 수도 있었다. 그런 짓은 하지 않으려 할 수는 있지만 막상 하게 된다면 어쩔 수 없는 것이었다. 그것은 그런 일을 한 후 다시는 하지 않을 거라고 결심한 뒤 또다시 하게 되는 것이 될 수도 있었다. 그리고 동기를 알 수 없는 그런 짓을 하는 것은 뭐라 말하기 어려운, 탐탁한 즐거움을 주었는데 그것은 동기가 분명한 어떤 짓은 주지 못하는 즐거움이었다.

그리고 그때 천천히 반숙한 계란을 씹어 먹으며, 창밖으로, 모래사장에 나와 모래 놀이를 하고 있는 아이 둘을 보자 내가 모래 위에 적힌 발레리라는 이름을 지운 것이 어이없는 짓을 잘하는 어떤 숨겨진 자질 같은 것을 유감없이 발휘한 것 같았고, 그런 숨겨진 자질을 때로 활용하지 않고 썩히기만 하는 것은 안타까운 일이라는 생각이, 이런 생각을 하고 있는 것도 어이없는 것이라는 생각과 함께 들었다. 그리고 내가 어이없는 짓을 하는 것은, 그런 짓도 하지 않고는 견디기 어려운 삶을 살아내는 한 방식이라는 생각도 들었다.

우리는 식사를 한 후 몬터레이 시내로 갔다. 예쁜 가게와 카페 들이 많이 있었지만 별 느낌은 없었다. 그런데 거리를 걸어가고 있을 때 젊은 여자가 밀고 가는 유모차 안에 탄 여아가 계속해서 입술을 부르르 떨며 푸우우, 하는 소리를 내는 것이 보였다. 날씨가 그렇게 춥지 않았음에도 아기의 입술은 파랗게 되어 있었다. 너무 열심히 입술을 떨어 그렇게 된 것 같았는데, 금발인 그녀는 얼굴이 무척이나 희었다. 나는 아기들이 그런 소리를 내면 비가 곧 오게 된다는, 미신 같은 생각을 갖고 있었다. 아기들은 지진이 날 것을 미리 아는 두더지들처럼, 어떻게 해서 비가 오는 것을 미리 알고 그런 소리를 내는 것 같았다. 나는 그런 경우를 여러 번 본 적이 있었다. 아기들이 푸우우, 하는 소리를 내면 비가 내리지 않는 경우도 있었지만 대부분의 경우 비가 내렸다. 한 지역의 많은 아기들이 그 소리를 내면 틀림없이 비가 내리는지도 몰랐다.

그 능력은 어느 나이가 되기 전의 아이들에게도 있는 것 같았는데, 나 또한 어린 시절 비가 올 거라는 것을 알고는 그 소리를 냈던 것 같았다. 어른들이 아이들에게 그런 소리를 못 내게 하는 것은 비가 오는 것을 원하지 않기 때문이었다. 비를 예보하는 능력은 이가 나기 전의 아기들이 가장 크고, 이가 나면서부터는 서서히 떨어지는 것처럼 여겨졌는데, 그렇다면 이는 그 능력을 잃게 되면서 갖게 되는 것으로 볼 수도 있었다. 그런데 이가 모두 빠진 노인은 어떤가? 그들은 약아빠져 비가 올 거라는 것을 알면서도 아무 내색도 하지 않는다고, 나는 생각했다. 아니면, 그들은 비가 오건 말건 상관하지 않는지도 몰랐다. 아니, 몸이 허한 그들은 신경통을 통해 비가 올 것을 예감하기도 했다.

하늘은 파랬다. 입술이 파란 아기가 얼굴까지 파래져 울게 되는 일이 일어나지 않으려면 저 파란 하늘이 무슨 수를 써서라도 흐려져 비가 와야 하는데, 하고 나는 애타는 마음으로 비가 내리기를 바랐다. 무엇보다도, 비가 오지 않아 아기가 울음을 터뜨리는 것과 같은 일은 일어나지 않아야 할 것 같았다. 우리는 잠시 유모차와 나란히 걸어갔는데, 유모차에 탄 아기는 계속해서 입술을 부르르 떨었고, 비가 올 것이 확실하다는 것을 계속해서 말하고 있는 것 같았다. 곧 비가 올 테니 비 맞을 각오를 하라는 것 같았다. 그리고 그녀는 뭔가를 애원하는 눈초리였는데, 비에 홀딱 젖게 해달라고 하는 것 같았다. 나는 그것을 엄마의 양수에서 나온 지 얼마 되지 않아 아직 양서류 같은 데가 있는 아기가 비에 흠뻑 젖는 것을 좋아해서라고 이해했다. 내가 동료들에게 그 이야기를 하자 자신들도 어린 시절 그런 소리를 낸 적은 있지만 그것이 비와 상관이 있는지는 모르겠다고 했다. 나는 그들이 무척이나 무신경한 어른들로 여겨졌고, 아기가 내는 소리를 좀더 주의 깊게 들었다. 아기가 내는 소리로 봐서는 어쩐지 여우비가 올 것만 같았다.

그런데 놀랍게도 그로부터 반 시간쯤 후 우리가 카페에서 차를 마시고 있는데 하늘이 어두워져 비가 내리기 시작했다. 비는 세차게 퍼부었다. 갑자기 비를 퍼붓기 직전의, 먹구름이 드리운 하늘의 어떤 결의에 찬 모습을 보며 나는 나대로 마음의 준비를 할 시간적인 여유가 있었지만 아무런 준비도 하지 않았다. 나는 무방비 상태에서 비를 맞이하고 싶었다. 내가 예상했던 여우비가 오지는 않았지만 나는 내가 갖고 있는, 미신 같은 생각이 틀리지 않은 것에도, 비가 내리는 것에도 기분이 좋았다. 나는 그 비가 그 일대의 많은 아기들이 입술을 부르르 떨며 푸우우, 하는 소리를 내며 뱉은 입김과 침이 비구름이 되어 내리는 것이라는 생각을 했다.

그 후로도 나는 아기나 아이들이 그런 소리를 내면 비가 오는 것을 여러 번 보았다. 그들은 놀라운 일기예보관들이었다. 유모차에 탄 아기는 우리가 헤어진 순간에 갑자기 아기들만 가능한 웃음소리를 내며 웃었는데, 비가 올 것을 예보하고 있다는 사실에, 그리고 비가 오리라는 것을 확신하고 있는 것에 기뻐 그러는 것 같았다. 그와 비슷한 웃음소리는 무아지경에 빠진 주술사나 점쟁이만 낼 수 있는 것이었고, 그래서 그 아기가 주술사나 점쟁이 같았다. 나는 어른들이 아기들이 말하려는 것을 잘 들으면, 다른 것은 몰라도, 최소한 비는 대비할 수 있을 거라는 생각을 했다.

우리는 계속해서 북진을 했고, 새벽에 샌프란시스코에 도착했다. 하지만 우리가 도착했을 때에는 시내에 안개가 너무도 짙게 껴 있었고, 표지판을 읽을 수도 없었고, 길을 물어볼 만한, 지나가는 행인도 없었다. 우리는 시내에서 한참 동안 안개 속을 헤맸는데, 마치 림보 속을 헤매는 것 같았다. 뭔가에 홀린 것 같았고, 영원히 빠져나갈 수 없을 것 같았다. 우리는 같은 장소처럼 여겨지는 곳을 또다시 지나치기도 했다. 나는 계속해서 제자리걸음을 하고 있는 것 같은 그 상태가 너무도 마음에 들었고, 그래서 언제까지나 그 상태에 있어도 좋을 것 같았다. 나는 우리가, 보이는 것이라곤 끝없이 펼쳐진 눈밖에 없는 북극에서, 계속해서 원점으로 돌아오다가 마침내 모든 희망을 포기해야 하는 상황에 이른 탐사대같이 느껴졌다. 하지만 멕시코 출신 친구는 희망을 포기하지 않기란 절망적인 상황에서 모든 희망을 포기하는 것 이상으로 어렵다는 것을 보여주기라도 하듯 어떻게든 그 상태에서 벗어나려 했고, 내 과거 여자 친구는 아무래도 좋다는 반응을 보였다. 그녀에게는 모든 것이 아무래도 좋다는, 일종의 철학 혹은 사상 같은 것이 있었다.

결국 우리는 2시간 가까이 안개 속을 헤맨 후 간신히 북쪽으로 가는 길을 찾아 금문교를 건너 샌프란시스코를 빠져나갈 수 있었다. 그 후 우리는 태평양 해안을 따라 북쪽으로 갔는데 물이 차가워 수영은 할 수 없었다. 우리는 단지 그 지명에 이끌려 유레카라는 곳까지 갔는데 그곳은 미국의 여느 작은 읍에 지나지 않았다. 그곳의 호텔에서 밤에 데킬라를 마셨고, 다들 취했을 때 둘은 내게 다시 그들과 함께 지내자고 유혹을 했지만 나는 그 유혹을 뿌리치기로 마음을 먹었고, 그렇게 했다. 그 이튿날 우리는 또다시 태평양 해안을 따라 남쪽으로 내려왔는데, 밤에 샌프란시스코에 도착했을 때에도 안개가 짙게 껴 있었고, 또 우리는 안개 속을 한참 헤맸다. 본래 그들과 함께 로스앤젤레스로 갈 예정이었지만, 나는 무슨 생각에선지 샌프란시스코에서 며칠 머물기로 결정했다. 어느 호텔 앞에 나를 내려준 그들은 샌프란시스코가 미국의 도시들 가운데서도 가장 높은 범죄율을 자랑하는 곳 중 하나라고 했고, 로스앤젤레스에 살고 있어 늘 햇빛에 익숙한 그들의 기분을 나쁘게 하는 안개 속에서 내가 과연 괜찮을지 걱정하는 눈치였다. 하지만 나는 안개가 좋았고, 나를 샌프란시스코에 머물게 한 것도 안개였다. 나는 그들이 짙은 안개에 싸인 그 도시를 과연 빠져나갈 수 있을지 의심스러웠다.

미국의 호보

그 이튿날에는 안개가 깨끗하게 걷혀 있었고, 그래서 내가 샌프란시스코에 머물게 된 이유가 사라져버린 것 같았다. 호텔에서 한참을 꾸물거리다 밖으로 나온 나는 샌프란시스코 관광 안내서를 구해 보았지만 특별히 가고 싶은 곳은 없었다. 그러다가 문득 워싱턴 광장 공원에 대한 생각이 났다. 그때 나는 미국의 시인이자 소설가 리처드 브라우티건의 소설 『미국의 송어낚시』를 다시 읽고 있었는데, 그 책의 표지에는 그가 벤저민 프랭클린의 동상 앞에서 어떤 여자와 포즈를 취하고 찍은 사진이 실려 있었고, 그 동상이 있는 곳이 워싱턴 광장 공원이었다.

나는 벤저민 프랭클린의 동상을 보려고 그 공원에 갔고, 그 동상 앞에 가 섰다. 벤저민 프랭클린에 대해서는 특별한 관심을 가진 적이 없었는데, 막상 그의 동상 앞에 서자 그에 대한 특별한 관심이 생기거나 하지는 않았다. 나는 동상을 보며 어떤 사람을 대할 때처럼 사사로운 감정에 빠지는 것을 좋아했지만 그의 동상은 별 감정을 불러일으키지 않았다. 어쩌면 벤저민 프랭클린에 대해서는 다른 기회에 다른 계기로 관심을 갖게 될 수도 있을 것이었다. 나는 동상들을 볼 때면 주로 그러듯 그의 손의 모습을 주의 깊게 보았는데, 양손에 뭔가를 들고 있었다. 나는 빈손으로 있는 동상들을 좋아했는데, 빈손인 동상들의 손은 대체로 뭔가를 가리키고 있었고, 그래서 손이 가리키는 곳을 보며 흥미로운 뭔가나 그렇지 않은 어떤 것을 볼 수 있었기 때문이다.

한번은 어떤 공원에서 빈손인 어떤 동상이 손가락으로 가리키는 곳을 향해 갔다가 그곳에서 수풀 속에 있는 새 둥지를 발견한 적도 있었다. 둥지 안에는 어미를 기다리는, 갓 태어난 새끼 네 마리가 있었고, 나는 잠시 그것들을 보다 그곳을 떠나며 새의 새끼들을 볼 수 있게 해준 동상을 향해 손을 흔들어주었다. 그런데 동상의 빈손들은 대체로 약간 어색한 느낌을 주기도 했는데, 어쩌면 그 때문에 많은 동상들의 손에 뭔가가 들려 있는지도 몰랐다. 나는 어디선가 본 적이 있는, 아주 마음에 들었던 동상을 떠올렸는데, 누구의 동상인지 기억나지 않는 그 동상은 자포자기한 듯한 얼굴에, 하는 수 없다는 듯한 모습으로 손을 들고, 혹은 내리고 있었다. 그 동상은 굉장한 실의에 잠겨 있는 것 같아 보였다.

미국에 수없이 많이 있는 벤저민 프랭클린의 동상들 중에서도 샌프란시스코의 워싱턴 광장 공원에 있는 동상은 미국의 골드러시 시절에 서부 개척자들에게 금니를 해준 어떤 치과의사가 기증한 것이었는데, 금니를 해줘 돈을 번 그가 벤저민 프랭클린에게도 금니를 해줬는지는 알 수 없었다. 나는 그 동상을 올려다보며, 담배를 한 대 피우며, 무척이나 괴짜였던 브라우티건과 관련된 어떤 사실들, 가령, 키가 190

센티미터가 넘었던 그가 자신의 딸에게 어린 시절 끔찍하게 가난해 며칠씩 굶곤 하던 얘기를 들려주며, 자신의 어머니가 밀가루에서 쥐 똥을 골라내던 이야기를 해주기를 좋아했는데, 그것은 그 이야기 자체가 재미있어서라기보다는 그 이야기를 자신의 딸에게 해주는 것을 재미있게 생각했기 때문이었을 거라거나, 그가 1961년 여름 남부 아이다호에서 아내와 딸과 함께 캠핑을 하며 『빅서 출신의 남부군 장군』과 『미국의 송어낚시』를 썼고, 몬태나에 위치한 자신의 목장에 있는 집에서 술에 취해 총을 쏘아 집에 여러 개의 총탄 구멍을 만들었으며(그는 자신의 집에 난 총탄 구멍들과 총에 맞은 집을 보며 집이 벌집 같다는 생각을 하며 무척 기분 좋아했을 수도 있었다), 비트닉 작가 로렌스 퍼링게티에 따르면 사람들보다는 미국의 송어들과 훨씬 더 잘 맞을 정도로 순진했고(그의 작품들도 순진한지에 대해서는 말하기 어렵기도 한데 그것은 나무나 구름이 순진한지 말하기 어려운 것과도 비슷할 것이다), 그가 누구보다 히피처럼 살았으면서도 히피가 아닌 척했고 히피들을 가소롭게 여기며 비웃었고, 히피들과 어울리면서도 히피들과는 거리를 두려 했으며, 49세이던 1984년 샌프란시스코에서 가까운, 마린 군의 볼리나스에서 태평양이 보이는 커다란 창문이 있는 집 거실에서 총을 쏘아 자살을 한 그의 사체가 한 달쯤 지난 후에야 발견되었고, 그가 자살하기 전 한동안, 마치 정말 죽을 생각을 하자 정말 기분이 좋았던 것처럼 유쾌한 모습을 보였으며, 그의 친아버지는 그가 죽은 후에야 자신에게 아들이 있었다는 것을 알게 되었고, 자신들의 아기 이름을 '미국의 송어낚시'로 지은 젊은 부부가 있고, 『미국의 송어낚시』가 전 세계적으로 수백만 부 나갔지만 그는 그 후 독자와 평론가 들 모두로부터 철저하게 외면당하는 소설들을 썼다는—그런 작품을 쓰는 것은 작가가 꿈꿀 수 있는 하나의 이상이기도 한데 그것을 꿈꾸는 작가는 너무도 없다— 등의 사실이 아니라 그가 젊은 시절 타의에 의해 정신병원에 실려 가며 어떤 낡은 집의 현관에, 하얀 고양이를 팔에 안은 채로 앉아 있는 소년을 보고 울지 않으려고 애를 쓴 것에 대해서 생각했다.

  미치지 않았음에도 불구하고 차에 실려 정신병원에 가는 동안에는 낚싯대를 들고 가는 누군가와, 트럭에 실려 가는 통나무와, 나뭇가지 위에 앉아 있는 까마귀와, 도로 중앙에 그어져 있는 노란색 차선과, 건초 더미조차도 슬프게 보였을 테지만 어떤 낡은 집의 현관에, 하얀 고양이를 팔에 안은 채로 앉아 있는 소년은 특별히 슬프게 보였을 것이다. 나는 커서 대부분의 인생을, 어느 시기는 도쿄와 몬태나에서 보낸 것을 제외하고는, 샌프란시스코에서, 전혀 멀쩡하지 않은 상태로 보낸 그를 추도하거나 하지는 않았는데 그것은 그가 추도를 원치 않았을 거라는 생각이 들었기 때문이다. 아니, 그보다도 그가 죽어서도 추도 같은 것은 원하지 않기를 바랐기 때문이다.

  내가 그렇게 정신병원에 실려 가는 브라우티건에 대한 생각에 잠겨 있을 때 누군가가 다가와 나의 생각을 방해했다. 그는 키가 190센티미터 정도 되었고, 그래서 나는 순간적으로 브라우티건이 내 앞에 나타났다는 착각에 빠졌는데, 그는 내가 담배를 피우는 모습을 보고는 담배 한 대를 얻으려고 온 것이었다. 그럼에도 나는 그가 브라우티건 같았고, 약간 반가운 마음이 들었고, 그래서 우리는 자연스럽게 내 담배를 여러 대 맛있게 피우며 얘기를 나눴는데, 가만히 보니 그는 눈이 움푹 꺼지고 수염이 무성하게 자라 브라우티건보다는 예수 같았다. 나는 그가 부활한 예수가 틀림없다는 생각을 했고, 그러한 생각을 하며, 담배를 피우고 있는 그를 보고 있자 그는 재림한 직후 무엇보다도 먼저 담배를 피우고 있는 예수 같았다.

그는 호보(정확하게는 호우보우라고 해야 하지만 호보라고 하자)였는데, 떠돌이를 약간 익살스럽게 지칭하는 호보는 거지와는 쉽게 구별이 된다. 일단 거지에 비해 훨씬 팔팔했고, 잘 씻지 않아 나는 쉰내가 나긴 했지만 거지에게서 나는, 머리를 순간적으로 멍하게 만드는 아찔한 냄새가 덜 났다. 그에게서는 어떤 이유로 생체리듬이 깨져 겨울잠을 너무 오래, 봄이 왔는데도 깨지 않고 여름까지, 늦잠을 잔 것처럼 자고 난 곰에게서 날 것 같은 냄새가 났다.

그는 뉴욕 시 출신으로 해군에서 잠수함을 탄 적이 있다고 했다. 잠수함이라는 말을 듣는 순간 핵잠수함과 대륙 간 탄도 미사일이라는 단어들이 내 머릿속을 빠르게 스쳤다. 그래서 내가 핵잠수함을 탔냐고 하자 그는 그냥 잠수함을 탔다고 했고, 그래서 나는 약간 실망했는데, 그는 더 이상은 말해줄 수 없는 것처럼 말했다. 그래서 나는 수중 음파 탐지기로 다른 잠수함과 선박 들의 존재를 탐지하는 그의 모습을 상상하며 속으로 웃었는데 그것은 부활한 예수의 젊은 시절 직업으로 잠수함 승조원이 이상하게도 어울리는 것처럼 여겨졌기 때문이다.

1년 가까이 미국의 이곳저곳을 떠돌았고, 캘리포니아에서 아몬드를 수확하는 일을 하기도 한 그는 태평양 연안을 따라 북쪽으로 가 캐나다를 그냥 지나 알래스카에 가—그의 말은 캐나다가 알래스카에 가는 길에 있는, 그냥 수고스럽게 지나가야 하는 무인 지대 같은 인상을 주었다—게 잡이 배를 탈 거라고 했다. 그 말을 듣자 그가 더욱 예수 같았는데, 그는 게 잡이 어부들을 상대로 가르침을 전할 계획인 것 같았다. 하지만 어쩐지 그는 갈릴리 호수에서 어부들에게 가르침을 전한 지난번 예수와는 달리 자신이 부활한 예수라는 사실을 끝까지 숨기고 조용히 게를 잡고, 아몬드를 수확하며 호보로 살아갈 것처럼 보였고 그래서 그가 마음에 들려고 했다. 그가 예수라는 증거는 손등에 새긴 작은 십자가 문신이 전부인 것처럼 보였는데, 그는 예수라는 사실을 숨기면서, 하지만 그 사실을 완전히 숨기지는 않고, 그 사실을 십자가 문신으로 드러내, 그것을 알아볼 수 있는 사람만 알아보게 하는 것 같았다. 그가 게를 잡기 위해 알래스카에 갈 거라는 생각을 하자 알래스카는 무엇보다도 게 잡이 배들이 전복될 경우 익사한 선원들을 맛있게 먹어 치울 만반의 준비를 갖추고 있는 수많은 게들이 사는 곳으로 여겨졌고, 그래서 무엇보다도 알래스카에서 게들에 의해 호보로서의 그의 인생이 끝나지 않기를 바랐다.

그는 내가 묻지도 않았는데도 호보에 대한 이런저런 얘기를 해주었다. 세상에는 묻지도 않았는데도 이런저런 이야기를 해주는 사람이 있었고, 그 역시 그런 사람 중 하나인 것 같았다. 여기저기를 떠돌며 사는 사람을 떠돌이drifter라고 하는데 떠돌이는 일을 하지 않으면 안 될 때만 일을 하는 날품팔이tramp, 아예 일을 안 하는, 그래서 거지와 별반 다르지 않은 부랑아bum, 방랑을 하며 일을 하는 호보hobo 등으로 세분화할 수 있으며, 이 가운데서도 호보들은 1900년부터 매년 미국에서 전국 호보 컨벤션을 열어오고 있는데, 호보들에게는 어려움에 처한 동료 호보를 반드시 도와야 하고, 자신의 삶은 스스로 결정해야 한다는 등 나름의 윤리 강령이 있고, 호보의 문화는 미국 문학에서 비중 있는 소재로 잭 케루악과 잭 런던, 유진 오닐과 존 스타인벡 등을 포함한 많은 작가들이 호보로 살았고 호보에 관한 작품을 썼으며, 파썸 벨리possum belly(주머니쥐의 배를 뜻하는 말로, 무임

승차한 기차의 객차 지붕 위에서 바람에 날려 날아가지 않게 배를 바짝 붙이고 엎드려 있는 것을 의미)와 같은 많은 신조어들을 만들어냈고, 샌프란시스코는 호보들에게 성지와 같은 곳이라고 했는데, 그것들은 내가 호보에 관한 자료들을 읽어 이미 알고 있던 사실들이었고, 그래서 나는 그가 하는 얘기를, 혹시 틀린 얘기를 하지는 않는지 귀 기울이며 잠자코 들었는데, 그는 틀린 얘기는 하지 않았다. 그는 호보를 위한 어떤 지침서에 나오는 내용을 열심히 외운 것처럼 보였다.

 그는 호보에게 가장 중요한 것은 호보들끼리 서로 돕는 것이라며, 마치 내가 동료 호보인 것처럼, 그리고 동료 호보로서 내가 그를 도울 수 있는 일은 담배를 계속해서 주는 것인 것처럼, 담배를 계속해서 달라고 했다. 달라고 하기 전까지는 주지 않으리라고, 아니, 달라고 해도 주지 않으리라고 마음을 먹고 있던 내가 계속해서 담배를 주자 그는 내가 미국에서 호보로 살아갈 만한 인물이 되는지 보려는 듯 나를 쓱 한번 훑어보더니 내가 호보가 될 경우 유용할 몇 가지 사실들을 알려주었다. 벽에 그려져 있는 십자가 표시는 파티가 끝난 후 호보들에게 음식이 제공된다는 것을, 고양이 그림은 그곳에 친절한 여자가 산다는 것을, 수평으로 그린 지그재그는 짖는 개가 있다는 것을 의미한다고 했는데, 전부 내가 몰랐던 사실들이었다. 내가 수직 지그재그는 없냐고 하자 그는 그런 건 없다고 했다. 나는 내가 호보 비슷한 존재가 된다면 수직 지그재그 표시를 하고 다닐 수도 있을 거라는 생각을 했다. 그것은 진짜 호보가 아니면서 호보 행세를 하고 다니는 자가 있다는 표시가 될 수도 있을 거였다.

 호보는 내가 자신이 한 얘기에 감동을 받았다고 생각한 듯, 좀더 내게 감동을 주려는 듯, 진정한 떠돌이는 호보이고, 자신들은 자존심이 있다는 점에서 부랑아와는 엄연히 다르다는 점을 강조했다. 그는 부랑아에게 봉변을 당한 적이 있어 부랑아라면 치를 떠는 것 같았다. 나는 그가 하는 말이 우스꽝스럽게 여겨졌고, 그래서 담배 한 대를 더 주었는데, 그 사실을 알 리 없는 그는 진지하게 담배를 피우며, 자신이 호보라는 사실에 새삼스럽게 자부심을 느끼는 듯 담배 연기를 길게 내뿜으며 호보로 지내며 겪은, 하나도 재미없는 얘기들을 했는데 그 대부분이 어려움에 처한 다른 호보들을 도와준 얘기였다. 그는 내가 기대한, 경찰에 쫓기거나 체포되어 수감된 일이나, 닭이나 수박을 훔치다가 사나운 개에게 쫓겨 달아나거나, 달아나다 다리나 엉덩이를 물리거나, 훔친 닭이나 수박을 품에 안은 채로 밤에 강을 헤엄쳐 건너거나, 담을 넘다 떨어져 다리를 다쳐 한동안 다리를 절고 다닌 일 등에 대해서는 얘기하지 않았는데 그런 일을 경험하지 못했기 때문이었다. 그는 아무래도 시시한 호보 같았다. 그럼에도 그 시시한 호보는 심지어는, 선배 호보로서 자칫하면 호보가 될 수도 있을 것 같은 나를 가르치려드는 것 같은 태도를 보였다.

그는 앞니가 아래위로 하나씩 빠져 있었고, 나는 최소한 그 이들이 빠진 재미있는 사연이라도 얘기해주기를 바랐지만 하지 않았다. 아직 그는 이가 저절로 빠질 니이는 아니었다. 그래서 초면에 실례를 무릅쓰고 물었는데 그 이들이 빠진 사연 또한 시시하기가 그지없었다. 내 생각에는, 앞니 2개가 그렇게 과시하듯 빠져 있으려면 거기에는 그럴듯한 사연쯤은 있어야 했다. 그런데 그 이들은 그것들이 빠질 수 있는 가장 시시한 이유로 빠졌는데 그가 술집에서 술에 취해 넘어지며 뭔가에 얼굴을 부딪혀서 빠졌던 것이다. 호보들에게 심심찮게 일어날 주먹다짐 와중에 빠진 것도 아니었다. 그의 빠진 이 2개는, 빠지면서도 자신들이 그렇게 시시한 이유로 빠지게 된 것이 억울했고, 그 후로도 두고두고 억울했을 것만 같았다. 물론 남은 이들이 빠진 이 2개를 제거한 것은 아닐 테지만 그가 입을 벌릴 때면 남은 이들이 마치 그렇게 한 것을 과시하듯, 기뻐하듯 드러났고, 그래서 나는 어떤 이유로 그것들을 미워하던 남은 이들이 그의 이 2개를 축출한 것이 틀림없다고 생각했는데, 이들이 빠지게 된 이유로는 덜 시시한 것으로 여겨졌기 때문이었다.

이미 나는 예수를 닮은 그 호보뿐만 아니라 호보들의 삶에도 흥미를 잃기 시작했고, 내가 떠돌이가 된다면 호보보다는 차라리 아예 일을 안 하는, 그래서 호보의 자존심 같은 것은 버리고, 어떤 자존심도 버리고, 자존심 같은 것은 모르는 채로, 거지와 별반 다르지 않게 살아가는, 떳떳하지 않은 부랑아가 되는 편을 택하겠다는 생각을 했다.

그런데 호보는 술 취한 사람이 같은 말을 되풀이하는 것처럼 또다시 알래스카에 가 게를 잡을 거라고 했다. 그의 말은, 그가 알래스카에 있는 게들 모두를 잡을 것처럼, 알래스카에 있는 모든 게들의 운명이 그의 손에 달려 있는 것처럼 들리기보다는 그의 운명이 알래스카의 게들에게 달려 있는 것으로 들렸다. 나는 그가 하는 이야기를 건성으로 들었지만, 그럼에도 그가 하는 이야기가 다 들렸는데, 제대로 건성으로 듣지는 않았던 것이다.

우리가 서로에 대해 지루해하고 있다는 것을 알 수 있었고, 상대가 지루해하는 것을 알면서도 계속해서 지루해하게 하는 것을 상관하지 않는 나는 그를 좀더 지루하게 만들고 싶었다. 그런데 그때 그가 나는 뭘 하냐고 물었다. 나는 호보로 산 것은 아니지만 호보와 다르지 않게 살았다고 했다. 그런 다음 어린 시절에도 호보와 별로 다르지 않게 살았다고 했다. 그렇게 말하자 그것이 사실인 것처럼, 내가 어떤 호보보다도 호보인 것처럼 여겨졌다. 그는 내가 호보 행세를 하는 사이비 호보가 아닌지 의심하듯 나를 바라보았다. 제정신인 그 누가 호보도 아니면서 호보 행세를 할지 의심스러웠지만, 어쩌면 호보에서 전락한 부랑아들 중에 자신이 부랑아라는 사실을 쉽게 인정하지 못하고 호보 행세를 하는 자들이 있는지도 몰랐다.

나는 내가 영어로 씌어진 책을 한국어로 옮기는 일을 하고 있다고 했고, 우리는 책 이야기를 하게 되었는데, 어떻게 하다 미국의 작가 레이먼드 카버 얘기도 했다. 나는 그의 책 한 권을 번역했지만 그를 별로 좋아하지 않는다고 했다. 카버는 한때 괜찮게 읽었지만 이제는 시시하게 여겨지는 작가의 반열에 오른 대표적인 작가였는데, 그런 작가와 예술가 들이 내게는 너무 많았다. 카버에 대해서 들어본 바가 없는 호보는 어떻게 별로 좋아하지 않는 작가의 책을 번역할 수 있는지 물었고, 나는 어쩔 수 없이 하게 되었다고 했다. 그리고 지금까지 50권가량의 책을 번역했지만 다 어쩔 수 없이 하게 되었다고 했다. 그는 이해한다는 듯, 자신도 지금은 어쩔 수 없이 호보로 살고 있지만 언젠가 작가가 되고 싶다고 했다. 나는 과연 내 앞에 있는 호보가 작가가 될 수 있을지 의심스러웠지만, 호보로 지내다 작가가 된 사람들도 있고, 사람의 일은 모르니까, 그리고 그가 작가가 되지 말라는 법은 없으니까 작가가 될 수도 있을 것 같았다. 그러자 그가 진짜 작가가 된다고 하더라도 그것은 순전히, 사람의 일은 모르니까, 그리고 그가 작가가 되지 말라는 법은 없으니까, 그리고 호보로 지내다 작가가 된 사람들도 없지 않으니까 그렇게 될 수도 있을 것 같았다. 나는 내가 작가라는 얘기는 하지 않았다.

나는 화제를 돌리며 그에게 진짜 아메리카 인디언을 만난 적이 있냐고 물었는데 그는 내 질문을 곰곰이 생각해보더니 없다고 했다. 나는 아쉽게도 미국에서 진짜 아메리카 인디언을 만난 적이 없었다. 물론 주로 도박장이 있는 인디언 보호구역에 가면 술이나 마약에 취해 있는 진짜 아메리카 인디언을 만날 수도 있을 것이었다.

내가 아메리카 인디언 얘기를 한 것은 그 순간 문득 그룹 도어스의 짐 모리슨과 관련해 어떤 생각이 떠올랐기 때문이었다. 그리고 그것은 그가 해군 장교의 아들로, UCLA를 중퇴했으며, 자신의 집 지붕에서 많은 시간을 보냈다는 — 이것은 어디서 읽은 것인지 내가 지어낸 것인지 분명치 않다 — 사실보다는 그가 네 살 때 미국 인디언 가족이 다치거나 죽었을 수도 있는 어떤 자동차 사고를 목격했다는 것과 관련이 있는 것이었다. 그는 자신의 노래 「여명의 고속도로Dawn's Highway」와 「평화 개구리Peace Frog」와 「유령 노래Ghost Song」에서 이 일화에 대해 말하고 있고, 자신의 시와 인터뷰에서도 반복적으로 얘기했으며, 그 사건이 그의 인생에서 가장 큰 영향을 끼친 것으로 믿었다. 그의 아버지의 말에 따르면, 그가 아이였을 때 인디언 보호구역에서 자동차 사고가 난 현장을 그의 가족이 차를 타고 지나간 적이 있고, 그 때문에 그의 마음이 무척 상했지만, 그들은 몇 명의 인디언들을 지나쳐 갔을 뿐이었다. 한데 그것이 어린 짐에게 어떤 강렬한 인상을 남겼으며, 그로 인해 그는 늘 울고 있는 인디언에 대한 생각을 했고, 고속도로 위에 피를 흘리며 죽어가는 인디언들이 흩어져 있는 장면이 계속해서 원초적인 기억처럼 그의 머릿속에 떠올랐다.

죽어가는 인디언들의 모습 같은 장면을 원초적인 기억으로 갖고 있는 것은, 혹은 그런 것을 원초적인 기억으로 생각하는 것은 나쁘지 않을 것이었다. 그런데 나는 인디언을 생각하면 때로는 황야의 바위 위에 아무런 표정 없이, 마치 나무 조각상처럼, 혹은 토템처럼 서거나 앉아 자신들의 빼앗긴 땅을 바라보고 있는 인디언들이 떠올랐다. 그리고 때로는 술이나 마약에 취해 갈라파고스의 거북들처럼 황야에 널브러져 있거나 엉금엉금 기어가고 있는 인디언들이 떠올랐는데, 그럴 때면 그들이 갈라파고스에서 추방된 갈라파고스의 거북들처럼 여겨졌다.

내가 갈라파고스의 거북들 같은 인디언들에 대해 생각하고 있는데 내 옆의 호보가 나를 깜짝 놀라게 했다. 그가 갑자기 나를 때릴 것처럼 손을 내 쪽으로 뻗었기 때문이다. 순간적으로 나는 이 시시한 호보가 시시한 것으로도 모자라 나를 때리려 하고 있군, 이 호보는 사람을 이유 없이 때리기도 하는 못된 호보군, 하고 생각했다. 하지만 그는 나를 때리려고 한 것은 아니었고, 파리를 잡은 것이었다. 그 순간 우리 사이를 날고 있던 파리 한 마리가 거짓말처럼 그의 손안에 있게 되었다. 그는 무슨 마술을 부린 것 같았는데, 아주 시시한 마술처럼 여겨졌다.

나는 그가 그 파리를 거짓말처럼 그의 입안에 털어 넣을 거라고 생각했지만 그는 낚시꾼이 취미로 잡은 물고기를 놓아주듯 그것을 놓아주었는데, 여차하면 또다시 잡기 위해서인 것 같았다. 그는 파리를 맨손으로 잡는 데 대단한 실력을 갖고 있는 것 같았고, 그것이 그가 세상에서 가장 잘하는 일 같았다. 내가 파리 잡는 실력을 칭찬하자 그는 일곱 살 때부터 그렇게 파리를 맨손으로 잡아왔다고 했다. 그의 나이는 마흔이었고, 33년간 파리를 맨손으로 잡아왔고, 그것이 그의 가장 큰 경력 같았다. 그 오랜 경력이 파리를 잡는 것 외에는 별로 쓸모가 없다는 것이 애석하다면 애석한 일이었지만 파리를 잡는 데 있어서만큼은 더할 나위 없는 것이라는 점을 생각하면 그렇게 애석한 일만도 아니었다.

그는 다시 여차하면 나를 때릴 것처럼 손을 든 채로, 방금 전의 파리가 다시 오기를 기다리는 것처럼 주위를 둘러보았지만 그 호보에게서 재미를 느끼지 못한 듯 파리는 딴 곳으로 가 더 이상 오지 않았다. 호보는 떠나간 애인을 기다리는 것처럼 하늘을 쳐다보며 파리가 돌아오기를 기다렸지만 떠나간 그의 애인은 오지 않았다. 그 파리는 안 좋은 냄새가 나는 다른 호보나 거지나, 좋은 냄새가 나는 젊은 여자들이나 안 좋거나 좋은 냄새가 나는 먹을 것을 찾아간 것 같았다.

호보는 다른 파리라도, 아니면 파리가 아닌 다른 날벌레라도 나타나기를 기다렸지만 기다렸다는 듯 날아오는 파리나 다른 날벌레는 없었다. 호보는 무척 아쉬워하는 것 같았는데 그 심정은 충분히 이해가 되었다. 자신의 최고의 경력을 과시할 기회가 주어지지 않았던 것이다. 나는 이제 일어나야겠다는 생각을 하면서도 금방 일어나지 않았는데, 그 호보와 헤어지고 난 후에도 특별히 하고 싶은 일이 없었기 때문이다. 그냥 가면 될 텐데 바로 일어나지는 않았다. 무엇을 할지 혹은 하지 않을지를 두고 나는 복잡한 생각에 잠겼다. 나는 어렵지 않은 일을 아주 어렵게 만들 줄 알았고, 그것만큼은 아주 잘했다.

내가 어쩔 줄 몰라 하고 있을 때, 호보가 내가 일어서야 할 이유를 제공해주었다. 그는 머리가 가려운 듯 머리를 긁기 시작했는데 아무래도 머리에 이가 사는 것 같았다. 그는 머리 이곳저곳을, 앞뒤와 좌우를 긁었고, 그래서 그의 머리에 사는 이는 적어도 네 마리는 되는 것 같았다. 그는 머리를 긁는 것을 멈추지 않았고, 이제는 거리낌 없이 양손으로 긁었고, 그래서 적게는 네 마리에서 많게는 백 마리나 되는 이가 그의 머리에 둥지를 틀고 사는 것 같았다. 백 마리가 살기에 그의 머리는 비좁은 것 같았고, 이들은 서로를 밀어내며 그의 머리에서 떨어지게 하려 하고 있고, 그래서 서로 떨어지지 않으려고 애를 쓰고 있는지도 몰랐다. 다른 것은 몰라도 시시한 호보에게서 이가 옮는 것은 원치 않았고, 그래서 나는 자리에서 일어났다. 그의 머리에 이가 백 마리쯤 있다면 누군가에게 줄 것이라곤 이밖에 없는 그 호보가 내게 몇 마리를 주고 싶어 할 수도 있다는 생각도 들었다.

그런데 머리를 긁어대고 있는 그를 내려다보고 있자 그의 머리를 제외한 다른 몸에는 머리에 사는 이들과 마주치기를 좋아하지 않는, 서로 영역을 침범하지 않기로 협정을 맺은 벼룩들이 살고 있지만 때로는 그 협정이 깨지며 이와 벼룩 들이 서로 피 터지는 싸움을 벌이다가 서로의 영역으로 물러나 위태로운 평화 속에서 지내는지도 모른다는 생각도 들었다. 안개에 끌려 머물게 된 샌프란시스코의 공원에서 어떻게 하다가 이와 벼룩에 대한 생각까지 하게 되었다는 생각이 들며 나 자신이 약간 한심하게 여겨졌지만, 그것은 그렇게 특별한 것도 아니었다. 그렇게 자질구레한 생각들이 끝도 없이 나는 경우가 허다했는데, 지질구레할수록 생각들은 더 끝이 없었다. 나는 생각들 속에서 곤란해지기 위해서인 것처럼 곤란한 생각들에 빠지기도 했는데, 그럴 때면 생각들로 인해 곤욕을 치러야 했다.

이번에도 나는 곤욕을 치르며, 곤란하게 이어지는 생각들을 좀더 했는데, 그 호보가 심심할 때면 웃통을 벗고, 자신의 몸에서 가장 팔팔해 보이는 벼룩 다섯 마리를 선발해 배 위에 올려놓고 높이뛰기 시합을 시킨 다음 우승한 벼룩에게는 특별히 자신의 젖꼭지를 물려 피를 빼게 하고, 꼴찌를 한 벼룩은 격리 조치해두었다가 좀더 비옥한 새로운 땅에서 새로운 삶을 살 수 있도록 다른 사람에게 건네주는지도 모른다는 생각도 했다. 벼룩 높이뛰기 시합은 시간이 남아돌아 시간을 어떻게 보낼지 깊은 고민을 해야 하는 호보가 시간을 보내며 하기에 좋은 것일 수도 있을 것 같았다. 아니면 다른 호보와 함께 벼룩 높이뛰기 시합을 하며 진 사람이 농가에 가 닭을 한 마리 훔쳐오는 내기를 할 수도 있을 거였다. 아니면 이긴 사람은 닭을 한 마리 훔쳐오고, 진 사람은 닭보다 훔치기가 훨씬 힘든 뭔가를 훔쳐오는 내기를 할 수도 있을 거였다. 하지만 나는 그 이야기를 호보에게 해주지 않았는데, 그것은 그가 남는 시간을 유익하게는 아니지만 즐겁게 보내는 나름의 방법을 스스로 개발하기를 바랐기 때문이다. 나는 그가 서부 개척시대부터, 혹은 그 이전부터 미국의 역사 속에 등장한 호보들과 함께하며 그들이 지치고 외로울 때 지친 몸을 더욱 지치게 하기도 했지만 외로움은 얼마간 달래주기도 했을, 호보들을 사랑하는 이들과 벼룩들과 함께 잘 지내기를 바랐다.

 내 담배를 실컷 피운 호보 녀석은 담배를 아낌없이 준 것에 어떻게 고마워해야 할지 모르겠다고, 고마워해야 하는 건지 모르겠다고 했고, 나는 고마워하지 않아도 된다고 했다. 나는 고마워할 줄 모르는 녀석에게 남은 담배를 모두 줬는데 그렇게 함으로써 미국의 시시한 호보 녀석에게 내가 갖고 있던 담배를 모두 뜯겼다고 생각할 수 있었기 때문이다. 그는 담배를 뜯어내는 데도 상당한 경력이 있는 것 같았다. 그는 본래 내 담배를 모두 뺏을 의도로 내게 접근한 것처럼, 본색을 드러내며, 원한 것을 모두 이룬 것처럼 기뻐했다. 성이 피츠제임스Fitzjames인 그는 이제 좀 자야겠다고 했고, 나는 잘 자라고, 그리고 게를 조심하라고 하며 작별을 고했는데, 그의 말에 따르면 피츠Fitz는 '~의 아들'이라는 의미로, 피츠제임스는 영국의 제임스 2세의 아들 중에서도 사생아에게 붙여진 이름이며, 그는 아주 멀게나마 제임스 2세와 관련이 있었다.

작별 인사를 하자마자 잠이 든, 왕족의 사생아 후손일 수도 있는 호보를 보고 있자 또 다른 생각이 떠올랐는데 그것은 예수가 지금 미국의 호보들이 있기 아주 오래전, 그 자신이 이미 일종의 호보이기도 했다는 것이었다. 예수는 올리브나 대추야자 열매를 따거나 사해의 소금을 채취하는 일을 하며 아라비아반도를 떠도는 호보로 지내다가 뭔가에 심한 충격을 받은 후 인류를 구해야겠다는 희한한 생각이 떠올랐고, 스스로도, 그것은 기막히게 말이 안 되는 생각이지만 말이 안 되니까 한번 해보아야겠다는 생각과 함께, 그것이 기막힌 생각이라는 생각을 하고, 하나님의 아들을 자처하며, 스스로도 되돌리기 곤란한 길로 나선 건 아닐까? 알 수는 없으나, 예수는 한 시절을 호보로 지내기도 했지만 히피로도 지낸 것 같았고, 나는 내가 만나고 싶어 하는 것은 호보가 아니라 진짜 히피라는 생각을 했다. 그럼에도 나는 예수가 지금의 호보들이 있기 오래전 호보였다는 생각을 하며, 호보의 역사를 더욱 거슬러 올라가면, 아늑했을 수도 있는 동굴에서의 생활을 어떤 이유로 끝내고 동굴을 나와 살기 시작한 초기의 인류 모두가 사실은 호보였다고 볼 수도 있을 거라는 생각을 했다.

할 만한 일을 생각해내지 못해 결국 호텔로 가기 위해 거리를 천천히 걸어가는데, 어쩌면 조금 전 만난 호보는 그의 머리를 간지럽게 하는 이들을 참고 키우며, 이들과 벗처럼 지내고 있는지도 모른다는 생각이 들었다. 그래서 그 호보가 풀밭에 누워 쉴 때면 이들은 주변 풀밭을 즐겁게 돌아다니다가 호보가 일어날 때 그의 머리에 다시 올라가 호보와 함께 또 딴 곳으로 가는지도 몰랐다. 너무도 오랫동안 이들이 그의 머리를 기분 좋게 간지럽게 해줘 이들이 그렇게 해주지 않으면 그는 뭔가가 빠진 것처럼, 멀쩡한 이 2개가 빠진 것처럼 허전하다고 느끼는지도 몰랐다. 그러다 어떤 의문이 들었는데, 그와 함께 떠돌이 생활을 하는 이들을 호보로 볼 수 있는가 하는 것이었다. 이들은 어떻게 보면 그의 머리에서 정착 생활을 하지만 머리 자체는 계속해서 떠돌고 있었고, 그래서 떠돌이 호보의 머리에서 정착 생활을 하는 이들은 일종의 호보 이들로 볼 수도 있을 것 같았다.

호텔에 돌아온 나는 침대에 누워 호보 때문에 중단되었던, 그 역시 한 시절 호보로 살기도 한 브라우티건에 대한 생각을 계속했다. 그가 정신병원에 수용된 것은 경찰서에 돌을 던져 체포되면서였는데, 너무도 가난한 나머지 굶주림을 모면하려고 감옥에 가기 위해 그렇게 했다는 설과, 자신이 쓴 시들을 여자 친구에게 보여주자 그녀가 비판을 해 너무 상심한 나머지 경찰서에 가 자신을 체포해달라고 했는데 경찰이 위법행위를 하지 않아 체포할 수 없다고 해 그렇게 했다는 설이 있었다.

브라우티건은 정신병원에서 현재는 주로 심각한 우울증 치료에 이용되고 있는 전기 경련 치료를 12번 받으며 '화성인들의 신'이라는 아주 짧은 글을 쓰기 시작했는데(나는 그 글을 읽어보지는 못했지만 무척 이상한 글일 것이 분명했다), 그 치료법은 말 그대로 사람을 잡았고, 그렇지 않아도 이상했던 그를 확실히 이상하게 만들었는지도 몰랐다. 전기 경련 치료를 받는 기분이 어떤 건지 알 수 없었지만(어쩌면 마취된 상태에서 받아 아무 느낌이 없을 수도 있었다) 나는 심각한 우울증을 앓고 있는 내가 그 치료를 받게 된다면 경련하는 모습을 녹화해 나중에 기회가 될 때마다 혼자서 보거나, 사랑에 빠지게 된 여자와 같이 보거나, 아직 어린 내 아이가 성인이 되면 보여줄 수도 있을 거라는 생각을 했다. 전기 자극이 가해지는 개구리처럼 경련하는 모습을 보게 되면 자신은 기억하지 못하는, 경련하던 순간을 온몸으로 기억해내며 전율을 느끼며 커다란 슬픔에 빠질 수도 있지만, 슬픔도 잠시, 무척 유쾌한 기분에 사로잡힐 수도 있을 거였다. 물론 무척 유쾌한 기분도 잠시, 다시 무척 커다란 슬픔에 빠질 수도 있겠지만 그런 다음에는 담담해져 어떤 폭포를 영상으로 본 것 같은 기분을 느낄 수도 있을 것이었다.

나는 무솔리니와 히틀러를 찬양해 반역죄로 체포되어 3주간 쇠창살이 쳐진 우리 속에 갇혀 있다가(내 기억이 정확한지는 알 수 없지만 그는 유치장이 아니라, 동물들을 가둬놓는 진짜 우리 속에 갇혀 있었던 것 같다) 정신이 이상해진 에즈라 파운드를 생각했고, 나 자신이 약간 이상한 사람이 된 것은 어린 시절 감을 따러 감나무에 올라갔다 떨어지며 삭정이에 꼬리뼈를 아주 세게 부딪친 후라는, 아주 오래된, 상당히 근거 없는 생각을 했다.

언젠가부터 나는 내가 꼬리뼈를 세게 부딪친 후 이상한 사람이 되었기에 이상한 사람으로 살 수밖에 없는 운명이라고 생각했다. 실제로 나는 일곱 살 무렵 가을에 집 마당에서 감을 따러 감나무에 꽤 높이 올라갔다 떨어져 잠시 정신을 잃은 후, 정신이 든 뒤에도 한참 동안 꼼짝할 수 없었고, 그래서 감나무 아래 누워 꼬리뼈 주위가 몹시 고통스런 상태에서, 내가 따려고 올라갔지만 따지 못한 감들을 올려다보며, 이 세상에는 내가 딸 수 없는 것들도 있다는 생각을 하지는 않았지만, 이 세상은 감을 따다 죽을 수도 있는 세상이라는 생각을 하며, 어떤 이상한 생각들에 사로잡혔고, 그 생각들이 재미있게 여겨졌고, 그런 생각들을 앞으로 많이 해야겠다는 생각을 했고, 그 후로 자연스럽지 않은 생각과 감정 들에 자연스럽게 이끌리게 되며 이상한 사람이 되었다고 생각했다.

아니, 사실, 그것이 사실인지는 알 수 없고, 사실이 아닐 가능성이 더 크지만, 나는 그렇게 믿게 되었고, 그것은 내가 이상해진 시발점이 되었다. 사실 감나무에서 떨어지며 꼬리뼈를 아주 세게 부딪친다고 이상한 사람이 될 사람은 없을 것이고, 그래서 본래 내게 이상한 사람이 될 자질이 있었다고 하는 편이 옳을 테지만 나는 그렇게 생각했다. 어쨌든 그 후 나는 자라면서 너무 멀쩡한 것은 너무 재미없다고 생각하게 되었다. 어쩌면 그로부터 오랜 세월이 흐른 후 몬터레이의 어느 호텔 앞에 있는 모래사장에 적힌 발레리라는 이름을 보고 거의 달려 나가다시피 해 그것을 지우게 된 것은 어린 시절 감나무에서 떨어져 이상한 사람으로 성장했기 때문에 가능했던 것일 수도 있었다.

그런데 떨어지며 꼬리뼈를 다친 후 이상해졌다고 믿게 된, 감나무에 올라간 이유는 분명치 않았다. 감을 따기 위해 올라간 것이 가장 가능성이 높긴 했지만 그 말고도 여러 가지 이유가 있을 수 있었다. 그냥 높은 곳에 올라가고 싶어서, 혹은 새처럼 나무 위에 조용히 앉아 있고 싶어서 감나무에 올라갈 수도 있었다. 실제로 내가 좀더 가능성을 두는 것은 이 이유였다. 어린 시절 나는 감나무 말고도 다른 많은 나무들에 올라가 새처럼 나무 위에 조용히 앉아, 다른 나무들에 앉아 있는 새들로 하여금 사람이 자신들의 영역인 나무 위에서 뭘 하고 있는지 궁금증을 갖게 했었다.

내가 재미있게 생각하는 것들

5년 후 미국에 다시 왔을 때, 이번에는 내 과거 여자 친구에게 연락을 하지 않았는데 다시 만나도 또 데킬라를 마시고 총이나 쏘며 시간을 보내게 될 것 같아서였다. 물론 그렇게 시간을 보내는 것도 나쁘지 않았지만 그 일을 반복하고 싶지는 않았다. 그럼에도 그녀의 멕시코계 남자 친구가 심은 용설란은 어떻게 되었는지 궁금했지만 일부러 연락을 해 알아내고 싶지는 않았다. 용설란은 죽었거나, 아니면 아직 살아 있어 지금도 멕시코계 친구의 오줌 세례를 받으며, 사람의 오줌 세례를 받는 세상에서 유일한 용설란으로 살아가고 있는지도 몰랐다. 만약 그렇다면, 자신의 동료로 담근 술을 마신 자의 오줌을 마시며 살고 있을 그 용설란은 약간은 기구한 인생을 살고 있다고 볼 수도 있을 것이었다. 나는 시간이 흐른 후 미국에 또다시 오게 되면 내 과거 여자 친구에게 연락하게 될 수도 있을 거라고 생각했다.

샌프란시스코에 도착해 호텔에 머물며 거처할 방을 알아보는 며칠 동안에도 계속해서 안개가 껴 있었는데, 이 도시에 다시 오기 전에도 이곳을 생각하면 늘 가장 먼저 안개가 떠올랐다. 실제로 안개의 도시답게 이 도시는 안개와 떼어놓고 생각할 수 없을 정도로 안개가 많이 꼈다. 그리고 이곳의 안개는 특별한 데가 있는데 때로는 캘리포니아 서부 해안의 아주 거대한 영역에 걸쳐, 경우에 따라서는 캐나다의 밴쿠버 만까지 끼는데, 해안선을 따라, 마치 의식을 가진 어떤 거대한 존재처럼 군림하며, 진군을 앞두고 전열을 가다듬는 어떤 대군처럼 멈춰 있다가, 결정을 내린 것처럼 육지로 서서히 진군을 한 후 한동안 머물다가 물러가기도 했다.

나는 그 며칠간 안개에 휩싸인 샌프란시스코 시내와 해변을 산책하거나, 호텔 방에서 창가에 의자를 놓고 앉아 아주 오래도록 안개를 바라보곤 했다. 안개는 금방 질릴 수도 있는 경치가 아니라 공간을 이루는 어떤 원천적인 질료로 다가왔다. 그리고 물이 형태를 바꾼 안개는 비와 마찬가지로 추상적인 어떤 속성을 갖고 있는 것처럼 느껴졌는데, 어쩌면 그것은 다양한 형태의 모든 물과, 모든 액체와 마찬가지로, 그 자체에 완벽히 추상적인 요소를 갖고 있기 때문일 수도 있었다. 그리고 추상적인 어떤 것에는 보다 보면 쉽게 싫증이 날 수도 있는 구체적인 형태와는 달리 쉽게 싫증이 나지 못하게 하는 어떤 것이 있는 것 같았다.

그리고 그 안개는 나로 하여금, 저 안개 때문에 안개에 대한, 혹은 안개와는 상관없는 어떤 글을 쓰게 될 수도 있을 거라는 생각을 갖게 했고, 실제로 이 소설 속의 많은 글들이 내가 창밖으로 안개를 보거나 안개 속을 걸으며 생각해낸 것들이다. 그래서 샌프란시스코의 안개가 없었다면, 그래도 이 글은 씌어졌을 테지만, 많이 달라졌을 수도 있었다. 실제로 나는 버클리 대학의 초청을 받았고, 그래서 샌프란시스코에서 30분 정도 거리에 있는 버클리에 집을 얻을까도 했지만 샌프란시스코의 안개가 나를 이끄는 것 같았고, 그래서 샌프란시스코에 거처를 정했다. 버클리는 샌프란시스코에서 멀지 않은 내륙에 있지만 샌프란시스코와는 날씨가 많이 다르고 안개도 샌프란시스코만큼 자주 끼지 않았다.

이 글을 쓰는 내내, 언제나처럼 무척 무료하고 우울했고, 무료함과 우울을 조금이나마 달래기 위해 이 글을 썼지만, 그렇다고 무료함과 우울이 줄어들지는 않았다. 샌프란시스코는 어떤 도시가 갖출 수 있는 매력을 꽤 많이, 어쩌면 어느 도시보다도 더 갖추고 있는 도시임에도 이 도시에서 또한 무료함과 우울은 어쩔 수가 없었다. 그럼에도 나는 무료함과 우울에서 조금이라도 빠져나오기 위해 유희적인 생각에 잠기려고 애쓰며, 정신에는 유희에 대한 어떤 끈질긴 욕망 같은 것이 있다는 생각을 했는데, 이 글은 그 욕망과의 유희에 대한 글이기도 하다.

본래 이 소설에는 '재미에 대한 나의 생각'이라는 제목을 붙일 생각이었지만 어떤 영국 작가가 쓴, 정확하게 똑같은 제목의 그다지 재미있지 않은 소설을 보았고, 그 제목은 포기했다. 그는 재미에 대한 다른 사람들의 생각이 재미없게 생각되어 자신이 재미있게 생각하는 이야기를 하고자 했지만 실패한 것 같았고, 그의 책이 재미없었기에 나는 몇 페이지밖에 읽지 못했다(내가 쓴 이 책 또한 어떤 사람들에게는, 아니 많은 사람들에게 하등의 재미도 주지 못할 수도 있을 것이다). 하지만 이 소설의 내용은 재미에 대한 나의 생각에 관한 것쯤이 될 것이다. 나는 이 소설을 쓰면서 일기의 형식을 빌리기로 했고, 그 사이사이에 몇 개의 표제어들로 구성된 글들을 넣기로 했다.

잠시, 내가 재미있게 생각하는 것들에 대해 말하기 전에 먼저 재미없게 생각하는 것들을 들면, 모든 종류의 소음, 거의 모든 음악, 폭력적인 것, 우울, 전통적인 소설, 시대를 반영하는 소설, 상처와 위안과 치유에 대해 얘기하는 소설, 등장인물의 생각보다 행위가 많은 비중을 차지하는 소설, 거창한 소설, 감동을 주는 소설(그런 소설들에 낯간지러운 찬사를 늘어놓는 평론가들이 얼마나 재미없는지를 이야기하는 것은 약간은 재미있을 수도 있겠지만 사실은 재미없으니 그들이 그렇게 할 수 있는 비결은 평론가로서 소양이 없거나 한 인간으로서 위엄과 자존이 없거나 두 가지 다일 거라는 얘기만 하도록 하자), 성장소설, 심각하기만 한 소설, 자의식의 과잉이 묻어나지 않는 소설, 잠언 풍의 시, 상식적인 것, 뻔한 수작(을 부리는 사람), 구김살이 없는 사람, 묘한 구석이 없는 사람, 권위를 온몸으로 풍기는 사람, 부지런하고 의욕이 넘치는 사람들, 사회에 기여하고자 하는 사람들, 구름에는 관심이 없는 사람들, 단순한 사람들, 말이 많은 사람들, 욕심이 너무 많은 사람들, 유머는 알지 못하고 우스개밖에 모르는 사람들, 뭐라 말할 수 없게 말할 수 없이 재미없는 사람들(이들은 정말 재미없다), 인종적 우월주의자, 예쁜 척하고 새침 떨면서 안 그러는 척하는 여자(세계 어디에나 있기 마련인 이런 여자들은 세계 어디보다도 한국에 많은데, 이들에 대한 조사가 한 번도 이루어진 적이 없어 그 정확한 숫자는 분명치 않지만 남극에 사는 멸종 위기에 처한 어떤 종의 펭귄의 숫자보다도 많은 것은 분명하다), 힘과 남자다움을 자랑하는 남자(한국에는 이런 남자들도 많은데, 그들 가운데는 이미 힘이 잔뜩 들어간 목에 힘을 주어 소리 나게 목을 꺾기도 하며, 일부러 팔자걸음으로 걷는 자들도 있다. 그들은 예쁜 척하고 새침 떨면서 안 그러는 척하는 여자들과 잘 어울리는 한 쌍을 이룰 수도 있다), 보수주의자, 경제적 문제와 같은 것들인데, 그 목록은 끝없이 작성할 수 있을 것이다(그 목록을 끝없이 작성하는 것은 재미있기도 하고 재미없기도 하다).

그리고 내가 재미있게 생각하는 것들은 그림자, 구름, 바람, 안개, 어떤 이유로 공중으로 뛰어오르는 세상의 모든 물고기들, 땅속에 굴을 파고 사는 모든 동물들, 짝짓기 철이 되어 예민해진 동물들, 날씨, 나무들, 주정뱅이(이들은 재미있기도 하고 재미없기도 하다), 어린 개구쟁이들과 어른이 되어서도 개구쟁이 같은 데가 있는 사람들, 욕심이 없는 사람들(이들 가운데는 재미없는 사람들도 많이 있다), 동냥에는 별 관심이 없는 거지들, 꿈이 너무 크지 않은 아이들, 나체주의자, 여자에게 퇴짜 맞거나 퇴짜 놓은 기억들, 복수에 대한 어떤 생각들, 말로 하는 놀이, 말하는 것이 거의 없는 시와 소설, 너무 고통스럽지 않은 병, 가난(부유함이 재미있을 수도 있는 많은 것들을 할 수 있게 하지만 그 자체는 재미없는 데 반해 가난은 가난해서 떨 수밖에 없는 궁상으로 인해 재미있을 수도 있다), 잔뜩 게으름 피우기, 자유자재로 말들을 갖고 놀 수 있는 경지에 오르는 것, 근거가 전혀 없거나 상당히 근거 없는 생각들, 아무것도 아닌 뭔가에 대해 혼자만의 이론을 펼치는 것, 혼자서 세상의 이런저런 것들을 조용히 비웃으며 험담하기, 그리고 뭔가에 대해 더 이상 생각할 수 없을 때까지 생각하기와 같은 것들인데, 그 목록은 끝없이 작성할 수 있을 것이다(그 목록을 끝없이 작성하는 것은 재미있다). 그런데 내가 재미있게 생각하는 많은 것들은 동시에 내가 좋아하는 것들이기도 하지만 그 두 가지가 반드시 일치하지는 않는데, 가령 나는 기계체조와 권투와 스카이다이빙과 수중발레와 서커스를 재미있게 생각하긴 하지만 좋아하지는 않는다. 내가 재미있게 생각하는 것들에는 그 밖에도 뭐라 말하기 어려운 것들이 많은데 그 가운데 몇 가지 예를 들면 다음과 같은 것들이 있다.

샌프란시스코에 도착한 지 며칠 되지 않았을 때 나는 주간으로 발행되는 어떤 지역신문을 보다가 행사란을 통해 며칠 전 시내의 어딘가에서 베이컨과 관련한 모임이 있었다는 것을 알게 되었다. 약간의 회비를 내면 누구나 참가할 수 있으며 베이컨을 직접 만들어보고, 베이컨에 대해 얘기를 하고, 베이컨을 시식하는 모임이었다. 베이컨에 관한 전문가가 베이컨에 관해 할 수 있는 모든 것을 얘기하는 시간도 있었다. 미리 알았더라면 과연 갔을지는 알 수 없었지만 그 모임을 놓친 것은 아쉬웠는데, 내게는 베이컨과 관련한 모임은 토성을 주제로 열리는 모임만큼이나 흥미롭게 여겨졌기 때문이다.

어쩌면 그 두 모임을 합쳐 베이컨을 먹으며 토성에 대해 얘기하는, 좀더 재미있는 모임으로 만들 수도 있을 것 같았는데 그것은 토성의 띠가 내게 베이컨을 떠올리게 했기 때문이다. 토성의 띠는 토성에 둥글게 두른 거대한 베이컨 같았고, 나는 베이컨을 먹을 때면 자연스럽게 토성의 띠가 떠올랐고, 그래서 때로는 토성의 띠를 먹고 있는 기분이 들기도 했는데, 그럴 때면 토성의 띠의 맛은 짜고 고소한 맛이라는 생각을 했다. 그와 비슷하게, 통으로 구워지거나 삶아져 나온 감자를 먹을 때면 그것이 작은 소행성 같다는 생각을 하며, 언젠가는 거대한 감자 같은 소행성이 지구에 충돌해 지금의 문명이 사라질 수도 있다는 생각을 하기도 했다. 베이컨과 토성의 띠에서 어떤 공통점을 찾을 수 있는 사람이라면 토성의 띠 모양을 한 베이컨을 먹으며 너무도 멀게만 느껴지는 토성을 좀더 가깝게 느낄 수도 있을 것이었다. 또한 이 모임에서는 베이컨과 토성과 함께 화가 베이컨에 대해서 얘기할 수도 있을 것이다.

어느 날에는 샌프란시스코 야구팀인 자이언츠 팀의 구장이 있는 AT&T 파크 근처 해변을 산책하다가 바다에 야구 모자 하나가 떠 있는 것을 발견했는데, 파도는 잔잔하고 바람도 일지 않는데 모자는 움직이고 있었다. 잔잔한 물 위에서 모자가 스스로 움직이는 것이 있을 수 없는 일은 아니지만 놀라운 일이라는 생각을 하며 그것을 바라보았다. 하지만 곧 그 이유를 알 수 있었는데, 사실은 물개 한 마리가 물속에서 모자를 건드리며 놀고 있었던 것이다. 야구 모자는 자이언츠 팀의 모자였고, 물개는 이 팀의 열렬한 팬인 것이 분명했다. 샌프란시스코 자이언츠 팀의 구장 근처 바다에서 그 팀의 열렬한 팬인 물개를 보는 것은 자연스러운 일로 여겨졌다. 그는 자신이 그 팀의 팬이라는 것을 확실하게 보여주려는 듯 어느 순간에는 모자 속으로 머리를 넣어 모자를 쓴 채로 물 밖으로 살짝 점프를 한 후 잠수를 해 딴 곳으로 사라졌다. 그날은 AT&T 구장에서 시합이 열리고 있지 않았는데, 나는 그곳에서 샌프란시스코 자이언츠 팀의 경기가 열리는 날에는 샌프란시스코 만의 수많은 물개들이 자신들이 응원하는 팀의 야구 모자를 쓰고 응원을 하러 오기도 할 거라는 상상을 했다.

그리고 날씨가 화창한 어느 날 공원에 누워 있을 때, 나는 다시 한 번 정신에는 유희에 대한 어떤 끈질긴 욕망 같은 것이 있으며 그 욕망은 아주 장난스러운 데가 있다는 것을 느꼈다. 감은 눈 속까지 파고드는 것 같은 강한 햇살을 느끼며 풀밭에 누워 있다 보니 말할 수 없이 머리가 아팠고, 그래서 눈을 감은 채로, 두통이 가라앉기를 기다리며, 내가 느끼는 두통을 다른 어떤 것으로 느끼려고 애를 썼다. 그렇게 하다, 말할 수 없는 두통을 앓고 있는 대리석 동상들이 있는,

그래서 자연스럽게 사람들 사이에서 두통을 앓고 있는 대리석 동상들이 있다고 알려진 공원을 상상했고, 내가 느끼는 두통을 대리석 동상들 또한 느끼고 있다고 상상했다. 그런데 그곳의 동상들은 특별히 두통을 앓고 있는 것처럼 보이지는 않지만, 특별한 점은 모두가 눈을 감고 있으며, 한밤중에 다른 공원들이 문을 닫는 시각에만 문을 여는 그 공원이 어디에 있는지는 나만 알고 있으며, 두통을 앓고 있는 대리석 동상들이 있는 공원을 한밤중에 산책하면 머리가 맑아지는데, 그것은 내가 지나갈 때면 눈을 감고 있던 대리석 동상들이 두통이 모두 사라진 것처럼 번쩍 눈을 뜨기 때문이라는 상상을 했는데, 그러고 나자 두통이 거짓말처럼 사라지지는 않았지만 조금은 가라앉았다.

정확히 말하면, 말할 수 없이 크게 느껴지던 두통이 적어도 말하기 어려운 정도로는 가라앉았고, 나는 계속해서 그런 식으로 머릿속에서, 무릎에 통증을 앓고 있는 대리석 동상들이 있는 공원과, 얼굴을 찌푸린 채로 치통을 앓고 있는 대리석 동상들이 있는 공원과, 위궤양을 앓고 있는 대리석 동상들이 있는 공원과, 허리에 두 손을 얹은 채로 요통을 앓고 있는 대리석 동상들이 있는 공원과, 극심한 현기증에 시달리는 대리석 동상들이 있는 공원과, 이명으로 고통받는 대리석 동상들이 있는 공원과, 기절을 하는 대리석 동상들 ─ 나는 이 동상들에 대해서는 특별한 느낌을 갖게 될 것이었는데, 내가 3년 전 극심한 현기증으로 기절했을 때 그 느낌이 나쁘지 않았고, 그 후로 심심하면 기절을 하지는 않았지만 무척 심심하면 기절이라도 하고 싶은데 마음같이 되지 않아 아쉬운 때가 많기 때문이었다 ─ 이 있는 공원과, 뇌수술을 받은 환자들의 대리석 동상들이 있는 공원과, 동상에 걸려 사지를 절단한 대리석 동상들이 있는 공원과, 몽유병을 앓고 있어 밤이면 좌대에서 내려와 공원 안을 배회하며 다니는 대리석 동상들이 있는 공원도 만들어냈는데 그사이 두통은 사라져 있었다.

　이러한 이야기들이 내가, 많이는 아니지만 조금은 재미있게 생각하는 것들이다. 많은 사람들은 그것들이 재미있음을 모르지만 재미를 아는 소수의 사람들은 재미있게 생각하는 것들로, 그런 사람들이 좀더 많아진다면 이 세상이 좀더 재미있는 곳이 될 수도 있을 것이다.

고양이물고기와 고양이

본래 그레이트풀 데드로 대표되는 히피들의 본거지였던 헤이트 애시베리나 게이 커뮤니티가 있는 캐스트로에 방을 구하려 했지만 단기로 임대하는 방이 별로 없어 결국 샌프란시스코의 북쪽 해변에 있는, 마리나라는 지역에 방을 구했다. 해변이 바로 옆에 있는 동네로 깨끗하고 안전한 대신 별로 볼 것이 없었으며, 아파트인 집은 가구가 모두 구비되어 있지만 개성이라곤 없었다. 벽이 하얀 페인트로 칠해져, 커다란 병실을 연상시키는 집은 이렇다 할 전망은 없었지만, 아침에 블라인드를 열면 창밖으로 쥐꼬리를 연상시키는, 금문교의 상부 연결 케이블 몇 개가 쥐꼬리만큼 보였다.

집을 구한 다음 날, 5년 전 호보를 만났던 워싱턴 광장 공원에 갔다가 그곳에서 또 다른 호보를 만났다. 그날 오후 나는 그 공원에서 잠자리 한 마리와 시간을 보내고 있었다. 공원에 누워 있는데 잠자리 한 마리가 날아와 풀밭 위에 놓여 있는 내 손등에 앉아 식사를 하기 시작했다. 잠자리는 자신보다 작은 어떤 곤충의 몸통을 먹은 후 가는 다리를 마저 씹어 먹었고, 나는 잠자리가 식사를 하는 모습을 가만히 지켜보았다. 식사를 끝낸 잠자리는 다리로 입을 깨끗이 닦은 후 내 손등에서 날개를 내린 채로 무척 편안하게 쉬었고, 나는 편안한 쉼터를 제공했다. 자세히 보자 잠자리는 왼쪽 뒷날개에 약간 손상을 입었지만 나는 데는 지장이 없는 것 같았다. 잠시 후 잠자리는 내 팔로 옮겨 가 앉아 나와 얼굴을 마주한 채로 휴식을 취한 후 이번에는 내 이마가 쉬기에 더 낫다고 생각한 듯 이마로 가 앉아 긴 휴식을 취했다. 나는 잠자리의 휴식을 방해하지 않기 위해 꼼짝 않고 있었다. 우리는 한참을 그런 상태로 있었고, 나는 잠자리와 함께라면 얼마든지 시간을 보낼 수 있다는 생각을 했다.

호보는 내가 잠자리와 함께 시간을 보내는 것을 보고 신기해하며 내게 다가왔는데, 그가 오는 바람에 놀란 잠자리는 딴 데로 날아가 버렸고, 나는 나의 잠자리를 날아가버리게 한 호보를 원망했다. 잠자리를 대신해 나와 시간을 보내게 된 이번 호보는 오클라호마 출신으로 호보가 된 지 얼마 되지 않아 호보로서의 경험이 일천한 호보였다. 그는 호보가 뭔지 알기는 하는지조차 의심스러웠지만 호보가 뭔지 알기는 했고, 호보가 뭔지는 알고, 호보로 살기로 했지만 자신이 호보인지 아닌지 스스로도 잘 모르는 것 같았다. 나는 호보에 대해 내가 알고 있는 몇 가지 사실들을 그에게 가르쳐주었는데 그는 그 모든 것을 처음 듣는다고 했다. 그는 호보라기보다는 그냥 떠돌이 같았다.

우리가 내 담배를 나눠 피우고 있자 5년 전 그 공원에서 호보를 만났던 날이 그대로 재연되는 것 같았다. 나는 그에게 진짜 아메리카 인디언을 만난 적이 있냐고 물었는데 그는 없다고 했다. 그는 왜 그것을 묻는지 물었고, 나는 짐 모리슨의 인디언 이야기를 해주었다.

그는 내 말을 잘 못 알아듣는 것 같았고, 머리가 약간 모자라는 것 같았다. 하지만 내 말에 별 관심이 없이 딴생각에 빠져 있는 것 같기도 했다. 우리가 별 할 말이 없이 이런저런 얘기를 하다가 그가 호보로서 뭘 하며 살아갈지 모른다고 했을 때에는 어쩐지 진정한 떠돌이처럼 여겨졌다. 진정한 떠돌이로, 오클라호마 출신인 그는 호보에 대해서는 할 말이 없는 것 같았지만, 다른 뭔가에 대해서는 할 말이 많은 것 같았다. 그는 내게 어린 시절 맨손으로 메기를 잡던 이야기를 약간 신이 나 해준 후 갔는데 그 후 나는 그의 이야기를 바탕으로 '고양이물고기와 고양이'라는 소제목을 붙일 수도 있는 글을 쓰게 되었다. 그것은 약간 끔찍하고 약간 비극적이며 약간 슬프고 약간 희극적인 이야기로, 메기에 관한 어떤 이야기이다.

'누들'이라는 단어는 일반적으로 국수를 의미하지만 다른 의미도 있는데, 낚싯대 같은 도구를 사용하지 않고 맨손으로, 여러 물고기 가운데서도 특별히 메기를 잡는 것을 의미하기도 한다. 아메리카 인디언에게서 유래된 것인지 분명치는 않은 미국의 누들링은 오클라호마와 미시시피, 테네시와 미주리 같은, 미국 남부 주들의 미시시피강 유역에서 주로 이루어지는데, 사람들은 주로 진흙탕이어서 아무것도 볼 수 없는 탁한 강물 속으로 잠수를 해 강둑에 있는 진흙 구멍이나 바위 밑 혹은 관목 아래 있는 메기를 맨손으로 더듬어 찾아낸 다음 메기의 입속에 손을 넣어 메기의 아래턱을 움켜쥐는 방식으로 메기를 잡는데, 이 과정에서 손을 일종의 미끼로 사용하기도 한다.

누들링은 주로 여름에 하며 이 시기는 메기의 산란기여서 메기가 무척 공격적인 때이다. 큰 메기는 30킬로그램까지 나가 거의 철갑상

어만 하다. 사람들은 부상을 줄이기 위해 손에 장갑을 끼거나 양말을 신기도 하지만 진정한 누들러를 자처하는 사람들은 그렇게 하는 것을 비웃으며 맨손을 고집해 상처를 입는 데서 쾌감을 느끼기도 한다. 메기의 날카로운 이빨에 할퀴어 손이나 팔에 피가 나게 되거나 큰 부상을 입는 경우도 종종 있으며, 더 나아가 메기의 이빨에 잘리거나 감염으로 인해 손가락을 잃을 수도 있으며, 익사할 수도 있다. 메기보다 더 위험한 것은 메기가 살다 떠난 구멍에 사는 뱀과 거북, 악어, 사향쥐, 악어거북, 비버 등이다. 옷이 바위나 나무뿌리에 걸릴 수도 있는 위험이 있어 대부분의 누들러들은 반바지만 입고 메기를 잡는다.

이제는 많은 사람들이 스포츠 또는 취미로 하기도 하지만 본래 누들링은 미시시피 강 일대의 육체 노동자들이 벌이나 식용을 위해 했다. 누들링은 한때 미국에서 가장 미국적인 것을 찾아내는 열풍이 불 때 미국인들이 가장 미국적인 것 중의 하나로 찾아낸 것이기도 하다. 미국인들은 그런 식으로, 영국과 스코틀랜드와 아일랜드의 음악에 뿌리를 두었고, 재즈와 블루스의 영향을 받은 블루그래스 음악을 재발견하기도 했다. 누들링으로 가장 유명해진 인물은 제리 라이더이다. 그는 1989년 미국의 유명한 토크쇼 프로그램인 「데이비드 레터먼 쇼」에도 나갔고, 멀리 인도까지 날아가 그를 겹겹이 에워싼, 호기심 많은 인도인들에게 누들링을 시연해 보였으며 MTV에도 출연했다. 하지만 MTV에 출연하면서 잠시 캘리포니아에서 호화로운 시간을 보낸 그는 그 후 텔레비전에 출연한 것이 행복하지 않았다고 했다. 미국 남부의 진정한 시골뜨기인 그는 화려하고 편안한 생활에 불편함을 느꼈던 것이다. 어쩌면 그는 메기를 잡지 않고 사는 인생을 생각할 수 없었는지도 몰랐다. 메기를 잡는 것 외에는 관심이 없는, 어쨌든 그렇게 말하는 그에게 캘리포니아의 약아빠진 사람들은 그가 계속해서 메기를 잡으며 캘리포니아에서 살 수 있게 메기가 사는 커다란 수조를 혹은 작은 강 하나를 만들어주겠다고 제안했지만 그는 사양했는지도 몰랐다. 그는 뱀과 거북, 악어, 사향쥐, 악어거북, 비버 등도 있어야 한다고 했지만 사람들은 그것은 곤란하며, 대신 플라스틱으로 만든 가짜 뱀과 거북, 악어, 사향쥐, 악어거북, 비버 등을 물에 넣어주겠다고 했고, 그래서 실망한 나머지 고향으로 돌아갔는지도 몰랐다.

2001년 브래들리 비슬리가 만든 다큐멘터리 「오클라호마의 누들링」이 방영되면서 미국에 누들링 대회가 생기기도 했다. 누들러들은 미국에서 배스와 송어 낚시 대회가 오래전부터 열려오고 있고 많은 상금이 걸린 대회가 된 반면, 누들링은 대중들의 관심을 거의 끌지 못하는 것에 불만이 많았고, 이대로 가만히 있을 수는 없다고 생각했고, 결국 누들링 대회를 만들어냈다. 그 후 누들링 대회가 오클라호마에서 최초로 개최되었고, 곧 대중들의 폭발적인 관심이 생겨나게 되었으며, ESPN을 비롯해 미국의 전국 텔레비전 방송에서 생중계되기에 이르렀다. 현재 폴스 밸리라는 강에서 열리는 오클라호마의 누들링 대회가 가장 유명하며, 미국의 11개 주에서 누들링은 합법이다. 지금까지 잡힌 가장 큰 메기는 태국의 강과 이탈리아의 강에서 잡힌 것들이다.

누들링에 관한 어떤 다큐멘터리에서 나는 사람들에게 잡힌, 머리 크기가 거의 고양이 머리만 한 메기들이 땅바닥에 엎드린 채로 입을 벌렸다가 다물었다 하면서 숨을 몰아쉬고 있는 것을 보았다. 그 모습은 무척 불행해 보였다. 사람들은 그 불행한 메기들 주위에서 아주 행복해했고, 메기와 사람들 사이에 희비가 극명하게 교차했다. 조금 후 메기들은 목이 잘려 머리만 남은 상태로 계속해서 숨을 몰아쉬고 있었는데, 그들로서는 그야말로 죽을 지경인데 그들을 바라보는 사람들은 즐거워 죽을 지경인 모습을 하고 있었다. 사람들은 무척이나 무례하게도 죽어가는 누군가에게 보여야 마땅한 조금의 예의도 보이지 않았다. 죽어가는 메기는 조용한 죽음조차도 맞이하지 못하고 있었다. 아니, 그 정도면 조용한 죽음을 맞이하고 있다고 볼 수도 있었는데, 몸부림을 칠 수 있는 몸통도 없었기 때문이다. 메기가 할 수 있는 것이라고는 입을 벌렸다가 다물었다 하는 것뿐이었다. 사람들이 자신에게 하는 짓이 너무도 마음에 안 들지만 마음에 들지 않는다는 내색도 할 수 없는 메기가 할 수 있는 일이라고는 숨이 멈출 때까지 입을 벌렸다가 다물었다 하는 것뿐이었다. 메기로서는 이 장면에서 자신에게 일어나고 있는 일을 보며 혀를 내둘러도 모자라겠지만, 메기에게는 내두를 혀도 없었다.

가장 인상적인 장면은 그 후 사람들이 메기의 일부를 고양이에게 주어 고양이가 메기 고기를 아주 맛있게 먹는 모습이었다. 그런데 메기는 영어로 고양이물고기catfish라 불리는데 그것은 메기가 고양이의 수염과 비슷한 수염을 갖고 있어서이다. 하지만 양쪽의 유사성은 비슷한 모양의 수염이 있다는 정도이며 그에 따라 그들은 자신들이 비슷한 이름으로 불리는 것을 알게 될 경우 양쪽 모두 억울해할 수도 있을 것이다. 아니, 아마도 메기 쪽의 억울함이 훨씬 클 것이다. 사람들이 고양이에게 메기를 먹이는 것은 고양이가 고양이물고기를 먹는 것에서 어떤 아이러니를 발견했기 때문인지도 몰랐다. 고양이는 그 아이러니를 알지는 못하지만 메기를 특별한 간식처럼 생각하며 먹는 것 같았다. 메기의 맛을 알게 된 후 그 맛을 쉽게 잊지 못하는 고양이들은 메기 생각이 날 때면 강가에 가 메기들이 사는 강을 바라보며 시간을 보내는지도 몰랐다. 사람들과 메기와 고양이가 등장하는 이 작은 드라마 속 가족 중에는 이름이 메기일 것 같은, 시골 소녀 차림을 한, 수줍게 웃고 있는 소녀도 있었는데 훗날 그녀는 이 영상을 보며 메기들이 죽어가던 날 가족과 함께한 즐거운 시간을 떠올리며 떠나보낸 메기들을 추억하게 될 수도 있을 것이었다.

그 후 어느 날 나는 샌프란시스코의 중국인 거리에 있는 베트남 식당에서 메기 요리를 주문해 먹었는데 그 메기가 미시시피 강 유역에서 태어나 그곳에서 살다 잡힌 것인지 베트남이나 중국의 어느 강에서 온 것인지 알 수 없었다. 아니면 식탁에 오르는 많은 메기들이 그렇듯 양식장에서 왔을 가능성이 컸다. 출신이 어디건, 중국인 거리에 있는 베트남 식당에서 요리되어 테이블에 오른 그 메기를 먹지 못하거나 하지는 않았는데, 다행히 요리된 메기는 머리는 없고, 몸통밖에 없었고 그것도 토막이 나 있어 미시시피 강 유역에서 누들러들에게 잡혀 불행하게 죽어간 메기들을 많이 떠올리게 하지는 않았다. 만약 머리가 있었다면 못 먹지는 않았더라도 최소한 먹는 데 얼마간의 어려움을 겪었을 것이다.

그런데 미국인들이 가장 미국적인 것 중 하나로 내세운 누들링은 전혀 특별할 것이 없었고, 전혀 미국적인 것도 아니었다. 전 세계의 강가에 사는 많은 사람들이 누들링을 하고 있었다. 그리고 생각해보니 나 자신이 한때 누들러이기도 했었다. 어린 시절 시골에서 살며 마을 근처 강에서 맨손으로 메기를 잡기도 했던 것이다. 그때 잡은 메기들은, 몸집은 크지 않았지만 잡는 과정에서 이빨에 물리거나 침에 쏘이기도 했다. 당시의 기억을 떠올리자 다른 무엇보다도, 메기들이 미끈거리며 손가락 사이로 빠져나갔던 기억이 났다. 손가락에 느껴지는 미끈거리는 감촉을 떠올리며 메기 고기 한 점을 먹었는데 그것이 마들렌 과자처럼 나를 그 시절로 데려가주지는 않았다. 그 시절은 거짓말처럼, 거의 전생에 가깝게 여겨질 정도로 멀게만 느껴졌다. 강가에 사는, 세상의 많은 아이들이 메기를 잡고 있고, 그래서 그중 누군가는 한참이 지난 후 이국의 어느 식당에서 메기 요리를 먹으며 어린 시절 메기를 잡던 때를 떠올리기도 할 것이었다.

그 후 나는 내가 만나게 된 몇몇 미국인들에게 누들링에 대해 얘기했는데 그들 가운데 그것에 대해 들어본 사람은 없었다. 나는 어쩌면 그것은 미국이라는 나라가 너무 넓은 것과 관계가 있을 수도 있다는 생각을 했다. 그들은 자신들이 처음 듣는 누들링에 대해 흥미로워했다. 나는 누들링도 흥미로웠지만, 내가 가장 미국적인 것들 중 하나로 여겨지는 누들링에 대해 미국인들에게 얘기를 하는 것도 흥미로웠는데, 언젠가 어떤 미국인에게서 조선의 명장인 이순신 장군과 거북선에 대해 내가 몰랐던 여러 가지 이야기를 들었을 때에도 그랬었다. 배와는 전혀 관계가 없는 일을 하는 그는 전함의 역사에 관한 한 거의 전문가적인 지식을 갖고 있었다.

샌프란시스코의 괴짜들과 맛이 간 자들

샌프란시스코에는 호보와 거지도 많지만 괴짜들도 많아서 한눈에 보아도 괴짜라는 것을 알 수 있는 괴짜들을 어렵지 않게 볼 수 있다. 워싱턴 광장 공원에 가면 오후에 가끔 혼자서 풀밭에 앉아 커다란 비닐봉지에 가득 든 체리를 조용히 먹고 있는 남자를 볼 수 있는데, 그는 마치 체리에게 깊고 큰 원한이 맺힌 것처럼, 사람이 체리에게 당할 수 있는 좋지 않은 일에 어떤 것이 있을 수 있는지 상상하기 어렵지만, 밤사이 체리들에게 몹시 시달린 것처럼, 다른 무엇에도 눈길을 주지 않고 오직 자신이 먹고 있는 체리만 보며 체리를 먹는다. 그가 그렇게 체리를 먹고 있는 모습을 보면 체리에게 무슨 깊고도 큰 원한이 맺혀 그렇게 체리를 먹고 있는지 의아한 생각이 들기도 한다.

그런데 그가 체리를 먹고 있는 모습에는 주변의 모든 것을 아무것도 아닌 것처럼 보이게 만드는 뭔가가 있어서, 그는 누구도 풀 수 없는 어떤 수수께끼를 내며 그것에 대한 해답을 찾고 있는 것 같기도 하고, 그가 먹고 있는 체리 또한 예사롭지 않은 체리로, 더 나아가,

체리가 아닌 뭔가로, 이를테면 그 자체가 수수께끼인 뭔가로 보이기도 한다.

늙은 아시아계인 그가 왜 그렇게 워싱턴 광장 공원에서 체리를 조용히 먹는지는 알 수 없지만, 그가 가고 난 자리에는 처절한 복수를 당한 것 같은 체리의 씨가 수북이 쌓여 있다. 하지만 그 이튿날이면 체리의 씨는 모두 사라져 있다. 이유는 알 수 없었지만 나는 그 공원에 사는 다람쥐들이 모두 가져가, 체리 씨를 모아 어딘가 비밀스런 장소에 탑을 쌓고 있다고 상상했다. 그리고 그 일은 다람쥐들이 다소 이상하고, 순수하고, 특별한 열정을 갖고 여가 시간에 취미로 하는 것이었다. 그것은 다람쥐들이라고 취미 생활을 즐기지 말라는 법은 없다는 것을 말해주는 동시에, 워싱턴 광장 공원에서 가까운, 텔레그래프 언덕에 있는 코잇 타워를 보면 납득이 된다.

코잇 타워는 내가 거의 유일하게 좋아하는 샌프란시스코의 상징물인데, 그것을 좋아하는 것은 탑 자체보다는 그 탑을 그곳에 서 있게 한, 샌프란시스코와 깊은 인연이 있는 어떤 괴짜 여자와 관련된 일화들 때문이다. 아르데코 양식의 그 탑은 세상의 많은 탑들이 그렇듯 누군가의 다소 이상하고, 순수하고, 특별한 열정을 통해 만들어졌는데, 누군가의 다소 이상하고, 순수하고, 특별한 열정은 탑을 만드는 것으로 가장 잘 실현될 수도 있다는 것을 보여주고 있기도 하다. 그 탑은 아무런 실제적인 용도 없이, 허공을 향해 솟아 있어야 하는, 내가 생각하는 진정한 탑에 어느 정도 부합되기도 했다.

코잇 타워를 만든 사람은 릴리 히치콕 코잇이라는 여자다. 그녀는 상당한 괴짜로, 주로 남자처럼 하고 다녔으며, 머리가 가발에 잘 맞도록 머리를 밀기도 했고, 열다섯 살 때 소방관들이 화재를 진압하는 것을 본 후로 불이 난 것을 보면 어떻게든 그 불을 끄려고 했고, 소화전에 대해 독특한 감정을 느꼈고, 결국 샌프란시스코 명예 소방관이자 샌프란시스코 소방관들의 수호성인이자 샌프란시스코의 전설적인 인물이 되었다. 어쩌면 그녀는 어린 시절 호스로 물을 뿜는 것을 제일 좋아했고, 그 놀이를 할 때 가장 행복했는지도 몰랐다.

워싱턴 광장 공원에 누워 코잇 타워를 바라보고 있자 한국에 있는 누군가가 떠올랐다. 그녀는 어린 시절 어느 겨울, 집 근처에서 소방차가 달려가는 것을 보고 불이 난 것을 볼 수 있다는 설렘에 그 차를 따라 달려갔지만 설렘은 오래가지 못하고 놀람으로 바뀌었다. 소방차가 도착한 곳은 많은 집들 가운데서도 하필이면 그녀의 집이었던 것이다. 어린 그녀가 보는 앞에서 그녀의 집은 홀랑 다 타버렸고 급기야는 내려앉아버렸다. 충격을 받았어야 했던 그녀는 충격보다도 부끄러움을 느꼈는데, 그것은 그녀의 부모가 그 집에서 갖고 나온 것이 가족의 소중한 추억이 담긴 사진첩 같은 것이 아니라 당시 무척 귀했던 컬러텔레비전 한 대였기 때문이다. 그녀는 그 텔레비전으로 자신의 집에 불이 난 뉴스를 보지 못해 아쉬웠다고 했다.

그 후 그녀의 집이 다시 지어질 때까지 몇 달간 그녀는 임시 거처에서 행복한 시간을 보냈다. 하지만 다 지어진 집은 그해 여름 홍수에 잠겨버려 그녀는 또다시 몇 주간 임시 거처에서 시간을 보내야 했는데, 그 시간 또한 행복했다고 했다. 또 언제 집이 어떻게 되어 피난을 가야 할지 몰랐던 그녀는 자신이 소중하게 생각한 사진첩과 일기장과 인형들 모두를 네모난 여행용 가방인 보스턴백에 넣어두고 여차하면 집을 떠날 준비를 했다고 했다. 두 번의 재난은 세상을 전혀 다르게 보게 하는 계기는 되지 못했어도 그녀는 그것들로 인해 행복한 어린 시절을 보낼 수 있었다. 그 이야기를 하면서 그녀는, 행복은, 특히 어린 시절의 행복은 생각지 못한 데서 생각지 못한 방식으로 찾아오기도 한다고 했다.

그녀는 상당히 괴짜였는데, 자신이 괴짜인 것은 어린 시절 두 번 재난을 당한 것과는 아무런 상관이 없다고 했다. 부모가 시켜 어쩔 수 없이 피아노를 배우던 그녀는 자신의 집이 불탄 후 어느 날 밤 어떤 악기점에 불이 나 피아노와 현악기들이 불타며 시커먼 연기를 내뿜는 꿈을 꾸었는데, 그것이 자신이 꾼 최고의 꿈 중 하나라고 했다. 그녀는 자신이 작곡가였다면 불타는 악기들을 위한, 일종의 진혼곡을 썼을 거라고 했다.

샌프란시스코에는 호보와 거지와 괴짜 들 외에 또 많은 것이 있는데 그것은 다름 아닌, 괴짜를 넘어, 살짝 맛이 갔거나 반쯤 맛이 갔거나 완전히 맛이 가고 있거나 이미 완전히 맛이 간 자들이다. 이 도시에는 그런 자들이 너무 많아 사람이 웬만큼 이상하지 않고서는, 그 정도로는 이상하다고 할 수도 없지, 이상한 사람 축에도 못 들지, 라는 얘기를 들을 수도 있을 것 같다.

내 집 근처 공원에는 오후에 일정한 시각이면 산책을 하는 중년의 백인 여자가 있는데, 그녀는 자신이 아직도 중세에 살고 있다고 생각하는 것처럼 머리부터 발끝까지 고딕 스타일의 차림을 하고 있다. 얼굴이 창백할 정도로 하얀 그녀는 검정색 옷에 여러 가지 금속 장식을 달고 있는데, 공원에서 함께 산책을 하는 그녀의 커다란 검은 개 역시 목에 뾰족뾰족한 징 장식이 있는 검정색 가죽 목걸이를 하고 있다. 그녀 역시 비슷한 목걸이를 하고 있는 걸 보면 둘은 서로 목걸이를 바꿔 하는지도 모른다. 그녀를 보고 있으면 자연스럽게 여러 가지 상상을 하게 되는데, 그녀가 유리 진열장 속에 여러 가지 중세 의상들이 있는 자신의 집 지하실에 창살이 있는 지하 감옥을 만들어, 밤이 면 그 안에 들어가 잠을 자며, 자신의 개로 하여금 자신을 감시하게 하며 살고 있는지도 모른다는 생각도 든다. 그녀가 무엇보다도 원하는 것은 몸에 혈색이 하나도 없게, 시체처럼 창백해져 시체처럼 살아가는 것일 수도 있다. 그녀는 살짝 맛이 갔고, 앞으로 잘 하면 반쯤 맛이 갈 수도 있을 것처럼 보인다.

그리고 내가 사는 곳 근처 도서관에서 자주 보게 되는 어떤 백인 노파가 있는데, 그녀는 가장무도회에 가고 있거나 그곳에서 돌아오는 길인 것처럼 늘 검고 긴 원피스 차림이다. 그녀는 매번 검은 보닛에 색상을 달리해 장미와 데이지를 꽂고 있거나, 맨 머리에 작은 꽃을 꽂고 있는데, 과거 낭만주의 시인의 작품 속에서 긴 잠을 잔 후 잠이 덜 깬 채로, 너무 긴 잠을 자느라 마구 헝클어진 머리를 손가락으로 빗으며 잠을 털어내며 곧장 걸어 나온 여자처럼 보인다. 나는 그녀를 보며, 꽃이 꼭 흙 속에 뿌리를 내려야 한다는 사실을 도무지 받아들일 수 없는 그녀가, 자신만의 독특하고 기발한 방법으로 자신의 머리에 꽃씨를 뿌리고 물을 줘 머리에서 싹을 틔울지도 모른다는 상상을 하기도 했다. 머리에서 꽃이 피게 하는 법을 아는 기발한 그녀는 계절에 따라 다른 꽃씨를 머리에 파종하는지도 모른다.

그녀를 보면 과거 히피 시대에 찬송가처럼 불렀고, 샌프란시스코와 관련한 1,000곡이 넘는 노래들 가운데서도 가장 유명한 노래이기도 한 「샌프란시스코」가 떠오른다. 스콧 맥켄지가 부른 이 노래의 첫 소절은 '샌프란시스코에 가게 되면 꼭 머리에 꽃을 꽂아라'는 것으로(이 노래는 샌프란시스코에 관한 수많은 노래들과 구별하기 위해 「샌프란시스코에 가게 되면 꼭 머리에 꽃을 꽂아라」는 제목으로 불리기도 한다)

그녀는 그 무렵 자유와 사랑과 평화와 조화와 공동체에 대한 이상으로 들뜬 마음으로 다른 어딘가에서 몰려온 히피들 사이에서, 머리에 꽃을 꽂은 채로 샌프란시스코에 와—실제로 그 당시 세계 각지에서 수천 명의 히피들이 머리에 꽃을 꽂은 채로 사람들에게 꽃을 나눠주고「샌프란시스코」를 부르며 샌프란시스코에 왔는데, 그 노래는 그들을 그렇게 이 도시로 오게 했을 뿐만 아니라, 1968년 프라하의 봄 때 소련군에 저항하는 체코인들의 자유의 찬가로 불리기도 했다—지금까지 이곳에 살고 있는, 진짜 히피인지도 몰랐다. 그녀는 반 이상 맛이 간 것처럼 보인다.

샌프란시스코에는 완전히 맛이 간 자들이, 부족함이 없다고 할 만큼 정말 많은데, 왜 샌프란시스코를 소개하는 관광 안내 책자에 그들에 대한 이야기는 없는지 궁금할 정도이다. 어쩌면 그것은 사실이 아닐 테지만, 그들은 마치 과거에 히피들이 이 도시로 대거 밀려왔던 것처럼, 히피들과는 또 다른 물결을 이뤄, 맛이 가 머리에 꽃을 꽂은 채로 이 도시로 대거 몰려온 것 같다. 그것은 사실이 아님에도, 그 물결을 상상하면 어떤 잔잔한 감동이 몰려오는 것 같다.

아니면 과거에 이 도시로 온 히피들 중 상당수가 맛이 가게 된 후 이곳에 계속 살고 있는지도 모르겠다. 이들 중에는 혼자 생각에 빠져 입술을 달싹이며 조용히 중얼거리는 자들도 있지만 혼자만의 생각을 큰 소리로 외치는 자들도 꽤 있다. 그런데 맛이 가면 완전히 혼자만의 생각에 빠지게 되는 건 당연하지만 왜 큰 소리로 말하게 되기도 하는 것인가? 맛이 가 혼자 떠드는 자들을 보면 늘 그 점이 궁금했고, 그래서 그들을 보며 그 이유를 알아내려 했지만 알 수 없었다. 하지만 샌프란시스코에서 그런 자들을 보며 그 문제에 대해 정말 곰곰이 생각해보자 이유를 알 수도 있을 것 같았다. 물론 그들 중에는 세상과 누군가에 대해 저주를 퍼붓는 사람들도 있을 테지만, 이들의 경우를 제외하면 굳이 소리 내어 말할 필요가 없는 혼잣말을 소리 내어 말하는 것은 결국 다른 사람이 들으라고 하는 것이 아니라, 자신에게 들려주는, 자신이 들으라고 하는 것일 수도 있었다. 그리고 소리 내어 말하지 않아도 자신이 들을 수 있는 말을 일부러 소리 내어 말하는 것은 혼자 생각을 하거나 혼잣말을 중얼거릴 때와는 다르게, 비교가 안 되게, 자신에게 자신의 생각을 강하게 주입하기 위해서라고 볼 수도 있었다. 그들은 자신이 하는 말이 자신의 머릿속에 분명하게 각인되도록, 말하는 내용이 머릿속을 떠나지 못하도록, 머릿속이 온통 그 생각으로 가득 차도록 그렇게 하는 것일 수도 있었다. 그들의 모든 생각은 몇 가지 생각들로 수렴되고, 그래서 그것들을 만트라처럼 중얼거리며, 자신에게 일종의 주문을 거는 것일 수도 있었다.

  한번은 버스에서 한 흑인 노파가 계속해서 7온스, 9온스, 13온스, 라고 큰 소리로 혼잣말을 하는 것을 보았다. 그녀는 뭔가의 무게를 재고 있는 것 같았는데, 무게에 대한 어떤 생각이 그녀를 지배하고 있는 게 분명했다. 어쩌면 그녀는 맛이 가기 전 뭔가의 무게를 재는 일을 했고, 맛이 간 후에도 그 일은 자신이 하지 않으면 안 된다고 생각하고 있는지도 몰랐다. 또한 나는 길에서, 문을 찾아라, 라고 계속해서 외치고 있는 남자를 보았고, 공원을 배회하며 계속해서 낄낄거리며, 그것은 더 이상 우습지 않아, 하고 계속해서 말하고 있는, 맛이 간 또 다른 어떤 중년의 여자도 보았다.

  그리고 걸어가면서 계속해서 모기 소리를 내는, 곱게 늙은 어떤 백인 노파도 보았는데, 나는 한참을 그녀와 나란히 걸으며 그녀가 내는 모기 소리를 들었다. 그녀가 내는 모기 소리는 진짜 모기 소리에 정말 가깝게 들렸고, 그래서 커다란 모기 한 마리와 나란히 가고 있는 것만 같았다. 그녀가 자신을 모기로 생각해서인지, 아니면 모기 소리를 내 사람들을 위협하거나 가까이 오지 못하게 하고 있는 것인지, 아니면 어떤 이유로 모기 떼를 불러 모아 사람들을 물게 하려고 하는지는 알 수 없었다.

정신이 나간 많은 사람들이 확실히 뚜렷한 개성들을 갖고 있는 것처럼 보이는데, 그 개성은 어쩌면 정신이 나갈 때에만 갖게 되는 것일 수도 있는 것 같다. 그런데 어떤 점에서는 정신이라는 것 자체에 극단으로 치닫고자 하는 욕망이 있고, 정신이 이를 수 있는 궁극적인 지점은 정신이 나간 상태라고 볼 수도 있을 것이다. 어쩌면 누군가가 어떤 사람인지 진정으로 알 수 있는 것은 그가 정신이 나갔을 때일 수도 있을 것이다.

여러 면에서 샌프란시스코는 맛이 간 사람이 살기에 괜찮은 곳처럼 여겨지기도 한다. 이곳에는 이미 맛이 간 사람들이 충분히 많이 있고, 그들은 이 도시의 자연스러운 일부를 이루고 있는 것 같다. 어떤 시설에 수용되지 않은, 일종의 자연 상태 속에 있는, 통제되지 않은 상황 속에 있는 정신이상자들에 대한 정신병리학적인 연구가 이루어진 적이 있는지는 모르겠지만 그런 연구를 하기에는 샌프란시스코가 이상적인 장소인 것 같다.

어쩌면 내가 맛이 가게 될 수도 있을 거라는 생각을 할 때가 있는데, 물론 그것은 노력으로, 혹은 노력만으로 되는 것은 아닐 것이다. 하지만 늘 현실과 유리된 삶을 살며, 일단 사로잡히게 되면 쉽게 빠져나올 수 없는 종잡을 수 없는 감정들에 사로잡혀 있고, 혼자만의 생각, 그것도, 지나친 생각을 하지 않으면 생각을 하는 것 같지도 않아, 말이 안 되거나 병적인 생각들에 빠져 있고, 그 생각들에서 도피처를 찾고, 맞이 간 사람의 수기 같은 이런 소설을 쓰고 있고, 가끔은 혼잣말을 하기도 하는 내가 그렇게 되지 말라는 법은 없을 것이다.

하지만 어느 순간 모든 판단력을 잃고 맞이 가게 될 수도 있을 것이다. 흔히 말하듯 작고 소박한 것에서 행복을 느낄 수 없고, 그래서 그런 것들을 소중하게 생각할 수 없는, 그럴 수 있는 단계를 넘어선 것이 아니라 애초에 그런 것이 가능하지 않은, 여하한 희망도 꿈도 없는 사람이라면 그것을 기대해볼 수도 있을 테고, 그 기대는 너무 큰 것만은 아닐 것이다.

공식적으로 내가 새로운 삶을 시작하게 될 그날은 어쩌면 비가 내리는 거리를 걷다가, 거리의 펼쳐진 우산들 모두가 어떤 이유로 팽이처럼 빙빙 돌며 하늘로 올라가며 나 또한 내가 쓴 우산을 잡은 채로 하늘로 올라가는 신비로운 환영을 경험하는 순간, 아니면 맑은 하늘에서 오로라를 보았다고 생각하는 순간 찾아올 수도 있을 것이다.

나는 내가 맞이 가게 된다 하더라도 제발이지 사나워져 소란을 피우거나, 누군가에게 피해를 끼치지는 않기를, 조용히 혼잣말을 하며 지낼 수 있기를 바란다. 나는 가끔, 다 부질없는 짓이야, 라고 기어 들어가는 목소리로 혼잣말을 하는 경우가 있는데, 언젠가 내가 완전히 맞이 가게 되는 날이 찾아와 입술을 달싹이며 기어 들어가는 소리로 혼잣말을 하게 된다면 무슨 말을 할지 궁금하다. 그때는 혼잣말을 하면서도 무슨 말을 하는지 모를 수도 있을 테지만 그런 것은 상관없을 것이다. 어쩌면 머릿속을 가득 채우고 있는 의미 없는 활자들이 입을 통해 공기 방울처럼 흘러나올 수도 있을 것이다.

그럼에도 나는 내가 스프링이나 나사나 곤충의 날개 같은 것에 대한 생각에 사로잡혀 그것들에 대해 얘기할 수도 있고, 그것도 나쁘지 않겠지만, 그보다는 흘러가는 구름이나, 고요히 흐르거나 흐르지는 않지만 표면만 아주 살며시 흔들리는 물에 대해서만 얘기하기를, 그리고 그것들에 대한 어떤 생각으로 희열에 몸을 떨지는 않더라도 만면에 웃음을 지을 수 있기를 바라는데, 구름이나 물은 가만히 바라보며 그것들이나 다른 것들에 대해 가만히 생각에 잠길 수 있는 것들이기도 하고, 그것들에 대한 생각에 잠겨 있다가도 가만히 바라보며 생각을 비울 수 있는 것들이며, 아무 생각도 나지 않을 때 아무 생각 없이 그것들의 모양이 서서히 바뀌는 것을 바라만 봐도 좋은 것들이며, 무엇보다도, 막막한 심정일 때 그것들을 보고 있으면 그 막막함이 줄어들거나 사라지지는 않더라도 도리 없게 한없이 부드러워지는 것을 느낄 수 있는 것들이고, 서로 아무런 말이 통하지 않아도 서로 얘기를 주고받는 것처럼 끝없이 얘기를 할 수 있는 것들이기도 하기 때문이다. 그래서 나는 내가 맛이 가게 되면, 모든 것이 꿈만 같다는 생각도 할 수 없을 테지만, 그럼에도 꿈을 꾸는 듯한 얼굴을 하고, 벽과 지붕과 창문이 모두 구름으로 만들어진 집에서, 모두 구름으로 만들어진 침대와 턱자 같은 가구들에 둘러싸여, 구름으로 만들어진 옷을 입고, 구름으로 만들어진 음식을 먹고, 구름처럼 행동하고 생각해, 구름 아닌 모든 것들도 구름 같고, 그래서 구름이 아닌 것에 대해서는 생각할 수 없어 구름에 대해서만 생각하고 말할 수 있기를 바라는 것이다.

최초로 북극점에 도달한 원숭이

어느 날 헤이즈 거리에 있는 어떤 옷 가게에서 검정색 재킷 한 벌을 샀는데, 살 때도 그렇게 느꼈지만 집에 와 거울 앞에서 다시 입어보니 무척이나 무대의상 같았다. 목이 긴 새에게 어울릴 것 같은 긴 깃이 달려 있는 그 옷은 평소 입고 다니기에는 약간 망설여질 것 같았는데, 살 때도 그렇게 느꼈었다. 그래서 어떤 짐승을 우리 속에 가둬두는 것처럼 그 옷을 옷장 속에 가둬두었다가 간혹 꺼내—그럴 때면 옷은 자유의 몸이 된 것에 기뻐하는 것 같았다—집에서 커피를 마시거나 컴퓨터로 글을 쓰거나 소파에 앉아 텔레비전을 볼 때 입곤 했는데, 그럴 때면 나 자신이 커피를 마시거나 컴퓨터로 글을 쓰거나 소파에 앉아 텔레비전을 보는 연기를 하는 배우 같았다. 그 옷을 입고 있으면 뭘 해도 연기를 하는 것 같았는데, 거울을 보아도 거울을 보는 연기를 하는 것 같았고, 침대에 가만히 누워 있어도 가만히 누워 있는 연기를 하는 것 같았고, 심지어는 물 한 잔을 마셔도 물을 마시는 연기를 하는 것 같았다.

한번은 밤에 그 옷을 입고 창가에서 유리창에 비친 내 모습을 보며 슬픈 장면을 연기하는 배우처럼 슬픈 표정을 지어보았는데 소질이 없는 배우처럼 보였다. 그래서 소질은 없지만 피나는 노력을 통해 훌륭한 배우가 되고자 하는 배우처럼 닫힌 창문 너머로 거리를 내다 보며, 두 팔을 들고, 아주 멀리 지나가는 사람을 향해, 연극 대사를 외우는 것처럼 큰 소리로 어떤 말을 외치기도 했는데, 그 단 한 명의 관객은 아무런 반응을 보이지 않았고, 그래서 나는 아무리 노력해도 절대로 훌륭한 배우는 될 수 없는 배우 같았다. 그래서 배우의 꿈을 모두 접은 사람처럼 두 팔을 힘없이 내린 채로 유리창을 바라보자 마지막 한 가닥 꿈마저 접은 사람처럼 보였다.

그 후 어느 날 밤 아주 오래된, 올이 몇 가닥 풀린 검정색 터틀넥 스웨터를 입고 그 재킷을 입은 채로 다시 창가에 조용히 앉아 있는데, 바깥에는 바람이 거세게 불고 있었고, 보이지 않는 누군가가 두드리는 것처럼 창문이 들썩였다. 무대 위에서 배우가 등장하기를 기다리는 관객처럼 가만히 앉아 있자, 문득 화가 프랜시스 베이컨과 관련한 어떤 일화가 떠올랐다. 어느 날 밤 그는 자신의 집 안에 침입한 도둑을 태연하게 맞이하고는 자신의 침대로 데려가 잠자리를 같이했고, 그 후로 그들은 동성애적인 관계가 되었다. 도둑은 베이컨의 인생에서 가장 소중한 사람 중 하나가 되었고, 베이컨은 그를 모델로 한 그림을 여러 장 그리기도 했다. 그 순간 낯선 누군가가 내 방에 찾아오거나 침입하게 되면, 그게 누구이든 그와 아주 자연스럽게, 서툰 연기를 하는 배우처럼 대화를 나누며 밤을 보낼 수도 있을 것 같았지만 누구도 오지 않았다.

거센 바람에 걸음을 제대로 가누지도 못하고 걸어가는 행인들이 창밖으로 보였고, 걸음을 제대로 가누지도 못하고 걸어가는 사람들의 행렬에 문득 합류하고 싶어졌다. 거센 바람에 걸음을 제대로 가누지도 못하고 걷기에 무척 좋은 밤 같았고, 애를 먹으며 비틀거리며 걷고 싶었고, 그래서 약 4킬로미터 정도 떨어진 금문교를 지나, 밤이 끝날 때까지 끝없이 걸을 거라는 비장한 각오로, 그리고 그에 어울리는 비장한 모습으로, 무대의상 같은 재킷의 옷깃을 세우고, 양손을 호주머니에 찔러 넣고 집을 나섰지만 결국 바람에 기가 꺾여 산책을 중도에서 포기할 수밖에 없었다. 바람이 어찌나 거센지 어깨에 작은 날개라도 달면 살살 날 수도 있을 것 같았다. 나는 데 필요한 것은 작은 날개와 날고자 하는 의지인데 의지는 부족하지 않지만 날개가 없어 날 수 없는 것 같았다.

요트 선착장이 있는 곳에서 벤치를 손으로 꽉 붙든 채로 앉아 있으니, 정박한 요트들이 밧줄에 묶여 있는 것이 참을 수 없는 듯 삐거덕거리며 아주 괴로운 신음 소리를 냈고, 그것을 듣고 있자 이상하게 기분이 좋아졌다. 바람에 부서질 것 같은 배들을 계속해서 보고 있자, 마치 바람이 그 생각을 내게 가져다준 것처럼 어떤 생각이 들었는데, 그것은 어떤 원숭이에 관한 것이었다. 왜 갑자기 원숭이에 대한 생각이 났는지는 알 수 없었지만 배들이 흔들리며 내는 소리가 수많은 원숭이들이 장난을 치며 내는 소리처럼 들렸기 때문인지도 몰랐다.

바람이 심하게 불어 다른 배들은 항해를 나설 엄두조차 못내는 밤이면 조용히 샌프란시스코의 마리나에 있는 부두로 들어오는 유령선이 있는데, 그 배에는 인도네시아 자바 출신으로, 원숭이로서는 젊은 나이인 아흔아홉에 아프리카에서 죽은 원숭이가 타고 있었다. 그는 사람들 사이에서뿐만 아니라 원숭이들 사이에서도 전설적인 원숭이가 되었는데, 최초로 북극점에 도달해 그곳에 머물던 중 오로라에 정신이 이상해졌다는, 그를 둘러싼 소문이 있었기 때문이었다. 그는 정신이 이상해지긴 했지만, 그 때문에 행복한 일생을 살았다. 그는 한쪽 팔에 코코넛 하나를 늘 안고 있었는데, 자신이 떠나온 곳을 잊지 않기 위해서였는지, 아니면 누군가와 함께하고 있다는 기분이 떠나지 않게 하기 위해서였는지는 분명치 않았다.

늘 고독했던 그는 어려서도 자바의 무인도에 있는 동굴에서 혼자 지내기를 좋아했으며, 그 코코넛은 그 시절부터 그와 함께한 것이었다. 어린 시절 그는 코코넛을 안은 채로 바다에 떠 가는 배들을 보았고, 수평선 너머로 지는 해를 보았으며, 밤하늘의 별들을 보았고, 혜성이 떨어지는 것도 몇 번 보았다. 늘 그는 말년이 되면 코코넛과 함께, 시력을 잃은 채로 무인도의 동굴 속에서 점자책을 읽으며 살다 최후를 맞을 생각을 하고 있었다. 죽은 후 그의 시신은 코코넛이 지켜줄 것이었다. 그는 그 코코넛을 세상의 무엇보다도 좋아했다. 그리고 그는 진지한 원숭이였지만 장난을 좋아했는데 코코넛만 있으면 언제까지라도 전혀 지루하지 않은 장난을 할 수 있었다. 하지만 밝은 곳에서 치는 장난은 재미가 없어 완전한 어둠 속에서만 장난을 쳤는데, 어둠 속에서는 코코넛을 무릎 위에 올려놓은 채로 입을 크게 벌리고 가만히 있거나 두 팔을 들고 있거나 뭔가에 조용히 불만을 품은 얼굴을 한 후 실제로 불만을 품기만 해도 심한 장난이 되었다. 그는 주로 그런 장난을 쳤다.

그가 북극에서 무엇을 하며 지냈는지에 대해서는 별로 알려진 것이 없었다. 확인된 사실은 아무것도 없어서 그를 둘러싼 소문만 있었을 뿐이다. 그런데 북극에는 단 것이 없었고, 단 것, 특히 열대과일이 생각날 때에만 그는 고향을 그리워했는데, 그럴 때면 입안이 얼얼하게 차가운 맛밖에 주지 않는 눈을 뭉쳐 혀로 빨기도 했다. 그는 최초로 북극점에 도달한 인간 탐험대에 의해 고향으로 보내졌다가 다시 방랑길에 올라 세계 각지를 떠돌다 아프리카에서 풍토병으로 죽었는데, 그 원숭이의 유령을 보게 되면 가끔 정신이 이상해졌다가 다시 정신이 돌아왔다가 다시 정신이 이상해졌다가 돌아오기를 반복하게 된다는 소문이 있었다.

한데 샌프란시스코의 마리나에 있는 선착장에서 자바 출신의 원숭이에 관한 이야기를 떠올리자 그것은 자신을 그 원숭이로 생각하는, 오랜 세월 선원으로 지낸, 지금은 정신병원에 있는 어떤 환자의, 아니면, 자신을 오랜 세월 바다를 항해한 선원이라 생각하지만 한 번도 대양에서 배를 탄 적이 없는, 성인이 되자마자 정신병원에서 지내온 어떤 남자의 머릿속을 가득 채우고 있는 생각일 수도 있다는 생각이 들었다. 배를 탄 적이 없지만 자신을 북극점에 도달한 자바 출신의 원숭이로 생각하는 사람에 대한 생각을 하고 나자 약간 기분이 고조되어, 유령선 같은 배들이 바람에 흔들리는 모습을 뒤로하고 집에 돌아올 수 있었다.

창문이 들썩이고 있는 창가에 다시 조용히 앉아 있는데 그 이야기를 희곡으로 쓸 수도 있을 거라는 생각이 들었다. 그 희곡은, 배를 탄 적이 없지만 자신을 북극점에 도달한 자바 출신의 원숭이로 생각하는, 정신병원에 오래 수용되어 있다가 나와 자신의 이야기를 희곡으로 쓰는, 세상과의 소통을 거부하는 사람에 대한 이야기가 될 것이었다. 무척 나이가 들어 머리가 다 빠지고 이빨이 모두 빠지고 다리의 털까지 다 빠져 정신이 없는—그는 머리와 이빨과 털이 그렇게 다 빠져버려서는 정신이 없을 수밖에 없다고 생각했다—그는 이빨이 모두 빠진 사자의 모습을 하고 타자기로 글을 쓰는데 하루에 스무 단어 이상은 쓰지 못하며, 그가 쓰는 글은 단어들의 나열에 가까운 것으로, 내용은 어떻게 해서 그의 방에 있게 되었는지 알 수 없는 볼링공이나 빈 새장이나 홍학 인형이나 코코넛이나 모형 배—그로 하여금 온갖 생각을 갖게 하는 것이면 무엇이든 괜찮았다—에 관해 그가 생각하는 것들에 관한 것이 될 것이었다.

그 희곡을 쓸 때는 그 무대의상 같은 옷을 입은 채로, 오랫동안, 어쩌면 너무 오래도록 글을 써온 사람 특유의, 얼핏 보아도 삭막하고 험상궂은, 삶에 진력을 내는 것에도 지친 모습을 하고 쓸 수도 있을 것이었다. 내게는 어렵지 않은 일이었는데, 글을 쓸 때면 늘 그런 모습으로 썼기 때문이었다. 나는 나 자신이 배를 탄 적이 없지만 자신을 북극점에 도달한 자바 출신의 원숭이로 생각하는, 정신병원에 오래 수용되어 있다가 나와 자신의 이야기를 희곡으로 쓰는 사람의 글 속의 인물처럼 될 날이 어쩌면 멀지 않은 것처럼 여겨지기도 했다. 그때면 고깔처럼 보이는 이상한 모양의 모자를 쓰고 글을 쓸 수도 있을 것이었다. 정도가 지나친 만큼 꼴불견일 수도 있을 테지만 어쩐지 그런 글을 쓸 때는 구색 또한 제대로 갖춰, 꼴이 밉이 아니거나, 꼴사나운 모습을 해야만 할 것 같았다. 그 모습은 가관일 테지만 차림의 주제가 가관이라 어울릴 수도 있을 것이었다.

그 후 나는 그 희곡을 쓰기 위해서는 무대의상 같은 그 재킷에 어울리는 완벽한 차림을 갖추는 것이 필요하다는 생각을 했고, 그래서 우선 부츠를 찾아 샌프란시스코의 신발 가게를 뒤졌지만 찾지 못했다. 어떤 모양의 부츠를 찾고 있는지는 분명치 않았지만 나는 내가 찾는 부츠를 발견하게 되면 금방 알아볼 수 있을 거라고 믿었다. 하지만 결국 찾는 데 실패했고, 나는 내가 그 희곡을 쓰지 못한 것은 그것을 쓰는 데 필요한 차림을 갖추지 못해서라고 핑계를 댔다. 몇 달 뒤 샌프란시스코를 떠나면서도 부츠를 찾는 데 실패해 희곡을 쓰지 못한 것이 가장 아쉬웠다.

무대의상 같은 그 재킷을 산 지 며칠이 지난 어느 날 밤 나는 그 옷을 입은 채로 코스타리카의 정글 속에서 아직 발견되지 않은 난초를 찾아 헤매는 꿈을 꾸다, 몇백 년은 되어 간신히 형체만 알아볼 수 있는 부츠 한 켤레를 발견했는데, 그곳에 온 최초의 스페인 정복자들 중 누군가의 부츠 같아 보였다. 그 부츠가 있는 곳에서 멀지 않은 곳에는 그 부츠의 임자의 것으로 보이는 발가락뼈들 몇 개가 있었다. 주위에 다른 사람의 발가락뼈들이 보이지 않은 것을 보면 그는 혼자 정글 속에서 길을 잃고 죽어간 것 같았다. 나는 스페인 정복자의 부츠를 신고 그의 발가락뼈들을 주워 재킷 호주머니에 넣은 채 더 깊은 정글 속으로 들어갔고, 나무 위에 있는, 새의 울음소리를 내는 원숭이들을 보았고—그런 원숭이들을 동남아시아의 정글 속에서 본 적이 있었다—, 그 근처의 또 다른 나무에서 앵무새들이 조금 전 원숭이들이 내는 것과 같은 소리를 내는 것을 들었고—그들의 울음소리는 원숭이들이 내는 소리와 구별이 가지 않았다—, 좀더 간 후에는 숲속 한가운데서 아즈텍인들이 만든 것 같은, 공중에 떠 있는 탑들이 있는 이상한 고대 유적을 발견했다. 그 탑들은 미완성이었는데, 코가 납작한 티베트의 원숭이들처럼 보이는 원숭이들이 사다리를 오르내리며 한창 쌓고 있는 중이었다. 우스꽝스러우면서도 눈길이 아주 그윽해 보이는, 생김새가 독특한 원숭이들은 티베트의 승려들이 쓸 법한 이상한 고깔 모양의 모자를 머리에 쓴 것 같은 모습이었다. 나는 그들이 일개미처럼 분주히 움직이며 공중 탑을 쌓는 것을 지켜보다가 잠에서 깼는데, 탑은 공들여 쌓고 있는 만큼 무너져 내리고 있었다.

그 얼마 후 나는 샌프란시스코에서 내가 좋아하는 곳 중 한 곳이 된 미션 돌로레스에 있는 어느 양말 가게에서 초록색 양말 한 켤레를 샀는데, 그것은 내 무대의상과 잘 어울릴 것 같아 보였다. 갖고 있는 양말 다섯 켤레 중 두 켤레에 한 짝씩 구멍이 나 양말이 필요하기도 했다. 양말에 구멍이 나게 되면 보통 엄지발가락 쪽(양말은 왼쪽과 오른쪽에 따로 구분이 없으니 새끼발가락 쪽이라고도 할 수 있을 것이다)에 나는데 두 짝 모두 옆쪽에 구멍이 나 있었다. 생각해보니 이상하게도 내가 신는 양말은 옆쪽에 구멍이 자주 났는데 어쩌면 그것은 내가 걸을 때 약간 이상하게 걸어서일 수도 있었다.

초록색 양말은 꽤 예뻐 보였지만 양말 가게에서 나와 어느 카페에서 커피를 사서는 바깥 테이블에 앉아 마시며 자세히 보자, 아니나 다를까 여자 양말이었다. 나는 양말을 향해 어쩐지 예뻐 보이더라, 하고 핀잔을 주듯 말했고, 왜 남자들이 입거나 착용하는 모든 것들은 여자들의 그것들보다 한눈에 보아도 알 수 있게 많이, 아니면 조금이나마 덜 예쁘게 만들어야 하는지에 대해 생각했다. 평소 나는 그 점에 아주 큰 불만을 품고 있었다. 본래 어느 모로 보면, 아니, 어느 모로 보아도 여자들이 더 예쁘게 만들어졌다는 생각을 하면 그것은 너무 불공평했다. 나는 남자들의 의상을 좀더 예쁘게 만들면 좀더 예쁜 의상을 입고 좀더 예뻐진 남자들이 좀더 예쁜 짓을 하게 되지는 않더라도 최소한 좀더 순해질 수는 있을 거라고 생각했다. 그런데 남자들이 여자들보다 덜 예쁘게 하고 지내는 것은 여자들보다 덜 예쁜 자신들보다 더 예쁜 여자들을 좋아하기 위한, 남자들의 이기적인 행동으로 여겨지기도 했다.

그런데 내 발에 맞는 것처럼 보이는 그 양말을 신는 여자들은 발이 무척 클 것 같았다. 짧은 스타킹처럼 무릎 약간 아래쪽까지 올라오는 그 양말은 어쩌면 특별한 날, 가령 생일날, 그날 하루를 혼자, 특별한 일은 아무것도 하지 않고 보내기를 원하는 사람이 하루 종일 신고 있을 수도 있을 것 같았다. 그 양말은 그런 사람이 자신에게 하기에 좋은 생일선물이 될 수도 있을 것이었다. 아니면, 너무 심하지 않게, 충분히 마음을 가눌 수 있을 정도로 외로울 때, 혹은 슬픔이, 적어도 그것의 정체는 알 수 있는 슬픔이 밀려올 때 소파에 앉아 양말을 신은 발을 가만히 바라보며 외로움과 슬픔을 달래는 대신 그것에 가만히 잠겨 있을 수도 있을 것이었다. 하지만 무엇보다도 그 양말은 내 무대의상 같은 재킷과 잘 어울릴 것 같았다. 이제 필요한 것은 그것들에 어울리는 셔츠와 바지와 신발과 모자라고 생각했다. 무대의상 같은 재킷과 초록색 양말과, 그것들에 어울리는 셔츠와 바지와 신발과 모자를 하고 있으면, 그렇게 하고 있기만 해도 사나운 초록색 잠을 자는 무색의 관념들에 빠질 수도 있을 것 같았다. 아니면 그 차림이면 멀리할 수 있는 세상 모든 것들을 멀리하며 있고 싶을 때 모든 것들을 멀리하며, 혹은 그렇게 하고 있다고 생각하며 있을 수도 있을 것 같았다. 하지만 그것들을 어디에 가서 구할지가 막연했다.

그것들을 구하는 것은 다음으로 미루고, 나는 지나가는 사람들을 구경했고, 그러다가 붉은 머리의 어느 여자를 본 후 지나가는 붉은 머리를 괜히 세기 시작했다. 어떤 과제를 맡은 사람처럼 그 일에 충실하고자 했고, 마치 북극에서 부리가 아주 예쁜 새 퍼핀의 숫자를 세는 것처럼 붉은 머리의 수를 셌다. 비탈에서 돌멩이를 굴러가게 하는 것 외에도 내게는 숫자를 세는 취미가 있었다. 어쩌면 그 두 가지가 나의 취미의 전부라고 할 수도 있었는데, 나의 어떤 소질을 살린 것 같은 그 취미들을 살려, 그것들을 소질 삼아 할 만한 뭔가 생산적인 것을 찾지 못한 것이 아쉬운 일이라면 아쉬운 일이었다.

그런데 세상에는 그 숫자를 셀 수 있는 것들도 많이 있지만 숫자를 세기에 적당치 않은 것들도 있었는데 그 대표적인 것이 구름과 바람이었다. 그럼에도 나는 그것들의 숫자를 세며 13개의 구름이 표정을 일그러뜨리며 지나갔고, 13개의 바람이 놀라움을 감추지 못하며 지나갔다는 등의 생각을 할 수 있었다. 구름과 바람보다 세기가 어려운 것도 있었는데 그중에는 빗방울과 끓는 물속의 거품도 있었다. 그것들을 세려면 정신을 바짝 차려야 하지만 그것들을 세고 있으면 곧 정신이 없어졌다. 그럼에도 나는 찻물을 끓이며 물속의, 내가 기쁨을 감추지 못하는 거품이라고 이름 붙인 거품들을 100개 넘게 센 적도 있었다.

숫자를 세기에 적당치 않은 것들의 숫자를 세는 것은 곤혹스럽기도 하지만 즐겁기도 했는데 나는 미국과 프랑스와 터키의 시골에서 커다란 무리의 양 떼와 마주쳤을 때 양들의 숫자를 세느라 곤욕을 치렀고, 곤욕을 치른 만큼 즐거웠던 적이 있었다. 양들은 누군가가 자신들의 숫자를 세는 데 관심이 없었고, 숫자를 셀 수 있게 기다려주며 가만 있지 않고 계속해서 움직였고, 그에 따라 정확한 숫자를 세는 일은 무척 어려웠다. 수많은 밤을 잠 못 이루고 양들의 숫자를 마음속으로 센 나는 미국과 프랑스와 터키의 시골에서 실제 양들의 숫자를 센 날 밤, 그날 낮에 본 양들과 내가 상상한 양들—그 가운데는 파란색 양과 보라색 양과 투명한 양 외에도, 내가 그 무리 속에 슬쩍 끼워 넣은, 늑대의 탈을 쓴 양들과, 양과는 가장 거리가 먼 것으로 여겨지지만 그것이 뭔지는 말할 수 없으므로 알 수 없는 것이라고밖에 말할 수 없는 어떤 것도 있었다—을 뒤섞어 센 후에야 잠들 수 있었다. 혹시 내가 앞으로 아프리카나 남미에 가게 되어 그곳에서 양 떼를 보게 되면 양의 숫자를 세러 온 사람처럼 숫자를 세고 곤욕을 치르며, 아프리카나 남미에 왔다는 것을 실감할 수도 있을 것이었다.

 뭔가의 숫자를 셀 때면 나는 이상한 집착을 보였는데, 그럴 때면 이상한 집착을 보이는 것도 당연하다는 생각과 함께, 어떤 이상한 집착이 없이는 숫자를 세기 어려운 것도 있다는 생각을 하기도 했다. 언젠가 서울의 어느 골목을 지나가다가 어느 집 대문 안에 있던 작은 개가 갑자기 맹렬하게 짖기 시작해 나를 깜짝 놀라게 했고, 그래서 잠시 걸음을 멈추고, 대문을 사이에 두고, 내 손목시계를 보며 그 개가 짖는 횟수를 세어본 적도 있었다. 그 개는 무슨 이유에서인지 작정한 듯 내게 굉장한 적의를 드러내며 짖었다. 평소에 괜히 짖는 개도 있을 테고, 모든 개들이 괜히 짖기도 하겠지만 그 개는 괜히 짖는 게 아니었다. 개는 필사적으로 짖었고, 필사적으로 뭔가를 괜히 하는 것 같지 않았다. 나는 그 개가 내게 호감을 갖고 짖는 게 아니라는 것을 분명히 알 수 있었는데, 그것은 그 개가 이를 모두 드러내는 것으로 반감을 노골적으로 드러냈기 때문이다. 대체로 나는 뭔가에 대해 별 입장이 없는 편이었지만, 가령 세상의 이런저런 개들을 상대하는 방식 같은 사소한 문제에 있어서는 입장이 단호했고, 그 단호한 입장은 거의 강경하기도 했다. 개들에 대한 나의 입장은 서로 적절한 거리를 두고, 서로의 심기를 건드리는 짓은 하지 않아야 한다는 것이었다. 그래서 나는 약간의 거리를 두고 그 개를 물끄러미 바라보았는데 개는 미친개처럼 미친 듯이, 거의 숨이 넘어갈 것처럼 짖었다.

내가 그 개를 그렇게 짖게 하는 것인지는 분명치 않았다. 그런데 좋아서 짖는 것도 아니면서 그렇게 짖으려면 스스로도 굉장히 괴로울 텐데―설령 좋아서 짖는다고 해도 그렇게 짖으려면 굉장히 괴로울 것이었다―개는 괴로움을 감수하며 짖었고, 나는 그 개가 그토록 괴로움을 감수하며 짖을 만한 이유가 내게 있는지 다시 한 번 생각했지만 알 수 없었다. 개는 거품을 물 것처럼 하지는 않았고, 실제로 거품을 물고 있었는데, 그렇게 거품을 물고 짖다가는 혼절할 수도 있을 것 같았다. 짖는 소리는 무척 시끄러웠고, 나는 양쪽 귀를 막은 채로, 개가 그렇게 짖다가 목이 쉬지는 않을까 조마조마하며 그 소리를 들었지만 목이 쉬지는 않았다. 누군가가 지나가며 나와 개를 이상하게 쳐다보았지만 우리는 그런 것쯤은 상관하지 않고, 각자의 일에 몰두했다.

1분간 그 개는 거의 쉬지 않고 100번 가까이 짖었는데, 1분이 지난 후에는 몹시 지친 표정이었다. 우리가 100번을 서로 번갈아가며, 개는 나의 가슴을, 나는 개의 옆구리를 구타한 것 같았다. 그 때문에 나는 머리가 아팠고, 개는 다리에 힘이 모두 빠졌을 것 같았다. 나는 이유 없이 반감을 드러내며, 스스로도 지칠 정도로 짖는 그 불쌍한 개를 약간 더 혼내주고 싶었고, 문득 개를 혼내주기에 가장 좋은 방법은 개의 코를 살짝 아플 정도로 깨물어주는 것이라는 생각이 불현듯 들었고, 그래서 코를 깨물어줄까 했지만 대문이 우리 사이를 가로막고 있었다. 하지만 그렇게 하다가는 그 개가 내 코를 무는 일이 일어날 가능성이 더 컸다. 개의 코를 깨물어주려다 개에게 코를 물리는 일을 당하게 되면 그것은 두고두고 민망할 것이었다. 그 집에 사람은 없는 것 같았다. 주인은 개로 하여금 지나가는 사람을 보면 거품을 물고 짖게 한 후 외출한 것 같았다. 나는 1분 더 시간을 재 그 개가 완전히 기진맥진하게 할까 하다가 그만두고, 걸음을 옮기며, 그 개가 스스로도 괴로운, 짖는 일은 그만하고 다른 할 만한 일을 찾기를 바랐다. 하지만 다른 할 일이 없다면 그렇게 하는 수밖에 없다는 생각을 했다. 개는 그렇게 짖고 나면 온몸이 후련하다고 느끼는지도 몰랐다. 그 후 나는 개의 코를 살짝 아플 정도로 깨물어주는 것이 개를 혼내는 가장 좋은 방법이라는 것에 대해 다시 생각해보았는데 아무리 생각해도 나의 그 생각은 틀린 것같이 여겨졌다.

하지만 샌프란시스코에도 붉은 머리는 흔치 않았고, 나는 약 2시간에 걸쳐 모두 여섯까지 셌다. 만약 일곱까지 세게 되면 이날 행운이 있을 거라는 괜한 생각이 들어 일곱번째 붉은 머리를 기다렸지만 끝내 보지 못했다. 일곱을 채우고 싶었지만 채우지 못한 것이 아쉬웠다. 6명 중 1명은 남자였고, 나머지 다섯 여자 중 둘은 염색을 한 것만 같았다. 일곱을 채우기 위해 거리를 좀더 돌아다니다 집에 왔지만 뭔가가 일부러 찾으면 없는 것처럼 결국 찾지 못했다. 그럼에도 집에 돌아오면서 오늘은 이만하면 수확이 좋은 날이라고 생각했다.

한데 내가 취미처럼 하는 것에는 소설을 쓰는 것도 있는 것 같았다. 그리고 내가 소설을 취미로 쓰고 있다는 것은 돌멩이를 굴러가게 하고 숫자를 세는 심정으로 쓴다는 것만으로도 알 수 있는 것 같았다. 나는 돌멩이를 굴러가게 하고 숫자를 셀 때면 열정은 아닌, 이상한 오기와 끈기를 갖고, 자포자기 심정으로 추행을 저지르듯 그렇게 했고, 지금까지 소설을 써온 것도 그 이상한 오기와 끈기 때문이었는데 그것들은 대단히 보기 싫은 것들이었다.

내가 매사에 의욕이 없어
태평양을 떠돌지 못하게 된 과일들

아무런 의욕이라곤 없어 차마 맞이하고 싶지 않은 날들이 많았는데, 그런 날이면 하루를 보내기가 무척 어려울 거라는 것을 미리 알 수 있었다. 그런 날에는 눈을 뜨는 순간부터 망연자실해졌고, 일어나 하루를 보낼 생각만 해도 피로가 몰려와 다시 누웠다가 한참 후에야 일어날 수 있었다.

늘 그랬지만, 하루를 어떻게 보내게 될지에 대해 거의 모든 것을 예상할 수 있었고, 모든 것이 거의 예상대로 이루어졌다. 무엇을 하면 어떨지, 주로는 아무도 만나지 않고 혼자 시간을 보내지만, 누군가를 만나게 되면 어떤 얘기를 나누게 될지, 혹은 어떤 얘기는 나누지 않게 될지(누군가와는 이야기할 수 없는 것들도 많이 있으니까), 무슨 생각을 하게 될지, 그리고 무엇을 먹게 될지 거의 알 수 있었고, 빗나가는 것은 별로 없었다. 전날과 사실상 다를 것이 없는 하루를 또 보내게 될 생각을 하면, 생각만으로도 막막함에 온몸이 짓눌리는 것 같았다. 한데 이미 보낸 수많은 날들과 거의 차이가 없는 날들을 앞으로도 보내게 될 거라는 것을 알면서, 죽는 날까지 그렇게 사는 것은 거의 똑같은 내용의 소설이나 영화를 매일같이 보며 사는 것과 비슷했고, 그것이야말로 기구한 것이라곤 없는 삶에서 정녕 기구한 것이기도 했는데 적어도 내게는 그랬다.

그런 날에는 무기력으로 충만한, 좋지 않은 상태에서는 좋은 쪽으로 생각하는 것이 얼마나 어려운지 자신에게 똑똑히 보여주기라도 하듯 계속해서 좋지 않은 생각들을 했는데, 그럴 때면 확실히 머리가 더 잘 돌아가는 것처럼 생각들이 끝없이 이어졌다. 언젠가 이후로 아무리 해도 마음에서 우러나 기꺼이 하고 싶은 것을 찾을 수가 없다는 것이 삶의 가장 큰 실질적인 어려움이 되었고, 그 어려움을 늘 상대해야 했는데, 이렇게 말하는 것은 이상한 표현일 수도 있지만, 모든 것을 마지못해 할 수 있게 되었다고도 할 수 있었다.

의욕이라곤 없는 상태에서 할 수 있는, 내가 터득한 몇 가지가 있었지만 그것들을 하고 나면 진이 빠져버렸고, 아무것도 하지 않는 편이 차라리 나은 경우가 많았고, 그래서 주로 아무것도 하지 않았는데, 아무것도 하지 않는 것이야말로 내가 무엇보다도 잘하는 것이었지만 아무것도 하지 않고 하루를 보내도 진이 다 빠져버리기는 마찬가지였고, 많은 경우 더 신이 빠시기도 했다.

결국에는 주로 또다시 무의미하고도 알 수 없는 글을 쓰는 것으로 하루를 보내겠다는 약간의, 하지만 거의 원대하게 느껴지는 소망을 갖고 일어나 하루를 시작하곤 했는데 그것은 무척 기분이 좋지 않은 것이었다. 하지만 글이 쐬어지는 날은 많지 않았고, 글이 쐬어지더라도 실망스러워 모두 버리게 되는 날이 많았다.

매사에 의욕이 없을 때는 식욕 또한 없기 마련인데 그것은 당연한 것이고, 그래야만 하기도 했다. 매사에 의욕이 없는데도 식욕은 있는 것은 이치에 맞지 않을 뿐만 아니라 어울리지 않는 것이며, 몹시 번거로울 수도 있었다. 며칠 동안 의욕이라곤 없었고, 식욕 또한 없었는데, 허기를 채우는 일 외에 뭔가를 한다는 건 말이 안 되는 것 같은 느낌과, 허기를 채우는 일까지 포함해 뭔가를 한다는 건 말이 안 되는 것 같은 느낌 사이에서 어쩌지를 못하는 상태로 몇 시간씩 있기도 했고, 때로 그 상태가 너무도 심해지면 그 무엇도 해서는 안 되는 것 같기도 했다.

먹는 것이 너무도 귀찮은 나머지 허기와 씨름하고 있으면 허기에는 허기의 사실주의라고 할 수도 있는, 삶의 무엇보다도 실제적인 어떤 것이 있는 것처럼 느껴지기도 한다는 것과 같은 생각들이 선명하게 들기도 했는데 그것이 허기의 한 가지 이점이기도 한 것 같았다. 하지만 그 밖의 허기의 이점은 찾기 어려웠다. 그럴 수만 있다면 허기와 싸우며, 식사도 배설도 하지 않고 가만히 누워 생각만 하고 있고 싶었지만, 허기는 두고만 볼 수가 없었다. 먹고 싶은 게 없어도 결국에는 배를 채워야 했는데, 뭔가를 먹기로 한 다음에도 뭘 먹을지 결정해야 하는 대단히 어려운 문제가 제기되었고, 그 문제를 해결하지 못해 2~3시간 정도는 어렵지 않게 보내는 경우도 있었다. 하지만 결국 어쩌지 못하고 뭔가를 먹은 후면 기분이 아주 안 좋거나, 몇 입 먹지 않았는데도 무슨 큰 잘못을 저지르고 있는 것 같기도 했다.

씹어 넘겨야 하는 밥이나 빵을 먹는 것이 너무 번거롭게 느껴질 때면 별로 씹지 않고 약간 건성으로 먹을 수 있는 국수를 먹었는데, 주로 아시아 식당에 가 먹었다. 하루는 그것도 귀찮아 집에 있던 음식재료로 약간 엉터리로, 성의라곤 없이 태국 국수를 만들었다. 내심

태국 국수라고 생각하며 만들었지만 베트남 쌀국수 면에 태국 양념과, 아마도 미국에서 생산된 야채들이 들어간 국적 불명의 국수였고, 그런 국수는 무국적자가 자신에게 국적이 없다는 사실을 상기하기 위해 가끔 먹어줘야 하는 음식 같았다.

마지막으로, 이틀 전 샐러드를 만들 생각으로 물에 씻다 만 시금치 잎 몇 개를 국수 위에 장식처럼 얹었는데 그사이 물에 담겨 있던 시금치는 몰라보게는 아니지만—아니, 거의 몰라볼 뻔했다—, 부쩍 자라 있었다. 물이 담긴 그릇을 가득 채우고 있는, 남은 시금치는 연못을 뒤덮고 있는 부레옥잠 같아 보이지는 않았지만 부레옥잠을 떠올리게 했고, 어쩐지 불길해 보였고, 약간 무서워 보이기까지 했고, 나는 시금치를 바라보며 시금치가 불길하고 무서워 보일 수 있으리라고는 꿈에도 생각을 못했다는 생각도 했다. 뿌리가 없어 망정이지 뿌리가 있었다면 시금치는 더 비대해졌을 수도 있을 것 같았다(그 후 나는 남은 시금치가 얼마나 더 커지는지를 보려고 그대로 물속에 두었는데 더 커질 수는 없는 상태에 이른 듯 더 커지지는 않고 상하기 시작했으며, 결국 버려야 했다).

본래 크기에 비해 거의 2배 가까이 커진 시금치는 본래 시금치의 맛을 절반 넘게 잃어버린 것 같았는데, 맛을 보자 이상했고, 시금치가 아닌 것 같았고, 자신을 부당하게 취급한 사람에게 복수를 하는 것 같았다. 엉터리 요리사가 만든 것 같은 국수는 확실히 엉터리 같았고, 보기에도 슬퍼 보였고, 맛 또한 슬퍼서 먹기 시작한 순간부터 슬퍼졌다. 누군가가 보고 있으면 밥맛이 떨어질 수도 있게, 거북한 마음이 없이는 할 수 없는 일을 할 때처럼 우선 거북한 마음을 먹고, 잔뜩 불만이 고조된 얼굴로, 말 못할 사정으로 국수에 악의를 품은 사람처럼, 아니, 거의 국수에 악의를 품고, 마음을 독하게 먹고 독한 마음으로, 거의 처절하게, 젓가락으로 께적거리며 먹었는데, 그렇게 하고 있는 나 자신이 무척 궁상맞게 여겨졌다. 그렇게 궁상맞게 음식을 먹어서는 먹은 것이 제대로 소화되지도 않고 배설되거나 탈이 날 것 같았고, 그래서 결국 몇 번 젓가락질을 하다 말았는데—젓가락을 내던질까 하다가 살며시 내려놓았다—, 궁상은 어떻게 해도 몸에 좋을 수는 없을 뿐만 아니라 도무지 어엿하게 떨 수도 없는 것 같았다.

그런데 내가 국수를 조금 먹다 만 데에는 또 다른 이유가 있었다. 사흘 전부터 치질에 걸려 용변을 보는 것이 무서웠고, 그 때문에 먹는 것이 두려웠다. 사흘간 마음을 무척 무겁게 하는 치질을 앓으며 치질로 인한 여러 가지 생각들을 했었는데 그것들 역시 무척이나 궁상맞은 것들이었다. 모든 것에는 양면성이 있다고 생각했고, 그래서 치질의 좋은 점을 생각하려 했고, 그래서 치질에 걸리게 되면 그것에 정신적인 에너지를 얼마간 뺏기게 되어 혼란스러움이 약간 줄어드는 것처럼 느껴진다는 생각 또한 했는데, 사실 같지는 않았다. 치질은 혼란을 가중시키는 것 같았다.

결국 이틀 전 치질 좌약을 사 와 항문에 넣고 나자 이상하게도 기분이 좋았는데, 좌약을 항문 속에 넣는 것이 좋았는지, 아니면 넣고 있는 상태가 좋은지는 확실하지 않았다. 확실히 다른 것일 수도 있는 그 두 가지를 구분해 생각해보자 그 두 가지가 다 좋은 것 같았다. 하지만 좌약은 곧 체온에 녹아버려 넣고 있는 느낌 또한 사라져버렸고, 그와 함께 좌약을 넣거나, 넣은 상태로 있는 잠시 동안의 좋은 기분도 사라지며 치질의 고통이 다시 엄습해왔다. 아니, 치질 좌약에 대한 이야기는 농담이다. 이것은 약을 사 오는 것도 귀찮아 치질의 고통을 고스란히 앓으며, 이전에 치질을 앓으며 좌약을 사용했을 때 든 생각을 떠올린 것이다.

한데 국수를 먹다 만 후 이전에 치질을 앓으며 생각한 것들을 생각하자 나 자신이 궁상맞은 동시에 청승맞게 여겨졌는데, 궁상과 청승은 비슷한 것이면서도 서로 약간 미묘한 차이가 있는 것 같았다. 청승이 좀더 정서적이고, 그래서 좀더 처연한 느낌을 불러일으키는 것 같았다. 하지만 좀더 생각해보니 궁상을 떨 때면 청승도 함께 떨지 않기가 어려운 것 같았다. 궁상과 청승에 더해, 주책과 추태라고 말해도 좋을 어떤 것을, 그것도 어지간히 떨고 있는 것 같았고, 그래서 그 모든 것들을 그만 떨면 좋을 텐데, 무슨 이유에서인지 갈 수 있는 데까지 가보자는 심정으로, 떨 수 있는 또 다른 것이 없는지를 생각했고, 그래서 방정과 함께 치를 떨까 하는 생각도 했는데, 새삼스럽게 방정과 치를 떨 것도 없이 이미 방정과 치를 떨고 있는 것 같았다. 그런데 무슨 이유에서인지 나는 내가 방정을 떠는 것에 대해서는 상관하지 않았다. 나는 경우에 따라, 아무 근거 없이 이중적인 태도를 잘도 보였다. 하지만 치는 어떻게 떨어도 치가 떨리는 것 같았고, 치를 떠는 일은 당장 그만두어야겠다고 생각했지만 그것은 생각대로 되는 것이 아니었다. 치는 그만 떨기로 한 후에도, 조금 줄이들긴 했지만 계속해서 여진처럼 떨렸고, 또다시 나는 무슨 이유에서인지 떨 수 있는 또 다른 것을, 엄살을 생각해냈고, 엄살을 떨고 싶었지만 치질의 고통은 실재했고, 끄다 만 허기 또한 그대로였고, 그래서 엄밀하게 말해서는 엄살을 떨 수도 없는 처지였는데, 그것은 무척 이상한 처지 같았다. 뭔가에 오만 정이 다 떨어지는 것 같았는데, 그 뭔가는 다름 아닌 나 자신인 것 같았다.

생각이 거기까지 미치자 나 자신을 감히, 몽상에 빠지기를 좋아하는 사람을 몽상가라고 하듯 궁상가라고 일컬을 수도 있을 것 같았다. 그런데 치질을 앓으며 허기와 싸우며 궁상을 떨고 있자 궁상을 떨 때면 빠짐없이 드는 어떤 생각이 들었는데, 그것은 내가 한 인간으로서 얼마나 어엿하지 않고 빠지는 데가 있으면 이런 궁상을 다 떨 수 있을까, 하는 것이었다. 나의 궁상의 원천이 거기에 있는 것 같았다. 그리고 이토록 궁상맞으려면 어지간히 소심한 마음이 어지간히 꼬여 있지 않으면 어려울 거라는 생각을 하며 약간 회심의 미소 같은 것을 지었는데— 절제에 대해서라면 누구보다도 잘 모르는 나이기에 이 모든 것이 가능하다는 생각을 하며, 자의식의 과잉을 의식하며, 궁상은 자의식으로 충만한 상태에서 떨어야 제대로 떨 수 있다는 생각을 하며—, 그것은 무섭게도 궁상맞고 소심한 자의 우습고도 무서운 세계가 있다는 생각이 들었기 때문이다. 비루하기도 하지만 거의 성스럽거나 하지는 않은 그 세계는 내가 너무도 잘 아는 것이지만 비좁은 방 같은 그 안에 있을 때면 마음이 편치 않은 것이었다.

혼자 그렇게 궁상을 떨어서는 안 된다는 법은 없다고 해서 그렇게까지 궁상을 떨 것은 없었는데도, 떨지 않을 수 있었는데도 궁상을 유감없이 떨고 나자 하나도 후련하거나 하지 않았고, 가끔 그러고 나면 그런 것처럼 아직도 내가 살아 있다는 사실을 절감하게 되지도 않았고, 궁상을 떨며 많은 것들을 생각해내며 보낸 수많은 시간들이 그다지 소중하게 여겨지지도 않았다. 그러면서도 기분만큼은 꽤나 좋지 않았는데, 궁상에는 인간적인 면모가 있어, 있는 것 같아 궁상을 떨고 나면 인간적인 면모를 보인 것 같았기 때문이고, 그것이 기분을 씁쓸하게 한 동시에 긍지를 느끼게 했다. 그리고 궁상을 떨며 힘이

나지 않게 하고, 있는 힘도 빠지게 하는 생각만 했기에 힘이 모두 쪽 빠져버렸는데, 뭔가 혹독한 일을 당한 사람처럼 여겨졌고, 그래서 그날은 그 정도로 해두기로 했다(나의 소심함과 자질구레함이 잘 드러나는 이러한 궁상맞은 이야기를 하는 것은 그것이 지극히 사소하고 무용하며 허황된 고찰로서의 글쓰기에 대한 시도라는 이 소설에 부합되기 때문이지만, 자질구레함을 넘어 거의 구차하게 여겨지는 이 이야기를 하고 있자 내가 어떻게 하다 이 모양이 되었는지에 대해 다시 한 번 생각하게 된다).

그 이튿날에는 차이나타운에 있는 베트남 식당에 갔다. 3시쯤이었고, 평소 그 시각이면 한산한 편인데 사람들로 거의 가득 차 있었다. 테이블에 앉아 주위를 둘러보자 20명 가량의 아이들과 여러 명의 어른들이 있었는데 차림과 말투로 보아 텍사스의 시골에서 여행을 온 것 같기도 했고, 고아원 같은 곳에서 단체로 외출을 한 것 같기도 했다. 어린 아이들은 시끄럽게 떠들고 있었고, 10대처럼 보이는 아이들은 모든 것이 마음에 안 드는 것처럼 무척 시무룩한 얼굴들이었는데 10대가 아니면 짓기가 곤란한 표정들 같았다. 주문한 국수가 나와 먹고 있자 바로 옆 유모차에 앉아 있던 백인 여자 아기가 나를 빤히 올려다보고 있었다. 그녀의 일행 중 누구도 그녀에게 신경을 쓰지 않았다. 그런데 그녀는 얼굴이 너무도 못생긴 나머지 가만히 보자 가슴이 미어지려 했고, 나는 미어지게 내버려두었는데 가슴은 대책 없이 미어졌고, 어느 지점을 넘자 저절로 한숨이 나왔다. 그녀는 뭔가가 무척이나 신기한 듯 나를 빤히 쳐다보았고, 내가 그녀를 쳐다보아도 고개를 돌리지 않았다. 그녀의 너무도 못생긴 얼굴은 내 가슴을 대책 없이 미어지게 하는 것과는 별개로, 거의 감동을 주었고, 나는 너무도 못생긴 얼굴이 주는 이상한 감동에도 대책 없이 빠져야 했다.

식당에서 누군가가 아래턱을 열심히 움직이며 마구 음식을 씹는 모습을 바라보고 있으면 보기 좋은 모습은 아니라는 생각이 들었고—옆에서 보아야 제대로, 그 보기 좋지 않은 모습을 볼 수 있다—, 그래서 아기의 시선을 의식하며, 신경을 써서 덜 보기 싫게, 아래턱을 가급적 살살 움직이며 식사를 했다. 그럼에도 신경이 쓰였지만 내가 보기 싫게 아래턱을 움직이고 있다고 아기가 생각하지는 않을 거라는 생각을 하려 했다. 하지만 말을 못 할 뿐 그런 생각은 할 수 있어 몹시 보기 싫다고 생각하는지도 몰랐다. 하지만 아기는 그런 생각을 하기보다는, 내가 국수를 먹는 모습에서 인간의 놀라운 점을 발견하고 있는 것 같았다. 결국 내가 국수를 모두 먹을 때까지 그녀는 내게서 눈길을 떼지 않았고, 내가 젓가락을 내려놓은 후에야 볼 것을 다 본 것처럼 고개를 돌렸다. 식사하는 모습 전부를 누군가에게 보여주게 되었다는 생각이 들면서 기분이 묘했고, 젓가락을 내려놓는 순간 단지 국수를 먹었을 뿐인데 나 자신이 볼 장을 다 본 사람처럼 여겨졌다.

여러 가닥의, 가늘고 길고 하얀 뭔가가 계속해서 사람의 입속으로 들어가는, 그러고는 사라지는 모습이 그녀에게는 무척 경이롭고, 거의 마술적이고, 그래서 어쩌면 그것이 나중에, 그녀는 기억을 못하겠지만 그녀의 무의식이나 잠재의식 속에 최초의 인상적이고도 중요한 기억들 중 하나로 영원히 남게 될지도 모른다는 생각이 들었다. 그사이 내내 그녀의 엄마처럼 혹은 보호자처럼 보이는 여자는 음식을 주문하고 일행들과 얘기를 하느라 아기에게는 전혀 신경을 쓰지 않았고, 그래서 아기가 최초의 인상적이고도 중요한 기억들 중 하나를 경험하고 있는 것은 전혀 알아차리지 못했다. 아기는 이제 다른 테이블에서 국수를 먹는 어떤 사람을 보고 있었는데, 잠시 후 엄마가 먹여주는 국수를 먹으면서도 그 사람에게서 눈길을 떼지 않았다. 그녀에게 국수가 신기한지 그것을 먹는 사람이 신기한지는 알 수 없었다.

식사를 한 후 바로 집으로 가고 싶지는 않았고, 그래서 잠시 식당에 앉아 무엇을 할지 고민하다가 한쪽에 켜진 텔레비전을 보았는데, 재미있는 비디오를 방영해주는 프로그램에서 주인 여자와 나란히 침대에 엎드려 이불을 덮은 채로 신문을 읽는 개가 나왔다. 개는 시사 잡지를 보고 있었다. 시사 문제에 관심이 많은 개 같았다. 시사에 관해서라면 나보다 훨씬 더 관심이 많은 개처럼 보였다. 사실 나는 시사에는 아무런 관심이 없었다. 나는 시사 문제는 그것에 관심이 많은 개와 다른 사람들이 알아서들 하거나 하지 못할 거라는 생각을 한 후, 샌프란시스코를 찾는 관광객들이 가장 많이 찾는 곳인 39번 부두에 갔는데, 언젠가 그 가까이까지 갔다가 무리를 지어 다니는 관광객들을 보고는 기가 죽어 돌아온 적이 있었다.

하지만 내가 그곳에 간 데에는 다른 이유가 있었다. 이불을 덮고 얼굴만 내민 개를 보자 물개에 대한 어떤 생각이 났기 때문이다. 하지만 물개를 보고자 했던 것은 아니다. 나는 그곳 바다에서 밤에 수영하는 사람들을 본 적이 있었는데, 그들은 얼핏 보았을 때에는 물개들처럼 보였지만 팔과 다리가 달려 있었고, 나중에 물 밖으로 나왔을 때에는 확실히 사람들이었다. 그들은 물이 아주 차가워 웨트슈트를 입은 채로 수영을 했는데 멀리서 보면 무척이나 물개들 같았다. 그들은 딴 데로 눈을 돌렸다가 다시 보면 물개처럼 보이다가 점차 사람처럼 보였다. 나는 진짜 물개가 아니라, 물개처럼 보이는, 수영하는 사람들을 보고 싶었지만 이번에는 볼 수 없었다. 대신 진짜 물개 몇 마리가 보였지만 그것들은 그날 내가 보고 싶어 했던 것이 아니었고, 그래서 살짝 거들떠보기만 했다.

집에 돌아오려고 전차를 기다리고 있는데 벤치에 아주 뚱뚱한 젊은 백인 여자와 정말 이상하게 생긴, 꼭 새끼 반달곰같이 생긴 젊은 흑인 여자가 앉아 있는 것이 보였다. 백인 여자는 얼굴이 아주 붉었고, 흑인 여자는 얼굴이 반쯤 털로 덮여 있었다. 흑인 여자가 단연코 더 인상적이었는데 그녀는 무척 이상하게 생기긴 했지만 정말로 새끼 반달곰처럼 귀여운 구석이 있었다. 나는 어떤 동물을 연상시키는 얼굴을 좋아했는데 아쉽게도, 내 생각이긴 하지만 내 얼굴은 어떤 동물도 떠오르게 하지 않았다. 아니, 나이가 들수록 익살스런 라마를 닮아가고 있는 것 같다는 생각이 들 때가 있었다. 둘은 친구처럼, 그것도 둘도 없는 유일한 친구처럼 보였다. 문득 내게는 그런 친구가 없다는 생각이 들었다. 나를 그런 친구로 생각하는 누군가가 있는지는 알 수 없었지만 내가 알기로 그런 친구는 없었다. 그래서 나는 그런 친구는 없어도 좋다고 생각했다. 잠시 그들 옆에 앉아 그들이 하는 얘기를 조금 엿들으려 했는데 둘은 잘 알아들을 수 없는 얘기를 어쩌다가 나누었고, 주로 지나가는 관광객들을 구경하고 있었다. 둘 다 약간 모자라 보이는 듯했다. 보호시설에 살면서 잠시 외출을 나온 것 같기도 했다.

그리고 집에 돌아오는 길에 전차에서 난쟁이 치고도 아주 작은 난쟁이 남자를 보았다. 문득 그가 자신의 집에서 식사를 어떻게 할지가 궁금했다. 다리가 긴 소아용 의자에 앉아 식사를 하는 것일까? 잠시 나는 그가 목에 하얀 냅킨을 두르고 포크와 나이프를 사용해 의젓하게 혼자 식사를 하는 모습을 그려보았다. 그의 집에 있는 가구들은 모두 그의 키에 맞게 높이가 낮은 것인가? 아니면 보통의 가구들이 있고, 그래서 그는 의자에 앉을 때면 그냥 앉기보다는 약간 오르는 식으로 해서 앉는 것인가? 그를 보자 늘 난쟁이의 집에 초대받아 가고 싶어 했다는 생각이 떠올랐다. 나는 난쟁이를 보면 약간 기가 죽기도 했지만 난쟁이 친구가 하나쯤 있으면 얼마나 좋을까 하는 생각을 하기도 했다.

그리고 갈아탄 버스에서 아주 늙은, 여든을 훌쩍 넘겨 아흔에 가까워 보이는 노파를 보았는데 그녀는 존 그리섬의 신작처럼 보이는 책을 읽고 있었다. 존 그리섬에게 미안한 얘기지만 나는 적어도 존 그리섬의 책을 읽는 사람과는 친구가 될 수 없을 거라는 생각을 했다. 그리고 나와 친구가 될 수 없는 저 노파에게는 미안할 것이 없는 얘기지만, 저 노파는 존 그리섬을 읽으려고 아흔 가까이 살았구나, 하는 생각을 했다. 그녀의 인생은 다소 이상한 인생 같았다. 그리고 버스에서 내려 집 쪽으로 걸어가는데 젊은 흑인 남자가 커다란 레코드를 어깨에 메고 춤을 추며 걸어오고 있었다. 음악에 맞춰 춤을 춘 지가 너무도 오래된 것 같았고 앞으로도 그런 일은 있을 것 같지 않다는 생각이 들었는데, 약간 슬펐고, 그래서 어쩌면 죽기 직전에 만약 기운이 허락한다면 춤을 조금 춘 후 자리에 누워 죽는 것도 나쁘지 않을 거라는 생각을 했다. 하지만 아무래도 죽기 직전에는 춤을 출 기분은 조금도 들지 않을 것 같았다. 어쩌면 눈을 감은 채로 마지막 숨을 몰아쉬며 춤을 추는 모습을 잠시 떠올릴 수는 있을 것이었다. 나는 어느 날 내 방에서 갑자기 아무 이유 없이 춤을 추다 말고 죽는 날까지 다시는 춤을 추지 말아야지 하고 생각했고, 그 후로 춤은 추지 않았다.

집에 돌아와 문을 닫고 침대에 눕자 그날 본 모든 것들이, 사람이 국수 먹는 것을 빤히 쳐다보는 아기도, 물개들도, 둘도 없는 친구처럼 보이는 백인 여자와 흑인 여자도, 난쟁이도, 존 그리섬의 신작처럼 보이는 책을 읽고 있던 노파도, 춤을 추며 걸어가던 젊은 흑인 남자도, 마치 아주 오래전 본 동화 속 그림들처럼 멀게만 느껴졌다. 그들에 대한 인상을 어떻게든 붙들려 했지만 점차 지워졌고, 마침내는 깨끗하게 사라져버렸다. 그리고 아무런 느낌도 들지 않았다. 뭔가에 마음이 흔들리도록 해보려 했지만 소용이 없었다. 마치 감정이라는 것 자체가 전원이 꺼지는 것처럼 꺼져버린 것 같았다. 얼굴이 얼굴에 쓴 무표정한 모습의 나무 가면처럼 느껴졌다.

그 이튿날 아침에는 뭔가를 만들어 먹거나, 나가서 국수를 사 먹는 것도 못할 짓 같아 집 근처 마트에서 포도와 복숭아와 바나나와 배만 잔뜩 사 와 배를 채웠는데, 과일이 위산을 과다분비하게 해 속이 쓰리는 것을 감수해야 했다. 자초한 고통이니까 달게 받고자 했지만 고통은 쓰라렸다. 그럼에도 그날 밤 마트에 가 마치 무슨 이유로 과일들을 사 모으기라도 하듯, 마치 비상 사태를 앞두고 통조림과 배터리를 사재기하듯, 사과와 블루베리와 아보카도와 망고를 사 왔고, 다음 날도 과일들로 연명했다. 신물이 났지만 신물이 나게 하는 과일들을 그렇게 먹으니 신물이 나는 것도 당연하다는 생각을 하며 신물을 내며 먹었다. 그렇게 한 데에는 도무지 제대로 된 식사를 하지 않으려 드는 나 자신을 혼내주고자 한 이유도 없지 않았다. 나는 내 생각에도 내가 혼이 좀 나야 할 것 같으면 가급적 혼내주었다.

과일들을 테이블에 올려놓고 한참을 노려보다가 먹었는데, 그것들을 손으로 집어 먹을 때면 나 자신이 원숭이에게 과일을 주는 사람인 동시에 그것을 받아먹는 원숭이처럼 여겨졌다. 하지만 먹고 나면 사람이 준 적이 없는 과일을 훔쳐 먹은 원숭이처럼 여겨졌다. 그래서 한번은 장난을 좋아하는 원숭이처럼 아보카도와 복숭아를 먹은 후 찌푸리고 있던 인상을 펴고 무척이나 낙천적인 사람처럼, 냉장고 안에 있던, 약간 시든 시금치 하나를 후식처럼 하나 먹었는데 시금치는 과일들을 먹은 후 후식으로 먹기에는 가장 적당치 않은 것처럼 여겨졌고, 결국 얼굴이 굳어지며 무척이나 염세적인 사람처럼 되었다. 시금치가 나를 낙천적인 사람에서 단번에 염세적인 사람으로 만든 것 같았고, 그래서 시금치에게 복수를 하듯 하나를 더 먹었는데, 그러자 나 자신이 염세주의자 염소 같았다.

그날 한밤중에 배고픔을 참지 못하고 냉장고에서 뭔가 먹을 것을 꺼내기도 했지만 시험에 넘어가지 않는, 단식 수행 중인 사람처럼 도로 집어넣었다. 한데 찬장 속의 꿀에 대한 생각이 났고, 그 유혹을 이기지 못하고 몇 숟갈을 퍼먹었다. 어려운 상황에 처하게 되거나 괴로운 일이 있을 때면 꿀을 먹곤 했는데, 먹는다고 달라지는 것은 없었지만, 꿀은 좋지 않은 상태에서 아무것도 먹고 싶지 않을 때 먹기에 좋은 것이었고, 먹은 후에도 뭔가를 먹은 것이라고 할 수 없는 것 같은 느낌을 주었기 때문이다. 그리고 꿀은 넋이 나간 것 같을 때 넋이 나간 것 같은 모습으로 먹기에도 좋았다.

하지만 그다음 날에는 더 이상 과일을 먹을 수가 없었고, 그래서 한동안 과일은 입에 대지 않기로 결심하고, 과일들을 처리할 방법을 고민했고, 결국 생각해냈다. 그날 밤에는 비바람이 치고 있었고, 나는 비바람이 치는 가운데 남은 과일들을 어느 공원에 가져가 나무들 아래 하나씩 버렸는데, 그 며칠 전 샌프란시스코의 거센 비바람에 우산살 하나가 나간 우산을 쓴 채로, 비바람에 몸이 젖는 것도 아랑곳하지 않았다.

과일들을 버리는 일을 일처럼 하자 거의 즐거운 일이 되었다. 그것을 한다고 달라지는 것은 없지만, 그럼에도 기분만큼은 좋은 일이 있었고, 그 일 또한 그랬다. 나는 과일들을 버리며 복숭아를 하나 먹었는데, 한동안 과일은 입에 대지 않겠다는 각오를 다지기 위해서였다. 한데 더 이상 과일들로 연명할 수 없어, 빗속에서 우산을 쓰고 과일들을 버리며 먹는 복숭아는 달콤하다 못해 씁쓸하다는 생각을 했지만 실제로는 달콤하기만 했다. 나는 그다지 절차가 중요하지 않은 일을 하면서도 절차만 중요하게 생각하는 고지식한 원칙주의자처럼 각각의 과일들을 각각 다른 나무들 아래 버렸다. 그렇게 해서 샌프란시스코에 있는 어느 포플러 나무 아래에는 망고가, 소나무 아래에는 아보카도가, 유칼립투스 아래에는 복숭아가, 느티나무 아래에는 멜론이 떨어져 있게 되었다. 나는 그날 밤 이 도시에 이상한 테러리스트가 출현해 과일들을 나무 아래에 투척하는 진기한 일이 벌어졌다고 생각했다.

날씨가 좋지 않아 기분이 더욱 좋은 날이 있었는데 그날 또한 그랬다. 그런 날에는 좋지 않은 날씨에 마음이 더욱 고무되는 것 같기도 했다. 그날 밤 계속해서 비가 내렸고, 나는 계속해서 기분이 부득이하게 좋은 상태로 있을 수 있었다. 집에 돌아왔을 때에는 어떤 피치 못할 사정으로 자신의 갓 태어난 새끼들을 유기한 동물처럼 내가 버린 과일들에게 미안한 마음이 들기도 했지만 이미 좋지 않은 날씨로 인해 좋아진 기분은 나빠질 줄을 몰랐고, 그래서 그날 밤에는 도리 없이 좋았다. 기분이 그렇게 도리 없이 좋은 것은 기분 나쁠 수도 있는 것이었지만 그렇지 않은 것을 보면 오랜만에 드물게 찾아오는 조증 상태에 있었던 것 같았다. 20여 년 전 내가 소설을 쓰기 시작하면서 나빠진 기분은 기본적으로 계속 좋지 않았는데, 내게는 소설 쓰기 자체에 그야말로 기분 나쁜 뭔가가 있는 것 같았다. 그런데 그날 밤 도리 없이 유쾌해진 기분은 쉽게 떨치기 어려운 뭔가처럼, 거의 불쾌할 정도로 끈덕지게 달라붙는 것 같았다.

그리고 그다음 날에는 아직도 남아 있는 과일들에게 좀더 기발한 다른 최후를 맞게 해주고 싶었고, 그것들을 처리할 또 다른 방법을 생각했다. 그러다가 어떤 생각에, 밤에 망고와 아보카도와 복숭아와 멜론을 쇼핑백에 담아 집에서 한참을 걸어 일부러 금문교까지 가서는 다리 한가운데 위에서 하나씩 던져 떨어뜨려 태평양으로 떠내려 보내기 시작했다. 과일들은 과거, 그 다리를 건설하면서 중국인 이주 노동자들이 여럿 죽었고, 그래서 내게는 죽은 중국인들이 만든, 죽은 중국인들의 다리로 여겨지는 금문교 아래를 떠내려갔다. 한데 나는 쇼핑백에서 양파 하나를 발견했고, 그것이 어떻게 해서 과일들과 함께 오게 되었는지 짐짓 알 수 없다는 표정을 지은 후 영문을 몰라 하는 것 같은 양파를 금문교 아래로 떨어뜨렸다. 과일들을 태평양에 떠내려 보내는 비밀스럽고 수상한 행사에 끌려온 양파로서는 억울한 일일 수도 있었지만 나는 양파가 억울해하면서도 태평양을 잘 떠다니기를 바랐다. 나는 양파가 조류를 타고 국경을 넘어 캐나다나 멕시코까지 갈 수 있기를 바랐다. 아니, 그보다도, 내게는 죽은 중국인들의 다리로 여겨지는 금문교에서 떨어진 양파가 태평양을 건너 중국까지 갈 수 있기를 바랐지만 그렇게 되기는 어려울 것 같았다.

그 전에 차로 몇 번 금문교를 지나간 적은 있었지만 그 다리를 걸어간 적은 없었고, 멀리서 그 다리를 걸어가는 사람들을 보며 그들을 이상하게 생각했는데, 다리를 걸을 때에도 그 다리를 걸어가는 것은 여전히 이상하게 생각되었다. 금문교는 그 전체 모습을 본 첫 순간부터 별로 마음에 들지 않았고, 그 후로도 별로 마음에 들지 않았지만, 그 후 안개에 싸인 모습을 보게 된 후로는 조금씩 마음에 들기 시작했는데, 가장 마음에 들 때는 다리가 안개에 싸여 첨탑의 일부만 드러날 때였다. 하지만 과일과 양파를 떨어뜨려 태평양으로 떠내려 보내기 위해 그 다리에 오는 사람은 없는 게 분명했다. 사람들은 잘 모르고 있지만 금문교는 과일들을 떨어뜨려 태평양으로 떠내려 보내기에 더없이 좋은 다리라고, 나는 생각했다.

그리고 금문교는 그 아래로 수많은 자살자들의 익사체가 떠내려간 곳이기도 했다. 금문교는 미국에서뿐만 아니라 세계에서 가장 인기 있는 자살 장소였는데, 그 뒤를 잇는 곳은 일본의 후지산 자락에 있는 아오키가하라 숲이었다. 금문교는 내게 죽은 중국인들의 다리이자, 그 아래로 익사체들이 떠내려가는 다리로 여겨졌고, 아오키가하라 숲은 목을 맨 시체들이 나뭇가지에 걸려 있는 숲으로 여겨졌다. 사람들이 아오키가하라 숲에서 주로 어떻게 죽음을 맞이하는지는 알 수 없었지만 그 숲을 떠올리면 목을 맨 줄에 매달려 바람에 가볍게 움직이는 사체들이 떠올랐다. 내 상상 속에서, 달빛이 비치는 밤이면 사체들은 알 수 없는 자줏빛 미소를 지었는데, 그 미소는 달빛이 자신들의 몸을 기분 좋게 어루만져줄 때 짓는 것이었다. 그런데 나무에 목을 매는 사람들을 생각하면 늘 떠오르는 궁금증이 있었는데, 그것은 목을 매기 위해서는 약간 낑낑거리며 애를 먹으며 나무에 올라가야 한다는 것이었다. 나무를 잘 타지 못하는 사람은 원천적으로 나무에 목을 매기 어려울 수도 있었다. 역으로, 나무에 목을 매는 사람들은 나무를 잘 타는 사람들인지도 몰랐다. 어쨌든 죽음을 앞두고 나무를 타는 것은 약간 우스꽝스럽고, 그래서 작은 사다리를 이용하는 사람들도 있는지도 몰랐다. 그들은 죽음을 앞둔 비장한 순간에 치러야 하는 상당히 희극적인 노력으로 인한 어떤 무안함을 무릅써야 하는지도 몰랐다.

과일들과 양파를 떨어뜨리고 나자 문득 미국과 세계 전역에서 많은 사람들이 금문교에서 뛰어내리리라는 커다란 기대를 갖고 샌프란시스코에 오기도 한다는 생각이 들었고, 그러자 이 도시의 상징물인 금문교가 아닌 샌프란시스코가 어쩐지 특별한 곳으로 느껴졌다. 세계 어디에도 그토록 많은 사람들이 투신자살에 대한 부푼 꿈을 품고 찾는 도시는 없었다. 미국의 도시 중에서도 가장 열려 있고, 문화적으로 다양하고, 그리고 무엇보다도, 모든 것이 자연스러운 곳으로, 호보와 거지와 괴짜와 과거 히피와 맛이 간 자 들이 자연스럽게 도시의 일부를 이루고 있는 도시지만 그 전까지는 그다지 특별하게 여겨지지 않았던 샌프란시스코가 다소 특별한 곳으로 여겨졌다. 그리고 이 도시가, 사람들이 투신자살을 하기 위해 찾는 곳일 뿐만 아니라, 과거 히피 시대에 많은 히피들이 꽃을 머리에 꽂은 채로 온 곳이며, 또 다른 수많은, 맛이 간 자들이 무리를 지어 몰려왔을 수도 있는 곳이라는 생각이 들면서 상당히 특별한 곳으로 느껴졌지만 그렇다고 무척 특별하게 여겨지지는 않았다. 하지만 이 도시는 무척 특별하지 않음에도 지내기에 괜찮은 곳이었고, 그런 곳이야말로 정말 괜찮은 곳이었고 어쩌면 무척 특별하기까지 한 곳일 수도 있을 것이었다. 하지만 곰곰이 다시 생각해보자 이 도시 역시 무척 특별할 것도 없었다. 세상 어디에도 그렇게까지 특별한 곳은 없었다.

투신자살에 대한 부푼 꿈을 품고 온 사람들은 샌프란시스코에 도착해 이 도시의 북서쪽 끝에 있는 금문교까지 버스나 택시를 타고 가 다리 위에 서서 잠시 망설이거나 혹은 망설임 없이 다리 아래로 뛰어내려 마지막 짧은 비행의 즐거움을 누린 후 차가운 바닷물 속으로 떨어졌을 텐데, 그들 가운데 자신의 사체가 태평양을 떠다닐 수도 있다는 생각을 하며 마지막 순간 기분이 좋아진 사람이 있는지는 알 수 없었다. 다리의 높이와 낮은 수온으로 인해 자살 성공률은 98퍼센트에 이르렀는데, 운이 아주 나빠 살아남은 사람들 가운데는 아주 빠른 조류와 싸워 헤엄쳐 나온 사람도 있었다. 하지만 자신에게 기적이 일어난 것이 틀림없다고 생각할, 살아남은 사람들 가운데서 다시 금문교에서 뛰어내린 사람이 있는지는 알 수 없었다.

한 여성 기계공학자가 언젠가 다리 아래 설치한, 움직임을 감지하는 카메라에 석 달간 17명이 뛰어내리는 것이 찍혔다고 알려져 있는데, 그녀의 프로젝트는 휘트니 미술관에서 개최한 비엔날레에 포함되기도 했다. 그 영상을 보지는 못했지만 내게 그것은 벌새의 생태를 촬영한 것과 같은 자연 다큐멘터리처럼 여겨졌다. 나는 투신하는 사람에 대해서는 시를 써도 좋을 거라는 생각을 했지만 시인이 아닌 관계로 쓰지 않았다. 그럼에도 내가 시인이라면 투신하는 사람에 대해 가지에서 떨어지는 꽃에 관한 것과 같은 아름다운 시를 썼을 거라는 생각을 하기도 했다.

어느 하루 금문교에서 조금 떨어진 다리 아래쪽에서 다리를 올려다보며 금문교에서 투신하는 사람들을 상상하고 있자 아인슈타인이 자신의 직장인 스위스 베른의 특허사무소에 앉아 있던 중 갑작스럽게 떠오른 생각으로 인해 중력과 가속도에 대한 이론을 발전시킨 사실이 떠올랐다. 그는 '갑자기 이런 생각이 떠올랐다. 자유낙하를 하는 사람이 있다고 가정하면 그 사람은 자신의 몸무게를 느끼지 않게 된다. 나는 깜짝 놀랐다. 이 간단한 사고 실험은 나에게 깊은 인상을 남겼다'라고 1907년에 기록했다. 투신하는 사람에 대한 상상을 통해 그 이후 물리학의 역사를 바꾸게 될 이론을 발전시켰던 것이다. 내가 금문교에서 과일들과 양파를 떨어뜨린 것이 그 다리에서 투신하는 사람에 대한 상상에서 비롯된 것인지는 분명치 않았지만, 그 작업을 통해 아무런 이론을 발전시키지 못한 것은 분명했고, 그 점이 아쉬웠다.

한데 막상 과일들을 떨어뜨리고 나자 그것들 가운데는 떠내려가지 못하고 물속으로 가라앉는 것들도 있을 것 같았다. 어쩌면 가라앉는 것들은 물속 바닥에서, 어떤 건물 속 복도를 굴러가듯 천천히 굴러갈 수도 있을 것이었다. 과일들은 내가 그것들에게 아무 임무도 부여하지 않았지만 서서히 본래의 자신들의 모습을 잃으며, 태평양을 떠도는 자신들의 임무는 다할 것이었다. 나는 그것들이 태평양을 떠도는 것을 상상했고, 그것들이 그렇게 될 수 있게 된 것은 내가 매사에 의욕이 없어서라는 생각을 했다.

하지만 이것은 사실이 아니다. 사실 나는 사람들이 투신자살하는 것을 막기 위해 밤에 일정한 시각이 되면 금문교의 보행을 막는다는 것을 알고 있었다. 그래서 밤에, 사람들이 투신자살을 하는 금문교에서 과일들을 떨어뜨려 태평양을 떠돌게 할 수 없었다. 한데 죽을 각오가 된 사람은 어떻게든 죽으려 하고, 그 방법을 결국에는 찾아낼 텐데 그런 조처를 취하는 것이 무슨 소용이 있는지 알 수 없었다. 어쩌면 금문교의 보행 제한 시간이 있다는 사실을 알지 못하고 그곳에서 뛰어내리기 위해 미국과 세계 각지에서 온 사람들 가운데는 자신들이 마음속으로 죽기로 한 시각에 원하던 장소에서 죽을 수도 없는 것에 몹시 기분이 상해 투신자살을 미루거나 포기하는 사람도 있는지도 몰랐다. 어쩌면 금문교의 야간 보행을 금지한 시 당국에서 노린 것도 그 점인지도 몰랐다. 하지만 자살 장소와 시각을 여러 점을 고려해 신중하게 결정한 사람은 일이 여의치 않게 되면 아주 큰 실망을 느낄 수도 있고, 그 실망은 그로 하여금 다시금 죽고 싶은 마음이 들게 할 수도 있을 것이었다.

하지만 내가 한밤중에 과일들과 양파를 금문교까지 갖고 가 그곳에서 떨어뜨려 태평양을 떠돌게 할 수 있게 하지 않은 것은 그렇게 할 의욕조차 없었기 때문이며, 그래서 이 모든 것은 내가 매사에 아무런 의욕이 없어 침대에 조용히 누워 상상한 것이었다. 결국 내가 매사에 의욕이 없어 과일들은 태평양을 떠돌지 못하게 되었다. 그로 인해 본래 이 글은 내가 매사에 의욕이 없어 태평양을 떠돌게 된 과일들에 관한 것이 될 수도 있었지만 결국 내가 매사에 의욕이 없어 태평양을 떠돌지 못하게 된 과일들에 관한 것이 되고 말았다.

그날 밤 내가 원한 것은 혼자 생각에 빠져 가만히 있는 것이었고, 그보다도 더 원한 것은 아무 생각조차 하지 않는 것이었다. 나는 그 무엇에 대한 의욕도 없어 아무것도 하지 않고 무기력한 상태로 많은 시간을 보냈는데, 내게는 허기의 사실주의만큼이나 실제적인 무기력 상태의 사실주의야말로 삶의 가장 큰 실질적인 어려움이었고, 그날 밤에는 그 어려움이 더욱 컸다.

그럼에도 아무런 의욕이 없고, 무척이나 우울했던 그날 밤, 마치 무기력이 나의 글쓰기의 동력의 원천인 것처럼, 어느 순간에는 글을 쓸 수 있을 것 같았고, 그래서 초록색 양말을 신고 무대의상 같은 재킷을 입은 채로 탁자에 앉아 내가 구상한 희곡을 쓰려 했지만 실패했다. 단 한 줄도 쓸 수 없었고, 그래서 포기를 하고, 텔레비전으로 어떤 공영방송 채널을 보다가 존엄사에 관한 어떤 프로그램을 보았다. 스위스 취리히의 한 개인 병원에서 불치병에 걸려 고통을 겪고 있는 외국인 환자가 스스로 목숨을 끊는 과정을 보여주었는데, 자살이라는 것을 경찰에 입증하기 위해 전 과정을 비디오로 촬영한 그것은 한 편의 연극처럼 느껴졌다. 환자는 사과 주스를 마신 후 진정제의 일종인 펜토바르비탈 나트륨을 마신 뒤 다시 사과 주스를 조금 더 마시고 몇 분 후 잠이 든 듯 조용히 숨을 거두었다. 많은 양의 펜토바르비탈이 구토를 유발하기도 하는 탓에 그는 펜토바르비탈을 마시기 30분쯤 전에 구토 방지제를 먹은 상태였다.

텔레비전을 본 후 인터넷 검색을 통해 미국 오리건 주에서 안락사 용도로 펜토바르비탈이 많이 사용되며, 그 약을 먹는 것이 가장 평화로운 자살 방법으로 여겨지고 있다는 사실을 알게 되었다. 펜토바르비탈은 흔히 넴뷰탈로 많이 알려져 있으며, 마릴린 먼로의 검시관 보고서에 따르면 그녀의 사인은 넴뷰탈 과다 복용인데, 그녀는 마흔일곱 알을 먹었다. 아프리카의 가이아나에서 900명이 넘는 광신도들이 죽었을 때 지도자였던 짐 존스의 몸에서 다량의 펜토바르비탈이 발견되기도 했다. 1960년대에 넴뷰탈은 비틀스의 곡명인 「노란 잠수함」이라는 이름으로 유통되기도 했는데, 노란 잠수함을 투여한 사람들 가운데는 자신이 노란 잠수함을 타고 돌아올 수 없는 길로 가고 있다고 생각한 사람이 있을 수도 있었다.

그날 밤 초록색 양말을 신고, 무대의상 같은 재킷을 입은 채로 자살하는 사람의 영상을 생생하게 지켜보고 나자 커다란 슬픔이 북받쳤고, 그 슬픔을 애써 조금씩 작은 것으로 만들자 슬픔이 작아지는 만큼 우울이 더 커졌다. 성가시게 북받치는 우울로 인해 나는 쉽게 잠들 수가 없었고, 결국 여러 가지 색상의 수면제와 수면 보조제 일곱 알을, 그 며칠 전 가게에서 산 파란색 유리 사발에 담아(나는 개밥그릇처럼 여겨지는 그 사발에 요구르트와 과일 등을 비롯해 많은 것들을 담아 먹었고, 커피도 그것으로 마셨다) 안주처럼 젓가락으로 집어 먹으며 포도주를 마셨다. 하지만 수면제와 포도주를 먹고도 잠이 들지 못했다. 불면의 고통은 죽은 후에도 영원히 잠들지 못하는 사람의 고통에 비할 수 있는 것이지만 후자의 고통에 비하면 전자의 고통은 아무것도 아닐 수도 있었다. 그럼에도 불면의 고통은 그것을 겪는 사람만이 알 수 있는 것이었다.

어쩐지 그날 밤에는 총천연색의 무척 이상한 꿈을 꾸기도 할 것 같았다. 이왕이면 오랜만에 괜찮은 악몽을 꾸고 싶었는데, 아무런 근거 없이, 양파 하나를 날것으로 먹으면 기분 좋은 악몽을 꿀 수도 있을 것 같았다. 나는 양파의 매운 성분에 약간 눈물을 흘리며 양파 하나를 날것으로 먹은 후, 양파가 등장하거나 등장하지 않는, 내가 꿀 수도 있는 악몽에 대해 생각해보았다. 양파가 등장하는 악몽에는 어떤 것이 있을지 알 수 없었지만, 양파가 꿈속에서 어떻게 등장해 무슨 짓을 저지르게 되는지와는 상관없이 등장하는 것만으로도 충분히 악몽일 수 있는 꿈도 있을 것 같았다. 그리고 양파가 등장하는 것만으로도 그 꿈은 꽤 괜찮은 악몽이 될 수도 있었다.

언젠가 한번 나는 정어리가 등장하는, 그다지 괜찮지 않은 악몽을 꾼 적이 있는데 그 꿈에는 정어리 말고 테디베어도 등장했다. 내가 전체 내용을 기억하지 못하는 꿈의 중반부쯤에서 덩치는 그렇게 크지 않지만 야무지게 생긴 수컷 테디베어 세 마리가 등장해 으슥한 골목에서 내게 겁을 주며 나를 막다른 곳으로 밀어붙였다. 불량배 테디베어들이었는데, 그렇게 하지 않아도 불량배들이라는 것을 알 수 있었지만, 기분 나쁜 느낌이 나는 갈색 털로 뒤덮인 몸에, 무엇 하러 입었는지 알 수 없는, 꽉 끼는 조끼의 맨 위 단추 2개를 일부러 풀어 젖혀 좀더 불량해 보이게 한 그들은 자신들이 불량배라는 사실을 확실히 하기 위한 듯 껌을 소리 나게 씹으며, 수컷다움을 과시하며, 마치 그렇게 하면 수컷의 본성이 살아나거나 더욱 커지기라도 하는 듯 계속해서 침을 아주 멀리 뱉어댔다. 침을 멀리 뱉는 것만으로 자신들이 보통내기가 아니라는 것을 알 수 있게 하려는 것 같았지만 한눈에 보아도 시시한 자들이라는 것을 알 수 있었고, 조금 보고 있자 시시한 자들이 확실하다는 생각이 들었다.

실제 나이는 얼마 되지 않았지만 못된 짓을 열심히 해온 탓에 일찍 늙어버린 것 같은 그들은 귀여운 척하며, 더 이상 초롱초롱하지 않은 눈을 반짝였는데, 아니, 초롱초롱하지 않아 반짝거릴 수 없는 눈을 감았다 떴다 했는데 하나도 귀엽지 않았다. 침 뱉는 사람을 보면 기겁하는 나는 겁을 잔뜩 먹었고 소아마비 환자처럼 다리가 마비된 것 같이 움직일 수가 없었다. 그럼에도 나는 내게 성냥이 있다면 성냥을 그어 그들의 털에 불을 붙여 불이 난 테디베어들을 볼 수도 있을 거라는 생각을 했다. 나는 그 불량배들이 내가 개인적으로 아무런 유감이 없는 테디베어의 모습을 하고 등장한 것이 유감스럽다고 생각했다. 나는 어느 날 곰 사냥을 나간 미국의 대통령 테디 루즈벨트에 의해 테디베어가 탄생하게 된 사실을 떠올렸고, 내가 처한 상황이 아이러니하게 여겨졌다. 나는 그들이 담배를 물고 있다면 더 어울릴 거라고 생각했는데, 그것은 담배를 피우는 테디베어라면 가래가 섞인 침을 뱉을 수도 있을 것이기 때문이었다. 아무래도 그들은 건강을 생각해 담배를 끊은 것 같았다.

그런데 불량배 테디베어들은 불룩한 상의 호주머니에서 뭔가를 꺼내 내게 던지기 시작했는데 그것은 다름 아닌 정어리였다. 상어가 소화시키다 게워낸 것을 물개가 소화시키다 또 게워낸 것처럼 정어리들은 형체를 반쯤 잃은 상태로 악취가 심하게 났다. 그 악취를 맡자 그 불량배 테디베어들이 떼를 지어 몰려다니며 사람들에게 냄새 나는 정어리를 집어 던지는 것으로 소문난 자들이라는 기억이 떠올랐다. 나도 그 소문을 들은 적이 있었다. 그들은 그 짓을 무척 좋아했다. 불량배들이니 불량한 짓을 좋아하는 것도 당연하다고 볼 수도 있었고, 불량한 짓이야말로 그들의 마음을 들뜨게 할 것이었다. 사람들에게 냄새 나는 정어리를 집어 던지는 테디베어들이라는 명성에 걸맞게 그들은 내게 냄새 나는 정어리를 집어 던지고 있었다. 정어리들은 내장이 나와 있었는데, 내장이 내 몸 여기저기에 거머리들처럼 달라붙었다(그 며칠 전 침대에 누워 있을 때 갑자기 천장이 거대한 소의 배처럼 불룩해지며 갈라지면서 소의 내장이 쏟아져 내 위로 떨어지는 꿈을 꿨는데, 내장이 등장하는 꿈을 꾼 것은 속이 좋지 않았던 것과 관련이 있는 것 같았다).

한데 사람들에게 정어리를 집어 던지는 못된 테디베어들이 등장하는 그 악몽에서 나를 더욱 괴롭힌 것은 그들이 던진 냄새 나는 정어리보다도 그들의 껌 씹는 소리와, 소리 나게 뱉는 침이었다. 그들 중에서도 침을 가장 멀리 뱉는 테디베어가 있었는데 그가 대장처럼 보였다. 그의 침 뱉는 모습은 무척이나 여유로워 보였다. 나는 다른 것은 몰라도 침은 뱉지 말라고 외쳤지만 소용이 없었는데, 입도 벙긋할 수 없어 속으로만 외칠 수 있었기 때문이다. 나는 살려달라는 말도 할 수 없었다. 나는 불량한 테디베어들에게 수모를 당해보지 않은 사람은 수모에 대해 얘기할 수 없다는 생각을 하며 수모를 참았다. 나는 테디베어들이 지옥에 가기를 바랐고, 지옥에 간 테디베어들이 악마가 뱉은 끈적끈적한 침의 웅덩이 속에서, 매일같이 턱의 관절이 내려앉을 때까지 껌을 씹으며, 영원히 허우적거리기를 진심으로 기도했다.

결국 테디베어들은 정어리를 모두 던지고, 침을 모두 뱉은 후에야 껌을 씹으며 유유히 딴 곳으로 사라졌다. 그들은 정어리를 집어 던지고, 침을 뱉고, 껌을 씹는 것에 경악할 또 다른 누군가를 찾아가는 것 같았다. 그 꿈을 꾼 것은 한국에서였고, 길에서 마주 오던 어떤 남자가 뱉은 침이 거의 내 바지에 적중하는 봉변을 당할 뻔한 날 밤이었다(한국에는 길에 침을 뱉는 인간들이 정말 많은데, 그 사실은 한국을 소개하는 관광 안내 책자에도 실어야 할 것이다. 그리고 1년간 길에 침을 뱉는 자들의 침을 모두 모으면 뱃놀이를 할 수 있는 호수 정도는 만들 수 있을, 중국 다음으로 침 뱉는 자들이 많은 한국에 오는 건 좋지만, 오게 되면 무엇보다도 침 뱉는 인간들을 조심하라고, 그리고 그들은 겉보기와 다르지 않게 악질들이라고, 그리고 인간에 대한 배려가 없는 이 야만적인 나라에서 침 뱉는 자들과 경적을 울려대는 자동차들 때문에 조용히 산책하는 것은 거의 불가능하다고, 그리고 한국에는 목소리 큰 놈이 이긴다는 믿음 같은 것이 있는데, 그 때문에 식당에서 조용히 혼자 식사를 하는 것도 어렵다고).

 길에 침 뱉는 자들을 마음을 다해 미워하며, 그들에 대한 복수를 생각하며 쓴, 그들에게 바치는 것이기도 한 이 글 속에 등장하는 테디베어와 정어리는 내가 좋아하는 것들이었지만 불량배가 되고, 불량배의 손에 들어가게 되면서 내게 끔찍한 것들이 되었는데, 그렇게, 테디베어와 정어리처럼 모든 것이 악몽의 소재가 될 수 있었다. 나는 그 후로도 정어리는 계속해서 먹었지만 테디베어를 보게 되면 약간 겁을 먹었는데, 가게에 있거나, 누군가가 들고 가는, 눈이 초롱초롱한, 귀여운 테디베어들이 언제라도 침을 뱉을 준비가 되어 있는 것처럼 보였기 때문이다.

 양파가 등장하는 악몽을 꾸고자 했던 그날 밤 결국 수면제 약효로 잠이 들었지만 내용을 기억할 수 없는 꿈을 꾼 후 얼마 지나지 않아 잠에서 깬 뒤 포도주를 마저 마신 후에야 다시 잠이 들었고, 아침에 깼는데, 이번에는 역시 내용을 기억할 수 없는, 그럼에도 꺼져가는 불꽃처럼 창백한, 시들어 생기를 잃은 붉은 꽃 같은 꿈을, 그렇게밖에는 말할 수 없는 꿈을 꿨다. 꿈을 꾸고 난 후에는 바싹 마른 붉은 작약 한 송이를 손가락으로 열심히 비벼 완전히 바스러지게 한 것처럼 손가락이 뻐근했다. 하지만 그 꿈은 악몽은 아니었고, 이번에도 양파는 등장하지 않았다. 한데 꿈을 꾸면서 마음을 단단히 먹고 열심히 잠꼬대를 한 것처럼 깼을 때에는 입안도 얼얼했다. 거울을 보자, 언젠가 보았던, 비가 올 것을 알리며 계속해서 입술을 부르르 떨며 푸우우, 하는 소리를 내 입술이 파랗게 된 아기의 입술처럼 입술이 파랗게 되어 있었다. 하지만 그날 비는 오지 않았다.

멘도시노

샌프란시스코 출신으로 시인 이상에 대해 연구하며 서울에 사는 미국인 친구가 있는데 그를 통해 샌프란시스코에 사는 어떤 부부를 알게 되었다. 리처드란 이름의 아일랜드계 백인 남편은 본래 오보에를 공부했는데 지금은 현악기를 수리하는 일을 하고 있었다. 역시 음악을 전공한 일본 출신 아내는 일본의 왕족과는 아무런 관련이 없었지만 무척이나 공주 같은 데가 있었는데, 공주가 아니면서도 공주 같은 데가 있는 여자는 좋아하기 어려웠지만 그녀는 귀여운 데가 있었다. 우리는 처음 만난 날 저녁에 미션 구역에 있는 에티오피아 식당에서 식사를 했다. 커리가 들어간 닭고기를 얇은 스펀지처럼 생긴 빵에 손으로 싸 먹었는데, 그것은 공주처럼 우아하게 먹기 어려운 것이었지만 그녀는 어떻게든 공주처럼 먹으려는 것처럼 보였다. 식당 벽에는 에티오피아의 어느 왕처럼 보이는 나이 든 남자의 초상화가 걸려 있었는데, 그는 근엄한 모습임에도 웃음을 간신히 참고 있는 것처럼 보였다.

그 며칠 후 리처드의 작업장에 가게 되었는데, 3층 건물인 그곳에는 아무런 간판도 없어 무허가 작업장처럼 보였지만, 스위스 출신의 노인이 사장인 그곳은 미국 서부 지역의 음악가들 사이에서 아주 유명한 곳으로 일부러 광고를 하지 않아도 많은 사람들이 수리가 필요한 현악기들을 가져와 수리를 의뢰하는 곳이었다. 그곳에는 케이스 안에 든, 수리를 필요로 하는 첼로들이 가득 든 첼로들의 시체 안치소 같은 방이 있었다. 나는 그곳이 마음에 들었고, 내가 그 이야기를 하자 리처드는 물론 악기들을 좋아하긴 하지만 때로는 세상의 모든 악기들을 처형하고 싶은 마음이 들기도 한다고 했다.

그리고 그 주 주말에는 미션 돌로레스에 있는 그들의 집에 초대받았다. 리처드는 나와 마찬가지로 쇤베르크와 카프카와 베케트를 좋아했다. 우리는 그의 서재에서 쇤베르크의 「달에 홀린 광대」를 들으며 베케트에 대해 얘기를 했다. 그리고 캘리포니아에서 한 시기를 산 외국인들에 대해 얘기했으며, 카프카와 베케트가 캘리포니아에 살았다면 어땠을지에 대해 얘기했다. 캘리포니아의 해변에 있는 카프카는 생각하기 어려웠지만 베케트는 어울리는 것 같기도 했는데, 학창 시절 스포츠를 잘했고, 조정과 럭비에 재능을 보이기도 했던 그는 수영을 잘했을 것 같았다. 하지만 어쩌면 그들은 캘리포니아에서도 어디에서나 마찬가지로 우울하고 절망적이고 무한히 권태로웠을 수도 있었다. 캘리포니아의 축복과도 같은 모든 것들도 그들의 우울과 절망과 권태를 사라지게 하지는 못했을 수도, 그들은 어떻게 해서든 우울과 절망과 권태의 이유를 찾았을 수도 있었다. 그들에게 우울과 절망과 권태는 처해 있는 상황과는 상관없는, 존재 자체의 어떤 속성 같은 것으로, 그것은 삶의 뭔가가 아니라 삶 자체의 불가능함에서 비롯

되는 것이었을 것이다. 그리고 그것은 정신적인 것의 극단에는 우울과 절망과 권태가 도사리고 있기에, 우울과 절망과 권태의 능력이야말로 지력의 핵심이기 때문일 것이다.

리처드의 서재 벽에는 비트 제너레이션의 대표적인 작가인 앨런 긴즈버그의 사진도 걸려 있었는데, 그것은 긴즈버그의 아파트에 한 친구가 찾아와 찍은 것이었다. 앨런은 친구에게 커피가 담긴 철제 사발을 준 후 친구가 그 사발을 비우기를 초조하게 기다렸는데, 친구는 개밥그릇처럼 보이는 그 사발이 그 집에 있던 유일한 사발로, 앨런이 시리얼을 먹으려고 사발이 비기를 기다렸다는 것을 나중에 알게 되었다고 한다. 우리는 그 사진을 보고 웃었고, 때로 가난이 선사하는 웃음에 대해 얘기했다. 그사이 리처드의 서재 벽에 걸린 사진 속의 베케트가 우리를 내려다보고 있었는데, 그 사진은 베케트의 사진들을 많이 찍은 것으로도 유명한 존 미니헌이 찍은 것으로 내가 베케트의 사진들 가운데서 가장 좋아하는 사진이었다. 그 사진 속의 베케트는 이미 죽어, 관 속에서 여러 날을 보낸 사람 같은 모습을 하고 있었다.

우리는 베케트의 소설들에 대해서도 얘기를 나눴는데, 리처드는 『몰로이』 속에 나오는, 자전거의 경적에 집착을 보이는 주인공이 길에서 자전거의 경적을 볼 때마다 그것을 누르고 싶어 하는 것에 대해 얘기를 했다. 그 역시 나와 마찬가지로, 길에서 자전거의 경적을 보면 누르고 싶은 충동을 느낀다고 했다. 그 후 우리는 근처에 있는 돌로레스 공원에 산책을 갔는데, 리처드는 자신의 자전거를 타고 싶은지 물었고, 나는 그러고 싶다고 했다. 나는 그의 미니벨로 자전거를 타고 천천히 페달을 밟으며 갔는데, 마치 어린 망아지를 타고 가는 것 같았다. 리처드는 샌프란시스코에 자전거 도둑이 많아 다들 쉽게

자를 수 없는 튼튼한 체인을 이용해 어딘가에 묶어놓는데, 자전거를 훔쳐갈 수 없을 때는 주로 안장을 많이 떼어간다고 했다. 어쩌면 자전거의 안장만 훔쳐 자신의 집 안에 안장을 가득 진열해놓은 도둑도 있는지도 몰랐다. 그는 자전거의 안장들을 보며 마음을 가라앉히거나, 그것들이 자신에게 독특한 감정을 불러일으킨다고 느낄 수도 있었다.

나는 길을 가면서 몇 번 쓸데없이 경적을 울렸는데, 소리굽쇠 소리처럼 들리는 경적 소리가 무척 듣기 좋았다. 내가 리처드에게 경적 소리가 너무 마음에 든다고 하자 그는 집에 비슷한 소리를 내는 또 다른 경적 하나가 있다며 그것을 내게 선물하고 싶다고 했다. 공원에서 시간을 보낸 후 다시 그의 집에 도착했을 때 그는 경적을 선물했고, 나는 다시 경적을 울려보았는데 아주 맑은 소리가 났다. 나는 무척 기뻤는데, 그것은 그런 선물이야말로 진정으로 기쁨을 주는 선물이라는 생각이 들어서이기도 했지만, 그 경적이 동물원 사육사가 어미를 잃어 고아가 된 너구리 새끼들이 낮잠을 잘 때 간식을 먹을 시간이라는 것을 알려주는 용도로 쓰면 좋을 것 같다는 생각이 들었기 때문이다. 그러면 너구리 새끼들은 종소리에 깨어, 벌써 그렇게 시간이 지났나, 배가 고픈 걸 보면 시간이 그렇게 지난 게 분명해, 늘 시간은 너무 빨리 가, 하고 생각하며, 하품을 하며, 간식을 먹을 생각에 기쁜 표정을 지을 것이었다. 그 후 나는 그 경적을 내 집 부엌 탁자 위에 놓아두고 때로 식사를 하기 전 경적 소리를 울린 다음에 식사를 하곤 했다.

그다음 주 주말에는 리처드 부부의 초대로, 샌프란시스코에서 차로 3시간 거리에 있는 멘도시노의 숲 속에 있는 그들의 오두막집에서 주말을 보냈다. 멘도시노 군은 미국 동부의 로드 아일랜드에 있는 프로빈스 타운과 함께 예술가들이 많이 사는 곳으로 유명한 곳이었고, 태평양 연안의 메사(꼭대기는 평평하고 등성이는 벼랑으로 된 언덕) 위에 세워진 읍은 아주 작은 곳임에도 갤러리와 미술가들의 작업실이 많았다.

캘리포니아의 긴 해안 중에서도 멘도시노 일대 해안에는 전복이 많이 났고, 매년 몇 명이 거센 파도를 무릅쓰고 전복을 따다 죽었다. 어디에건 어떤 위험을 무릅쓰고도 뭔가를 하는 사람이 있었고 그중 몇 명은 꼭 목숨을 잃었는데, 내가 갔을 때에도 죽음의 위협을 무릅쓰고 전복을 따는 사람들이 있었다. 그 대부분이 전복을 무척 좋아하는 아시아계 사람들이었는데, 어부는 아니고 타지에서 전복을 따러 온 사람들이었다. 나는 그들 중 누군가가 죽으면 남겨진 아내가 아이들에게 뭐라고 할지 궁금했다. 거센 파도와 싸우며 전복을 따다 죽었다고 하는 대신, 전복이 많은 바다에서 거센 파도와 싸우며 상어를 잡다 상어에게 당했다고 할지도 몰랐다. 그곳 어딘가에 전복을 따다 죽은 사람들을 기리는 묘비가 있는 것 같지는 않았다. 나는 어딘가에 갔을 때 그곳에서 죽은 사람들을 기리는 묘비를 보는 것을 좋아했고, 그곳에서 사람들이 죽어갔을 것 같지만 묘비가 보이지 않을 때에는 마음속으로 묘비를 세워주기도 했다. 나는 멘도시노 해안에 전복을 따다 죽은 사람들을 기리는 묘비와 함께, 사람들에게 잡혀 죽은 전복들을 기리는 묘비도 마음속으로 세워주었다.

그리고 멘도시노 군은 과거 히피 시대가 끝난 후 많은 히피들이 정착한 곳이기도 했다. 리처드의 얘기에 따르면 그들의 오두막집에서 100미터쯤 떨어진 숲 속에 있는 집에도 늙은 히피가 혼자 살고 있었는데, 그의 집으로 난 길은 최소한 몇 달, 길게는 몇 년간 짐승들만 이용한 듯 잡초로 무성했다. 그 길은 주로 근처에 사는 사슴들이 많이 이용하는 것 같았다. 나는 그 히피와 얘기를 나눠보고 싶었지만 리처드는 그를 조심해야 한다고 했다. 그는 아주 오랫동안 혼자 살아왔고, 그래서 사람을 만나면 너무나 반가운 나머지 마음을 주체하지 못해 한번 이야기를 시작하면 끝을 낼 줄 모른다고 했다. 내가 도착한 날 밤 그의 집에는 새벽 3시가 넘어서까지 불이 켜져 있었다. 그와 밤새 얘기를 나눠볼까 했지만 결국 그만두었는데, 그것은 말이 많은 사람의 말을 듣고 있는 것이 내게는 그야말로 어려운 일이었기 때문이다. 나는 평소에 말이라곤 거의 없는 편이지만 아주 드물게, 누군가를 만나, 주로 종잡을 수 없는 기분에 빠져, 구구절절 이야기를 하는 것은 괜찮지만 누군가가 구구절절 말하는 것을 듣는 것은 좋아하지 않았다. 아니, 이것은 사실이 아닌데, 나는 내가 구구절절 이야기를 하는 것도 좋아하지 않았다. 말이 많은 사람과 이야기를 나누고 있으면 혼이 빠져나가는 것 같았다. 지나치게 말이 많은 것은 굉장한 성격적 결함인데 그런 사람들은 그 사실을 잘 몰랐다. 리처드는 가급적 그 히피와 마주치는 것을 피한다고, 그를 만나 할 수 없이 이야기를 나누고 나면 정신이 하나도 없게 된다고 했다.

세상에는 뭔가가 왜 거기에 있는지 알 수 없게, 그럼에도 하여간 거기에 있는 것들이 있기도 한데 그 늙은 히피의 집으로 난 길 중간에 있는 나무 한 그루에 기대어져 있는 빨간 문 한 짝도 그랬다. 멀쩡한 것을 떼어내 그곳에 갖다놓은 것처럼 보이는 문은 장식적인 가치가 전혀 없지는 않았지만 조금밖에는 없는 것 같았다. 어쩌면 그것은 그곳에서부터 그의 영역이 시작됨을 알리는 표지판인지도 몰랐다. 한데 문제는 그 문을 두드려도 얼마간 떨어져 있는, 자신의 집 안에 있는 히피가 문 두드리는 소리를 들을 수는 없을 거라는 것이었다. 어쩌면 그는 누군가가 그 문을 두드리는 소리를 들을 수 있게 어떤 장치를 해놓았는지도 몰랐다. 하지만 그것들은 상관없었는데 그의 집을 방문해 그의 문을 두드리는 사람은 없는 것 같았기 때문이다. 그 문은, 그 너머에는 사람을 만나면 무슨 짓을 할지 모르지만 주로는 끝없이 이야기를 해 사람을 괴롭히는 늙은 히피의 집이 있으니 올 테면 오라는 것을 알리는 용도로 사용되는 것 같았다. 아무튼 히피는 빨간색을 좋아하는 것 같았는데, 그의 집 지붕도 빨간색이었고, 지붕 위에는 빨간 깃발이 꽂혀 있었는데, 어쩐지 그는 공산주의자 무정부주의자인 것 같았다.

리처드는 그날 밤 내게 벽난로에 불을 지피는 법을 알려주며 통나무를 ㅅ 자 형태로 세우기보다는 ㅁ 자 형태로 쌓는 게 비결이라고 했다. 우리는 벽난로의 불꽃을 바라보며 얘기를 나눴는데, 그는 멘도시노에는 괴짜들이 많이 산다고 했다. 해안을 따라 즐비하게 있는 어마어마한 저택들과 별장들 중 한 곳은 한때 코카인을 대량으로 만들어 팔아 엄청난 돈을 번 마약상의 저택이라고 했다. 그는 자신의 집 앞에 전용 부두까지 만들어 주로 남미에서 배로 수송된 원료로 코카인을 만들어 팔았다고 했다. 그가 지금은 감옥에 있는지, 아니면 다른 곳에서 다른 불법적인 일을 하며 사는지는 알 수 없었다. 그리고 멘도시노 군에 앤더슨 밸리라는 곳이 있는데, 그곳에는 다소 이상한 주간신문을 발행하는 괴짜가 있었다. 그는 비난할 수 있는 모든 것을 신랄하게 비난하는 것으로 유명했다. 그 신문의 구독자도 꽤 있었는데, 그들은 신랄한 이야기들을 좋아하는 사람들인지도 몰랐다. 어쩌면 그 괴짜 신문 발행인은 일대의 강과 강물 속의 물고기들도, 들판과 들판에 핀 꽃들도, 자신의 집의, 그가 보기에는 적당하지 않은 경사의 지붕과, 연기가 잘 빠지고 있는 굴뚝도, 그 무엇을 할 마음도 사라지게 만드는 화창한 날씨가 지속되는 것도 비난하는지 몰랐다. 그는 스스로도 어쩌지 못하는, 모든 것에 신랄한 자신의 성격 때문에 괴로워하면서도 그것을 감수하며, 뭔가를 험담하는 것에서 즐거움을 느끼며 사는지도 몰랐다.

리처드는 호주가 원산지인 유칼립투스들을 심은 후 그것들이 빠르게 번식하면서 캘리포니아에 산불이 많이 나게 되었는데, 아주 건조한 유칼립투스가 자연 발화되기 때문이라고 했다. 유칼립투스는 가연성이 매우 높아서 나무 자체가 폭발하는 경우도 있었다. 그리고 호주에서는 날이 따뜻할 때면 증발한 유칼립투스의 오일이 수풀 위로 떠올라 파란 박무를 만들기도 한다고 했다. 그리고 사슴들이 사는 미국의 숲에는 사슴의 피를 빨아먹고 사는 진드기가 있는데 그것에 물리게 되면 빈혈과 라임병에 걸릴 수도 있으며, 라임병에 걸리면 계속해서 잠을 자게 된다고 했다. 평소 너무도 못 자, 푹 잘 수만 있다면 무엇이든 할 용의가 있는 나는 라임병에 걸려 아주 긴 잠을 자기 위해 밤새 수많은 진드기를 찾아다니는 상상을 했다. 하지만 그는 라임병에 걸린다고 계속해서 잠을 자게 되는 것도 아니고, 진드기에 물린다고 반드시 라임병에 걸리는 것도 아니며, 대부분의 병들이 그런 것처럼 걸리는 사람만 걸리고, 야생 숲에 가기만 하면 진드기에 물리는 것도 아니라고 했다. 순간적으로 진드기에게 한 가닥 희망을 걸었던 나는 희망이 사라지는 것 같았다.

창밖으로, 늙은 히피가 사는, 불이 켜진 집이 보이는 가운데 리처드는 자신이 알고 지낸 적이 있는 어떤 히피에 대한 이야기를 해주었는데, 그 히피는 펜실베이니아 출신으로, 한 시절 아무것도 하지 않고 살아 너무도 가난해 늘 굶주리며, 집에서 얼마간 떨어진 곳에 있는 한적한 도로에서 차에 치여 죽은 너구리와 사슴을 주워 집에 가져와 스튜와 수프를 만들어 먹으며 살았다고 했다. 그는 그 히피와 연락이 끊긴 지 오래되었고 지금은 어떻게 살고 있는지 모른다고 했다. 그 히피가 아직도 죽은 너구리와 사슴을 먹으며 어딘가에서 살고 있는지, 아니면 저세상으로 갔는지는 알 수 없었다.

그날 밤 혼자 침대에 누워 있는데 죽은 너구리와 사슴을 주워다 먹으며 아무것도 하지 않고 산 히피에 대한 생각이 떠나지 않았다. 그 히피는 내가 알지 못하는 누군가였음에도, 그리고 내가 그런 생활을 한 적이 없는데도 너무나 가깝고 친숙하게 여겨졌다. 어쩌면 그것은 많은 날을, 물론, 주로 식욕이나 아무 의욕이 없어서라는, 그 히피와는 다른 이유에서일 수도 있었지만, 굶주려야 했던 내가 굶주림만큼은 너무도 잘 이해할 수 있었기 때문일 수도 있었다.

그리고 그에 대한 이야기는 히피에 대해 내가 갖고 있던 몇 개의 이미지 중 하나에 부합하는 것이었고, 나는 그날 밤 약간 정신 나간 사람처럼 생각에 잠겨, 그에 관한 다소 터무니없는 어떤 이야기를 만들어냈는데(다소 터무니없는 이야기를 만들겠다는 생각으로), 그가 산 삶의 방식에는 내가 추구하는 어떤 형태의 삶이 있기도 했다. 나는 한 시절을 죽은 너구리와 사슴을 주워다 먹으며 아무것도 하지 않고 산 히피에 대해 내 마음대로 살을 붙여 다음과 같은 이야기를 지어냈다. (이야기가 또 옆으로 새는데, 그것은 이 소설이 어디로 나아가도 좋기 때문이고, 이것은 또한 이 소설이 말하고자 하는 것이 아무것도 없기 때문이다. 내가 원하는 것은 하나의 이야기에서 또 다른 이야기가 파생하고 이탈해 그것들이 뒤섞이며 모든 것이 뒤죽박죽이 되는 소설이다.)

아무것도 하지 않아 무척 가난할 수밖에 없었지만, 아무것도 하지 않고자 했던 히피에게는 모든 날들이 아무것도 하지 않기에 더없이 좋은 날들이었고, 다행히도 그런 날들만 계속되었다. 하지만 그는 아무것도 하지 않아 한 것도 없는데도 늘 배가 고팠고, 뭔가를 열심히 한 것도 아닌데도 늘 배가 고픈 것에 늘 기분이 좋지 않았다. 하지만 자신이 굶주리는 것을 누군가의 잘못으로 돌리는 잘못은 저지르고 싶지 않았고, 그래서 늘 배고픔을 일깨워주는 자신의 배의 잘못으로 돌리며, 매일 2번, 아침과 저녁에 도로로 가 죽은 너구리와 사슴을 수거해왔는데, 그것은 다른 할 일이 없던 그에게는 가장 중요한 일과이자 거의 유일한 일과였다.

때로 그는 이미 죽은 너구리와 사슴 들 위로 다른 차들이 지나가 납작해진 너구리와 사슴을 데려오기도 했다. 국물이 있는 음식을 좋아한 히피는 너구리와 사슴으로 주로 스튜와 수프를 만들어 먹었다. 그런데 납작해진 너구리와 사슴은 특별히 다른 맛은 나지 않았는데, 너구리와 사슴의 맛이 났을 뿐 납작해진 뭔가의 맛이나, 그것이 어떤 것인지 말하기는 어렵지만, 납작한 맛은 나지는 않았다. 히피는 죽은 너구리와 사슴 고기를 자신과 함께 살던 늙은 개와 나눠 먹었는데 주인의 가난을 함께해야 했던 개는 차에 치여 죽은 너구리와 사슴 고기를 주인과 함께 먹으며 굶주림을 달래야 했다. 늘 나태에 빠져 있었고, 나태에는 한없이 빠져들 수 있는 즐거움이 있다는 것을 알고는 그 즐거움에 빠져 그것에서 빠져나오지 않으려 했고, 배고픔에 너무도 익숙해져 여하한 배고픔에도 끄떡없는 히피의 마음을 움직여 먹을 것을 찾게 한 것은 그의 개였다. 그는 자신은 굶주리더라도 개만큼은 굶주리게 해서는 안 된다고 생각했다. 개는 인간의 나이로 치면 히피보다도 나이가 많았고, 그래서 히피는 둘을 부양할 책임이 자신에게 있다고 생각했다. 히피는 너구리와 사슴을 먹는 것에 너무도 질려 한 번은 근처 연못에 가 죽어 물 위에 떠 있는, 아직 싱싱해 보이는 개구리를 건져와 먹은 적도 있는데, 개는 개구리는 먹지 않았다. 그는 그 이유를 생각해보았고, 그 이유는 개가 개구리의 맛을 모르기 때문이라는 결론을 내리며, 자신에게는 맛있게 여겨지는 개구리의 맛을 알게 해주고자 개에게 어떻게든 개구리를 먹이려 했지만 개는 어떻게든 안 먹으려 했다.

히피는 낮이면 대부분의 시간을 현관 앞에 있는 의자에 앉아 도로에서 차가 갑자기 정지하며 나는 소리가 나기를 기다리며 보냈는데, 도로는 충분히 멀리 있어 소리를 잘 들을 수가 없었다. 개는 주인이 먹을 것을 주기를 기다리며, 다른 뭔가를 할 기력이 별로 없어 주로 그의 옆에 가만히 앉아 있었다. 본래 개는 사람보다 청력이 예민하지만, 늙어 귀가 어두워져 소리를 거의 듣지 못하는 개는 히피보다 청력이 좋지 않았고, 아무런 도움이 되지 못했다. 그의 옆에 앉은 개는 이따금 쫑긋 귀를 세우기도 했지만, 그것은 무슨 소리를 들어서가 아니라, 무슨 소리가 들리나 해서, 혹은 무슨 소리를 잘못 들은 것은 아닌지 해서였다. 그럼에도 그들은 현관에 앉아 있을 때면 귀를 기울였는데, 그들의 귀에 들려온 것은 차가 급정거를 하며 나는 소리는 빠진 다른 소리들이었다. 히피는 다른 할 일이 없어 긴 하루를 보내며, 자신의 집 주위를 뒤덮고 있는 잡초들을 보며, 자신이 하나도 도움을

멘도시노 169

주지 않았는데도 그토록 잘 자라는 것에 대해 기특하기보다는 야속하게 느꼈고, 심지어는 배은망덕하게 느꼈다.

한데 현관 앞에서 시간을 보낼 때면 그의 눈은 늘 뭔가를 응시하고 있었다. 그의 눈은 그의 집을 둘러싼 잡초 너머, 잡초로 거의 뒤덮여 있는 망가진 울타리 같은 것을 향해 있었는데, 그는 뭔가 한 가지를 보기 시작하면 여간해서는 그것에서 눈을 떼지 않았다. 망가진 울타리를 보고 있는 그는 반쯤 정신이 나가 있었고, 그런 사람답게 그의 눈은 반쯤 풀려 있었다. 히피가 울타리만 보는 것을 보는 것에, 그리고 자신은 봐주지 않는 것에 지치고 절망한 개가 울타리 말고도 봐줄 만한 것이 있다는 것을 알리기 위해 짖으면 히피는 천천히 시선을 옮겨 자신의 개를 한 번 본 후 다시 울타리를 보거나 울타리 너머 숲 속 나뭇가지에 있는 어떤 새의 둥지를, 새로운 어떤 일에 착수한 사람처럼 계속해서 보았다. 그가 울타리나 새의 둥지를 보며 무슨 생각을 했는지는 알 수 없지만, 하나 마나 한 생각들만을 하며 그런 생각들만 할 수 있는 자신을 신통하게 여기며, 자신의 삶이 그 누구의 삶보다도 만족스럽다고 느끼지는 않았지만 누구의 삶과도 바꾸고 싶지 않다고 느꼈는지도 몰랐다.

그 지역에는 계절이 바뀌면 찾아오는 다른 동물들은 없었고, 그래서 계절이 바뀌어도 도로 위에 다른 동물들이 죽어 있거나 하지는 않았다. 어떤 계절에도 도로 위에 죽어 있는 것은 사슴과 너구리밖에 없었다. 그래서 히피는 도로 위에 죽어 있는 동물을 통해서는 계절의 변화를 알 수 없었지만 나름의 독특한 방법으로 계절의 변화를 느꼈는데, 봄과 가을에는 두 달에 한 번, 여름에는 한 달에 한 번, 그리고 겨울에는 단 한 번 목욕하는 것을 통해 그렇게 했다. 다시 말해, 그는 계절에 따라 목욕하는 횟수를 달리해 계절이 바뀐 것을 실감했던 것이다. 그는 겨울에 몹시 추울 때면, 배고픔에 비해 추위는 아무것도 아니라는 생각을 할 수는 없었지만 집 안에 모닥불을 피우는 것도 귀찮아 몸이 놀라운 적응력을 발휘하여 추위에 적응하게 하는 쪽으로 몸을 길들였다.

히피는 너구리와 사슴 고기에 완전히 질리면 개를 데리고 근처 과수원에 가서 주인의 허락을 받고, 땅에 떨어져 있는 과일들을 주워 와 먹기도 했다. 과수원 주인은 히피들도, 놀고먹는 자들도, 놀고먹는 개들도, 히피들이 자신의 과수원에서 서성대는 것도 좋아하지 않았지만, 놀고먹는 히피들이 놀고먹는 개를 데리고 자신의 과수원에 와서 바닥에 떨어진 과일들을 주워 가는 것은 상관하지 않을 정도로만 히피들을 미워했다. 어쩌면 과수원 주인에게 땅에 떨어진, 어차피 버릴 수밖에 없는 과일들은 게을러 가난한 자들에게 결코 양보할 수 없는 것으로는 여겨지지 않았는지도, 얼마든지 양보해도 좋은 것으로 여겨졌는지도 몰랐다. 아니면 그는 히피들을 과수원 바닥에 떨어진 과일들을 주워 먹는 동물쯤으로 생각했는지도 몰랐다.

땅에 떨어진 대부분의 과일들은 부분적으로 상처를 입거나 썩어 있었는데, 히피는 그것들을 온전한 과일보다 더 맛있게 여겼다. 그는 맛을 따질 처지가 아니었음에도 따졌는데, 그럴 처지가 아니라고 맛을 따져서는 안 된다는 법은 없었기 때문이다. 그는 그런 생각을 하며, 가지에 달려 있는 과일들은 설사 따먹을 수 있다 하더라도 먹지 않을 거라며 손을 대지 않았다. 히피는 사과를 먹다가 속에 있는 벌레를 발견하게 되면, 이렇게 사과 속에 있는 벌레를 본 것이 얼마 만이지?(며칠 만이었다), 하는 생각을 하며, 과일 속 벌레를 먹기도 했다. 그런데 땅에 떨어져 있는 과일들은 확실히 하늘에서 떨어진 것들이었고, 차에 치여 죽은 너구리와 사슴과 연못에 떠 있는 개구리 역시 어떤 점에서는 하늘에서 떨어진 것으로 볼 수도 있었고, 그래서 그는 하늘에서 저절로 떨어진 것 외에는 아무것도 원치 않았던 것으로 볼 수도 있었다.

그의 집 근처에는 강이 있었고, 그 강에는 사람들에게 기꺼이 잡힐 준비가 되어 있는 물고기들이 살고 있었고, 그는 낚시를 해 물고기를 잡아먹을 수도 있었지만 자신을 일종의 농부로 생각했고, 낚시꾼이 하는 일은 넘보지 않으려 했다. 어쨌든 물고기는 물에서 건져 올려야 하는 것이었고, 그래서 하늘에서 떨어지는 것으로는 볼 수 없는 것이었다. 그는 하늘에서 저절로 떨어진 것들을 근처에 사는, 게으른 덕분에 역시 가난한 히피 친구에게 선물로 가져다주기도 했는데, 근처에는 아무것도 하지 않고 사는 히피들이 몇 있었다. 그들은 과일과 너구리와 사슴을 먹으며 자신들이 먹고 있는 것이나 다른 것들에 대해 끝없이 얘기하며 시간을 보냈다.

한데 한번은, 주인이 죽은 너구리와 사슴을 발견하지 못해 며칠간 함께 굶주려야 했던 늙은 개가 굶주림을 참지 못하고 늙은 몸을 이끌고 직접 사냥을 나가 아직 살아 있는 들쥐 한 마리를 물고 와서는 주인과 함께 먹은 적도 있었다. 동작이 느려 들쥐에게 겁을 줄 수는 있지만 재빠른 들쥐를 직접 사냥해 잡기는 어려웠을 늙은 개가 멀쩡한 들쥐를 잡았을 가능성보다는 어떤 이유로, 예를 들어 들쥐가 너무 늙거나 부상을 당해 늙은 개가 거저 얻는 식으로 잡았을 가능성이 더 컸다. 어쩌면 뱀이 잡은 들쥐를, 아직 짖을 기력은 있는 개가 스스로도 뱀 앞에서 약간 겁을 먹으며, 성하지 않은 이빨 몇 개를 드러내며

으름장을 놓아 뱀이 몹시 억울해하며 물고 있던 들쥐를 놓고 사라졌는지도 몰랐다. 히피는 늘 너구리와 사슴만 먹다 들쥐를 먹게 되어 들쥐가 더 맛있게 느껴졌고, 그래서 자신의 개에게 몇 번 들쥐를 구해오게 했지만 개는 늘 빈손으로 와 주인으로 하여금—어쩌면 그 개 자신도 마찬가지였을 것이다—들쥐에 대한 생각을 하며 허기와 싸우게 하기도 했다. 히피는 개에게 들쥐나 다른 작은 동물들을 사냥하는 법을 가르치려 했지만 소용이 없었다. 개는 너무 늙어 사냥은 고사하고 아무것도 새롭게 배울 수 없는 나이에 이르러 있었던 것이다.

주로 너구리와 사슴을 먹고, 한번은 개구리와 들쥐를 먹기도 한 게으름뱅이 히피는 너구리와 사슴 아닌 뭔가를, 차에 치인 꿩이나 야생 칠면조를 먹을 수 있게 해달라고, 그렇게만 해준다면 앞으로 일을 하며 살아갈 거라고 하나님께 기도를 드리기도 했다. 하지만 일을 열심히 하지는 않고, 간신히 먹고살 수 있을 정도로만 하겠다고 했다. 언젠가 무슨 생각에 하늘에서 만나를 떨어뜨려 선택받은 민족을 구하기도 하셨지만, 어떤 사람들에게는 매우 무심한 하나님은 그 기도를 들어주지 않으셨다. 천하에 게으른 히피는 자신은 굶어도 좋지만 자신의 늙은 개만큼은 굶주리지 않게 해달라고 하나님께 기도를 드렸지만 하나님은 그 기도도 들어주지 않으셨다. 그런데 히피는 너무 열심히 뭔가를 하는 것은 좋아 보이지 않을 뿐만 아니라 좋지 않을 수도 있다는 생각을 했고, 그래서 기도도 적당히 했다.

히피는 더 이상 먹고 싶지 않을 뿐만 아니라 생각하고 싶지도 않은 너구리와 사슴을 먹으며, 하나님의 무심함을 원망하며, 자신의 늙은 개에게도 하나님의 무심함을 원망하게 하며—개는 하늘을 향해 괜히 짖는 것으로 하나님의 무심함을 원망했다—한 시절을 살았다. 그에게도 과거에 친하게 지내던 친구들이 있었고, 자신이 그들을 보고 싶어 하는지는 잘 알 수 없었지만 자신이 연락을 하게 되면 그들이 좋아할 거라는 생각을 하며 아무에게도 연락하지 않았다. 친구들은 모두 그의 딱한 처지를 알게 되면 좋아할 것 같았고, 그래서 그로서는 하나도 보고 싶지 않은 그들이 그의 딱한 처지를 알고는 좋아하게 해주고 싶지 않았다. 그로 인해 그 후 그의 소식에 관해 아는 사람은 아무도 없었다.

쉽게 잠을 이루지 못하며, 정말 정신이 나간 사람처럼, 너구리와 사슴을 먹으며 한 시절을 가난하게 산 히피에 대한 터무니없는 생각을 하던 그날 밤 새벽, 수면제를 먹고 잠자리에 들었는데 쉽게 잠이 오지 않았다. 그래서 그 전부터 계속해서 들리던 개구리 울음소리에 귀를 기울였다. 목소리들이 비슷해 내가 개구리가 아닌 한 그 소리들을 구분하기는 어려웠지만, 함께 울거나 차례로 우는 개구리들의 울음소리를 구분해보니 모두 네 마리인 것 같았다. 물론 다른 개구리들의 울음소리에 기가 죽거나 다른 이유로 울지 않고 있는 개구리들이 있을 수도 있었지만 우는 개구리들은 세 마리에서 다섯 마리 사이인 것 같았다. 하지만 그것은 나의 추측일 뿐 수십 마리의 개구리들이 완벽하게 화음을 맞춰 합창 소리를 내고 있는지도, 아니면 단지 두 마리의 개구리들이 몇 가지 다른 울음소리를 내 여러 마리의 개구리들이 있는 것 같은 효과를 내고 있는지도 몰랐다.

나는 그 개구리들을 리처드 1세, 리처드 2세, 리처드 3세, 리처드 4세 등으로 생각했는데, 그 개구리들의 울음소리를 들을 수 있게 해준 사람이 리처드인 것처럼 여겨졌기 때문이다. 한데 개구리들의 울음소리에 귀를 기울이고 있자, 어느 순간, 영면하지 못하고 있는 역사 속의 영국 왕들이 밤이 되면 개구리들로 변신해 우는 소리처럼 들렸다. 나는 영면하지 못하는 영국의 왕들이 무슨 이야기를 하고 있는지 알아내려는 것처럼 귀를 기울였지만 알 수 없었다. 그들은 아주 오래전 쓰였던 영어로 말하고 있는 것 같았다. 나는 내가 어지간히 술에 취했다면 개구리로 변신한 영국의 죽은 왕들을 찾아 숲 속을 헤맸을 거라는 생각을 했다. 하지만 그날은 술은 마시지 않은 상태였다. 그럼에도 술에 취한 사람처럼, 개구리는 어지간히 술에 취하게 되면 찾아 헤매기에 좋은 것이라는 생각을 했다.

그런데 개구리들이 울 때 입을 벌리고 우는지가 궁금했지만 알 수 없었다. 어쩐지 입을 다물고 우는 것 같았다. 어린 시절 목젖이 들락날락하면서 우는 개구리들을 본 기억은 났지만 울 때 입을 벌렸는지는 기억이 나지 않았다. 대체로 개구리들은 울다가도 사람이 가까이 가면 우는 것을 멈췄다. 그러고는 다른 데로 가거나, 사람이 사라지면 울기 시작했다. 나는 개구리들은 입을 다물고 운다고 생각했는데 입을 벌린 채로는 목젖이 들락날락하기가 어려운 것처럼 여겨졌기 때문이다. 하지만 그다지 근거 있는 생각 같지는 않았다.

개구리들의 울음소리는 적당한 거리에서 늘려왔고, 수면제의 효과로 의식이 몽롱해지면서 그 소리는 희미해졌다가 또렷해졌다가 다시 희미해지기를 반복했는데, 또렷해질 때면 환청에 시달리는 사람의 귓속에 울리는 환청처럼 또렷하게 들렸다. 결국 어떤 연못 속으로 서서히 가라앉는 것 같은 느낌 속에서 잠이 들었다. 개구리들이 나를 잠의 연못 속으로 데리고 가는 것 같았고, 그날 밤 내가 잠이 드는 데 결정적인 도움을 주고 있는 것은 개구리들인 것처럼 여겨졌다. 거의

20년 만에 제대로 된 잠을 잤고, 오전에 깼을 때에는 어찌나 살 것 같은지 나도 모르게 자리에서 일어나 춤을 추지는 않았지만 미소를 머금었는데, 거의 20년 만에 머금어보는 진정한 미소 같았다.

어떤 작위의 세계

아침에 테라스에서 식사를 하며 내가 개구리 얘기를 하자 리처드는 그것들이 태평양 나무 개구리로 그곳 토종이라고 했다. 그런데 미국 동남부가 원산지인 황소개구리들이 그 일대에서도 빠르게 번식해 토종 개구리들의 숫자가 많이 줄었다고 했다. 세상 여러 곳에서 황소개구리들이 개구리의 세상을 평정해가는 것 같았다. 나는 리처드에게 한국에서도 황소개구리가 골칫거리라는 얘기를 해주었다. 리처드는 몇 년 전 작은 석궁을 구해 연못에 있는 황소개구리 몇 마리를 쏘아 잡아 집 앞에 있는 바위에 제물처럼 올려놓고는 까마귀들이 먹어치우게 했고, 그 후로 기회가 날 때마다 황소개구리를 까마귀들에게 제물로 바치고 있다고 했다.

개구리 소리는 들리지 않았다. 대신 사슴 두 마리가 집 앞 정원에 와서 사과나무 아래 떨어져 있는 사과를 먹기 시작했다. 나는 내가 전날 밤 생각해낸, 죽은 너구리와 사슴을 주로 먹으며 가끔은 과수원에 가 땅에 떨어진 과일을 주워 먹기도 한 히피를 떠올렸고, 그의 처지가 지금 이 사슴보다도 못했을 거라는 생각을 했다. 사과를 실컷 먹은 사슴들은 우리가 식사하는 모습을 가만히 지켜보았고, 우리는 포도를 몇 알 던져주었다. 후식으로 포도를 먹은 사슴들은 숲 속으로 사라졌다.

식사를 한 후 리처드는 창고에서 전기톱을 꺼내 와 집 근처 관목들을 자르기 시작했다. 주위 숲에 간혹 불이 나, 불이 집까지 번질 수도 있는 위험 때문에 집에서 일정한 거리 안에 있는 관목들은 정리를 해야 그렇지 않으면 벌금을 문다고 했다. 나는, 별로 도울 생각은 없이, 그가 일하는 것을 돕지는 않고 구경만 했는데, 그에게 내가 도와주기를 바라는지 물었을 때 그가 괜찮다고 했기 때문이다. 나는 그렇게, 별로 도울 생각은 없이, 누군가가 일하는 것을 구경하는 것을 좋아했다.

그는 그의 오두막집에 자주 왔고, 베어내야 하는 관목이 아주 많아 보이지는 않았다. 그리고 관목을 자르는 일은 그가 오랫동안 해온 일로 그는 그 일을 잘했고, 굳이 나의 도움은 필요 없는 것 같았다. 그리고 내가 지켜보고 있어 그런지 그는 일을 더 열심히 하는 것 같았다. 나는 집 한쪽에 세워진 사다리 중간쯤에 올라가 앉아 누군가에게 어떤 일을 시킨 후 그것을 지켜보는 사람처럼 그가 하는 일을 지켜보았다. 내가 간섭할 일은 없는 것 같았다. 그럼에도 그에게 제발 좀 덜 열심히 일을 하라고 하고 싶었다.

전기톱으로 나무를 자르는 일은 한 번도 해본 적이 없었고, 한번 해보고 싶었지만 귀찮다는 생각이 들어 그대로 있었다. 하지만 전기톱으로 가지를 치는 대신 아름드리나무를 베는 일을 해야 한다면 할 수도 있을 거라는 생각을 했다. 거대한 나무를 베게 되면 뭔가 거대한 것을 쓰러뜨렸다고 느낄 수도 있을 것이었다. 하지만 그것은 너무 이기적인 생각 같았다.

리처드는 근처에 작은 연못이 있고, 운이 좋으면 그곳에서 개구리를 볼 수도 있으니 가보라고 했다. 그는 나에 대해 생각하며, 여러모로 쓸모가 없군, 뭘 시켜도 제대로 못할 것 같으니 아무것도 시키지 않는 게 낫겠어, 그렇다고 옆에 있게 하기도 그러니 딴 데로 가게 해야겠어, 연못으로 보내 개구리나 보게 하자, 하고 생각한 것 같았다. 하지만 나는 딴 데로 갈 생각은 없는 것처럼 가만히 있었는데, 연못에 가서는 뭐 하지, 하는 생각이 들었기 때문이다. 개구리는 내가 좋아하는 것이었고, 언제 보아도 좋았지만 그 순간에는 개구리를 보는 것도 귀찮았다. 하지만 곧, 그냥 연못에 가는 거지, 그냥 괜히 연못에 가는 토끼처럼, 하고 나는 생각했다. 하지만 그냥 괜히 연못에 가는 토끼는 없는 것 같았고, 그래서 그냥 괜히 연못에 가는 토끼처럼 연못에 갈 수는 없는 것 같았다. 아무래도 연못에 가는 토끼처럼 연못에 가기는 어려운 것 같았다.

하지만 조금 후에는 관목이 잘려나가는 것을 보는 것에 싫증난 사람처럼 사다리에서 내려왔는데, 사실은 전기톱 소리가 시끄러워서였다. 소음은 뇌를 단면으로 자르는 것처럼 고통스럽게 들렸다. 나는 그가 알려준, 작은 연못이 있다는 곳을 향해 숲 속 길을 걸어갔다. 개구리가 있을 수도 있는 연못에 그냥 괜히 갔는데, 그 연못에서 그냥 괜히 오지 않은 토끼를 볼 수도 있을 것 같았다. 나는 토끼가 나를 보고는 바로 달아나지는 말고, 약간 경계하며 하려던 것을 다 한 후에 가기를 바라며 살금살금 갔다. 토끼를 만나면 무슨 말을 해주어야 할지는 알 수 없었지만, 그럼에도 토끼를 만날 마음의 준비가 된 것 같았고, 토끼를 만나는 데는 마음의 준비만 갖추면 될 것 같았다. 그런데 문득 토끼와 관련한 어떤 사실이, 앞니가 계속해서 자라 딱딱한 나무 같은 것을 앞니로 평생에 걸쳐 갉으며 살아야 한다는, 그렇게 하지 않으면 죽을 수도 있다는 사실이 떠올랐고, 그것이 토끼의 숙명 같았고, 어쩌면 토끼와 마주하게 되면 그 사실을 생각하게 될 수도 있을 것 같았다. 그런 얘기를 토끼에게 해주는 것은 토끼를 놀리는 것이 될 것 같았고, 그래서 토끼를 보게 되면 그 얘기를 해주어야겠다고 생각했다. 하지만 토끼를 만나더라도 서로 아무 말 없이 쳐다보기만 할 것 같았는데, 그것이 사람과 토끼가 상대를 대하는, 다소 진부하긴 하지만 어엿한 방식 같기도 했다.

나는 토끼에 대한 어떤 생각에 이끌린 것처럼 좀더 깊은 곳으로 들어갔지만 근처에 있다는 연못은 보이지 않았다. 길을 잘못 든 것 같았다. 나는 잘못 든 것 같은 길을 조금 더 갔다. 한때 연못이었던 것처럼 보이는, 이제는 물은 없고, 잡초로 뒤덮인 얕은 구덩이 하나가 보였다. 하지만 구덩이만 보아서는 그것이 연못이었던 적이 있는지 알 수 없었다. 비가 많이 내리면 그것은 잠시 연못의 모습을 갖췄다가 얼마 후에는 잃어버리는지도 몰랐다. 어쩌면 1년 중 연못의 모습을 갖추는 것은 며칠밖에 되지 않는 연못인지도 몰랐다. 그러한 연못은 그것을 두고 연못이라고 하기도 어렵지만 연못이 아니라고 하기도 어려운 것일 수도 있었다.

조금 후 그다지 멀리까지 가지 않고도, 꽤 멀리까지 왔다는, 너무 멀리까지 왔다는, 그래서 더 이상 가기는 어렵다는 생각을 하며 잠시 울창한 숲 속에 가만히 서 있었다. 리처드의 말에 따르면 그곳 숲은 올빼미와 두더지와 사슴을 포함해 작은 곰까지 사는 곳이었지만 그것들 중 누구도 모습을 드러내지 않았다. 나는 진짜 곰 대신, 곰의 가죽을 둘러쓰고 있어 곰처럼 보이는 사람이 나타날 수도 있다는 생각을 했지만 그런 사람도 나타나지 않았다. 하지만 내 앞에 나타나지는 않았지만 멘도시노의 넓은 숲 속 깊은 곳에는 문명 생활을 거부하고 곰처럼 살아가는 사람도 있을 수 있었다. 아무도 없는 그곳에서 아무도 없는 가운데 아무도 모르게 할 수 있는 뭔가를 하고 싶었지만 특별히 할 만한 것은 떠오르지 않았다.

　나는 여러 동물들 중에서도 곰을 보고 싶었고, 곰과 마주치는 것과 같은 일이 일어나기를 기다렸지만 근처에 있다 해도 후각이 예민한 곰이 나를 잡아먹을 생각이 아니라면 내 쪽으로 올 리는 없는 것 같았다. 곰을 기다리는 일은 소용없는 짓 같았지만, 소용없는 짓이라는 것을 알 수 있는 짓을 의식적으로 하고 싶었다. 그런데 그 전부터 나뭇가지에 앉아 있던 새 한 마리가 시끄럽게 울어대기 시작했는데, 이곳에서 곰을 기다리는 것은 소용없다고 말하는 것 같았다. 잠시 기다렸지만 아무 일도 일어나지 않았다. 새는 계속해서 울었고, 기다려도 소용없으니, 기다린 소용이 더 없어지도록 기다려보라고 하는 것 같았다. 새는 나를 놀리고 있는 것 같았다. 새가 나를 놀리고 있는 것이 확실하다고 생각했고, 놀릴 테면 놀리라고 중얼거렸다. 좀더 기다렸지만 역시 아무 일도 일어나지 않았다. 끝내 기다린 소용이 없는 것 같았고, 오랜 기다림에 완전히 지친 사람처럼 그곳을 떠날까 했지만 그렇게 하지 않았다. 뭔지는 알 수 없지만 숲 속의 뭔가가 나를 붙들고 있는 것 같았다.

　그때 수풀 속에 야생 딸기처럼 보이는 빨간 열매가 잔뜩 매달린 나무가 보여 관목을 헤치며 가까이 갔다. 가면서, 어쩌면 곰이 야생 딸기를 먹으러 올지도 모른다는 생각을 했다. 그러면 이미 먹고 있던 내가 양보를 해야 하는 것인가? 순서라는 게 있고, 내가 먼저 왔으니 곰은 자신의 차례를 기다려야 하는가? 아니면, 그것은 내 생각일 뿐 곰의 생각은 달라서, 자신의 영역에 침범한 나를 쫓으려고 할 것인가? 아니면, 곰만 괜찮다면 우리가 나란히 서서 야생 딸기를 먹게 될 수도 있을 것이었다. 곰과 나란히 야생 딸기를 따 먹는 것과 같은 일은 일어나기 어려운 일이었지만 생각만 해도 즐거웠고, 그래서 그런 일이 제발 일어나기를 바랐다. 그런 일은 내가 두고두고 잊지 못할 것이었고, 꿈에서도 일어나기를 바라는 것이었다. 그런 일은, 만약 실제로 일어나 내가 누군가에게 얘기하게 되더라도 그가 내 말을 믿지 못하며 나를 거짓말을 하는 사람으로 생각할 수도 있는 것이었고, 나는 그 일에 대해 또 다른 누군가에게도 말할 것이었다.

어쩌면 곰과 나는 맛있는 야생 딸기를 정신없이 먹느라 옆에 누군가가 있다는 것도 잊은 채로 먹은 후 입가와 손이 붉어진 서로를 쳐다볼 수도 있을 것이었다. 나는 야생 딸기를 두고 우리가 얼굴을 붉히거나 발톱을 세우는 일 같은 것은 일어나지 않기를 바랐다. 아니, 그런 일이 일어난다 하더라도 그것은 어쩔 수 없을 것 같았다. 하지만 야생 딸기 때문에 실제로 우격다짐을 하며 다투는 일은 일어나지 않기를 바랐다. 하지만 야생 딸기를 독차지하고자 하는 곰이 나를 쫓아 내가 달아나야 하는 것과 같은 일이 일어나는 것은 괜찮다고 생각했다.

문득 언젠가 서울에 있는 어느 숲에서 나무 아래 가만히 서 있는데 까치 한 마리가 빨간 열매 하나를 문 채로 날아와 내 위쪽 나뭇가지에 앉았고, 무슨 생각에서인지 내가 갑자기 소리를 질러 놀라게 하자 까치가 입에 물고 있던 열매를 떨어뜨리며 날아간 기억이 떠올랐다. 땅에 떨어진 열매를 주워보자 앵두였다. 까치에게서 뺏을 생각은 없었지만 뺏게 된 앵두를 어떻게 할지 고민했는데, 먹지는 않았다. 앵두를 손바닥에 올려놓고, 까치나 다른 새가 날아와 채 가기를 기다렸지만 오지 않았고, 결국 나는 앵두를 땅바닥에 집어 던지며, 본래 까치가 주인이었던 이 앵두는 그것을 먹는 누구의 먹이도 될 수 있을 거라는 생각을 하며 그곳을 떠났다.

하지만 막상 가서 보니 야생 딸기처럼 보인 것은 야생 딸기가 아닌, 단단한 붉은 열매였다. 열매 하나를 따 살짝 깨물어보았지만 별맛이 없었다. 아니, 이상한 맛이 났고, 먹지 않는 게 좋을 것 같았다. 그래서 나는 그것을 먹지는 않았지만, 곰은 먹기도 하는지도 몰랐다. 하지만 그것을 먹었다가는 어떻게 되나 보게 몇 개만 먹어볼까 하는 생각을 했다. 눈알이 빨개져 이상한 짓을 할 것만 같았고, 그러고도 싶었지만 참았다. 야생 딸기에 대한 생각으로 마음이 부풀었다가 그것을 먹지 못해 몹시 서운해하고 있는데 근처 나뭇가지에 벌집 하나가 매달려 있는 것이 눈에 띄었다. 벌집은 작았고, 벌들이 들락거리고 있었다. 숫자를 셀 수 있는 기회가 오면 숫자를 세는 나의 취미를 생각했고, 어려운 수학 문제를 푸는 사람처럼 정신을 집중해, 집중력을 발휘하며 벌의 숫자를 세어보기 시작했다. 하지만 집중력을 꾸준하게 발휘하기 어려웠고, 서른 마리까지 센 후에는 어떤 일을 마지못해 하는 사람처럼 건성으로 셌는데, 어쨌든 쉰다섯까지 셌다. 하지만 벌집 속에서 나오지 않고 있는 벌들의 숫자는 포함하지 않은 것이었다. 벌들의 정확한 숫자를 알 수 없는 것이 답답하게 여겨졌고, 걸핏하면 숫자를 세는 것은 아무래도 좋지 않은 취미 같았다.

문득 벌집을 건드려 벌에게 쏘이며 달아나는 이상한 장면을 연출하고 싶은 충동이 일었는데, 그 이유는 알 수 없었다. 그 순간에는 머리가 벌집을 쑤셔놓은 것 같은 어수선한 상태도 아니었고, 오히려 마음이 차분했다. 이상할 정도로 마음이 균형을 이루고 있는 것 같았고, 어느 한쪽으로 마음을 치우치게 만드는 것이 가능하지 않은 것처럼 여겨졌는데, 그것 역시 믿을 것이 못 된다는 것을 나는 잘 알고 있었다. 어느 순간에라도 마음의 균형은 단번에 깨질 수 있어서, 마음은 어떤 감정에라도 한없이 치우치게 될 수도 있었다.

언젠가 숲 속에서 벌집을 건드린 것도 아닌데 벌이 공격을 해 아슬아슬하게 도망을 친 기억이 떠올랐고, 그것과는 상관없이, 벌집을 건드리는 것은 어떻게 해도 좋은 생각은 아니라는 생각을 했다. 나는 벌을 자극하지 않도록 조심하며 조금 전 있던 곳으로 다시 가면서, 한때 내가 깊은 숲 속에서 꿀벌을 치는 일을 하며 살아가는 것에 대해 생각했던 적이 있다는 기억을 떠올렸다. 왜 그랬는지는 알 수 없었지만, 그때는 벌들과 생활하며 그들의 매력적인 자태와 춤을 바라보며 넋이 나간 것 같은 상태로 하루하루를 살 수도 있을 것 같았다. 생각해보자, 양봉을 하며 사는 것이 내가 마지막으로, 상당히 모호하게 품은 소망이었고, 그 후로는 소망 같은 것은 품지 않게 된 것 같았다. 그래서 내가 전혀 진지하지 않게 품은, 양봉을 하며 사는 것에 대한 소망이 나의 마지막 소망 같았다.

조금 전 있던 곳으로 나오자, 나뭇가지에 앉아 있는 새와 같은 종류의 새 한 마리가 날아와 같은 가지에 앉았고, 이제는 두 마리가 어지간하게도 시끄럽게 울어댔다. 이름을 알 수 없는 새들이었고, 나로서는 새라는 보통명사로밖에 말할 수 없는 새들이었고, 그래서 보통 새들이라고 생각했다. 보통 새 둘은 서로 필요한 얘기를 하고 있었을 테지만 나에 관한 이야기도 하고 있는 것처럼 느껴졌다. 새들이 나를 쳐다보고 있는 것 같았기 때문이다. 언젠가 나는 어느 동물원에서 우리 속에 있던 원숭이들이 그 앞을 지나가고 있는 나를 쳐다보며 몸짓과 짖는 소리로 나에 관해 서로 이야기하고 있는 것 같은 느낌을 받은 적이 있었다. 유감스럽게도 그들은 나에 관해 좋지 않은 이야기를 하고 있는 것 같았는데, 약간 흥분해서는 빠르게 말을 주고받는 것 같았다. 어쩌면 원숭이들 역시 누군가나 뭔가에 대해 험담하는 즐거움을 알고 있고, 주로는 동료에 대해 험담을 하지만 때로는 자신들을 가둬놓고 구경하며 손가락질 하는 인간이나 다른 뭔가에 대해서도 험담을 하는지도 몰랐다. 어쩌면 험담은 어느 정도의 지능이 있는 모든 동물들이 시간을 보내기 위해 하는 것인지도 몰랐다.

하지만 나뭇가지에 앉은 새들은 자신들에 관한 이야기를 하고 있는 것 같았고, 잠시 후에는 딴 곳으로 날아갔다. 새들이 날아오른 순간 흔들리기 시작한 나뭇가지가 잠잠해지는 것을 바라보며 나는 이름을 알 수 없어, 역시 보통 새라고 말할 수밖에 없는 또 다른 새들이 날아오기를 기다렸지만 날아오지 않았다. 이제 무엇을 해야 좋을지를 생각했지만 마땅한 생각이 떠오르지 않았다. 전기톱 소리는 계속해서 들려오고 있었다. 그런데 문득, 곰을 만나게 되면 주먹이 아플 정도로 코를 세게 때려줘야지, 하는 생각이 들었는데, 그것은 그 순간 알래스카에서 회색곰과 마주친 누군가가 곰의 코를 세게 때려 곰을 물리쳤다는 이야기가 떠올랐기 때문이다. 그것이 사실이라면 곰의 취약점은 코이고, 그것은 모든 포유류뿐만 아니라 코가 있는 모든 동물 또한 마찬가지이고, 그래서 악어와 싸우게 되는 일이 생길 때면 코를 때려줘야 할 것 같았다. 하지만 포유류와는 달리 악어는 코가 취약점이 아닐 수도 있었다. 그리고 악어와 싸우는 일은 사는 동안 단 한 번도 생기지 않을 것 같았고, 악어의 코를 때리게 될 일도 없을 것 같았다. 코빼기도, 나타날 기미도 보이지 않는 곰의 코를 세게 때릴 생각으로 곰을 기다리는 것은 소용없고 터무니없는 짓으로, 그리고 곰에게 잘못을 저지르는 짓으로 여겨졌고, 그래서 내 주먹에 코를 맞고 달아날 곰에 대한 생각은 그만두려 했다.

하지만 그 생각이 계속 났고, 기분이 몹시 상한 곰이 달아나면서도 계속해서 뒤를 돌아보며 나에 대한 분을 삭이지 못하는 장면을 떠올리며 잠시 웃었다. 어쩌면 사람에게 코를 얻어맞은 곰은 언제 먹어도 질리지 않는, 그것을 먹으면 기분이 좋아지는, 자신이 좋아하는 야생 딸기를 정신없이 먹은 후에야 분을 가라앉히게 될지도 몰랐다. 하지만 야생 딸기를 먹는 것으로는 분을 가라앉히지 못할 수도 있었다. 문득 어디서엔가 들은, 미식가인 곰이 청어리와 포도주와 벌꿀을 무척 좋아한다는 사실이 떠올랐고, 그래서 코를 맞아 마음의 상처까지 입은 곰이 운 좋게도, 마음의 상처를 달래기에 그만인 벌꿀을 찾아내 또다시 정신없이 먹고 분을 가라앉히고, 마음의 상처를 달래고, 마음의 상처를 줄 생각은 없었던 나를 용서할 수 있기를 바랐다.

그런데 토끼에 대한 어떤 생각에 이끌린 것처럼 와서, 곰에 대한 이런저런 생각을 한, 실제로 곰이 나타날 수도 있지만 그 가능성은 거의 없는 숲에서 곰의 코를 주먹으로 때리는 생각을 한 것으로는 모자라기라도 한 것처럼, 계속해서 두서없이 곰에 대한 또 다른 생각이 났다. 문득 동물원을 탈출한 다른 어떤 곰에 대한 생각이 떠올랐다. 덩치가 큰 그 곰은 산으로 달아났고, 생포하려는 사람들이 쏜 마취총에 맞고도 쓰러지지 않았는데, 살에 박힌 마취 주사기를 자신의 손으로 빼버리고 도주를 한 것이다. 결국 곰은 나중에 실탄을 맞고 죽었는데, 그 생각을 하자 약간 슬펐다. 그런 생각들을 하고 나자 나타날 기미조차 보이지 않는 곰을 기다린 보람이 있었던 것 같았고, 그 숲에 사는 곰 한 마리를, 내 쪽에서 약간 부당하게, 그럼에도 하여간 상대한 것 같았다. 이제는 진짜 곰을 만나지 않아도 될 것 같았고, 그래서 더 이상 기다리지 않았다. 그사이 나뭇가지에 날아와 앉아 있던, 조금 전 딴 곳으로 날아갔던 것과 같은 새 한 마리가 다시 시끄럽게 울기 시작했는데, 조금 전 본 새인지는 알 수 없었다. 그럼에도 그 새는, 곰을 더 기다려보라고 말하는 것 같았다. 나는 새를 향해, 이제는 더 이상 기다리지 않고 있으니 그렇게 말하는 건 소용없다고 말했다. 하지만 새는 계속해서 울었고, 맛이 간 사람이 내뱉는 말처럼 아무 뜻 없는 소리를 반복해서 내는 것 같았다. 새를 포함한 많은 동물들이 내는 대부분의 소리는 그냥 무의미한 것인지도 몰랐다.

 전기톱 소리는 계속해서 들려왔다. 리처드는 옆에 지켜보는 사람이 없는데도 정말 열심히 일을 하는 것 같았다. 나는 계속해서 가만히 서 있었고, 그렇게 가만히 서 있는 데에는 이유 같은 것이 있어야만 하는 것 같았고, 그래서 이유를 찾으려 했지만 이유 같은 것은 없었다. 거의 늘 내가 별 이유 없이 뭔가를 하거나 하지 않거나 하며, 무엇을 어떻게 하면 좋을지 알 수 없는 상대에 있고, 그런 상태는 내게 아늑함을 주기도 한다는 생각을 했지만 이번에는 약간 난감했다. 문득 어떤 누군가가 숲 속에서 난감해하는 장면이 떠올랐는데, 그는 내가 쓴 어떤 소설 속에 등장하는 인물이었다. 그 장면을 마음속으로 떠올리며, 지금 나와 비슷한 상태에 처한 소설 속 인물의 심리에 좀 더 다가가보려 했지만 그 인물이 느꼈을 난감함만 다시 느꼈다. 그 인물이 난감함에서 어떻게 벗어났는지는 기억이 잘 나지 않았다. 그는 이런저런 생각에 빠지며 더욱 난감한 상태로 빠져든 것 같았다.

그런데 내가 현실성이라고는 거의 없는, 다분히 허구적인 삶을 살며 만들어낸 허구 속 그 인물이 마치 나인 것처럼 나와 중첩되었다. 나는 난감한 상태에 좀더 머물렀고, 내가 쓰는 소설 속에서 많은 인물들을 주로 난감한 상태에 처해 있게 한다는 생각을 했다. 내 소설 속 인물 모두가 어떤 정서적 장애를 겪으며, 사실상 다른 인물과 관계를 갖지 못하며, 자신만의 난감한 상태에 처해 있었는데, 현실 속의 나 또한 마찬가지였다. 현실 속에서 내가 실제적인 관계를 갖는 것은 나와 동류인 사람들보다는 새나 곰 같은 동물들과 물과 구름 같은 것으로, 나는 나의 필요에 의해 그것들과 친밀하거나 난처한 관계를 갖기도 하지만 그것들 또한 나의 생각 속에 잠시 등장하다 마는 관계일 뿐인 것 같았다. 나 자신이 세상의 누구와도 더 이상 관계가 아무런 문제가 되지 않는 상태에 이르렀고, 그래서 관계가 문제가 되는, 인물들이 갈등을 빚는 소설을 쓰지 못하는 것 같았다. 내가 실제 삶 속에서도 관계가 문제가 되는 관계를 갖지 못하는 것이 어떤 불구 상태인 것처럼 여겨졌지만 그것은 어쩔 수 없는 것으로 여겨졌다.

말 없는 숲을 조용히 바라보고 있자 내가 숲 속에 있을 때면 가장 크게 느끼는 감정이 불길함과 은밀함이라는 사실이 떠올랐다. 숲은 종종 내게 불길한 느낌을 주었는데, 그 불길함의 정체가 뭔지는 분명치 않았지만 숲 속에 모습을 감춘 채로, 끝내 정체를 드러내지 않는 무엇 혹은 그것을 감추고 있는 숲 자체 때문인 것 같았다. 쓰러져 죽은 지 오래된 것 같은 나무 한 그루가 보였지만 그것은 확실히 불길하게 보이지는 않았다. 나는 죽음보다도 훨씬 불길한 어떤 것을 생각하려 했지만, 이번에는 그 무엇도 불길하게 여겨지지 않았고, 죽음

또한 마찬가지였다. 그래서 이번에는 은밀함에 대해 생각했는데, 숲에는 불길함 외에도, 자칫하면 동화되고 마는 어떤 은밀함이 있고, 숲에 있으면 숲의 은밀함의 일부가 되는 듯한 착각에 빠지기도 하는 것 같았기 때문이었다. 그런데 그 은밀함은 말없이 서 있는 나무들과 나무껍질과, 나무들 사이로 일부가 보이는 하늘과 수풀, 새들과 곤충들이 내는 소리들 사이와, 그 밖의, 숲이 감추고 있는 것들 속에 있는 것 같았다. 나는 숲에서 내가 가장 크게 느끼는 감정이 불길함과 은밀함이라는 사실을 다시 한 번 확인했지만 불길함과 은밀함의 정체도, 그것들을 느끼는 정확한 이유도 여전히 알 수 없었다. 그래서 앞으로도 숲 속에 있게 되면 계속해서 그 이유에 대해 생각하게 될 것이었다. 그럼에도 불길함과 은밀함에 대해 생각한 덕분이기라도 한 것처럼 난감함으로부터는 다소 벗어난 것 같았다.

나는 잠시 아무것에 대해서나 생각했고, 그것들에 대해 두서없는 생각을 했다. 그러고 나자 점차 아무 생각도 나지 않았다. 잠시 멍한 상태에 있었고, 그런 상태에 있을 때면 당연히 그래야 하는 것처럼, 마치 모든 생각을 씻어버린 것처럼 아무 생각도 나지 않았고, 아무런 할 말도 없는 것 같았다. 그래서 할 말을 잃은 것처럼 있었고, 그런 상태에 빠지기를 내가 얼마나 좋아하는지 잠시 생각한 후 다시 아무 생각 없이 있었다. 그런 상태로 한동안 있는데, 조금씩 어떤 불편한 생각이 들었다. 그 모든 것이 대단히 작위적으로 여겨졌다. 그 순간에도 이 경험을 어떤 식으로든 글로 옮기려 할 것이라는 것을 알고 있었고, 그래서 그 순간의 경험을 글로 옮기기에 유리하게 조작하고 있다는 생각이 들었다. 실제로 나는 멘도시노의 숲 속에서, 아무 일도 일어나지 않았지만 여러 가지 생각에 빠진 그 경험이 글로 옮겨질 경우 어떤 모습을 갖추게 될지를 생각했고, 어떤 막연한 밑그림을 만들었다.
 언젠가부터 그런 식으로, 어떤 순간을 순수하게 경험하기보다는 그 순간을 글로 표현하기 위해서는 어떻게 처리해야 하는지를 의식하며, 의식과 감정까지 조작하며 보내는 경우가 많았다. 그것은 어떤 잘못처럼 여겨졌고, 나 자신이 위선적으로 느껴졌다. 내가 뻔한 수작을 벌이고 있는 것 같기도 했다. 하지만 그것들이 나쁘게만 느껴지지는 않았다. 오히려 마음이 편안해졌다. 그 편안함은 내가 어떤 작위의 세계 속 한가운데 있기에 주어지는 것 같았다. 나는 오래도록 너무도 작위적인 삶을 살아왔고, 이제는 작위적인 것이 내게는 자연스러웠다. 내가 작위적인 삶을 산 것은 삶의 그 무엇도 사실적으로 다가오지 않았고, 그에 따라 삶에 진지할 수 없었고, 삶의 어떤 사실들이 아니라 그 사실들에 대한 생각들에만 관여할 수 있었기 때문인데 이것이 나의 삶의 가장 큰 실질적인 어려움이기도 했다.
 완벽한 작위의 세계가 그 숲 너머에서 나를 기다리고 있는 것 같았고, 작위를 통해서만 가 닿을 수 있는, 막연하고 난처하고 혼란스러우며, 부자연스럽고 어둡고 가망이 없지만 그것으로부터 벗어나는 것은 생각조차 할 수 없는 세계가, 깊어지는 뭔가가 있는 것 같았고, 작위로써 완성해갈 수밖에 없는 삶이 내 앞에 가로놓여 있는 것 같았다. 의미와 무의미가, 존재와 비존재가, 우연과 필연의 차이가 사라져 경계가 모호한 그 작위의 세계에서는 모든 것이 맥락이 없었고, 뭔가가 일어나도 그만이고 일어나지 않아도 그만이었다. 그 세계는 이상한 무위의 허구의 세계이기도 했다. 하지만 다시 생각해보자 완벽한 작위의 세계가 그 숲 너머에서 나를 기다리고 있는 것 같지는 않았는데, 그것은 이미 내가 그 세계 속에서 지내온 지 너무도 오래되었기 때문인 것 같았다.

 돌아와서 리처드에게 작은 연못을 보지 못했다고 하자 그는 어쩌면 그 연못은 물이 바닥나 있을 수도 있다고 했다. 그러면서 그곳에서 좀더 가면 좀더 큰, 물이 있는 연못이 있으니 시간이 나면 가보라고 했다. 그러면서 그곳에서는 틀림없이 개구리를 볼 수 있을 거라고 덧붙였다. 그는 농담을 하는 것처럼 웃었고, 그래서 아주 멀리 가 숲 속에서 완전히 길을 잃은 후에야 거짓말처럼 나타나는 연못에서 수면 위에 한가롭게 떠 있는 개구리들을 볼 수 있을 것 같았다. 그는 아무래도 나를 놀리는 것 같았다. 그사이 우리는 서로 놀릴 수 있는 한에서 놀리는 사이가 된 것 같았다. 그러자 우리가 약간 친한 사이가 된 것처럼 여겨졌다.

 그날 오후 우리는 포도주와 먹을 것을 챙겨 멘도시노의 메사에 있는 어느 곳으로 피크닉을 가 해안 절벽 위 풀밭에 자리를 잡았다. 캘리포니아 해안 가운데서도 가장 인상적인 곳 중 하나인 그곳의 넓게 펼쳐진 평평한 풀밭에는 잡초와 관목과 화려한 색상의 야생화 들이 자라고 있었다. 그곳 일대에도 안개가 자주 꼈지만 그날은 날씨가 좋았고, 파란 하늘 아래로 태평양이 아주 멀리까지 보였다. 아래쪽 바위들에 파도가 잔잔하게 부서지고 있었고, 바람은 아주 기분 좋게 느껴졌다. 모든 것이 완벽한 하루 같았다. 포도주를 마신 후 리처드 부부는 근처를 산책했고, 나는 풀밭 위에 누워 있었다. 더 바랄 것이 아무것도 없는 것 같았지만 조금 시간이 지나자 이상하게도 막막하고 불편했는데, 눈앞에 펼쳐진, 완벽하게 느껴지는, 인상적이고도 장엄한 자연의 풍경 때문이었다.

 5년 전 어떻게 해서(그냥 괜히) 단체 관광을 통해 요세미티에 갔을 때에도, 내가 가장 크게 느낀 감정은 막막함과 불편함이었다. 그곳에 온 사람들 모두가 요세미티의 풍경을 보며 너무도 감탄했는데, 나는 그것에도 기분이 안 좋았지만, 그들이 너무도 감탄하는 요세미티에 대해서도 기분이 안 좋았다. 하지만 내가 막막함과 불편함을 느낀 것은 그 때문은 아니었다.

사람을 압도하는 요세미티의 웅장한 풍경에는, 그 풍경에 압도당한 나머지 아무런 할 말도 찾을 수 없게 하는 것이 있었다. 말을 잃게 하는 풍경 앞에서 기껏해야 할 수 있는 것이라고는 할 수 있는 말이 없다는 것을 절감하는 것뿐이었다. 더 이상 손 댈 데가 없는 것 같은, 그 자체로 완벽한 구도를 갖고 있는 풍경은 완벽한 원이나 구와 마찬가지로 그것을 바라보는 사람의 정신이 개입하거나 작위적인 생각이 작동할 수 있는 여지를 주지 않았고, 그것이 나를 막막하고 불편하게 했다. 정신이 개입하고, 작위적인 생각이 작동할 수 있으려면 완벽한 구도를 갖춘 것처럼 보이는 풍경이 어떤 허점 같은 것을 노출하고, 생각의 개입을 용인하고, 그 풍경에 이질적인 어떤 요소가 첨가되는 것과 같은 일이 일어나야 했지만 그런 일은 일어나지 않았다. 나는 요세미티에서 완벽하게 소리가 차단되는 유리벽을 사이에 두고 그곳의 모든 풍경과 완벽하게 분리되어 있는 것 같았다. 어떤 사람에게는 영감을 줄 수도 있는 웅장한 것이 주는 감동을 처리하는 장치 같은 것이 내게는 없었다. 그로 인해 그 무언의 풍경은 무척 따분하게 느껴졌는데, 그 따분함은 거의 고약하게 느껴졌다.

결국 나는 아무런 느낌도 일으키지 않는, 다시 말해 막막함과 불편함을 절감할 정도로만 느낌을 불러일으킬 뿐, 다른 느낌은 주지 않는 요세미티의 풍경을 보며, 그것이 얼마나 마음을 끌지 않는지를 절감했고, 돌멩이 몇 개를 비탈을 굴러가게 하면 막막하고 불편한 기분이 사라질 것 같았지만 적당한 장소를 찾을 수 없었고, 그래서 막막함과 불편함을 느끼며 그곳을 떠날 수밖에 없었다. 떠나면서 그곳을 마지막으로 보았을 때에 그곳은 한낱 거대한 골짜기에 지나지 않는 곳으로 보였다.

하지만 요세미티에 가는 길에 있는, 낮은 구릉들이 점점이 있고 누런 풀들만 자라는, 사람을 압도하지 않는 풍경의 넓은 들판은 그곳을 처음 지나갈 때도 무척 마음에 들었었는데 돌아올 때 다시 보니 더더욱 마음에 들었다. 버스에 탄 사람들 대부분은 자고 있었고, 나머지 사람들도 들판에는 별 관심을 보이지 않는 것 같았다. 어느 순간 차창 밖으로 들판이 넓게 펼쳐져 있는 낮은 구릉 위에 말 한 마리가 서 있는 것이 보였고, 그 말은 내가 말에 대해 갖고 있던 어떤 이미지들에 중첩되었고, 문득 영국의 시인 테드 휴즈가 쓴 단편소설의 한 장면이 떠올랐다. 그것은 들판에 있는 작은 언덕 위에 하늘을 배경으로 검은 말이 서 있는 장면인데, 내가 본 말은 하늘을 배경으로 하고 있지 않아 휴즈의 소설 속의 말처럼 인상적인 모습은 아니었다. 그의 소설 속에 등장하는 말은 약간 이상한 말로, 비가 내리는 어느 날 들판과 언덕과 숲이 있는 어떤 장소를 12년 만에 찾은 어떤 남자를 공격하려고 한다. 남자는 도망을 치며 숨기도 하는데 말은 일정한 거리를 두고 모습을 감췄다가 다시 나타나 계속해서 그를 가만히 지켜보다가 뒤쫓아 가기를 반복하는데, 그는 비가 내려 진창이 된 땅 위로 도망을 치며 말을 향해 거위 알만 한 돌멩이를 던져 명중시키기도 한다. 악의를 품은 것인지, 장난을 치는 것인지, 아니면 머리가 이상해져 그러는 것인지는 알 수 없는 것으로 나오는 이상한 말에게 쫓기는 남자가 등장하는 그 이야기는 내가 말에 대해 갖게 된 또 다른 어떤 이미지였고, 그 이미지를 떠올리며 캘리포니아의 구릉 위에 있는 말을 보았지만 서로 잘 연결되지는 않았다. 내가 보고 있는 말은 갈색이었고, 조용히 고개를 숙인 채로 풀을 뜯고 있었고, 날씨는 아주 화창했고, 해가 지려고 하는 참이었으며, 붉은 빛을 띤 햇빛이 누런 들판 위로 부드럽게 비치고 있었다. 테드 휴즈가 쓴 그 글은 그의 단편소설 중 유일하게 재미있게 읽은 것이었는데, 이상한 말에게 공격을 당해 쫓기는 것과 같은 이상한 이야기들이 내게는 재미있었다.
　내가 말에 대해 갖고 있는 또 다른 이미지 중 하나는 언젠가 독일의 시골을 차로 달리고 있을 때 음울한 하늘 아래, 검은빛이 도는 가문비나무들이 드문드문 심어진 아주 넓은 들판에 있는 구릉 위에, 비가 내리는 가운데 홀로 조용히 서 있던, 이상하게 붉은 빛이 도는 갈색 말을 보았을 때 생겨난 것이다. 말은 마치 그 넓은 들판의 풍경을 최종적으로 완성하는, 더 이상 손댈 데가 없는 완성된 미술작품처럼, 그 풍경의 핵심처럼 꼼짝 않고 서 있었다. 어떤 흑백사진 속 풍경 같은, 비가 내리면서 피어나는 옅은 안개 속에서 말은 회색 하늘을 배경으로 구릉 위에 부동의 자세로 우뚝 서 있었다. 나는 그 인상적인 모습을 보며 말이 의식적으로 그런 장면을 연출하고 있는 것 같다는 인상을 받았다.
　나는 차를 세우고 가까이 다가가 꽤 긴 시간 동안 그 말을 보았다. 고개를 떨구고 있는 말의 입과 배와 꼬리를 타고 빗물이 떨어져 내리고 있었지만 전혀 문제가 되지 않는 듯, 최면에 걸린 것처럼 전혀 움직이지 않았다. 나는 마치 누군가가 나를 겨냥해 던진 돌에 가슴을 정통으로 얻어맞은 것처럼, 하지만 갑자기는 아니고, 서서히, 가슴이 서늘해지는 것을 느꼈다. 그런데 그때가 겨울이었고 그래서 겨울비가 준엄하게 내리고 있었던가, 아니면 봄이었고 그래서 봄비가 부드럽게 내리고 있었던가? 이 장면을 구성하는 중요한 요소로서 겨울비와 봄비는 전혀 다른 느낌을 주는 것 같았다. 겨울비가 내렸고, 겨울이었다고 하자. 그렇게 함으로써 그 장면이 더욱 인상적인 것으로 남도록. 결국 나는 서늘해진 가슴이, 이번에도 서서히 가라앉은 후에야 그곳을 떠날 수 있었다. 떠나면서 나는 그 겨울 풍경을 완성시키고 있는 것 같은 그 말이 내 생각 속에서 언제까지나 그곳에 그대로 서 있게 만들었는데, 그렇게 함으로써 그 말이 나의 작위적인 세계 속에 완벽하게 들어와 있게 할 수 있었다.

 멘도시노의 해안 절벽 위에서 나는 어떤 작위적인 생각이 개입할 수 있는 뭔가가 일어나기를 기다렸지만 끝내 아무 일도 일어나지 않았다. 갑자기 어디선가 나타난 야생마 떼가 풀밭을 가로질러 달려가는 것과 같은 일이 일어나야 했지만 그런 일은 일어나지 않았다. 그곳의 모든 풍경이 나와 완벽하게 분리되어 있는 것 같았고, 나는 거의 아무런 느낌도 느낄 수 없었다. 어느 순간 펠리컨과 마찬가지로 날개가 무척 커 장거리 여행에는 유리하지만 가까운 곳을 갈 때는 거추장스런 날개 때문에 이륙에 애를 먹는, 부비새류인 개닛 몇 마리가 날아다니는 모습이 보였지만, 그것들은 내가 그리는 작위의 세계 속에 입장시키기에는 어울리지 않는 존재들이었고, 그래서 나는 그것들을 나와는 상관없이 날아다니게 했다. 사물이든 풍경이든 그것들이 내 안에서 또 다른 기억과 상상 속으로 전이되며 다른 차원에서 생각지 못한 모습으로 나타나 자리를 잡을 때 비로소 나는 그것들에 동화될 수 있었다.

계시 아닌 계시

그날 밤에도 늙은 히피의 집에 늦게까지 불이 켜져 있는 것이 보였다. 그의 집 문짝이 있는 곳까지 가보았는데 이번에는 유리창 커튼 너머로 그가 그림자극에 등장하는 인물처럼 거실에서 조용히 움직이고 있는 것이 보였다. 그가 그 시간에 무엇을 하며 조용히 움직이고 있는지는 알 수 없었다. 한데 어쩐지 그의 집 안도 잡초로 뒤덮여 있는 집 밖과 별로 다르지 않아, 그는 밤늦게 산책을 하기 위해 잡초로 무성한 집 밖에 일부러 나갈 것도 없이, 잡초로 무성한 집 안을 산책하고 있을 것 같았다. 그의 집 안에는 담쟁이덩굴이 무성하게 자라고 있고, 집 안쪽 벽을 타고 올라간 덩굴이 천장을 뒤덮고 있고, 열려 있는 옷장 속으로도 기어 들어가 있고, 벽에 걸린, 먼지가 낀 거울을 타고 올라가고 있을 것만 같았다. 잡초처럼 아무렇게나 자란, 긴 수염을 한 그는 잡초로 무성한 집 안을 산책하다 거울 앞을 지날 때면 그것에 희미하게 비치는 자신의 모습을 보며 산책을 하다 누군가를 만난 것처럼 인사를 하고, 혼자 오랫동안 산 사람만이 할 수 있는, 다른 사람은 알아들을 수 없는 얘기를 한참 한 후 또다시 걸음을 옮기는지도 몰랐다. 리처드의 얘기에 따르면 그가 끝없이 하는 대부분의 얘기는 거의 알아들을 수가 없다고 했다.

나는 그가 무엇을 먹고 사는지가 궁금했는데, 어쩌면 그는 채식주의자여서 집 안과 근처에 자라는 잡초들을 먹으며 살 것 같았다. 잡초들은 사방에 있었고, 먹을 것 걱정은 하지 않아도 될 것이었다. 어쩌면 그는 소처럼 잡초들을 뜯어먹으며 하루에 16시간을 되새김질을 하며 보내는지도 몰랐다. 그의 집에 새벽까지 불이 켜져 있는 것도 잡초를 먹으며 되새김질을 하느라 그런 것이 분명하다고 나는 생각했다. 그런데 소들이 하루 16시간 정도 기계적으로 입을 움직이며 되새김질을 하며 보낼 수 있는 것은 다행히도 일종의 가수면 상태에 있어서라는 생각이 들었다. 아무리 소라 해도 그 많은 시간을 맨 정신으로 되새김질을 하며 보내는 것은 견딜 수 없을 것이었다. 일종의 가수면 상태에 있기에 망정이지, 그렇지 않다면 세상의 모든 소들은 되새김질을 하다가 미쳐버렸을 수도 있었다.

사람을 만나면 끝없이 이야기를 늘어놓기도 하지만, 주로 밤에 활동하는 히피 역시 혼자 있을 때면 대부분의 시간을 가수면 상태에서 잡초를 뜯어먹으며 되새김질을 하다가 정신이 들면 정신이 번쩍 든 것처럼 아주 이상한 생각들을 하며 혼잣말을 하며 지내는지도 몰랐다. 나는 빨간색을 좋아하는 히피가 빨간색 속옷을 입은 채로 어쩐지 붉은색의 느낌이 나는 말들을 쏟아내는 것을 상상했다.

그날 밤에는 잠이 드는 데 개구리들이 도움이 되지 않았는데, 다른 곳으로 옮겨간 듯 개구리들의 울음소리가 전혀 들리지 않았기 때문이다. 그래서 나는 늙은 히피가 그날 밤 개구리들을 자신의 집에 초대

했고, 본래 사람의 초대에는 응하지 않는 것을 원칙으로 삼고 있는 개구리들이 그 원칙을 깨고 자신들과 별로 다르지 않게 살아가고 있는 히피의 초대에 응해, 히피의 거실에서 사람과 개구리들이 함께 할 수 있는 어떤 놀이를 하고 있기 때문이라고 생각했다. 그리고 그런 놀이에는 무엇이 있을지 생각했는데, 가장 쉬운 것으로는 서로가 입장을 바꿔 하는 놀이가 있을 것 같았다. 그렇지만 그런 놀이에 무엇이 있을지는 알 수 없었다. 그럼에도 나는 개구리들이 몸을 세운 채로 앞다리를 허리에 대 약간 거만한 모습으로 있고, 히피는 비굴하게 엎드려 있는 모습을 상상했다. 그들이 그런 자세로 무엇을 할지는 알 수 없었지만 그들만이 할 수 있는 뭔가를 하고 있을 수도 있었다.

어느 순간 늙은 히피의 집 불이 꺼졌고, 밤늦게까지 히피와 같이 놀다 지친 개구리들은 자신들의 집에 가는 것도 잊고 늙은 히피의 옆에서 잘 것 같았는데, 개구리들도 히피도 약간 망나니같이 다들 드러누워 코를 심하게 골며 자고 있을 것만 같았다. 그들 중 누군가는 어떤 숲 속의 전투에서 낙오한, 무기는 소지하지 않고 있는 병사들이 등장하는 꿈을 꾸고, 아무런 내용도, 조리도 없는 그 꿈을 꾼 후에는 이름이 리처드인 병사들이 개구리를 연상시키는 알록달록한 무늬의 군복을 입고 있었다는 것과, 군악대인 것처럼 심벌즈와 금관악기 들을 들고, 가끔 그것들을 연주하며 숲 속을 헤치며 나가고 있었다는 것을 기억하게 될 수도 있을 것 같았다.

히피와 개구리들이 정신없이 자고 있을 때쯤 나는 다시 밖에 나가 환하고 고요한 달빛 아래에서 담배를 피운 후 무슨 생각에서인지 숲 속을 배회하다 한참 후에야 다시 돌아올 수 있었다. 예전에 서울에서, 바로 뒤에 야산이 있는 집에 살 때 한밤중에 숲 속을 배회하곤 한

적이 있었는데, 그곳은 그 몇 년 전 한 희대의 연쇄살인범이 여러 사람을 죽인 후 그 사체들을 가져다 암매장한 곳이기도 했다. 달빛이 전혀 비치지 않는 아주 깜깜한 밤에도 그렇게 산책을 하곤 했는데, 달빛이 전혀 없을 경우 밤에 산길을 걸을 수 없을 것 같지만 땅바닥에 아주 희미한, 마치 낮 동안에 비친 햇빛이 스며들었다가 다시 희미하게 흘러나오는 것처럼 보이는 빛 같은 것이 있었고, 그래서 어렵지 않게 길을 갈 수 있었다. 한밤중에 피살자들의 사체가 묻혀 있던 숲 속을 배회하는 것은 하나도 무섭지 않았지만 나 자신이 무서워지는 순간이 있었는데, 내가 정신이상자처럼 여겨지며 무슨 짓을 저지를지 모를 것 같은 때였다.

  적요한 달빛 아래에서는 아주 이상한 짓을 아주 자연스럽게 저지를 수도 있을 것 같았다. 그래서는 아니지만, 나는 그날 밤 달빛 아래 숲 속에서 꽃대가 아주 긴, 이름은 알 수 없는 아주 향기로운 보라색 꽃들을, 라벤더를 수확하는 사람처럼 꺾어 모았는데, 나 자신이 확실히 정신이 나간 사람처럼 여겨졌다. 꺾은 꽃들을 갖고 방에 들어와서는 화병에 담아 침대 맡 탁자 위에 놓아두고 불을 끄고, 창문으로 비치는 환한 달빛 속에서 반쯤 정신이 나간 사람처럼 바라보고 있자 희한한 생각을 하기에 좋은 밤 같았다. 하지만 애써 일부러 그런 생각을 하고 싶지는 않았고, 저절로 어떤 생각이 떠오르기를 기다렸는데, 그 순간에는 저절로 떠오르는 희한한 생각만 받아들일 수 있을 것 같았기 때문이다. 하지만 저절로 떠오르는 생각은 없었고, 그래서 꽃에 어떤 도움을 청하기라도 하듯 꽃을 가만히 바라보았다. 꽃은 주로 보는 용도로 쓰이지만 다른 용도로도 사용될 수 있을 것 같았고, 나는 다른 용도를 찾기라도 하는 것처럼 손가락으로 세심하게 매만졌다.

꽃의 촉감을 그토록 세심하게 느낀 것은 지금껏 살면서 처음인 것 같았는데 촉감이 벨벳 같았다. 동시에 그 서늘한 감촉이 시신의 피부를 떠올리게 해 느낌이 좋았다. 그런데 조금 있자 생각이 떠오르게 하는데 꽃이 도움을 준 것처럼, 꽃을 불태워 그 재로 이마를 문지르거나 재를 먹으면 잠이 쉽게 들 것 같은 근거 없는 생각이 들었다. 그리고 꽃을 태우면 꽃의 유령은 아닌 다른 뭔가의 유령이 꽃의 유령의 모습으로 나타나 나를 꽃들과, 멘도시노의 숲에서 죽은 다른 존재들의 유령이 있는 곳으로 데려갈 수도 있을 것 같은, 역시 근거 없는 생각이 들었다. 어쩐지 멘도시노 숲의 유령들은 장난스런 데가 있어 우리가 이상하면서도 유쾌한 뭔가를 함께하며 밤을 보낼 수도 있을 것 같았다. 하지만 그것은 말이 안 되는 생각이었고, 결국 나는 내가 일부러 하지 않아도, 근거가 없거나 부족한 생각을 얼마나 부족하지 않게 잘 하는지, 그 때문에 나 자신이 하는 생각과 말을 얼마나 잘 믿지 않고 곧이듣지 않는지를 생각했고, 그날따라 평소에 비해 근거 없는 생각을 더 많이 하지는 않은 것 같다는 생각을 하며 잠이 들었고, 아침에는 어떤 점집에서 점을 보는 무척이나 생생하고 이상한 꿈을 꾼 후 깼다.

점쟁이는 키가 열 살 아이만큼이나 작은 난쟁이 여자로 아주 하얀 저고리에 아주 빨간 치마를 입고 있었다. 우리는 아주 허름하고, 다리를 뻗을 수도 없는 아주 비좁은 방에 앉아 있었는데 그녀가 뻗은 발 하나가 내 무릎을 계속해서 건드렸다. 우리 사이에는 작은 은박지 포장지에 싸인 허쉬 초콜릿이 가득 든 비닐봉지 하나가 놓여 있었다. 그녀는 자신의 이름을 말했고, 자신이 이름난 점쟁이라고 했는데, 나는 그 이름을 들어본 적이 없었다. 그녀는 그것이 접신에 필요한 것처럼 초콜릿을 하나씩 까먹기 시작했지만 내게는 전혀 권하거나 하지 않았다. 내 앞에서 혼자만 초콜릿을 하나씩 까먹는 그녀의 태도는 마치 그것이 나는 먹어서는 안 되는, 혹은 안 먹을수록 좋은 것이니 내게는 주지 않고 자신만 먹겠다는 것처럼 보였고, 그래서 그런 거라면 얼마든지 혼자 먹으라는 생각을 하며 초콜릿이 계속해서 들어가고 있는 그녀의 입을 바라보았는데 허쉬 초콜릿이 한입에 들어가기에는 조금 작아 보였다. 그녀는 초콜릿을 입속에 쑤셔 넣는 것 같았다.

초콜릿을 먹느라 한참 동안 딴 데 정신이 팔려 있던 점쟁이 여자는 고개를 들어 내 관상을 쓱 한번 훑어보더니, 뭔가 재미있다는 듯 웃으며, 보통이 아닌 성미로 인해 제명에 못 살 팔자라고 했다. 그건 알고 있다고 하자 그녀는 역정을 내지는 않았지만 못마땅한 표정을 지었다. 그런데 그녀는 내가 뭐 하는 사람인지를 무척이나 어렵게 맞혔다. 처음에 그녀가 머리카락이 긴 내게 미술을 하는 사람이냐고 물어 아니라고 하자, 그럼 배우냐고 해 아니라고 하자, 그럼 음악을 하는 사람이냐고 해 아니라고 하자, 그럼 배를 타는 사람이냐고 해 아니라고 하자, 얼굴이 붉어져 그럼 미장이냐고 해 아니라고 하자, 그럼 거지냐고 해 아니라고 하자, 그럼 전과자냐고 해, 그렇다고 할까 잠시 망설이다가 아니라고 했다. 내가 무엇을 하며 사는 사람인지 알아맞히지 못하는 것에 무척 화가 난 그녀는 얼굴이 잘 익은 수박 속처럼 붉어져 그럼 도대체 무얼 하며 먹고살아가느냐고 했다. 솔직하지 않게 얘기할 수도 있었지만 내가 소설을 쓴다고 하자, 자신의 작은 무릎을 손으로 치며, 마치 어떤 반사작용에 의한 것처럼, 발로 내 무릎을 아프게 차며, 갑자기 여자아이 목소리를 내며, 내가 소설을 쓰는 사람인 줄 몰랐던 것은 한물간 소설가였기 때문이라며, 무협지를 써야 한다고, 그동안 풀리지 않았던 나의 운이 무협지를 쓰면 풀린다고 했다.

그리고 그것은 내가 오래전 전생에 혼란스러웠던 중국 전국시대의 어느 나라의 무사로, 지위가 높은 어떤 여자의 목숨을 구했기 때문이라고 했다. 그녀는 내가 전생에서 목숨을 구한 여자를 현생에서 만나지는 못하지만 다음 생에서는 잘 하면 만날 수도 있을 거라고 했다. 그것은 점쟁이들이 걸핏하면 하는 너무도 뻔한 이야기로 여겨졌고, 하나도 수긍이 가지 않았지만 내가 고개를 끄덕이자 그녀는 다시 한 번 발로 내 무릎을 살짝 차며 갑자기 지푸라기, 라고 소리쳤다. 처음에는 그녀가 무슨 말을 하는지 알아듣지 못했지만 나는 그녀의 말을 말 그대로, 지푸라기 하나를 잡고 강을 떠내려가는 심정으로 살라는 것으로 알아들었다. 내가 자신이 하고자 하는 말을 알아들었다고 생각한 듯 그녀는 다시 한 번 발로 내 무릎을 세게 찼다. 나는 깜짝 놀라 나도 모르게 소리를 질렀다. 이제는 내 목소리 또한 아이의 목소리로 바뀌어 있었는데, 내가 듣기에도 이상했다. 그녀는 점을 보며 사람을 발로 차는 이상한 점쟁이가 같았다.

말을 할 때 벌어진 점쟁이 여자의 입 사이로 드러난 이들은 초콜릿으로 까맸는데, 그 까맣고 불길해 보이고, 어떤 부정적인 힘이 느껴지는 이들이 나를 꼼짝 못하게 하는 것 같았다. 그녀는 다시 나더러 사람을 멀리하고 무협지를 써야 한다고 했다. 그런 다음 앞으로는 스스로를 발정 난 당나귀라고 생각하며 살라고 했고, 나는 그것을 늘 마음이 발칵 뒤집힌 것 같은 상태로 살라는 말로 알아들었다. 그녀는 매일같이 물가에 가라고 했고, 나는 그것을 해도 너무한다는 생각이 들 때까지 뭔가를 하라는 것으로 받아들였다(정확히 이런 이야기를 한 것은 아니었지만 이런 이야기로 바꿔 말할 수도 있는, 어쨌든 말이 안 되는 이야기를 우리는 했는데, 이것은 말이 안 되는 그 어떤 이야기로도 바꿀 수 있었다). 우리가 그렇게 서로 알아들을 수 없는 말을 하고 있자 서로를 더 이해하게 되는 것 같지는 않았다. 그럼에도 내가 하는 알 수 없는 생각들은 점점 이해가 되는 것 같았다.

말도 안 되는 우리의 말은 계속 이어졌는데, 그사이 그녀는 졸린 듯 눈을 게슴츠레 뜨고 있었다. 게슴츠레 뜨고 있는 그녀의 눈은 도마뱀의 눈 같았고, 나는 그사이 도마뱀과 이야기를 하고 있었던 것 같았다. 나는 다리가 몹시 저렸고, 그래서 저린 다리를 뻗어 그녀의 다리 위에 올려놓았는데 그녀는 상관하지 않았다. 그녀가 하고자 하는 말을 거의 다 알아들은 것 같은 내가, 앞으로 엉뚱한 짓만 하며 살겠다고 하자, 그녀는 딴소리는 그만두라고 했다. 그녀는 하품을 하며, 초콜릿을 먹으면, 그것도 아주 많이 먹으면 잠이 온다며, 이제 낮잠을 잘 시간이 되었다며 방에 그냥 드러누웠는데, 방이 워낙 작아 그녀의 머리와 발이 양쪽 벽에 닿아 있었다. 그녀는 누운 채로 눈을 크게 뜨고 나를 올려다보았고, 내가 그냥 해보는 말로, 점쟁이가 되기 전에는 무슨 일을 했냐고 하자, 내 말을 이해하지 못하는 듯 계속해서 나를 빤히 쳐다보았는데, 나는 잠시 후에야 그 이유를 알 수 있었다. 그녀는 이미 잠이 들어 있었고, 잠시 후에는 코를 골기 시작했지만 눈은 그대로 뜨고 있었는데, 그 눈은 자신의 어두운 과거를 떠올릴 때의 어떤 동물의 눈 같았다.

그녀의 방에 있는, 그녀가 모시는 여러 신들의 그림과 조형물들을 보니 모두들 눈을 부릅뜨고 있었다. 하지만 그 신들은 무슨 생각에서인지 열심히 딴전을 피우고 있는 것 같았는데, 그녀 안에 들어가 있지는 않은 것 같았다. 오히려 그들 중 일부의 일부가 내 안에 들어와 내 몸을 안에서 간질이고 있는 것처럼 몸이 약간 간지러웠다. 나는 약간 간지러운 상태로, 앞으로 이상한 오기를 더 부려 완전한 바닥까지 내려가는 삶을 살아야 하는 것처럼 느꼈다. 그사이 우리 사이에 놓여 있던 허쉬 초콜릿은 그녀가 다 먹어치워 빈 비닐 포장지들만 남아 있었는데 나는 그것들이 우리가 나눈 말들의 껍데기 같았고, 그래서 그중 하나를 집어 주머니에 넣고 점쟁이의 집을 나와 아주 더운 여름날의 한낮에 거리를 걸으며 호주머니 속에 든 비닐 포장지를 손가락으로 매만졌다. 그러자 점쟁이가 하고자 한 말을 이해할 수 있을 것 같았는데, 그것은 평생 혼란을 떨치지 말고 살아가라는 것 같았다. 멘도시노에서 꿈을 통해 앞날에 대한 어떤 계시 같은 것을 얻게 된 것 같았지만 그 앞날은 이미 오래전부터 알 수 있었던 것이었고, 나는 언제까지라도 혼란에서 벗어나지 못할 것이었다.

익사체들

내가 지내게 된 아파트에는 수영장이 있었는데, ㅁ 자 형태의 아파트 안쪽에 있는 수영장은 그렇게 크지는 않지만 주변에 나무들이 심어져 있고, 날씨가 좋을 때면 일광욕을 할 수도 있었다. 수영은 내가 잘하는 거의 유일한 운동이고, 20대 때 어느 날에는 무슨 생각에서인지 북한강을 헤엄쳐 왕복한 적도 있었다. 폭이 상당히 넓은 그 강을, 무척 애를 먹으며 왕복한 까닭을 그 후로 두고두고 생각했지만 알 수 없었는데, 강 중간에서는 대책 없이 물살에 떠내려가며, 이렇게 해서 익사하는구나, 하는 생각을 하기도 했었다. 그 순간에는 익사하는 사람의 심정을 알 것 같기도 했다. 하지만 근처에 다리가 없어 죽을 고비를 넘기며 건너갔던 강을 기력이 빠져 더 큰 죽을 고비를 넘기며 또다시 건너가야 했고, 그렇게 해서 그날 하루 나는 자초한 죽을 고비를 2번 넘겼는데, 하루 동안에 2번 새로 태어난 것 같지는 않았지만, 그 일은 내가 살면서 저지른 가장 어이없는 짓으로도 손색이 없는 것이었다. 그때 나는 당시 사귀던 여자와 함께였는데, 우리에게 무슨 일이 있었기에 내가 강을 헤엄쳐 갔고, 내가 강을 건너갔다 온 것에 대해 그녀가 뭐라고 얘기를 했는지는 기억나지 않지만, 강가에 서 있는 그녀를 보며 여러 차례 손을 흔들어주었고, 그녀 역시 나를 향해 여러 차례 손을 흔들어준 기억은 났다. 아니, 기억이 나는 것처럼 얘기할 수도 있다. 힘들게 헤엄을 치느라 이미 애를 먹고 있던 나는 그녀를 향해 손을 흔들어주느라 더 애를 먹었어야 했을 것이다. 그녀는 손을 흔들어주며, 저런 무모한 짓을 하는 남자와는 함께할 수 없다고 생각했는지도 몰랐는데, 우리의 관계는 그 얼마 후 끝이 났다.

수영장은 물이 차가워 몇 번밖에 들어가지 못했다. 하지만 평일 낮이면 수영장은 거의 비어 있었고, 나는 주로 수영장 가의 긴 의자에 누워 책을 읽거나, 잔잔한 수면 위로 달빛이 비치는 밤에 잠옷을 입은 채로 호수에서 수영을 하는 것과 같은 공상에 잠기곤 했다. 그리고 그 자체로 흥미로운 사실들, 가령, 키르기스스탄에는 전부를 암송하는 데 6개월이 걸리는 서사시 『마나스』가 있다는 사실과, 네이팜탄에 비누가 들어간다는 사실과, 과거 식민지 시대에 영국인들이 버마산 마호가니로 선박을 만들기 시작하면서 버마인들을 얼마나 착취했는지, 버마인들이 자신들의 마호가니 때문에 얼마나 큰 희생을 치렀는지, 그리고 셰익스피어의 『템페스트』에 버뮤다 해협에 관한 이야기가 나온다는 사실(나는 그 얼마 전 텔레비전을 보다가 그 사실을 알게 되었는데, 술에 완전히 취해 있었고, 그래서 텔레비전 채널을 무작위로 돌리다가 서로 다른 채널에서 방영한, 셰익스피어에 관한 이야기와 버뮤다 해협에 관한 이야기가 뒤섞여버렸는지도 몰랐다. 그것이 사실인지 확인하기 위해 앞으로 『템페스트』를 읽을 수도 읽지 않을 수도 있을 것이었다), 그리고 마리화나의 종류는 거의 고양이의 품종만큼이나 다양하며, 그중 시바 샨티, 힌두 쿠시, 아프가니 #1, 에드 로젠탈 수퍼 버드, 시바 샨티 II, 센시 스컹크, 스컹크 #1, 수퍼 스컹크, 시바 스컹크, 스컹크 쿠시, 말리즈 콜리, 얼리 스컹크, 루데랄리스 스컹크, 얼리 걸 등이 있다는 사실(왜 스컹크라는 이름의 마리화나가 여러 가지 나 있는 걸까?) 등에 대해 생각하기도 했다.

하지만 주로는 아무것도 하지 않으며 시간을 보냈다. 수영장 가는 아무것도 하지 않고 가만히 있기에 좋은 곳이었고, 이와 비슷한 곳으로는 침대와 공원이 있었다. 그리고 가끔은 지금 내가 쓰고 있는 것과 같은 글의 아이디어를 떠올리기도 했다. 그리고 내가 평소에 거의 아무것도 하지 않음에도 일정한 시간이 지나면 어느새 한 편의 소설을 끝낸 것을 보면서 스스로도 신기해하는 것에 대해서도 생각했다. 지치고 힘들 때 아무런 도움이 되지 않는 소설을 지치고 힘들어하면서도 계속 쓰고 있는 것 또한 신기하다면 신기한 일이었다. 한데 정작 말하고 싶은 것이 아무것도 없음에도 많은 글을 썼고, 또 이런 장황한 소설을 쓰고 있다는 생각을 하자 나 자신이 속수무책인 수다쟁이처럼 여겨졌다.

그러다가 어느 날 물 위에 떠 있는 나뭇잎들과 수면에 비친 구름들을 보았을 때 자연스럽게 익사체에 대한 어떤 생각이 떠올랐다. 익사체들은 늘 내게 사체들 가운데서도 독특한 감정을, 다른 사체들에서는 느낄 수 없는, 뭐라 말하기 어려운 특별한 감정을 불러일으켰다. 한 번은 강에서 사람들이 익사체를 배에 건져 올려 딴 곳으로 싣고 가는 것을 멀리서 보았고, 다른 한 번은 아주 가까운 곳에서 보았는데, 그때 나는 어느 여름 새벽에 한국의 어느 유명한 해수욕장의 해변에 있었다. 사람들은 많지 않았고, 동이 트고 있었으며 뭔가가 모래사장 가까운 수면 위로 떠올랐고, 잠시 후 그것이 익사체라는 것이 분명해졌다. 사람들이 모여들었고, 누군가가 물에 들어가 사체를 모래사장 위로 건져 올렸지만 이미 죽은 지 오래된 듯 몸이 퉁퉁 불어 있었다. 곧 구급차가 도착해 사체는 병원으로 실려갔다. 당시 나는 어떤 여자와 함께였는데, 우리가 왜 그 시간에 그곳에 있었는지, 그리고 그날 뭘 했는지는 기억이 나지 않았다. 그날 하루 내내 우리가 본 익사체나, 다른 사체에 대한 이야기를 했는지는 분명치 않지만 우리가 본 익사체에 대한 생각이 줄곧 우리의 머리를 떠나지 않았을 것은 분명했다.

 나는 사람뿐만 아니라 돼지와 소와 개의 익사체와, 개구리와 뱀과 개미의 익사체도 보았는데, 내가 직접 본 익사체들 말고도 내가 보았다고 생각하는 또 다른 익사체들이 무수하게 있었다. 그것들을 본 장소도 강과 바다와 호수와 연못과 웅덩이 등으로 다양했다. 내가 보았거나 보았다고 생각하는 익사체 중에는 나뭇잎의 익사체, 흙탕물에 빠진 구름의 익사체, 무지개 색 물고기의 익사체, 구두의 익사체, 옷의 익사체, 마네킹의 익사체, 연등의 익사체, 책장 익사체, 갈색 익사체, 파란색 익사체, 바보 같은 익사체, 예쁘장한 익사체, 추파를 보내는 익사체, 장난스러워 보이는 익사체, 심상치 않은 기색의 익사체, 지조라곤 있어 보이는 익사체, 독한 느낌을 주는 익사체도 있었는데, 물에 떠 있거나 떠내려가는 모든 것이 내게는 익사체로 보이기도 했던 것이다. 나는 익사체를 보거나 상상하기를 좋아했고, 어떤 날은 물가에서 머릿속이 온통 익사체들에 대한 생각으로 가득 찬 채로 익사체들과 함께 시간을 보내기도 했다.

 익사체들과 관련해 가장 마음에 드는 점은 그것들이 무척이나 조용하다는 것이었다. 그 어떤 익사체도 시끄럽지 않았다. 시끄러운 익사체는 흥미로울 수는 있지만 내가 좋아할 수는 없는 것이었다. 익사체들이 가장 아름다웠던 건 달밤에 잔잔한 강물 위를 떠내려갈 때였다. 그런 때 익사체들을 보는 것은 무척 즐거운 일이었는데 그것들이 어떤 생각에 잠겨 배회하는 즐거움에 빠져 있는 것처럼 보였기 때문이다. 내가 달밤에 아주 즐거운 마음으로 잔잔한 강물 위로 떠내려 보낸 익사체 중에는 내가 어떤 글을 쓴 종잇장의 익사체도 있었다. 나는 하마나 코뿔소의 익사체는 보지 못했는데, 내가 아프리카를 가게 된다면 그것들을 보기 위해서일 것이었다.

더운 어느 날 수영장에 들어가 수영을 하다가 물속에 비스듬히 누워 익사체처럼 가만히 뜬 채로 익사체들에 대해 또다시 생각했는데, 이번에도 익사체들은 나를 실망시키지 않았고, 익사체들에 대해 생각하는 것은 즐거운 일이라는 것을 확인시켜주었다. 나는 몇 개의 익사체들을 더 생각해냈는데 그중에는 매직 머시룸과 사이키델릭한 버섯구름의 익사체도 있었다. 익사체들에 대한 생각을 하며 나는 몇 구의 익사체들을 건져내기도 했고, 다른 뭔가를 물속에 빠뜨려 익사체로 만들기도 했다. 그러자 머릿속에서 생각들이 익사체들처럼 떠다니는 것 같았고, 그 생각들은 생각의 익사체들처럼 여겨졌다.

익사체들에 대한 생각으로 시간을 보낸 그날 밤 나는 어떤 익사체와 함께 밤을 보내는 꿈을 꿨는데 그것은 세상의 모든 익사체 가운데서도 가장 유명한 익사체이자 최고의 익사체인 오필리아의 익사체였다. 물에서 나와 물을 뚝뚝 흘리는 그녀는 몸이 점점 물로 변하며 형체를 잃어가고 있었다. 그녀는 거의 알아차리기 어려운 미소를 머금고 있었는데, 그것은 물에 빠져 죽은 사람만이 머금을 수 있는 미소 같았다. 우리가 밤을 보내고 났을 때 그녀의 형체는 완전히 사라져 있었다. 나는 함께 밤을 보내기에는 오필리아의 익사체만 한 것도 없다는 생각을 했고, 언젠가 오필리아의 익사체에 관한 아주 이상한 글을 쓸 수도 있을 거라는 생각을 했다.

시간의 허비

오전에 커피를 마시며 『마리나타임스』라는 지역신문을 보는데 기사 중에 눈길을 끄는 것이 있었다. 요약을 하면 미국의 현충일을 앞두고 샌프란시스코의 북서쪽, 과거 군사기지가 있던 프레시디오라는 지역의 국립묘지에 있는 애완동물 묘지를 새로 단장한다는 기사였다. 1950년대 초에 조성된 애완동물 묘지에는 프레시디오에 주둔한 군인들의 친구였던 개와 고양이, 새, 토끼, 햄스터, 쥐, 생쥐, 뱀, 도마뱀, 물고기 등이 묻혀 있었다. 묘석 중에는 '미군의 애완동물, 그는 자신의 생을 다했다'라는 묘비명도, 군인인 주인을 따라 플로리다에서 미시건으로, 다시 독일과 세인트루이스로 옮겨 다녔고, 캘리포니아에서 생을 마감한 '진정한 군대 고양이' 서맨서에게 바치는 시가 적힌 묘비명도 있었다. 이 묘지는 정확한 기원은 알 수 없지만, 그곳의 미사일 기지를 지키던 독일산 셰퍼드를 묻은 것에서부터 시작되었을 수도 있다고 관계자는 말하고 있었다. 이 묘지는 1963년에 새로 매장을 하는 것이 금지되었으며 1970년대에는 완전히 방치되어 있었는데, 묘지 근처에 아직 남아 있는 마구간들이 있었지만 말이 묻혔다는 증거는 없었다.

묘지는 내가 사는 곳에서 멀지 않은 곳에 있었고, 그 후 한번 가보고 싶었지만 끝내 가지 못했다. 언제든 갈 수 있다는 생각에 가는 것을 계속해서 미루다가 그렇게 되었다. 하지만 나는 그 묘지에서 가까운, 금문교 근처에 있으며 샌프란시스코를 찾는 관광객들은 잘 찾지 않는, 과거 군사기지였던 곳에 있는 벙커에는 여러 번 갔는데, 태평양전쟁을 대비해 만들었지만 실전에서 사용된 적은 없는, 지붕이 경사진 평평한 콘크리트 구조물은 가만히 누워 구름을 보거나 앉아서 태평양을 바라보기에 더없이 좋은 평화로운 곳이었다. 나는 그곳에 누워 날벌레들을 바라보며 그곳에서 발사되지 못한 미사일들에 대해 생각했고, 세계 여러 곳을 떠돈 고양이 서맨서와, 금문교를 건설하다 죽은 중국인들과, 금문교에서 투신자살한 사람들과, 고인이 된 다른 사람들에 대해서도 생각했다.

애완동물 묘지에 관한 기사를 읽은 후 전에 없이 의욕이 나지는 않았지만 의욕을 조금 냈고, 혼자 집에 있으면 한없이 가라앉기만 할 거라는 것을 알 수 있었기에 외출을 해 도서관에 갔는데 그곳에 다시 보고 싶은 사진이 있었기 때문이다. 헬무트 뉴턴의 두꺼운 사진집을 찾아 그 안에 있는 살바도르 달리의 사진을 보았다. 콧수염을 희극적으로 길게 기른 달리가 여자의 것처럼 보이는 실크 가운을 입고 침대에 누워 있는 사진이었다. 그는 중병에 걸린 듯 코에는 호흡을 도와주는 관을 꽂고 있고, 가운 위 가슴에는 스페인의 국왕이 하사한 것 같은 휘장을 두르고 있었는데, 그 휘장은 그가 자랑스럽게 얘기한, 스페인의 독재자 프랑코가 하사한 이사벨 여왕 십자훈장일 수도 있었다. 어떤 미술 전시회에서 잠수 장비를 머리에 쓴 채로 강연을 하다 질식할 뻔한 일이 벌어졌을 때 찍은 사진도 그랬지만, 어떻게 보아도 뻔뻔스러워 보이는 달리의 사진을 보자 기분이 좋았고, 기운이 조금 났다. 달리는 평생 장난을 치듯 살았으며 마지막 순간에도 장난스런 생각에 잠겼을 것이 분명했다. 그 사진집에는 영화감독 파스빈더의 사진도 있었는데 그 사진을 보기 전까지 나는 그가 아주 섬약한 얼굴을 하고 있을 거라고 생각했었다. 하지만 술집에서 맥주를 마시고 있는, 사진 속의 그는 몽고의 초원에서 양의 젖을 짜다 온 사람처럼 시골뜨기같이 보였다. 나는 그의 영화는 별로 좋아하지 않았지만 그 사진은 마음에 들었다. 나는 사진집 속의 다른 사진들도 보았는데 대부분 나체 사진들이었다.

도서관을 나와 캐스트로에 갔고, 전차에서 내려 걷고 있자 알몸으로 걸어오고 있는, 나이든 나체주의자 게이 커플이 보였다. 나체주의자가 거리를 활보하며 가는 것은 샌프란시스코에서도 흔히 볼 수 있는 것은 아니어서 운이 좋으면 볼 수 있었고(어떤 사람들은 운이 나쁘다고, 소름 끼친다고 생각할 수도 있겠지만), 그래서 그들을 실제로 보게 되면 운이 좋다고 느꼈다. 그 얼마 전 샌프란시스코의 다른 거리에서 20명이 넘는 나체주의자들이 자전거를 타고 지나가는 것을 보았는데, 그들은 거리에 있던 사람들의 환호를 받으며 갔다. 한 달 전쯤 열린, 성적 소수자들의 축제지만 일반 시민들도 많이 참여하는 샌프란시스코 프라이드 페스티벌에서는 나체주의자들의 알몸을 실컷 보기도 했다. 주로 늙은 게이들로 이루어진 나체주의자들은 알몸으로 거리를 활보하며, 알몸을 보여주는 것이 아까울 게 없기에 아낌없이 보여주겠다는 듯, 그들을 보며 열광하는 젊은 여자들 앞에서 사진을 찍을 수 있도록 포즈를 취해주기도 했다. 명분은 성적 소수자들을 위한 축제지만 사실은 꽤나 떠들썩하게 놀기 위한 그 축제는 시시한 축제들의 결정판 같았는데, 아쉽게도 매력적인 몸을 가진 젊은 나체주의자 남녀들은 볼 수 없었다.

뉴턴의 사진집 속에서 나체를 실컷 본 후라 나체주의자 게이 커플이 더욱 자연스럽게 여겨졌다. 사람들은 그들을 보면서, 그들의 자지는 안 보는 척하며 보았는데, 안 보는 척하며 보는 것이 보였다. 다른 누군가의 자지를 길에서건 어디에서건 대놓고 보기는 어려웠고, 그렇게 보는 것은 당연했다. 나 또한 그들의 자지를 안 보는 척하며 보았다. 하지만 그들이 걷고 있어 자지가 덜렁대는 탓에 잘 보지는 못했다. 그런데 자지보다도 더 작고, 그래서 더 눈에 띄지 않는 불알들이 더 눈에 들어왔는데, 어쩌면 그것들이 자지보다도 더 덜렁대고 있어서인지도 몰랐다.

그 순간 또다시, 그들의 자지는 내가 자지에 대해 갖고 있던 독특한 감정을 불러일으켰고, 더 나아가 자질구레한 생각들을 하게 했다. 또다시 자질구레한 생각들을 하는 것에 대해 반성이라도 할까 하다가 반성은 그만두고 생각을 계속했는데, 때로는 작은 괴물 같고, 때로는 흉물 같고, 때로는 요물 같지만, 때로는 영물 같기도 하지는 않은, 어떻게 보면 요상하고 망측하고 해괴한 자지는 인간의 신체기관 중에서 거의 독보적으로 스스로 알아서, 또는 주인의 지시에 따라 모습을 완전히 바꿀 수 있는 것으로, 인간이라는 종족이 이어지게 하는 데 있어 결정적인 역할을 했음에도 불구하고 그것에 대한 어떤 본격적인 문학적 고찰이 이루어진 적은 없는 것 같았다. 입에 올려서는 안 되는 존재 취급을 받으며, 평소에 음습한 곳에서 지내는 그것이 기껏해야 노골적인 포르노물에서만 다수의 사람들에게 자신의 전모를 드러내는 것은 그것에게는 무척 억울한 일일 수도 있었다. 나는 다시 한 번 인간의 자지 같은 것은 세상에 없으며, 그것만큼 독특한 감정을 불러일으키는 것은 다른 동물들의 자지밖에는 없다는 생각을 했다. 내게 독특한 감정을 불러일으키는 사마귀도 자지에 비할 바는 못 되었다. 그래서 장난스럽게, 자지가 사마귀를 제치고 더욱 독특한 감정을 불러일으키는 것이라는 생각이 드는 것도 당연하다는 생각을 할 수도 있을 것 같았다. 하지만 내가 특별한 감정을 느끼는 익사체는 자지만큼이나 독특한 감정을 불러일으키는 것 같았고, 어떤 것이 더 그런지는 우열을 가리기 어려운 것 같았다.

하지만 사실을 말하면 익사체도, 자지도, 사마귀도 무척이나 독특한 느낌을 불러일으키지는 않았다. 그것들 모두가 때로는 어떤 느낌을 불러일으키기도 했지만 때로는 아무런 느낌도 일으키지 않았다. 그것들은 마치 내게 독특한 느낌을 불러일으키는 것이 되기라도 하는 양 말할 수 있는 것들일 뿐이었고, 다른 모든 것들에 대해서도 마찬가지의 얘기를 할 수 있었다. 자지에 대한 생각을 접으며, 또다시 장난스런 생각으로, 언제 앙상한 몸을 드러내고 사람들의 눈살을 찌푸리게 하며 알몸으로 거리를 활보해볼까 하는 생각을 잠시 하기도 했지만 눈살을 찌푸릴 사람이 없을 거라는 생각에 단념했다. 다른 도시라면 다르겠지만 샌프란시스코에서는 거주자들도 관광객들도 나체주의자를 자연스럽게 받아들였는데 그것이 이 도시의 힘이라면 힘이었다. 어쨌든 이곳에서는 내가 원할 때면 언제든 알몸으로 거리를 누비고 다닐 수도 있다는 생각 자체가 기분을 좋게 했다. 그리고 샌프란시스코는 내가 원할 때면 언제든 알몸으로 거리를 누비고 다닐 수도 있는 곳이라는 생각이 들며 이 도시가 괜찮은 곳으로 여겨졌다. 그리고 나는 나체주의자는 아니었지만, 알몸으로 태어난 인간이 언제 어디에서건 원하면 홀딱 벗고 다닐 수 있어야 한다는 것이 내 입장이라면 입장이라는 생각을 했다.

시간은 많았고, 그래서 계속해서 오늘 할 일을 내일로 미루는 식으로 하다가 가지 못한 곳이 있었고, 그날 오후에는 그곳에 갔다. 시내 중심부를 지나, 타고 내리는 승객들 대부분이 멕시코계라 영어보다 스페인어가 더 많이 들려 잠깐 사이 국경을 넘는 것 같은 착각이 들게 하는, 멕시코의 허름한 소도시 같은 미션 지역을 지나 조금 더 가자 언덕 위에 버널 하이츠가 있었다. 캐스트로에 게이들의 커뮤니티가 있다면 이곳에는 레즈비언들의 커뮤니티가 있었다. 예전에는 레즈비언들이 캐스트로에도 많이 살았지만 레즈비언과 게이 들은 어떤 이유에서인지 서로 사이가 좋지 않았고, 안 좋은 사이로 지내는 것이 서로에게 좋을 수도 있다고 생각하는 경향이 있는 것 같았다. 그들은 서로 얼마간 떨어져 사는 게 사이가 더 나빠지지 않게 하는 방법이라고 생각하는지도 몰랐다. 그들의 사이가 좋지 않은 것은 상대가 가는 식당과 술집을 잘 가지 않는 것으로도 알 수 있었는데, 어쩌면 상대가 자신들을 따라 한다고 생각되어 기분이 좋지 않아서일 수도 있었다. 아니면 레즈비언들은 게이들이 지나치게 여성적이라고, 게이들은 레즈비언들이 지나치게 남성적이라고 생각하는지도, 아니면 서로가 섬세함이 부족해 상대하기 어렵다고 생각하는지도 몰랐다.

버널 하이츠의, 작은 가게들이 네 구역 정도에 걸쳐 있는 코틀런드 거리는 무척 차분했고, 어딘가 모르게 여성적이었으며 이상하게도 레즈비언들이 살기에 아주 이상적인 곳으로 여겨졌다. 마음에 들지 않는 게이들과 일상적으로 마주치고 싶어 하지 않는 레즈비언들은 자신들이 살기에 이상적인 곳을 찾다가 이곳을 찾아냈고, 이곳에 둥지를 틀었는지도 몰랐다. 그들이 알고 그렇게 했는지는 알 수 없었지만, 풍수에 대해서는 아무것도 모르는 내게도 그곳은 음기가 강한 곳으로 느껴졌다. 하지만 어쩌면 그것은 레즈비언들이 그곳에 살면서 그렇게 되었을 수도 있었다. 코틀런드 거리를 두고 양쪽으로 동네 위쪽 언덕 두 곳에 있는 홀리 파크라는 작은 공원과 민둥산 언덕 중 나는 홀리 파크에 갔다. 주변 아래쪽에는 건물 벽을 다양한 색깔로 칠한 집들이 있었는데, 멕시코의 작은 마을 같은 인상을 주었다. 아주 조용했고, 한낮의 햇빛에 그림자들이 짙게 드리워져 있었다. 산책하는 사람들이 몇 명 지나갔지만 환한 햇빛 속에서 사람들보다 그들의 그림자들이 더 선명하게 존재하는 것 같았고, 그림자들이 더 살아 움직이는 시간 같았다. 그래서 나는 잔디밭에 누워, 지금은 그림자들이 더 살아 움직이는 시간이라는 생각을 하며 눈을 감았고, 그러자 나의 그림자가 잠시 나를 떠나 주위를 돌아다니는 것 같았고, 그래서 그것이 충분히 돌아다닐 시간을 준 후에야 눈을 떴다.

한참 동안 꼼짝 않고서 흘러가는 구름들을 집요하게 바라보았고, 시간이 너무 많은 나머지 단지 시간을 허비하기 위해 하게 되는 것들을 하며 내가 하루를 보내는 방식에 대해, 그 방식의 집요함에 대해 생각했다. 그 전날 저녁에는 옥수수 2개를 삶아 그중 하나의 알갱이들을 일일이 하나씩 떼어 먹으며 꽤 긴 시간을 보냈다. 나는 옥수수를 먹으며 다른 옥수수를 검사하듯 자세히 보았는데, 세로로 줄이 18개였고, 한 줄에 알갱이가 40개 정도로, 옥수수 하나의 알갱이는 모두 720개쯤 되었다. 삶지 않은 다른 옥수수 4개도 살펴보았는데 줄이

15개에서 18개 사이였고, 한 줄에 있는 알갱이는 35개에서 42개 사이였다. 다른 옥수수 하나의 알갱이도 일일이 떼어 먹었고, 반쯤 먹었을 때 이것은 좀 지나치다는 생각이 들었고 먹기를 그만두었다. 지나치게 집요한 것은 좋지 않은 것 같았고, 집요한 것에 싫증이 났기 때문이었다. 나는 내가 얼마나 스스로도 질리게끔 뭔가를 하거나 생각을 하는지에 대해 생각했고, 내게 삶은 결국 남은 시간을 어떻게 허비하는지의 문제로 귀결된다는 생각을 했다. 그런데 옥수수 알갱이를 세는 것은 시간을 가게 하는 좋은 방법 같지 않았고, 그렇게 해서는 시간이 더 안 가는 것 같았지만 시간이라곤 안 갈 때는 그렇게라도 해야 했다.

그 후 코틀런드 거리의 기념품 가게에서 나무로 만든 도마뱀을 사와 침대 머리맡 벽에, 머리를 위쪽으로 가게 해 붙여놓았는데 밤에 자다가 뭔가가 머리 위쪽에서 움직이는 것 같은 느낌에 잠이 깨어보니 도마뱀은 아래쪽으로 이동해 내 머리 바로 위에, 머리를 아래쪽으로 향한 채로 있었다. 저런 이동 속도라면 내일 아침이면 침대와 벽 사이로 모습을 감출 수도 있겠군, 하는 생각을 하며, 꿈을 꾸듯, 도마뱀을 향해, 원하면 천장에 가 달라붙어 있어도, 무엇이든 원하는 것을 해도 좋아, 하고 중얼거리며 다시 잠이 들었다. 그날 밤에는 자판이 피아노 건반으로 이루어진, 아주 큰 이상한 컴퓨터로 글을 쓰는 꿈을 꿨다. 컴퓨터에는 타자기의 레버와 함께 피아노의 페달 같은 페달 또한 달려 있었고, 건반을 눌러 글자를 입력할 때마다 소리가 났다. 하지만 음과 글자는 일치하지 않았고, 계속해서 틀린 글자가 입력되었고, 올바른 문장을 만들 수가 없었다. 결국 이상한 단어와 문장 들이 만들어졌고, 단어와 문장 들은 전혀 이해할 수 없는 것들이었다. 이튿날 오전에 깨어보자 도마뱀은 침대 아래 바닥에 떨어져 있었고, 나는 그것을 그대로 그곳에 두었다. 한참 동안 침대에 누워 그 아래에 있는 나무 도마뱀에 대해 생각했고, 어쩌면 그것을 산 것은 멘도시노에서 꾼 꿈에서 본 점쟁이 여자의 눈이 도마뱀의 눈 같아 보였기 때문일 수도 있다는 생각을 했다. 나는 나 자신이 얼마나 비현실적인 세계 속에 살고 있는지를 생각했고, 내가 떨치지 못하고 살아갈 혼란에 대해 생각했다.

그날 오전에는 또 하루를 어떻게 허비할지를 생각하다가 골든게이트 공원에 갔다. 호보들이 많이 찾는 곳이기도 한 그곳에는 부랑아들도 많았는데 그들은 멧돼지들처럼 그 공원에서 무리를 지어 지내고 있었다. 그들은 부랑아들답게 지나가는 사람들에게 괜히 좋지 않은 말을 건네기도 했다. 몇 번 좋지 않은 말을 들으면서 그들 곁을 지나며, 그들을 상대하는 가장 좋은 방법은 무시하고 그냥 지나가는 것이라는 것을 알게 되었다. 이번에도 그냥 지나가는데 문득, 멧돼지가 출현하는 것으로 알려진 서울의 어떤 산에 있는 팻말에 적힌 문구를 본 기억이 떠올랐다. 멧돼지와 마주치게 되면 돌멩이를 던지거나 하는 공격적인 행동을 해서도, 등을 보이는 식의, 나약하거나 비굴해 보이는 행동을 해서도 안 된다는 것이있는데 그것들 밀고 어떻게 하라는 것인지는 알 수 없었다. 멧돼지의 눈을 똑바로 노려볼 수도 있지만 그렇게 하다가는 그것의 심기를 크게 건드릴 수도 있을 것이었다. 그렇다고 갑작스런 조우에 순간적으로 당황해하다가 표정을 싹 바꿔 수줍어하는 모습을 보이거나, 그윽하거나 은근한 표정으로 바라보는 것도 소용없을 것이었다.

결국 산에서 멧돼지와 마주치게 되면 무슨 일이 일어날지는 그 순간 멧돼지의 심정에 달려 있을 것 같았다. 멧돼지의 기분에 따라 사람을 순순히 보내줘 아무 일 없을 수도, 서로에게 두고두고 불미스럽게 기억될 일이 있을 수도 있었다. 골든게이트 공원에도, 산에서 멧돼지와 마주치게 되면 어떻게 해야 되는지 알려주는 팻말과 비슷한, 부랑아들 곁을 지나갈 때면 어떻게 하면 좋은지에 대한, 하지만 어떻게 해야 좋은지 잘 알 수 없는 모호한 팻말을 세워놓아도 좋을 것 같았다. 거기에는 그들이 하는 좋지 않은 얘기를 못 들은 척하며, 먼 산을 쳐다보는 것처럼 하며 가라는 식의 글을 적어 넣을 수도 있을 것이었다. 그 생각을 하자 골든게이트 공원에 있는 부랑아들이 야생 멧돼지들처럼 여겨졌다.

　나는 공원 안에 있는 스토우 호수로 갔다. 그곳은 내가 샌프란시스코에서 가장 좋아하는 곳 중 하나였다. 그 호수의 물은 초록색 물감을 풀어놓은 것 같은데 물의 색이 그러한 것은 조류 때문인 것 같았다. 마법의 물 같고, 그 물을 한 모금 마시면 이상하고 신비로운 모습을 한 어떤 수중생물이 될 것만 같았다. 처음 그곳에 갔을 때에도 초록색 물에 이상하게도 마음이 끌렸고, 내가 초록색에 특별히 마음이 끌리는 시기에 있는지도 모른다는 생각을 했다. 어쩌면 초록색 양말을 산 것도 스토우 호수의 초록색 물을 보았기 때문일 수도 있었다. 나는 그 호숫가에 앉아 독특한 정원들을 설계한 제임스 반 스웨덴, 가나 발스카, 불레 막스 등에 대해 생각했고, 아주 이상한 정원을 설계하는 것에 대해서도 생각했다. 다시 태어난다면 정원을 설계하는 일을 할 수도 있을 거라는 생각을 했지만 어떤 이유로도 다시 태어나고 싶지는 않았다.

　조금 후 넓은 잔디밭이 있는 곳으로 갔고, 거지 하나가 잔디밭에서 아이의 것처럼 보이는 작은 이불을 덮고 누워 낮잠을 달게 자고 있는 것을 보았다. 두 발이 이불 밖으로 나와 있었는데 그것이 웃음을 자아내게 했다. 이불이 작아 어떻게 해도 발이 나올 수밖에 없었다. 그는 아이인 것처럼 베개도 아이의 베개를 베고 있었다. 이불에는 떼를 지어 날아가는 거위들 그림이 그려져 있었고, 그는 거위들에게 매달려 하늘을 날아가는 꿈을 꾸고 있는 것처럼 이불 밖으로 나온 손을 떨며 잠꼬대를 하고 있었는데, 거위들에게 자신을 더 높은 하늘로 데려가 달라고 하는 것 같았다. 그의 옆을 지나가는 순간 그에게서 심한 냄새가 났고, 그 냄새를 잠시 맡고 있자, 몸을 절대로 씻지 않거나 가급적 씻지 않거나 잘 씻지 않는 거지와 부랑아와 호보 들 중에는 개들처럼 서로의 몸에서 나는 냄새를 맡고 마음에 드는 짝을 찾는 자들도 있을 것만 같았다. 그는 속옷만 입고 자는 것처럼 옷과 신발을 옆에 놓아두고 있었는데, 신발에는 구멍이 나 있었다. 그가 신발을 벗어놓고 잠이 들면 구멍으로 파고들기를 좋아하는, 굼벵이 같은 벌레들이 그 안에 들어가 휴식을 취하기도 할 것 같았다.

그 거지를 잠시 바라보며 있자, 거지는 아무런 노력을 하지 않아도 될 수 있는 것처럼 보이고, 아무것도 하지 않으면 거지가 되기도 하지만, 누구나 쉽게 거지가 되지는 못하는 거고, 거지가 꿈이었고 거지가 되려고 노력한 끝에 꿈을 이뤄 거지가 된 거지는 거의 없고—세상에는 별 사람이 다 있고, 그렇게 해서 거지가 된 거지도 있을 것이고, 그중에는 어려서부터 아무것도 하고 싶지 않았고, 가만히 보니 아무것도 하지 않고 사는 데에는 거지로 사는 것만 한 것도 없어 보여, 거지가 되기로 해 거지가 된 사람도 있을 것이다—, 거지가 된 대부분의 사람들은 거지가 되지 않으려고 노력한 끝에 거지가 되었고, 완전히 거지가 되기까지의 과정이 쉽지 않았을 것이고, 그래서 거지가 되기까지 어떤 노력으로 볼 수도 있는 뭔가, 쉽지 않은 어떤 노력이 기울여진 것으로 볼 수도 있고, 그래서 그들 나름대로 할 바를 다해 거지가 되었을 수도 있을 거라는 생각을, 도대체 지금 내가 무슨 생각을 하고 있는 거지, 하는 생각을 하며 했다. 나는 내가 어느 정도는 근거가 없고 어느 정도는 근거가 있다고 여겨지는, 일종의 이론 같은 것을 세우기를 얼마나 좋아하는지를 생각했고, 거지가 되기까지의 과정에 관한 나의 이론을 세웠다는 사실에 잠시 즐거워하기로 했고, 그렇게 했다.

자는 동안만큼은 세상 누구보다도 행복해 보이는 거지를 뒤로하고 좀더 가 잔디밭에 자리를 잡고 누웠다. 햇살이 기분 좋게 이마에 내리쬐는 것을 느끼며, 어떤 기분 좋은 느낌은 이마를 통해 전해지기도 한다고 느꼈다. 이마로 전해진 좋은 기분은 등을 타고 내려가 엉덩이를 통해 빠져나가 땅속으로 전해지고 있는 것 같았다. 아니, 조금 있자, 그렇게 해서 땅속으로 조금씩 빠져나가고 있는 것 같았다. 그런데 가만히 누워 있으려니 두더지에 대한 생각이 났다. 그것은 거지와 부랑아 들 말고도 그 공원에 여러 동물들이 살고 있었고, 그중에서도 그곳의 주인이라고 할 수도 있는 동물이 있었는데 그것이 다름 아닌 두더지들이었기 때문이다. 그 공원에는 두더지가 파놓은 굴들이 무척 많고 그것들은 초소형 분화구처럼 보였다. 하지만 나는 그 공원에서 두더지를 보지는 못했는데, 두더지들이 모습을 드러내는 것은 사람은 거의 없는, 그것들을 노리는 맹금들이 조용히 숨을 죽이고 나뭇가지에 앉아 있는 밤 시간인 것 같았다. 그럼에도 나는 그곳에 두더지들이 아주 많이 있다는 것을 알 수 있었다. 세상 어딘가에 두더지들이 더 많이 사는 공원이 있을 수도 있겠지만 내게는 골든게이트 공원이 세상에서 두더지들이 가장 많이 사는 공원으로 여겨졌고, 그래서 그 공원은 두더지들의 공원 같았다.

두더지들이 굴속에 있을 공원에 누워 있자 문득 1906년 샌프란시스코에 대지진이 나 도시가 크게 파괴되었을 때 이 도시의 두더지들은 어떤 운명을 맞았을지가 궁금해졌다. 샌프란시스코 대지진과 관련한 어떤 기록에도 두더지들이 입은 피해와 관련한 기록은 없는 것이 분명했다. 굴이 무너져 생매장된 두더지들도 있을 테지만, 어쩌면 두더지 굴은 그 자체로 내진 설계가 되어 있고, 땅을 파는 데 있어서만큼은 따를 자가 없는, 타고난 토목기술자들인 두더지들은 위기 상황에서 특유의 단결력을 과시하며 무너진 굴을 곧 복구했는지도 몰랐다. 그리고 그들은 희생된 동료들을 잘 매장해 죽은 자에게 합당한 장례를 치러줬을 것이다. 아니면 지혜로운 두더지들은 지진이 날 것을 미리 알고 잘 대피를 했을 수도 있었다. 한데 두더지들에게도 고민이 있을 테고, 그들의 가장 큰 고민은 무엇일지 궁금했지만 알 수 없었다. 나는 두더지들에 대한 생각을 더 했고, 땅에 굴을 파고 사는 두더지나 토끼에 대해 생각하는 것은 대체로 즐거운 일이라는 생각을 했다. 하지만 곧 두더지에 대해 이런저런 생각을 하는 것도 시들해져 버렸다. 그리고 지극히 사소하고 무용하며 허황된 고찰을 일삼는 것에, 늘 뭔가에 대한 생각이 걷잡을 수 없이 이어지는 것에 진력이 났고, 그래서 누군가와 다툰 사람처럼 기분이 언짢아져 벌떡 일어나 곧장 집으로 향했는데, 눈에 띄지 않는 수많은 두더지들과 격하게 다투고 난 것 같았다.

그런데 집 근처 길에서 너구리 한 마리를 보았다. 샌프란시스코에서 길고양이를 본 적은 없지만 너구리는 몇 번 본 적이 있었다. 하지만 그냥 무심히 지나쳐 갔다. 그 며칠 전에도 근처에서 너구리를 보았을 때에는 관심을 갖고 보았는데, 너구리는 횡단보도 앞에서 걸음을 멈추고 잠시 신호등을 보더니 마침 신호등이 파란색으로 바뀌자 횡단보도를 건넌 후 보도를 따라 계속해서 바닷가 쪽을 향해 갔다. 그런데 길을 건너는 모습도, 바닷가 쪽을 향해 가는 모습도 사뭇 비장해 보였고, 성격은 사나운 것으로 알려져 있지만 모습은 귀여운 너구리가 왜 그렇게 비장한지, 그리고 바닷가 쪽으로는 왜 가는지 물어보고 싶었지만 괜히 방해하고 싶지 않았다. 나는 너구리들의 인사법을 몰랐기에 그냥 손을 들어 흔들며 작별 인사를 고했다. 석양 무렵이었고, 어쩐지 너구리는 바닷가에서 지는 해를 보러 가는 것 같았다. 하지만 이날은 너구리도, 두더지도, 그 무엇도 나와는 전혀 무관한 존재들 같았다. 그렇게, 마음이 갑자기 식어버려, 그 무엇과도 함께하는 것을 생각조차 하기 어려운 날이 있었다.

이튿날 오후는 완전한 여름 날씨였고, 내 방 침대에 누워 있는데 어딘가에서 피아노를 연주하는 소리가 들려왔다. 그 전에도 몇 번 그 소리를 들은 적이 있었는데, 옆방 아니면 윗방에서 나는 것 같았다. 연주자는 귀에 익숙하지만 누구의 곡인지 기억이 나지 않는 곡을 연주한 후 현대적이면서도 서정적인 인상주의 경향의 곡을 연주했는데 작곡가가 누구인지는 알 수 없었다. 드뷔시의 느낌도 났는데, 어쩌면 연주자가 작곡한 곡인지도 몰랐다. 연주만으로는 연주자가 남자인지 여자인지 알 수 없었지만 여자라는 쪽으로 생각이 기울어졌고, 그래서 여자의 길고 하얀 손가락이 건반 위를 나비처럼 가볍게 누비고 다니는 상상을 했다. 첫 곡은 10분 넘게 이어졌고, 두번째 곡은 거의 20분 가까이 이어졌다. 몇 군데서 연주가 틀려 반복되기도 했지만 그것은 전혀 문제가 되지 않았다.

연주를 들으며 음악에 온몸을 맡겼고, 음악 속으로 가라앉았다. 아니, 적어도 그렇게 느끼고 있다고 생각했다. 언젠가부터 음악에 거의 감흥을 느끼지 못하게 되었고, 그래서 음악을 멀리하고자 했고, 멀리할 수 있었던 게 너무도 이상하게 여겨질 정도로 갑자기 음악이 너무도 가깝게 느껴졌다. 음악에서 위안을 찾을 수 있는 것처럼 음악을 들었던 적이 있었지만 위안 같은 것은 찾지 못했고, 거의 모든 음악이 너무도 따분했고, 아주 불편한 느낌을 주는 어떤 현대음악들만 참을 수 있었는데, 평소 내 의지와는 상관없이, 마음을 어루만져주지 않는 음악들에 노출될 때면 거의 언제나 신체적인 고통이 느껴졌다. 그것이 무엇인지는 정확히 알 수 없었지만 음악 속에도, 세상의 모든 것 속에 있는 것처럼, 사람을 질리게 하는 어떤 요소가 있었다.

무척 나른했고, 피아노 음악 사이로 갈매기들이 우는 소리가 들렸으며, 강렬한 햇살이 비치는 창밖으로 사이프러스나무들과, 그 사이로 드러난 금문교의 첨탑 일부와, 길 건너편, 지붕에 원추형 탑이 있어 중세 유럽의 수도원을 연상시키는 적갈색 벽돌 건물의 지붕에 있는 풍향계가 보였으며, 모든 것이 아득하게 느껴졌고, 나른한 슬픔이 밀려오는 것을 느꼈다. 서정적인 음악의 선율이 내가 오랫동안 무시해왔던 슬픔을 일깨우는 것 같았다. 하지만 슬픔은 박무처럼 약간 묽게 여겨졌고, 그래서 그것을 멀리하려고 하는데 열어놓은 창문 사이로 들어온 바람에, 하얀색 페인트가 칠해져 있어 병실을 연상시키는 방의 벽에 걸어놓은, 유럽의 시골 풍경 같은, 평원 위에 오두막집 한 채가 있는 그림이 그려진 장식 천이 가볍고 부드럽게 흔들리고 있는 것을 가만히 보고 있자 나른하고 묽은 슬픔은 좀더 선명하고 짙은 것이 되었고, 순간적으로, 그 슬픔은 일단 빠지게 되면 쉽게 빠져나오지 못하는 것이라는 것을 알 수 있었다.

어떤 슬픔은 그것을 거의 불가능할 정도로 섬세하고 민감하게 경험할 것을 요구하기도 하는 것 같았는데, 다른 감정, 이를테면 기쁨이나 우울은 그 정도의 섬세함과 민감함을 요구하지 않는 것 같았다. 그러한 슬픔은 섬세함과 민감함이 모자라게 경험할 경우 상한 느낌이 들게 하기도 했고, 느끼는 순간 대단한 집중을 요구하기도 했는데 그 순간에도 그런 것 같았다. 하지만 집중하기가 어려웠고, 섬세함과 민감함도 제대로 끌어낼 수가 없었다. 정확한 비유를 통해 그 슬픔을 온전히 내 것으로 만들 수 있을 것 같았고, 문득 석회질의 슬픔이라는 표현을 떠올렸지만 그것은 적절치 않은 것 같았다. 이번에도 적절한 비유를 찾지 못해 슬픔은 내 것이 되지 못하는 것 같았다. 하지만 그보다도, 슬픔은 그 자체로 느껴야 하는 것임에도 나는 그것을 어떤 생각의 처리를 통해 느끼려 했고, 그 과정에서 심하게 변질되어버린 것 같았다. 그사이 슬픔은 북받치지 않는 것에서, 크지 않은 것으로, 더 나아가 아무것도 아닌 것이 된 것 같았다. 언젠가부터 늘 그런 식으로, 감정에 개입한 사고가 감정을 훼손시켰는데, 그것이 나의 정서적인 불구 같았다.

침대에 가만히 누워 있으니, 작정하고 느끼려고 한 슬픔이 심하게 구겨진 종잇장처럼, 혹은 뱀의 허물처럼 보기 싫은 모습으로 내 곁에 놓여 있는 것 같았고, 그래서 집을 나가 해안을 따라 산책을 했는데, 한국 국적의 컨테이너 선박이 샌프란시스코 만을 지나가고 있는 것이 보였다. 가까운 거리였고, 배는 아주 거대하게 보였다. 나는 누군가 와 나란히 걷는 것처럼 잠시 그 선박과 나란히 걸어갔는데, 거대한 배와 나란히 걷는 느낌은 누군가와 나란히 걷는 느낌과는 확실히 달랐다. 그럼에도 거대한 누군가와, 어떤 거인과 나란히 걷는 것 같았다. 배는 걷는 속도보다 조금 빠르게, 천천히 가고 있었고, 조금 후에는 배가 나를 앞서 가기 시작했다. 뛰기만 해도 배와 나란히 갈 수 있을 것 같았다. 하지만 나는 뛰지 않았고, 그래서 조금씩 뒤처지기 시작했고, 결국 배는 나와의 간격을 벌리며 조금씩 멀어져갔다.

  그런데 멀어지고 있는 한국 국적의 화물선을 보고 있자 한국의 지겨운 것들에 대한 생각이 들며 어떤 울분이 끓어오르려 했다. 울분이라도 끓어오르게 해 혼자 조용히 삭이지 않으면 못 견디겠는 하루가 있었고, 하루 동안에도 여러 번, 시각에 상관없이 울분이 끓어오르는 날도 있었지만, 내가 개인적으로 울분이 끓어오르는 것을 지켜보는 것을 가장 좋아하는 때는 저녁 무렵이었고— 울분이 내 안에 가장 잘 자리를 잡는 것이 저녁 무렵이었다—, 그날도 조용히 울분이 끓어오르는 저녁을, 이왕이면 바다를 보며 맞이하고 싶었지만 아직 저녁이 되려면 좀더 있어야 했고, 그래서 그 일은 조금 후로 미루려 했다. 하지만 미룰 것도 없이, 그리고 기다릴 것도 없이, 조용하지 않은 울분이 끓어올랐는데 아주 좋지 않은 울분이었다. 이루 말할 수 없는 감정을 가지려고 애를 쓸 것도 없이 울분은 이미 이루 말할 수 없는 감정으로 이루어져 나를 찾아온 것 같았다. 하지만 혼자 조용히 삭이기 어려운 울분이었고, 그런 울분은 토해내거나 터뜨려야 했는데, 그것도 어려웠고, 결국 조용히 삭일 수밖에 없었다. 마치 그렇게 하는 것이 울분을 삭이는 데 도움이 되기라도 하는 것처럼, 내가 느끼는 울분의 크기와 모양을 떠올려보았지만 눈에 보이지 않는 울분의 대략적인 크기는 알 수 없었고, 모양은 일그러진 마름모꼴 정도 되는 것 같았다. 아니, 일그러진 마름모꼴 정도로 만들고 나자 부채꼴에 더 가까운 것 같았다.

울분을 느끼며, 한국의 지겨운 것들을 생각하자 기분이 씁쓸하고 착잡했고, 마음이 무거워졌다. 아주 소수의 작가들의 작품들을 제외하면 한국에는 재미있는 것이 어쩌면 그렇게 없기도 어렵게 없는지 때로는 놀랍기도 했지만 놀라울 것도 없었다. 재미있는 것이 없는 것은 사람들이 재미있는 것을 하지 않아서였는데, 재미있는 일을 해서는 안 된다는 풍조 같은 것이 있었다. 재미있는 것을 하고자 하는 극소수의 사람들이 있었지만 역부족이었다. 그 나라의 거의 모든 것이 상식적이거나 상식 이하이고, 상식을 뛰어넘는 괜찮은 것은 거의 없는데도, 그것에 대한 문제의식을 갖고 있는 사람도 거의 없었다. 그 나라에서 달라지고 있는 것이 있다면 그것은 많은 것들이 더 나빠지고 있다는 것이었고, 이미 좋지 않은 상황은 앞으로 더욱 나빠지기만 할 것이었다. 그런데 상식적이고 상투적인 것에는 어떤 악이 있는데, 그 이유는 그것들이 삶을 진부한 것을 넘어 천박한 것으로 만들기 때문이었고, 어쩌면 천박한 것으로의 타락이야말로 타락 중에서도 가장 심한 타락일 수도 있기 때문이었다.

오후에 끓어오른 울분은 밤이 되어서도 쉽게 가라앉지 않았고— 제대로 된 울분이라면 쉽게 가라앉아서는 안 되었고, 그래서 그것은 제대로 된 울분이라고 할 수 있었다—, 비애까지 곁들여 느낄까 하다가 그것은 너무 벅찬 것 같았고, 그래서 울분에만 집중했다. 결국 술을 마셨고, 잠이 들어, 운하 바로 옆에 있는 어떤 건물에 있는 방에서 모르는 사람들과 등받이가 천장에 닿을 정도로 높은 의자에 앉아 회의를 하는 꿈을 꿨다. 창밖으로는 아주 큰 화물선이 안개 속에서 천천히 지나가고 있었는데, 미켈란젤로 안토니오니 감독의 영화에 나오는, 커다란 선박이 운하를 지나가는 장면을 떠올리게 했다. 하지만 안개가 방 안에도 자욱하게 껴 사람들의 얼굴이 안개에 뒤덮인 먼 산의 꼭대기처럼 가끔씩 드러났다 가려지곤 했고, 소리 또한 먼 산에 부딪혔다 되돌아오는 메아리처럼 울렸다. 누가 누구에게 말하는지 모르게 어떤 말들이 말해졌고, 그중 어떤 말들이 안개를 뚫고 누군가의 귀에 전달되었지만 말들은 말이 가진 뭔가를 잃으며 말이 아닌 어떤 것이 되었다. 깨어난 나는 내가 꾸는 수많은 꿈들에 대해 생각했지만 그것들에서 어떤 계시도, 의미도 찾을 수 없는 것 같았다. 하지만 나는 그 자체로 아무런 의미도 맥락도 없는 꿈을 꾸는 것을 좋아했는데, 그것은 그 꿈들이 역시 아무런 의미도 맥락도 없는 내 삶을 반영해주는 것처럼 여겨졌기 때문이다.

이튿날 오전에 일어나 침대에 누워 있는데 몸에서 어쩐지 금속 냄새가 나는 것 같았고, 황달에 걸린 건 아닌가 하는 의심이 들었는데, 나는 몸이 어쩐지 이상하면, 여차하면, 황달을 의심하는 버릇이 있었다. 욕실에서 거울을 보았지만 얼굴이 누렇게 떠 있는 것처럼 보이지는 않았다. 아쉽게도 황달은 아닌 것 같았다. 하지만 침을 삼키니 녹물을 삼키는 것 같았고, 위가 모래로 가득 찬 기분이었다. 나는 몸의 증상으로 알 수 있는 몇 가지 병과 이상 들에 대해 생각했지만 어떤 이상이 있는지는 알 수 없었다. 그런데 목이 뻐근하게 이상했고, 자세히 보자 턱 밑에 커다랗고 검붉은 종기 하나가 보란 듯이 나 있었고, 그래서 더 자세히 보자 꽃을 막 피우려는 어떤 나무의 꽃망울 같았고, 잘 하면 종기가 꽃처럼 피어날 것 같았다. 약간 말랑말랑한 그것은 혹인지 종기인지 분명치 않았지만 하룻밤 사이에 난 것으로 보아 종기라는 것에 좀더 무게를 실을 수도 있을 것 같았다. 혹이라면 좀더 시간을 두고, 시간을 갖고 천천히, 어렵게 날 것 같았다.

그런데 주위까지 빨개져, 목 부위의 지형도를 바꿔놓은 것 같은 그 종기는 전날의 울분이 열매를 맺은 것 같기도 했다. 하지만 그것을 확인한 순간부터 쑤시기 시작한 종기는 몹쓸 종기 같았고, 쓸데없는 종기 같았다. 그렇지만 괜히 난 종기 같지는 않았다. 몸에 괜히 난 것이라면 그것은 종기가 아니었고, 종기일 수 없었다. 몸의 입장에서는 괜히 난 종기 같은 것은 없을 것 같았다. 그 크기로 보나 심상치 않아 보이는 모양으로 보나 쥐어짜 터뜨릴 수도, 가만 놓아둘 수도 없는 것 같았지만 일단은 경과를 지켜보기로 했다. 평소 안 좋은 생각들을 아주 많이 하는 나는 내가 쓸데없거나 몹쓸 생각을 해서 생기는 몸의 이상들이 있다고 생각했는데, 환자의 몸에 생긴 이상을 진찰하는 주치의처럼 종기를 다시 만져보자 그것이 확실히 쓸데없거나 몹쓸, 이상하고 황당한 생각을 해서 생긴 것 같았다. 이 정도 종기면 차마 봐줄 수는 있는 종기라는 생각을 했다. 그리고 종기가 이마에 났다면 뿔이 나려는 것인지도 모른다는 생각을 했을 거라는 생각을 하며 잠시, 뿔이 나다,라는 말의 이중적인 의미에 대해 생각했다.

창문 블라인드를 올렸을 때 잠시 기뻤는데, 바깥에 안개가 너무도 자욱하게 껴 있었기 때문이다. 샌프란시스코는 안개의 도시로 알려져 있지만 그렇게 짙은 안개가 낀 것을 본 적은 드물었다. 거대한 안개는 아주 천천히 움직이고 있었다. 커피를 만들어 마시며 문득 어떤 생각에, 운동신경에 커다란 장애가 있는 사람처럼 모든 동작을 아주 천천히 수행했는데, 어쩌면 그것은 아주 천천히 움직이고 있는 안개 때문이었을 수도 있었지만 종기가 난 턱 밑이 쑤셔서이기도 했다. 커피를 한 모금 입안에 머금은 후 그것을 목 아래로 넘기는 데 아주 지루할 정도로 긴 시간이 걸리게 했다. 그리고 담배를 한 대 붙여 아주 천천히 피우며 또 하루를 어떻게 허비할지를 생각했는데, 그 생각만으로도 막막함이 몰려왔다. 하루하루가 너무도 길었고, 하루를 보내는 것이 망망대해를 건너는 것 같았고, 그래서 매일같이 공포와 암담함과 참담함을 느끼며 하루를 맞이하는 것 같았고, 매일 최후를 맞는 것 같았다.

복수에 대한 생각

그날 오후에는 헤이트 애시베리에 갔는데, 턱 밑에 종기가 난 상태로는 외출을 삼가는 게 인간적인 도리인 것 같았지만 그냥 집에 있는다고 그것이 없어질 것 같지 않았기 때문이다. 집에 있으면 오히려 울분이 더욱 커질 것 같았고, 그렇게 되면 종기 또한 더 커질 것 같았다. 종기가 얼마나 커지나 보고 싶기도 했지만 그것을 보자고 종기가 커지기를 바랄 수는 없는 것 같았다. 옷가게에서 바지 한 벌을 샀는데, 붉은색 계통의 알록달록한 체크무늬 바지였다. 뭔가에 대해 대단하거나 대단하지 않은 온갖 편견들을 갖고 있는 나는 본래 체크무늬는 좋아하지 않았고, 특히 체크무늬 셔츠는 입어서는 안 되는 옷이라고 생각했지만, 그 체크무늬 바지는 무대의상 같은 내 재킷과 어울릴 것 같았다. 그 바지로 갈아입고 거리로 나서자 평생 몸담고 있던 서커스단이 해체되어 다른 살 길을 찾아야 하는 광대처럼 여겨졌고, 그래서 이제 어떻게 살아야 할지 모를 뿐만 아니라 당장 어느 길로 가야 할지도 모르는 실직한 광대처럼 터벅터벅 길을 걸어갔다. 그러자 나 자신이, 평생을 광대로 살아왔기에 앞으로도 광대로밖에는 살 수 없지만 더 이상 사람들 앞에서 광대 짓을 하지는 않고, 혼자 가끔 광대의 흉내를 내며 광대의 미소를 짓기도 할 광대같이 느껴졌다.

한때 히피들의 본거지였던 그곳 거리에는 히피의 후예처럼 보이는, 가급적 아무것도 하지 않고 살기로 작정한 것 같은 젊은 친구들이 여기저기 모여 있었는데, 아무것도 하지 않고 살기 위해서는 어떻게 해야 하는지에 대해 서로 얘기를 주고받고 있는 것처럼 보였다. 아무것도 하지 않고 사는 것은 뭔가를 하며 사는 것 이상으로 어려운 것일 수도 있었고, 그들의 고민 또한 클 수도 있었다.

거지 하나가 어떤 건물에 기대어 비스듬히 누워 있는 것이 보였다. 그를 보고 있자 어떤 생각이 났고, 또 자질구레한 생각이 이어졌다. 샌프란시스코 시 당국은 길에 앉거나 눕는 사람들에 대한 규제를 입법화하려 하고 있었고, 이를 둘러싸고 논란이 일고 있었다. 주로 거지나 부랑아 들이 자신의 가게 앞에 앉거나 누워 장사를 방해하는 것을 못마땅하게 생각하는 가게의 주인들은 찬성하는 쪽이고, 사회적 약자를 보호해야 한다고 생각하는 사람들은 반대하고 있었다. 나는 반대하는 입장이었는데, 그 문제는 그렇게 단순한 것 같지가 않았다. 그 법과 관련해 여러 가지 까다로운 문제가 제기될 수도 있었다. 가령, 눕는 것은 불허하지만 앉는 것은 허용할 경우 앉는 것의 기준은 엉덩이를 땅에서 떼는 것을 기준으로 할 것인가? 그리고 앉는 것은 어디까지 허용할 것인가? 엉덩이를 뗀 채로 쪼그리고 앉는 것은 허용하지만 퍼질러 앉는 것은 금지할 것인가? 건물 벽에 등을 기대고 반쯤 누울 때에는 앉아 있는 것으로 보아야 하는가, 아니면 누워 있는 것으로 보아야 하는가? 눕는 것을 조건부로 허용할 경우 시간제한은 어떻게 할 것인가? 잠시 눕는 것은 괜찮지만 잠이 들어서는 안 되는 것인가? 누울 경우 어떤 자세, 가령 팔베개를 하고 옆으로 눕는 것은 괜찮지만 드러눕거나 엎드려 눕는 것은 안 되는 것인가?

위에 언급한 것들 외에도, 앉거나 눕는 것과 관련해 법을 제정할 경우 고려해야 하는 구체적인 사항은 아주 많을 수도 있을 것이었다. 그래서 결국 이 문제와 관련해서는 선량한 대부분의 사람들의 기분을 언짢게 하는 자세로 앉거나 눕는 것은 불법이라고 할 수도 있겠지만, 이 경우 이해 당사자 사이에 다툼을 야기할 수도 있을 것이었다. 규정이 애매할 경우 사람들은 그 애매한 규정의 허점을 이용해, 경우에 따라서는 앉아 있는 것으로도 볼 수도, 누워 있는 것으로 볼 수도 있는 자세로, 다시 말해 완전히 앉아 있는 것으로 볼 수도, 누워 있는 것으로 볼 수도 없는, 아주 애매한 자세로 있을 수도 있을 것이었다. 나는 나와는 별 상관도 없는 일에 대해 생각들이 이어지는 것에 약간 고초를 겪고 있는 심정이었고, 그래서 생각을 비우려고 했다.

한참을 아무 생각 없이 걸었고, 결국 알타 플라자 공원 근처까지 갔다. 전에도 와본 적이 있는, 빅토리아풍의 집들이 있는 곳을 걸어갔고, 지붕널을 포함해, 나무 널빤지를 이어 붙인 벽까지 온통 검은색으로 칠해진, 별 근거는 없었지만 스칸디나비아 국가 또는 우랄산맥 서쪽 러시아의 어느 마을에 있을 것 같은 집 바로 옆 골목에서 길가에 버려져 있는 2인용 초록색 소파를 발견했는데 약간 낡기는 했지만 마음에 들었고, 내가 사는 아파트에 갖다 놓으면 좋을 것 같았다. 이미 그 아파트에는 그곳에 딸린 붉은색 소파가 있었지만 마음에 들지 않았고, 그래서 초록색 소파를 들여놓은 뒤 그것을 한쪽 구석으로 치우고, 그 소파에는 절대로 앉지 않고, 그것을 보게 될 때마다 눈치를 줘야겠다는 생각을 했다. 초록색 소파를 어떻게 운반할지를 고민하며 막연하게 큰길이 있는 쪽으로 가다가 뒤를 돌아보았는데 그사이 어떤 여자아이가 와 그 소파에 앉아 있었다.

그래서 다시 소파가 있는 곳으로 가 내가 그것을 가져갈 거라고 하자, 그녀는 자신이 그것을 발견했으며 그래서 자신의 것이라고 우겼다. 내가 먼저 발견했다고 해도 소용이 없었다. 일곱 살 정도 된 금발 소녀로 얼굴이 아주 예뻤는데 얼굴에 다닥다닥 난 주근깨들도 그녀를 더 예쁘게 보이게 했다. 그녀는 예쁜 얼굴에 어울리지 않는 촌스런 차림을 하고 있지도 않았는데, 블라우스도, 스커트도, 신발도 모두 예뻤다. 하지만 막무가내였고, 아주 고집스럽고 뻔뻔스러웠으며, 성격이 보통이 아니었다. 우리는 안타깝게도 버려진 소파를 두고 약간 실랑이를 벌였다. 그녀는 화를 냈고, 나는 화를 내는 그녀도, 그녀가 화를 내는 이유도 이해하지 못했지만, 이런 예쁘고도 몹쓸 소녀 같으니라고, 하고 생각했다.

나는 그녀가 화를 내면서도 몹시 곤란해하고 있음을 알 수 있었는데, 그것은 자연스런 것으로 볼 수 있었다. 대부분의 경우 사람들은 화가 나서 화를 내기도 하지만 어떤 상황에서 자신이 어떻게 해야 좋을지 몰라 화를 내기도 했는데, 그 순간 그들이 내는 화는 자신이 곤란해하고 있다는 것을 드러내는 것이기도 했다. 나는 내가 사나워지면 얼마나 사나워질 수 있는지 보여줄까 하다 참았다. 실랑이를 벌이고 있는 나 자신이 마음이 비뚤어진 아이처럼 여겨졌지만 그 아이는 비뚤어진 아이답게 마음을 곧게 펴고 싶어 하지 않는 것 같았다. 성격은 보통이 아니지만 모습은 해맑은 소녀 앞에서 너무 엄숙한 모습을 보이는 것은 좀 그런 것 같아 나는 약간만 엄숙한 모습을 보였는데, 내가 여간 바보 같게 여겨지지 않았다.

한데 소녀의 얼굴은 그 자체로 빛을 발하는 것처럼 예뻤고, 그녀의 파란 눈은 빨려들 것만 같이 매력적이었고, 그 매력에 무너지는 나 자신을 느꼈다. 나는 꽃과 같은 사물이든 새든 사람이든 예쁜 것과 아름다운 것 앞에서는 늘 맥을 못 춰야 한다고 생각했기에, 그것이 습관 같은 것이 되었기에, 속수무책으로 마음이 약해졌는데, 마치 그런 것처럼 했는데, 그런 때에는 마음이 약해지지 않게 마음을 아무리 독하게 먹어도 소용이 없었다. 내가 그녀 또래였다면 그녀가 아무리 사납게 굴어도 그 못된 성격을 참으며 대책 없는 사랑에 빠졌을 것만 같았다. 그녀는 눈을 똑바로 뜨고 나를 올려다보고 있었는데, 그녀의 파란 눈은 내게 양보하라고, 아니 포기하라고 말하고 있는 것 같았고, 나는 내가 양보하거나 포기하게 된다면 그것은 빨려들 것만 같이 매력적인 저 파란 눈 때문일 거라고 생각했다. 그녀는 화가 난 모습도 귀여웠는데, 그것은 그녀가 화가 난, 사나운 어린 인어같이 여겨졌기 때문이다.

그녀가 진지한지 아니면 나를 골려주려 하고 있는 것인지, 앳된 얼굴을 보아서는 알 수가 없었다. 어쩌면 광대처럼 보이게 하는 나의 체크무늬 바지를 보고 나를 골려주려고 작정했는지도 몰랐다. 부모가 길에서 괜찮아 보이는 소파를 보면 얘기를 하라고 했을 만큼 가난한 집의 딸로는 결코 보이지 않았고, 왜 그녀가 그 소파에 집착을 보이는지는 알 수 없었다. 어쩌면 소파의 초록색 뭔가가 그 소녀의 마음을 끌었는지도 몰랐다. 위협적으로 혹은 최소한 강경하게 나갈까 하다가 그만두었다. 오래 살다 보니 별일을 다 겪는군, 하는 생각을 했는데, 그것은 틀린 생각 같았다. 그 일은 별일도 아니었고, 내가 그렇게 오래 살았다고 볼 수도 없었다. 그럼에도 나는 별일 아닌 일에도, 오래 살다 보니 별일을 다 겪는군, 하고 생각하는 버릇이 있었다. 그럴 때면 나는 별일을 다 겪기 위해서라도 오래 살고 볼 일이군, 하는 생각을 하기도 했다. 하지만 아무리 오래 살아도 별일이 없을 것이 틀림없었는데, 어떤 일도 별일이 아닐 것이기 때문이었다.

하지만 나의 어떤 생각들도 소용이 없는 것 같았고, 결국 내가 포기를 해야 했다. 그런데 포기를 하면서도 깨끗하게 포기하지 않았다. 그럴 만한 상황이고, 마음이 허락하면 내가 꽤나 치사해질 수도 있는 사람이라는 점을 생각하며 약간 치사하게 굴었다. 우선 나는 길에 버려진 소파 따위는 있어도 그만, 없어도 그만이라는 생각을 했다. 하지만 그것만으로는 조금 부족한 것 같았고 그래서, 그래도 있는 게 낫다는 생각은 하기 어렵다는 쪽으로 생각을 했는데, 그것으로도 충분치 않은 것 같아, 마음을 최대한 약하게 먹고, 차라리 없는 게 낫다고 생각을 했다. 그리고 계속 실랑이를 벌이다가는 그녀의 부모나 누군가가 와서 어린 소녀와 실랑이를 벌이고 있는, 낯선 사람인 나를 추궁할 것이 분명했는데, 그렇게 되면 내가 단연 불리할 것이었다. 그리고 버려진 낡은 소파를 놓고 일곱 살쯤 된 여자아이와 싸우기 싫었는데, 그 전에, 나는 누구와도 무슨 일로도 싸우는 것을 싫어했다. 하지만 나로 하여금 결정적으로 포기하게 한 것은 그 순간 든, 그녀가 희귀한 종의 귀여운 여우 같고, 여우와 싸우는 건 말이 안 되는 것 같다는 생각이었다. 그리고 거기에는 광대처럼 보이게 하는 체크무늬 바지를 입고, 턱 밑에 그사이 좀더 커진 커다란 종기 하나를 달고 누군가와 싸울 수는 없다는 생각도 작용했다. 그런 모습으로는 그 여우같이 귀여운 금발 여자아이는 물론이고 누구와 싸워도 승산이 없을 것 같았고, 결국에는 패배를 인정할 수밖에 없을 것 같았다. 나의 생각을 읽기라도 한 것처럼 조그만 여자아이가 내 종기를 뚫어지게 쳐다보는 것 같았고, 그녀의 따가운 시선에 내 불안한 종기가 금방이라도 터질 것 같았고, 그런 종기를 달고서는 그녀와 싸우는 것은 막론하고 얼굴도 제대로 못 들고 다녀야 할 것 같았다. 나는 패배를 인정했는데, 언젠가 이후로는 누구와 싸워도 지는 쪽이 되었다. 아니, 기꺼이 지는 쪽을 택했고, 그래서 누구에게도 이길 수가 없었다.

소파에 앉아 있는 소녀에게 소파와 함께 잘 살라고 했지만 그녀는 내 말을 못 알아들은 것 같았다. 그녀를 뒤로하고 걸어가며 나는, 천벌을 받아 마땅한 소녀라는 생각을 하다가, 천벌은 소녀에게 조금 과하니까, 천벌까지는 아니더라도 아무튼 벌을 받아 마땅한 소녀라는 생각을 했다. 그런데 다시 한 번 고개를 돌려보자 무엇보다도 그녀의 긴 금발이 눈에 들어왔고, 앞으로 기회가 되면 어떤 금발에게 복수를 해야겠다는 생각을 했는데, 그것은 복수가 누군가에게 어떤 일을 당한 후 하게 되는 것이지만 상대에게 당한 만큼 정확히 갚아주는 것은 어렵고, 그래서 누군가에게 당한 후 자신이 당한 만큼, 혹은 그 이상이나 이하로 그 누군가에게가 아니라 다른 누군가에게 갚아주는, 일종의 복수의 이상한 전이가 보다 일반적인 것 같았기 때문이다. 소녀 역시 어떤 이유로 누군가나 뭔가에 당해 기분이 상한 나머지 내게 복수를 했을 수도 있었다. 그런데 내가 금발에 대한 복수를 생각한 것은 그때가 처음은 아니었다. 5년 전 아이오와 대학 국제 창작 프로그램에 참가하며 아이오와시티에 있을 때, 할로윈 데이에 마녀로 분장한, 뉴질랜드 출신의, 대학원에 다니는 어떤 금발 여학생을 만나 그녀를 좋아하게 되었고, 그녀의 남자 친구로부터 그녀를 뺏으려 했지만 결국 실패했을 때에도 복수를 생각했었다.
 소파를 놓고 실랑이를 벌인 소녀의 20년 후의 모습을 한 것 같은 그녀는 당시 내가 보기에는 그녀가 무척 아까운, 그녀 또래의 어떤 남학생과 사귀고 있었고, 사귄 지 얼마 되지 않아 둘의 관계는 꽤나 뜨거웠는데, 나는 둘의 관계를 깨려 하지는 않았지만 제발 깨지기를 바랐다. 그녀가 나의 마음을 알았는지는 알 수 없는데, 그것은 내가 아주 모호한 태도를 보였기 때문으로, 그녀는 내가 자신에게 마음이 있는지 없는지에 대해 무척 헛갈려했을 수도 있었다. 아니, 사실은 아주 모호한 태도를 보여야겠다는 생각을 했을 뿐 나는 나의 감정을 완벽하게 감췄고, 그 후 같이 어떤 일을 하면서 사흘에 한 번씩 만났을 때마다 거의 그녀를 속이고 있다는 기분이 들었다. 나의 감정을 너무도 완벽하게 감추자 나 자신이 거의 교활하게 여겨지기도 했다. 그녀 쪽에서 이렇다 할 반응을 보이지 않은 것은 당연한 것이었다. 결국 그녀에게 아무것도 한 것도 없으면서 아무것도 얻지 못한 것에 나는 혼자 상처를 입었고, 막연하게 금발 여자에 대한 복수를 생각했는데, 아직까지 복수를 한 적은 없었다. 그리고 앞으로도 실제로 복수를 하게 될 일은 없을 것 같았는데, 내가 즐겨 하고, 할 수 있다고 생각하는 것은 실제로 행하는 복수가 아니라 생각 속에서 행하는 복수였기 때문이다.
 그런데 복수에 대한 생각을 하고 있자 복수가 인간이 행하는 여러 가지 행위 혹은 사고 중에서도 특별한 것으로 생각되었는데, 그것은 당한 만큼 혹은 그 이상으로 갚고자 하는, 어떤 공정함에 대한 의지 같은 것이 작용하는 복수가, 피해와 그것에 대한 대가의 지불, 상처와 그 상처를 되돌려주기, 복수를 생각하고 행하는 과정에서 보이게 되는 극단적인 위엄과 저열함 등을 포함하는 복잡하고 까다로운 문제로 여겨졌기 때문이었다. 그리고 복수는 엄청난 열정을 동반하는 동시에 냉정함을 요구하는데 열정적인 상태에서 냉정을 유지하는 것은 쉽지 않고, 거기에 복수의 어려움이 있을 수도 있었다. 그리고 사람들이 물론 다른 이유로 그러기도 하지만, 복수를 다짐하며 복수에 대한 생각으로 밤을 지새우고, 밥을 굶고, 제대로 씻지도 않고, 속으로 저주를 퍼붓기도 하는 것을 생각하면 재미있었다. 나는 복수에 대해 좀더 제대로 생각하기 위해, 마치 그렇게 하는 데는 자리에 앉는 것이 필요한 것처럼 어느 카페에 가 커피와 샌드위치를 주문한 후 바깥 테이블에 앉아 복수에 대한 생각을 이어갔다.

  나는 『바셀린 붓다』라는 소설에서 복수와 관련한, 약간은 엉뚱한 이론을 펼친 바가 있는데 그것에 공감을 표하거나 반박해온 사람은 아직 없었다. 그것은 풀을 뜯고 있는 양의 등에 내려앉은 뒤 부리와 발톱을 이용해 양의 몸통을 파고들어 콩팥을 떼어내 먹음으로써 양들을 고통 속에서 서서히 죽어가게 만드는 잔인한 식성을 갖고 있는, 뉴질랜드의 어느 고원지대에 살고 있는 케어라는 앵무새와, 오랫동안 자신들을 학살해온 인간에게 비장하게 조용히 트림을 하며 메탄을 방출하는 것으로 복수를 하고 있는 양들에 관한 것으로, 케어는 유럽의 이주민들이 데려온, 자신들의 영역을 침범한 양들에게 복수를 하고, 양들은 인간에게 복수를 하고, 인간은 별 이유 없이 모든 것에 복수를 하고 있다는 것이다. 그 이론에는 빠진 점이 있었고, 여기에서 그 이론을 보완할 수도 있을 것 같은데, 그것은 인간이 인간 아닌 존재들에게 당하지 않고도 그것들에게 복수를 할 줄 아는 유일한 동물로, 복수를 하는 데 있어 특별한 능력을 갖고 있어 존재하는지 아닌지도 알 수 없는 외계인에게도, 물론 상상을 통해서이긴 하지만, 하고 있는데, 그것도 미리 하고 있다는 것이었다. 어쩌면 거기에도 인간의 특별한 점이 있다고 할 수도 있을 것이었다.

한데 샌드위치를 주문할 때에는 무엇보다도 마요네즈가 들어 있는지 확인을 해야 함에도 잠시 방심했고, 샌드위치 안에 마요네즈가 듬뿍 들어 있는 것을 발견했다. 물론 그 맛이 좋지 않기도 했지만 언젠가 이후로 나는 마요네즈에 대해 다소 각별한 반감을 품게 되었는데, 이제 그것은 잘 가꾼 반감처럼 커져 있었다. 나는 음식에 들어 있는 마요네즈를 볼 때마다 마요네즈의 잘못된 점을 찾으려 했고, 그래서 독감에 심하게 걸린 늙은 바다코끼리의 가래침 같은 마요네즈나 잘못 발효시킨 낙타의 젖 같은 마요네즈라는 식으로 마요네즈의 잘못으로 돌릴 수 있는 어떤 점을 찾았고, 그래서 내가 마요네즈를 입에 댈 수 없었던 것은 당연했다. 마요네즈는, 다소 과장해서 말하면, 그것에 대한 반감에서 벗어날 수 있을 때 내가 딴사람이 될 수도 있을 거라는 생각을 갖게 하는 것이었다.

나는 포크로 하얗고, 끈적끈적하고, 느끼하고, 고소한 악취가 풍기는 마요네즈를 걷어내며, 걷어내는 데 애를 먹으며, 마요네즈라는 단어가 마요라는 이름을 가진, 얼굴이 주근깨 투성이인 금발 소녀의, 추위에 빨갛게 된 코를 떠올리게 한다는 생각을 하며, 새롭게, 마요네즈에 대한 복수를 생각하며 샌드위치를 먹기 시작했는데, 마요네즈에게 복수를 하는 것은 쉽지 않은 일처럼 여겨졌다. 아니, 고약하게 고소한 악취를 풍기는, 세상의 그 많은 마요네즈에게 복수를 할 수 있는 방법은 없는 것 같았다. 그에 따라 마요네즈가 아닌 다른 뭔가에 복수를 하며 그것이 마요네즈에게 하는 복수라는 생각을 할 수 있을 뿐인 것 같았다. 그럼에도 마요네즈에 대한 복수를 생각하며, 복수에 대해 계속해서 생각하고 있자, 그동안 내가 줄기차게 해온 복수가 있는 것 같았는데 그것은 소설에 대한 복수라고도 할 수 있는 것이었다. 나는 소설을 쓰는 것으로 소설에 대한 복수를 하고 있었다.

한데 소설에 대한 복수 말고도, 나는 소설을 통해 뭔가에 복수를 하고 있는 것 같기도 했는데 그것이 뭔지는 확실치 않았다. 샌드위치에 남아 있는 마요네즈의 맛은 어쩔 수가 없었고, 결국 겨자 소스를 듬뿍 발라 마요네즈의 맛을 중화시켰는데도 마요네즈의 맛이 희미하게 느껴졌다. 그런데 희미하게 마요네즈의 맛을 느끼며 샌드위치를 먹고 있자 내가 소설을 쓰는 것은 무와 무의미, 그리고 존재의 근거 없음에 대한 복수를 하는 것이라는 생각이 들었다. 그것은 내가 오래전부터 해온 것이었지만 그렇게는 생각지 못한 것이었고, 그러한 표현으로도 생각지 못한 것이었다. 무와 무의미, 그리고 존재의 근거 없음에 대한 복수라는 표현은 나쁘지 않은 것 같았고, 그래서 그것들에 대한 처절한 복수를 되새기다가, 너무 처절한 건 그것이 어떤 것이든 별로 좋아하지 않았기에 미지근한 복수로 바꿔 생각했다. 하지만 그것들에 대한 복수는 미지근하게 할 수는 없는 것 같았고, 그래서 다시 처절한 복수로 바꿨다. 나는 마요네즈와 금발 여자에 대한 복수를 꿈꾸는 것은 소용없는 일이고, 내가 할 수 있는 것은 소설에 대한 복수와, 무와 무의미, 그리고 존재의 근거 없음에 대한 복수뿐이라는 생각을 하며, 처절한 복수를 되새기며, 그 복수를 하기 위해서는 더욱 기이한 생각들을 하며 더욱 기이하게 살 수밖에 없다는 생각을 하며 샌드위치를 마저 먹었다.

그것으로 복수에 대한 생각의 매듭을 지은 듯 카페를 떠나 길을 선는데, 뭔가가 머리에 떨어졌다. 손가락으로 만져보니 새똥이었다. 거짓말 같았고, 잠시 거짓말 같은 새똥이라는 생각을 했다. 하지만 내 머리 위에 똥을 싼 새가 거짓말이 아니라는 듯 날아가고 있는 것이 보였다. 새는 근처 나뭇가지에 가 앉아, 자신이 장본인이라는 얘기를 하는 것처럼 울었다. 무와 무의미, 그리고 존재의 근거 없음에 대한 복수를 새롭게 되새기고 있는 내게 누군가가 벌써 복수를 하고 있는 것 같았다. 그것으로 일종의 복수의 이상한 전이에 대한 나의 이론이 입증된 것처럼 여겨졌다. 아니, 실제로 내 머리에 새똥이 떨어지는 것과 같은 일이 일어나지는 않았지만 나는 그 상상을 하며 복수에 대한 나의 이론을 생각 속에서 생각으로 뒷받침했다.

하와이의 야생 수탉

애초에 나는 하와이에 갈 생각은 전혀 없었다. 버클리 대학의 작가 체류 프로그램이 끝난 후 여행 기회가 주어졌고, 이론적으로는 내가 원하는 어디든 갈 수 있었다. 알래스카에서부터 남미 끝의 푼타아레나스까지 아메리카 대륙 전체를 놓고 여행지를 고민했지만 특별히 가고 싶은 데는 없었다. 코스타리카에 가 열대우림에서 아주 희한한 소리를 내며 우는 앵무새의 울음소리를 듣고 싶다는 생각을 잠시 하긴 했다. 그 생각을 한 데에는 언젠가 코스타리카의 정글 속에서 난초를 찾아 헤매다 앵무새들이 원숭이들이 내는 것과 같은 소리를 내는 것을 들은 꿈을 꾼 적이 있다는 것 외에도, 얼마 전 헤이즈 거리에 갔다가 그곳에 있는 작은 공원에서 주인과 함께 벤치에 앉아 있는, 어쩐지 본래 고향이 코스타리카일 것 같은, 화려한 색상의 앵무새를 본 것도 작용했을 수 있었다.

주인이 허락해 나는 앵무새의 머리를 쓰다듬어주었는데 그 보답으로 아무 말도 하지 않았다. 머리를 쓰다듬어주는 것으로는 모자라는 모양이군, 하고 생각하며 정성을 다해 목을 만져준 후에도 아무 말이 없어, 이 앵무새는 아무 말도 하지 못하는군, 아니면 말 못 할 사정이 있어 아무 말도 하지 않고 있는 건가, 아니면 약간 모자라는 데가 있는 건가, 하는 생각을 하고 있는데 그 생각을 읽은 것처럼 뭐라고 알아들을 수 없는 말을 하지도 않았다. 주인은 독일계 유대인인 듯 앵무새의 이름이 카스파르며, 독일어와 영어 단어 몇 개를 포함해 히브리어도 몇 마디 한다고 했다. 나는 부리에도 손끝을 대어보았는데 역시 아무 말 하지 않았고, 울지도 않았다. 해가 지려면 조금 있어야 하는 오후였고, 그 새가 뭐라고 한 마디 하기까지는 해가 져야 할 것만 같았다. 새는 누가 겁을 준 것도 아닌데도 약간 겁먹은 얼굴을 하고 있었는데, 평소 늘 그렇게 겁을 집어먹고 사는지는 알 수 없었다. 그러면서 가끔씩 고개를 좌우로 기계적으로 흔들었는데 그 이유는 알 수 없었다. 그러다가 어느 순간에는 더 이상 고개를 흔들지 않고 뭔가를 빤히 바라보았는데, 그 공원에 있는 거대한 입상이었다. 왜 그런 것이 그곳에 있는지 알 수 없다는 생각이 들게 하는 세상의 많은 동상들처럼 그 장소와는 어울리지 않는 동상이 있었는데, 철로 만들어져 있으며 머리가 긴, 아주 큰 여자의 입상이었다. 그 입상은 자신도 왜 거기에 있게 되었는지 모르겠지만, 그렇게 된 것을 숙명으로 받아들이며, 숙명처럼 서 있는 것처럼 보였.

  나는 그 동상에 대해서도, 앵무새에 대해서도 알 수 없는 것이 아주 많다는 생각을 했다. 주인이 그 새에게 말을 해보라고 아무리 시켜도 끝내 아무 말도 하지 않았다. 말문을 닫아버린 것 같았다. 어떤 이유로 새는 나와는 말하기 싫어하는 것 같았다. 나는 실망했는데, 주인은 3개 국어를 구사할 줄 아는 자신의 새가 아무 말도 하지 않는 것에 나보다도 더 실망한 것 같았다. 새가 아무 말도 하지 않고 있는 한 저녁은 영영 오지 않을 것 같았다. 나는 앵무새가 다른 것은 그만두고라도 히브리어로 한 마디 해주기를 바랐지만 그 새는 그렇게 하지 않았다. 새는 해가 지고 밤이 되어도 아무 말도 하지 않을 것 같았다. 아니, 자정이 되면 독일어로 낮 인사인 구텐 탁이라고 말할 것만 같았다. 어쩐지 그 앵무새는 시간관념이 없을 것 같았다.

그 며칠 후 그 공원에 다시 갔을 때, 그 앵무새를 만나러 간 것은 아니었지만, 그 새를 다시 보지 못했고, 그것이 몹시 아쉬웠는데 그 아쉬움은 코스타리카의 열대우림에서 아주 희한한 소리를 내는 앵무새의 울음소리를 들으면 해소될 것 같았다. 나는 코스타리카에 가게 된다면 미용실에 가 코스타리카의 이국적이고 화려한 색상을 자랑하는 앵무새처럼 머리를 염색하고 갈 수도 있을 거라는 생각을 했다. 코스타리카의 이국적인 앵무새는 내 머리를 보고 고개를 갸우뚱할 수도 있을 것이었다. 하지만 앵무새로 하여금 고개를 갸우뚱하게 하러 벌레들이 우글거리는, 코스타리카의 정글 속을 헤치며 다닐 생각을 하자 귀찮게 여겨졌고, 그래서 그곳에 가는 것은 포기했다.

하와이는 어떤 점에서 가능한 마지막 여행지로 생각한 곳이었다. 내가 하와이에 가기로 결정한 데는 어쩌면 어디선가 읽은, 브라우티건이 썼거나 말한 어떤 이야기가 영향을 줬을 수도 있었다. 그것은 그가 어떤 일로, 아마 강연이었던 것 같은데, 하와이에 가 할 일을 끝낸 후 무척 따분한 그 섬에서 마땅하게 할 일도, 하고 싶은 일도 없는 상태에서 문득 살아 있는 닭 한 마리를 구해 그 닭을 품에 안고 사진을 찍고 싶은 생각이 들어, 실제로 호놀룰루 시내에서 어렵게 닭을 구해 실제로 품에 안고 사진을 찍은 후 하와이에서 할 일을 모두 다

했다는 기분으로 하와이를 떠날 수 있었다는 얘기였다. 어쩌면 그는 그렇게 함으로써 그에게는 너무도 무료했던 하와이에 복수를 했는지도 몰랐다. 그런데 그 닭이 수탉이었는지 암탉이었는지에 대한 이야기를 그가 했는지는 기억이 나지 않지만, 그리고 느낌일 뿐이고, 느낌일 뿐이니까 틀릴 수도 있지만 암탉이었을 것 같은데, 그것은 그가 여자를 무척 좋아했기 때문이라는 것에서 비롯된, 상당히 근거 없는 생각인데, 이 생각 역시 그가 몇 권의 자신의 책 표지에 자신이 함께 한 여자들과 찍은 사진들을 실은 데서 비롯된 것이었다. 내 기억이 맞다면 브라우티건은 하와이에서 돌아간 지 오래지 않아, 결국 우울병으로 인한 알코올중독을 극복하지 못하고 자살을 했다.

나는 하와이에 가기 전 브라우티건의 『호크라인 괴물』이라는, 작가 자신이 고딕 웨스턴이라는 장르 소설로 부른 소설을 다시 읽었는데 그 소설 속에도 하와이에 대한 이야기가 앞부분에 잠시 등장한다. 하지만 미스 호크라인의 집 밑에 있는 얼음 동굴에 사는 괴물을 죽이는 내용의 이 이상한 소설에서 하와이에 대한 이야기는, 샌프란시스코에서 하와이에 사는 누군가를 살해하러 간 두 청부살인업자가 파인애플이 심긴 들판에서 자신들이 죽이려 했던 남자가 아이에게 말 타는 법을 가르치고 있는 것을 보고는 마음이 약해져 살인을 포기하고 기분 나쁜 하와이를 떠나는 것에서 언급될 뿐인데, 브라우티건은 이 소설 속에서도 하와이에 대한 비웃음을 드러내고 있다.

그런데 이 소설은 문학적으로 완성도 있는 소설은 아니지만, 어떤 소설이 문학적 완성도를 떠나 충분히 이상하기만 해도 괜찮을 수 있다는 것을 보여주는 것으로, 다른 2편의 소설이 함께 실린 이 소설집의 표지에 실린 사진 속의 브라우티건은 어떤 시골집 앞 같아 보이는 곳의, 풀이 웃자란 곳에 있는 우체통에 기대고 있는데, 심사가 사나워져 얼굴이 인상이 좋지 않은, 못생긴 페르시안 고양이 같았고, 우체통에 올려놓은 팔 쪽의 손가락들은 쥐를 공격하고 있는 고양이의 발톱처럼, 거의 부자연스러울 정도로 구부러져 있었다. 인상을 써 무척 고약해 보이는 브라우티건의 얼굴은 거의 귀여워 보이기도 했는데, 그는 의식적으로 성격이 사나운 페르시안 고양이를 흉내 낸 것 같기도 했다.

브라우티건이 하와이에서 닭과 함께 사진을 찍은 이야기와, 하와이가 배경으로 잠시 등장하는, 그가 쓴 이상한 소설 때문에 내가 하와이에 갔다고 할 수는 없지만 그것들이 아니었다면 하와이에 가지 않았을 수도 있었다. 아니면 내가 하와이에 간 데는 여전히 여행지를 결정하지 못한 상태에서 샌프란시스코 시내에 있는, 유서 깊은 어떤 호텔에서 누군가를 만났다가 그 호텔에서 미국 대통령 워렌 하딩과 하와이 왕국의 마지막 왕이 급사했다는 얘기를 들은 것이 작용했을 수도 있었다. 이 호텔은 1906년 4월 18일 이른 아침에 일어난 샌프란시스코 대지진에 무너지지는 않았지만 지진으로 인한 화재로 그날 오후 전소되었다가 복구되었다. 지진이 났을 때 그곳에 묵고 있던 엔리코 카루소는 다시는 이 도시에 오지 않겠다고 했는데 그가 다시 샌프란시스코에 왔는지는 알 수 없었다.

나는 그 호텔에서 커피를 마시며 그곳에서 죽은 하와이 왕국의 마지막 왕에 대해 생각했고, 문득 하와이에 가고 싶어졌고, 하와이에 가기로 결정했다. 나는 하와이에 가게 되면 하와이 왕국의 마지막 왕의 동상을 볼 수도 있다는 생각을 막연하게 했고, 그래서 빅아일랜드나 마우이가 아닌 오하우 섬으로 갔다. 하와이 왕국의 마지막 왕의 동상을 보러 하와이에 가는 것은 약간 사심을 갖고 가는 것처럼 여겨졌지만, 그 정도의 사심을 갖고 가는 것은 괜찮을 거라고, 그리고 그 정도의 사심이면 어렵지 않게 채울 수도 있을 거라고 생각했다. 사실 하와이에 가 하와이 왕국의 마지막 왕의 동상을 보겠다는 것은 사심이라고도 할 수 없는 것이었지만, 그럼에도 나는 그런 사심이라도 갖고 하와이에 가야 할 것 같았고, 그 정도면 하와이에 갈 이유가 된다고 생각했다.

하와이는 예상한 대로 전형적인 휴양지였으며 무척 따분한 곳이었고, 하와이에서는 하와이만이 주는 따분함에 푹 빠질 수도 있을 지경이었다. 브라우티건의 닭 이야기를 재미있어할 사람에게라면 하와이는 아무런 재미가 없으리라는 것을 모르지 않으면서 하와이에 간 나는 브라우티건이 그곳에서 얼마나 무료했을지 너무도 잘 이해했다. 하와이는 상투적인 것이 그렇지 않은 것에 대해 결국 승리를 거두어가고 있는 이 시대의 비극을 잘 보여주는 슬픈 열대의 섬이었다.

하와이에 도착한 날부터 나는 하와이에 온 것을 무척 후회했다. 일주일간 하와이에 머물면서 내가 어떤 목적을 갖고 한 것처럼 한 유일한 일은 시내에 있는 모자 전문 가게 대부분을 찾아가, 가게들에 있는 수많은 모자들을 써본 것뿐이있다. 100개도 넘는 모자들을 써보았지만 사지는 않았는데, 그것은 자바 출신으로 최초로 북극점에 도달해 오로라에 정신이 이상해진 원숭이에게 어울릴 만한 모자를 찾지 못했기 때문이다. 아니, 나는 적어도 그렇게 생각했다. 은둔하며 혼자 장난스런 생각을 즐기는 원숭이에게 어울릴 만한 모자를 찾는 것은 불가능해 보였다. 내가 찾은 모자는 모자걸이에 걸어두기에도 멋지고, 걸어만 놓아도 멋져야 했다. 한데 모자들은 그것들을 쓴 나를 부자연스럽고, 엉뚱하면서도 모자라게 보이게 했다. 내가 원한 것은 엉뚱하면서도 자연스럽게 보이게 하는 모자였는데, 나는 얼마간 모자라게 보이게 하는 것은 문제가 되지 않는다고 생각했다. 그것은 세상의 많은 모자들이 그것을 쓴 사람을 모자라게 보이게 하거나, 그 전에, 모자로서 모자라 보이기도 한다고 생각했기 때문이었다. 무대의상 같은 나의 재킷에 어울리는 모자를 샌프란시스코에서 찾는 데 실패한 나는 하와이에서도 그것을 찾았지만 역시 실패했다. 그럼에도 며칠 사이에 평생 만날 모자들을 모두 만난 것 같았고, 그것이 약간의 성취감을 안겨주었다. 모자 가게를 다니면서 자연스럽게 호놀룰루 시내 관광을 했지만 흥미를 끄는 것은 없었다.

 모든 것이 해도 그만, 하지 않아도 그만인 것 같았고, 뭔가를 하는 것과 하지 않는 것이 아무런 차이가 없는 것 같았다. 모든 것은 얼마든지 하지 않을 수도 있는 것 같았다. 늘 그렇게 생각했지만, 뭔가를 하는 것과 하지 않는 것이 아무런 차이가 없을 때면 아무것도 하지 않는 것이 확실히 나은 것 같았다. 나 자신이 너무도 희미한 세계 속에 너무도 희박하게 존재하는 것 같았고, 아무런 존재감이 없었다. 아무것도 하고 싶지 않았고, 심혈을 기울여 아무것도 하고 싶지 않았다. 아니, 심혈 같은 것은 기울이고 싶지 않았다. 모든 의지가 잔인하고 가혹하게 느껴졌고, 의지야말로 잔인하고 가혹한 것 같았다.

 나는 모든 것을 어떻게 해야 할지 알 수 없는 상태에서 주로 와이키키 해변에 있는 호텔 방 안에 머물며, 잠을 제대로 못 자 아주 몽롱한 상태에서, 창밖으로 보이는, 오래전 화산 폭발로 만들어진, 병풍처럼 펼쳐진 산들을 아무런 느낌 없이, 혹은 무정하거나 매정하기 짝이 없는 것 같은 마음으로 한참을 바라보거나, 내가 진정으로 원하는 것은 아무 데도 가지 않고 아무것도 하지 않는 것이라는 생각을 하거나, 호놀룰루가 그것을 먹으면 정신이 몽롱해지는, 열대지방에 서식하는 어떤 나무의 뿌리를 일컫는 말로 들린다는 생각을 하거나, 술에 취해, 알코올중독을 뜻하는 alcoholism이 알코올주의로 번역될 수 있다는 생각을 하며 그것이 하나의 어떤 주의로 여겨진다는— 술을 마시며 보낸 수많은 밤들을 생각하자 alcoholism이 뭘 하자는 것인지 알 수 없는 것을 하자는 주의 같았다— 등의 생각을 했는데, 마치 머리가 아닌, 몸의 다른 기관으로 하는 것 같은 그 생각들이 내가 가만히 바라보고 있는 손가락들 사이로 빠져나가는 것처럼 느껴지기도 했다.

하와이에 오는 바람에 가지 못하게 되어 볼 수 없게 된 코스타리카의 정글에 사는 앵무새들에 대해서도 생각했지만 그것들을 보지 못하게 된 것에 아쉬움은 없었는데, 다른 어떤 앵무새에 대한 생각이 났기 때문이었다. 콜롬비아의 마약 조직의 일원으로 망을 보고 있다가 경찰이 오면 도망치라고 말하도록 훈련을 받은 그 새는 마약 조직원들과 함께 체포되었는데 그 후로 어떻게 되었는지는 알 수 없었다. 어쩌면 감옥에 갇혀 수감 생활을 하고 있을 수도, 아니면 경찰의 끄나풀로 다시 태어나 경찰의 사랑을 받으며 앵무새로서도 약간은 기구한 삶을 살고 있는지도 몰랐다. 내가 하와이 대신 코스타리카의 정글에 갔다면 그곳에서 보게 될 앵무새에 대한 어떤 글을 쓰게 되었을 수도 있을 것이었지만 그런 글을 쓰게 되지 못한 것 또한 상관없는 것처럼 여겨졌다.

그리고 잊고 싶은 일들 몇 가지를 떠올리기도 했는데 그것들은 늘 잊고 싶어 했지만 잊히지 않고 늘 떠오르는 것들이었다. 하지만 그것들은 별로 대단한 것들은 아니었고, 잊지 않아도 별로 상관없는 것들이었다. 언젠가 서울에서 밤에 길을 걸어가고 있는데 아는 누군가가 술에 취해 비틀거리며 걸어가는 것을 보고 모른 척한 기억이 났고, 그것이 마음에 걸렸다. 그는 만취 상태였고, 걸음을 가누지 못할 것처럼 하면서 간신히 가누며 가고 있었는데, 쓰러질 것처럼 하면서도 쓰러지지는 않았다. 쓰러질 것처럼 하면서 안 쓰러지는 것이 무슨 조화를 부리는 것 같았다. 나는 그가 비틀거리며 걸어가는 모습을 보며, 사람이 어느 정도 이상으로 술에 취하게 되면 갈지자로 걷게 되는데 그것이 어떤 오묘한 이치처럼 보이기도 한다는 생각을 했었다. 1년 전쯤 마지막으로 보았을 때, 그는 오래도록 술을 너무 많이 마셔 암에 걸려 장기 하나를 떼어낸 상태로 다 죽어가고 있었다. 다 죽어가는 게 확실한 것 같은 사람을 보면 내가 먼저 죽을 것 같고, 누군가가 죽어가는 것을 보면 남의 일 같지 않고, 죽어가는 사람을 보면 남 같지 않지만 그날 밤 그는 전혀 남 같았다. 평소에는 말을 참 조리 없게 잘 못하지만 술이 취하면 말을 참 조리 없게 잘하는 그는 장기를 하나 떼어내고도 잘 살고 있는 것 같았는데, 장기 하나쯤은 떼어내고도 잘 살 수 있다는 것을 보여주기라도 하는 것 같았다. 나는 금방이라도 쓰러질 것 같은 그를 바라보며 가서 부축해주거나 할 생각은 하지 않고, 쓰러져라, 쓰러져라, 하고 속으로 주문을 외웠는데 그것이 두고두고 마음에 걸렸었다. 하지만 다시 그 기억을 떠올리자 별로 마음에 걸리지 않았다.

그리고 언젠가 유럽 어느 도시의 식당에서 일행과 식사를 하고 있는, 한국에서 온, 잘 아는 누군가를 보고 그냥 지나쳐간 기억이 떠올랐다. 내가 그 식당에 들어갔다면 서로 충분히 반가워하며 얘기를 나눌 수도 있었지만 그 순간에는 이상하게도 반가워하며 얘기를 나누고 싶지가 않았다. 한데 그 일은 다시 생각하자 전혀 마음에 걸리거나 하지 않았다. 그리고 그것은 5년 전 여름 아이오와시티에 두 달간 머물 때 너무도 무료한 나머지 토네이도라도 찾아오기를 간절히 바랐지만 오지 않았고, 내가 떠난 다음 날 찾아와 피해를 입힌 것에 대해 마음이 걸렸던 것 또한 마찬가지였다. 마음에 걸리는 것을 생각할수록 점차 마음에 걸리지 않게 되었고, 결국에는 마음에 걸리는 것이 아무것도 없어졌는데, 마음에 걸리는 것이 아무것도 없다는 사실 또한 마음에 걸리거나 하지 않았다.

하와이를 떠나기 사흘 전에는 별로 내키지 않았음에도 오하우 섬 일주 관광을 했는데, 하와이에 와 너무 아무것도 하지 않는 것은 하와이에 약간 잘못을 저지르는 것같이 느껴졌기 때문이다. 버스에 탄, 텍사스와 앨라배마와 그 밖의 다른 곳에서 온, 40명 정도 되는 미국인 단체 관광객들 일행은 몹시 시끄러웠고, 나는 단체 관광을 선택한 것을 곧 후회했다. 약아빠진 것처럼 보이는, 하와이 출신의 가이드 겸 버스 기사는 자신이 하는 일을 너무도 즐겼고, 8시간 가까이 이어진 투어 동안 점심시간을 빼고는 서의 1분도 멈추지 않고 얘기를 계속했고, 우리 일행들을 아이들 취급했는데, 그 때문인지 다들 그를 좋아하는 것 같았다. 그는 아이들이 있는데도 그들이 듣기에 민망한 성적 농담을 했는데, 어른들은 아이들처럼 좋아했고, 아이들 역시 아이들처럼 좋아했다. 나만 혼자 따돌림을 당하는 것 같았다.

내 옆자리에는 50대쯤 되는, 목이 굵고 짧은, 소위 말하는 레드넥이 앉아 있었는데, 우리는 서로 한 마디도 나누지 않았다. 그는 수영복 차림의 글래머러스한 여자가 물기에 젖은 채로 바다에서 나오는 장면을 찍은 사진이 표지에 실린 어떤 스포츠 잡지를 이해하기 어려운 어떤 철학책을 보는 것처럼 한동안 집중해서 열심히 보다가 반라의 여자를 생각하는 듯 조용히 눈을 감고 있더니 잠이 들어 코를 골았다. 반라의 여자가 등장하는 꿈을 꾸고 있을 수도 있는 그의 코를 비틀어주고 싶었지만 그렇게 했다가는 봉변을 당할 수도 있을 거라는 생각에 참았다. 그렇게 했다가는 내가 코피를 흘리거나 코가 부러지는 것과 같은 일이 일어날 것만 같았다. 코를 골며 자고 있는 그의 얼굴은 혈색이 너무도 좋아 보였는데 가히 보기 좋지 않을 정도였고, 너무 보기 좋아 보이는 것은 어딘가 모르게 보기 좋아 보이지 않는다는 생각이 들게 했다. 나는 홀로 시무룩했고, 공룡이 살 것 같고, 실제로 공룡이 등장하는 유명한 영화를 촬영한 곳이기도 한 계곡을 보았지만 아무런 감흥이 없었다. 계곡 또한 시무룩해 보였고, 그곳에 공룡이 살았다면 그들 또한 시무룩했을 것 같았다.

  그 후 해발고도가 꽤 되는, 울창한 숲 속 전망대에 가게 되었고, 그곳에서 내려다보이는 풍경은 나쁘지는 않았지만 역시 별 감흥은 없었다. 그곳에서도 인상적인 풍경이 얼마나 감흥을 주지 않는지를 절감했다. 하지만 괜히 기운이 빠졌는데, 그것은 입이 저절로 벌어져 감탄하며 좋아하고, 그 기쁨을 사진으로 남기느라 여념이 없는 사람들이 너무도 많았기 때문이다. 감탄하는 사람들의 저절로 벌어진 입이 쉽게 다물어지지 않는 것을 보며 문득 왜 감탄하게 되면 입이 벌어져야 하는지에 대해 의문이 들었고, 수수께끼처럼 여겨졌는데, 그 이유는 알 수 없었다. 감탄하거나 놀라거나 할 때면 입이 헤프게 벌어져야 하는 것도 이상했고, 한번 벌어진 입이 쉽게 다물어지지 않는 것도 이상했지만, 벌어진 입을 손으로 막기라도 해야 하는 것은 이해가 되었다. 그것은 쉽게 다물어지지 않는 입은 손으로라도 막을 수밖에 없기 때문이었다. 사람들이 어색하거나 민망한 순간에 하게 되는 몸짓, 가령 얼굴이나 머리를 긁는 행위를 어떻게 해서 하게 되었는지에 대해서도 생각했지만 그 이유 역시 알 수 없었다. 그 생각을 하며 머리를 긁어보았지만 마찬가지였다.

잠시 사람들이 별로 없는 숲 속으로 걸음을 옮겼는데, 어느 순간 가까운 곳에 있는 야생 닭을 보았다. 거짓말 같았고, 그것이 더할 나위 없는 기쁨을 안겨주었다. 닭은 바로 근처 나뭇가지에 앉아 조류들 특유의 동작으로 고개를 좌우로 탁탁 돌리며 주위를 훑어보고 있었다. 그곳에는 관광객이 서넛밖에 없었고, 그들은 신기해하며 닭을 보고 있었다. 수탉이었는데 다 자란 것인지는 알 수 없었지만 다 자란 수탉 치고는 몸집이 작아 보였다. 어쩌면 본래 야생 수탉은 가축으로 기르는 수탉만큼 크게 자라지 않는지도 몰랐다. 그 수탉은 사람들을 두려워하지 않았으며, 오히려 약간 깔보는 듯한 태도로 쳐다보았는데, 그가 높은 위치에 있어 더욱 그렇게 보였다. 나는 사람을 깔보는 듯한 그 닭의 태도가 영 마음에 들지 않기는커녕 영 마음에 들었다. 닭은 그곳에서만큼은 자신이 왕이라고 뻐기는 것 같았다.

닭은 울지는 않고, 사람들이 그곳의 왕인 자신에게 충분히 경의를 표하지 않는 것에 마음이 상한 듯 헛기침을 하는 것 같은 소리를 냈다. 하지만 여전히 사람들이 합당한 경의를 표하지 않고 손가락으로 그를 가리키며 웃자 포기한 듯, 이번에는 마치 자신이 새라는 사실을 증명하는 것처럼 나뭇가지 사이를 날아다니기 시작했다. 나는 왕 치고는 약간 경망스러워 보이는 그 수탉을 보며, 그건 그쯤 하면 됐으니까, 이제 울어보라는 생각을 했다. 나는 새들을 보면 그것들이 내는 소리를 듣고 싶어졌다. 하지만 수탉은 끝내 울거나 하지는 않았다. 그 울창한 숲에 수탉 혼자 살 가능성은 적고 암탉들과, 어쩌면 다른 수탉들도 있을 것 같았지만 그것들은 모습을 드러내지 않았다. 어쩐지 다른 암탉들은 그 수탉이 닭으로서의 체통을 잃고, 자신들과 놀지 않고 사람들과 어울리려 하는 것에 화가 나 있고, 다른 수탉들은 평소에도 마음에 들지 않는 그 수탉을 몰아낼 궁리를 하고 있을 것 같았다. 아니면 그 수탉은 닭들 사이에 있을 수 있는 어떤 정치적인 문제로 인해 본래 살던 숲을 떠나, 일종의 정치적인 망명을 해 그 숲으로 왔는지도 몰랐다. 정치적인 망명을 했을 수도 있는 수탉이라는 생각을 하며 그 닭을 보자 새롭게 보이거나 하지는 않았고, 그래서 어떤 체제에 비판적인 수탉으로도 보이지 않았다. 그럼에도 울창한 원시림 한가운데서 닭은 독특한 느낌을 주었다.

그 이전에 닭은 내게 독특한 느낌을 불러일으키는 것으로 생각할 수도 있는 것 중 하나였는데, 어쩌면 그것은 내가 어린 시절 최면에 대해 알게 된 후, 집중적으로 최면을 걸어보려고 애를 쓴 대상이 닭이었던 것과도 관련이 있을 수 있었다. 누군가를 인위적으로 가수면 상태에 빠지게 만드는 최면은 무척 신기한 현상으로 여겨졌고, 나는 집 마당에 있는 닭들 중에서도 가만히 앉아 있는 것들 가까이 다가가 최면을 걸려고 무척 집중해 그것들의 눈을 똑바로 보거나, 뭔가를 실에 매달아 흔들거나, 어떤 음절을 반복해 말했는데, 그럴 때면 최면에 걸리는 것 같은 쪽은 닭이 아니라 나인 것 같았다. 닭들 중에는 잠이 드는 것들도 있었지만 내 최면에 걸려 잠이 드는 것인지, 아니면 졸린 나머지 그런지는 알 수 없었다. 한번은 그렇게 하다가 내가 잠이 들기도 했는데, 나를 깨운 것은 닭의 울음소리였다. 아무튼 어린 시절 나는 평소에도 홀린 것처럼 닭을 바라보기를 좋아했는데, 닭은 그렇게 하기에 좋은 것이었다.

나는 수탉을 보며, 어린 시절 내가 나무 위에 올라가, 횃대에 앉은 닭처럼 가지 위에서 많은 시간을 보냈던 때를 떠올렸고, 그때 무슨 생각을 했는지를 기억하려 했지만 잘 기억이 나지 않았다. 닭은 곧 다른 나무들 사이로 날아가 자취를 감췄다. 닭이 금방 사라진 것을 아쉬워하며, 아쉬움을 달래며, 닭에 대해 잠시 생각하고 있자 가장 대표적인 영어 수수께끼 중 하나인, 닭이 길을 건너간 까닭은? 이라는 질문이 떠올랐다. 그 질문에 대한 하나의 정답은 없었고, 무수한 답이 있을 수 있었다. 그것은 달마가 동쪽으로 간 까닭은? 이라는 질문과 다르지 않은 것이었다. 그 주인공이 꼭 닭이어야 할 것은 없고, 너구리나 개구리나 낙타나 공룡 같은, 다리가 있어 길을 건너갈 수 있는 어떤 것으로도, 다리가 없어 건너갈 수 없는 어떤 것으로도 대체할 수도 있었다. 닭은 어디에서 왔는가? 또는 길을 건너간 닭은 어디로 갔는가? 와 같은 질문도 할 수도 있었고, 오리가 길을 건너가지 않은 까닭은? 닭이 아니었기 때문이라는 질문과 대답을 할 수도 있었다. 선문답처럼 할 수 있는, 닭이 길을 긴너긴 까닭? 이라는 질문에 대한 답에는 사람들이 지어낸 여러 가지 버전이 있는데, 다음과 같은, 역사적인 인물들을 등장시켜 답을 하게 한 것들도 있었다.

부처: 이 질문을 하는 것은 자신에게 있는 닭의 본성을 부인하는 것이다.

헤밍웨이: 빗속에서 죽기 위해.

다윈: 나무에서 내려온 닭이 그다음 단계로 길을 건너간 것은 논리적이다.

엘레아의 제논: 결코 길 반대쪽에 이를 수 없다는 것을 증명하기 위해.

워즈워스: 구름처럼 홀로 방랑하기 위해.

내가 하와이에 온 까닭은? 이라는 질문을 하는 것 역시 닭이 길을 건너간 까닭은? 이라는 질문을 하는 것과 다르지 않고, 거기에 대한 답 또한 무수할 수도, 없을 수도 있을 것 같았다. 어쩌면 브라우티건이 닭과 함께 사진을 찍고자 했을 때에도 닭이 길을 건너간 까닭은? 이라는 질문 속에 등장하는 닭을 떠올렸을 수도 있을 거라는 생각이 들었다. 나는 하와이의 숲 속에서 나뭇가지 사이를 날아다니는 야생 수탉을 본 것만으로 내가 하와이에서 해야 하는 모든 것을 한 것 같았다. 나는 하와이에서 사진 3장을 찍었는데 그것들은 모두 그 수탉 사진들이었다. 1장은 나뭇가지에 앉아 있는 앞모습 사진이고, 다른 1장은 옆모습 사진이고, 마지막 1장은 나뭇가지 사이를 날아가는 것이었다. 그 후 그 사진들을 인화해보자 그것들은 내가 하와이에 갔다는 것을 증명하는 유일한 흔적 같았다.

호놀룰루로 돌아가는 길에 2차선 도로 옆에 있는 어떤 농가의 마당에 놓여 있는 미끄럼틀에서 일곱 살쯤 되어 보이는 소녀 하나가 미끄럼틀을 타고 있는 것이 보였다. 마침 차가 잠시 멈춰 섰고, 나는 소녀를 잠시 지켜볼 수 있었다. 커다란 검정색 개 한 마리가 옆에 서서 그녀가 미끄럼틀을 타는 것을 가만히 지켜보고 있었다. 둘은 내가 탄 버스를 잠시 쳐다보았지만 곧 자신들이 하던 일로 돌아갔다. 소녀는 맨발이었고, 머리가 헝클어져 있었다. 그녀는 다시 미끄럼틀을 탔고, 개는 가만히 그녀를 지켜보았다. 둘은 그 시간이면 늘 그렇게 시간을 보내는 것 같았다. 둘의 모습은 쓸쓸해 보였지만 거기에는 부드럽게 채색된 것 같은 어떤 서정이 자리하고 있었다. 그들 뒤쪽의 집은 허름해 보였고, 그곳에 사는 가족은 가난해 보였다. 집 뒤쪽 산 너머로 석양이 아름답게 물들고 있었다. 어쩌면 소녀는 훗날, 가난했고, 외로웠지만, 외로울 때면 미끄럼틀을 탔던 어린 시절을 떠올리며, 자신이 사랑하는 개와 함께할 수 있었고, 저녁이면 석양이 아름답게 물들던 날들에 대한 기억을 떠올릴 수도 있고, 그래서 그러한 기억이 그녀의 서정의 한 풍경을 이루게 될 수도 있을 것이었다. 하지만 그 장면을 지켜보고 있는 것은 나만이 아니었다. 흰색 고양이 한 마리가 근처 나무 아래서 그들을 바라보고 있는 것이 보였다. 그리고 이 모든 것을 다른 나무의 가지에 앉은 새 한 마리가 지켜보고 있었다. 이상하게도 그 장면이 그 후 마음에 걸리기라도 하듯 두고두고 생각이 날 것 같았다. 이상하게도 그 장면은 아주 오래도록 내 사진첩 속에 있었지만, 내가 꺼내본 적이 없는 빛바랜 사진 같았다.

하와이를 떠나기 이틀 전 오선에는 트롤리비스를 타고 호놀룰루 시내를 한 바퀴 돌았는데, 버스 기사가 어떤 왕궁 앞에 서 있는 검은 동상을 가리키며 하와이의 최초의 왕의 동상이라고 했다. 하와이의 마지막 왕의 동상을 보러 하와이에 간 것은 아니었지만 그곳에 가면 그 동상을 볼 수도 있다는 생각을 했었지만 그사이 그것에 대해서는 까마득하게 잊고 있었다. 그 동상의 주인공은 샌프란시스코의 유서 깊은 호텔에서 죽은 왕은 아니었지만 그들은 혈통으로 연결되어 있는지도 몰랐다. 조금 떨어진 곳에서 본 그의 피부는 까맸고, 황금색 옷을 걸치고 있었다. 그의 동상은, 비어 있는 한 손은 손가락을 편 채로 하늘을 향해 치켜들고 있었고, 다른 한 손은 창으로 보이는 것을 들고 있었다. 나중에 나는 하와이 왕국 최초의 왕의 별명은 껍데기가 딱딱한 게였다는 것을 알게 되었는데 그가 왜 그런 별명을 얻게 되었는지는 알 수 없었다. 결국 나는 하와이에서 하와이 왕국의 마지막 왕의 동상은 보지 못했는데 그것은 전혀 상관없는 것 같았다.

그날 밤 어느 식당에서 식사를 하는데 바로 옆 테이블에 앉아 있는 어떤 백인 가족 중의 금발 소녀의 어떤 모습이 눈길을 끌었고 그녀를 보자 이상하게 기분이 좋았다. 그녀는 뭐라고 설명할 수 없게 새끼 사자 같아 보였는데 새끼 사자의 털 같아 보이는 부스스한 곱슬머리 때문이기도 했지만 코의 모양 때문인 것도 같았다. 그녀로 인해 새끼 사자가 있는 식당에서 식사를 하는 것 같았다. 그녀를 보고 있자 이상하게도 금발에 대한 복수심이 사라지는 것이 느껴졌다. 아니, 이것은 이상한 표현이지만, 이미 더 이상 품지 않고 있었던 복수심이 마저 떠나가는 것 같았다.

이튿날 오후에는 해변에서 시간을 보내며 5년 전 미국에 있을 때 알게 된 나이 든 어떤 시인이 브라우티건에 대해 한 이야기를 생각했다. 사실 한때 브라우티건과 개인적으로 잘 알고 지냈던 그는 브라우티건에 대해서는 괴짜였다는 얘기밖에 하지 않았는데, 어쩐지 브라우티건이 자신에게 용서하기 어려운 짓을 저질러 그를 용서하지 않았고, 그 후로 그를 다시는 만나지 않았으며 그에 대해 좋지 않은 감정을 계속해서 갖고 있는 것 같은 인상을 주었고, 브라우티건에 대해서는 더 이상 얘기하고 싶어 하지 않는 것 같았다. 그러면서 그는 다시

한 번 브라우티건이 괴짜였다는 얘기를 했다. 그는 브라우티건에 대해 험담을 하고 싶지만 가까스로 참는 것 같았다.

내게는 브라우티건의 섬으로 여겨지는 하와이에서 만약 브라우티건의 유령을 만나게 된다면 우리 사이에 어떤 이야기가 오갔을지 상상해보기도 했다. 아마 닭에 관한 이야기가 중점적으로 오가고, 미국의 송어낚시와 누들링에 대한 이야기도 나왔을 것이다. 그리고 하와이의 마지막 왕과 샌프란시스코의 안개에 대해서도 얘기를 했을 것이다. 어쩌면 브라우티건은 자신의 체구에 걸맞게 아주 커다란 총으로 자살을 할 당시에 대해 얘기를 했을 수도 있을 것이다. 그리고 권태나 죽음처럼 철학적인 문제이기도 하고, 키치나 추함처럼 미학적인 문제이기도 한, 삶의 모든 것 속에 있는 시시함에 대해 얘기했을 수도 있을 것이다. 하지만 우리는 무엇보다도 구름에 대해, 혹은 다른 것은 다 제쳐두고 구름에 대해서만 얘기를 했을 수도 있을 것이다. 하지만 그런 이야기를 하면서도 우리는 이야기 자체도, 그런 이야기를 하는 것도 시시하게 느껴져 말문을 닫고, 그다음에는 그것이 순서인 듯, 입을 굳게 다물고, 싸운 뒤 토라진 사람들처럼, 전혀 까닭이라곤 없이 밀려왔다 밀려가는 것처럼 보이는 파도를 노려보았을 수도 있었다.

그날 저녁에는 창밖으로 화산들을 바라보다가 어떤 생각이 들어 화장실에 있는 두루마리 화장지를 갖고 와 침대 위에 놓고, 의자에 앉아 그것을 가만히 바라보았다. 내가 하필이면 두루마리 화장지를 선택한 것은 거의 아무런 느낌을 주지 않는 하와이에서 가장 아무런 느낌을 주지 않는 것과 마주하고자 했기 때문인 것 같았다. 내게 많은 사물들이 그렇게 보이듯, 아무런 의식도 감각도 없어 그 자체로 열반에 든 것 같은 두루마리 화장지는 아무런 내용이 없는 것으로 다가왔고, 아무런 느낌도 전해주지 않았다. 한데 두루마리 화장지는 확실히 가만히 바라볼 만한 것은 아니었고, 가만히 바라보기에 좋은 것도 아니었고, 그것을 가만히 바라보는 사이 가만히 바라볼 만한 것이 되지도 않았지만— 확실히 두루마리 화장지는 수십 년 만에 한 번 지구 가까이 다가오는 혜성이나 수백 년 만에 한 번 일어나는 화산 폭발만큼 바라보기에 흥미로운 것은 아니었다—, 어쨌든 가만히 바라보기에 좋은 것은 아니라는 생각을 하며 바라보기에는 좋은 것이었다.

그리고, 당연한 것이지만, 두루마리 화장지에는 극적인 것이 아무 것도 없었고, 극적인 어떤 것에 있는 소름 끼치는 것이 없었고, 그래서 소름 끼치는 두루마리라고 생각할 수 없었고, 그 점이 마음에 들었다. 가만히 두루마리 화장지를 바라보고 있자, 내가 정녕 가만히 두루마리 화장지를 바라보고 있기 위해 하와이를 온 것 같았다. 내가 어떤 사물을 오랫동안 가만히 바라보고 있을 때면 때로 그렇듯, 사물이 그 구체성을 잃으며 추상적인 것이 되는, 어떤 역전 현상이 일어나지는 않았지만 거의 일어날 것만 같았다. 하지만 그 순간에는 끝내 그런 일은 일어나지 않았고, 그래서 나는 두루마리 화장지를 두루마리 화장지의 형태를 한 추상적인 어떤 것으로 볼 수는 없었다. 그럼에도 나는 두루마리 화장지를 바라보며, 진리임에도 증명될 수 없는 수학적 명제가 존재한다는, 수학자 괴델의 불완전성 정리에 대해 잠시 생각하며, 그 이론이 얼마나 안도감을 주는지에 대해 생각할 수 있었다. 계속해서 두루마리 화장지를 바라보고 있자 어떤 궁지 속으로 아늑하게 빠져드는 것 같았는데 끝내 그 속에 빠져들게 되면 아늑하기만 하지는 않을 것 같았고, 어떤 불편한 궁지에 빠져들고 싶어 그냥 내버려두었지만 완전히 빠져들지는 못했다. 두루마리 화장지와 함께하고 있자 내가 북극에서 코코넛 열매를 갖고 놀고 있는 한 마리의 원숭이처럼 여겨졌다.

내가 하와이에서 한 것이라곤 하와이에 대해 좋지 않은 생각을 품고, 단체관광 버스에서 관광객들과 마음속으로 싸우고, 하와이의 야생 수탉을 보고, 쓸데없는 생각들을 한 것이 전부였는데, 그것으로 하와이에서 할 일을 다한 것 같았다. 그런데 하와이에서 마지막 날 밤 어떤 일이 내게 일어났는데 그것은 전혀 생각지 못한 것이었다. 내일이면 지겨운 하와이를 떠날 수 있을 거라는 생각을 하며, 호텔 방에서 술을 마시고 있는데 갑자기 왼쪽 가슴에 격렬한 통증이 느껴졌고, 마치 자동차의 엔진이 꺼지듯이 불규칙한 진동이 있은 후 심장이 멎었다. 내 인생 최초의 심장 발작이었다. 심장이 쪼개지는 것 같았다. 몇십 초 정도 심장이 멎은 것 같은데, 주먹으로 가슴을 세게 여러 대 때린 후에 다시 움직이기 시작한 것 같았다. 심장이 정지한 느낌은 무척 이상했는데, 그것에 비유할 수 있는 것은 그 순간에도 그 후에도 찾지 못했다. 심장 발작은 내가 상상한 모습으로는 아니지만 비슷한 모습으로 찾아온 것 같았다. 심장이 멎은 상태는 죽은 듯이 고요하지는 않았고, 격렬한 통증이 느껴졌다. 한참 후 격통이 가라앉은 후에는 주먹만 한 심장을 주먹으로 여러 차례 때리고 나서야 심장이 다시 박동하기 시작한 것이 약간 재미있게 느껴졌다. 그것을 제외하고는 최초의 심장 발작을 나는 무척 담담하게 넘겼다. 최초의 심장 발작이 있고 나자 그것을 경험한 곳이 하와이라는 사실을 잊지 못할 것 같았는데, 누구도 자신에게 최초의 심장 발작이 일어난 곳은 쉽게 잊지 못할 것이기 때문이었다. 앞으로 하와이를 생각하면 야생 수탉과 함께 심장 발작을 떠올리게 될 것 같았다.

그날 밤 수면제를 여러 알 먹은 후 간신히 잠이 들었고 새벽에 이상한 꿈을 꿨다. 꿈속에서 나는 진짜 아메리카 인디언들이 사는 인디언 마을에 갔는데 그들은 여명의 고속도로에서 죽어 있거나 하지는 않았고, 보름달이 비치는 밤에 모닥불 주위에서 어떤 의식을 치르고 있었다. 그들은 닭의 피같이 빨간 음료를 내게 주었는데 그것을 마시자 곧바로 몹시 혼몽해졌다. 하지만 혼몽한 나머지 몽환적이지는 않았고, 그래서 나는, 몽환적이기까지 하다면 얼마나 좋을까, 하는 생각을 했지만 아무리 해도 몽환적이기까지 하지는 않았고, 그래서, 이대로도 괜찮은걸, 하고 생각했다. 마치 혼몽과 몽환 사이의, 시계가 불분명한 광활한 지대를 떠돌고 있는 것 같았는데, 그곳은 눈이 휘몰아치는 툰드라 같았지만 더운 곳 같았다. 한데 인디언들은 내게 필요한 것이 뭔지 아는 것처럼 잠시 기다리라고 하며 닭의 뼈에 불을 붙여 내게 한 대 건네주었다. 연기를 한 모금 들이켜자 굉장한, 아찔한 환각을 일으켰고, 닭의 뼈 파이프에서는 파란색 연기가 났다. 무척이나 몽환적이었고, 역시 혼몽했다.

잠시 후 꿈속에서 장면이 완전히 바뀌며, 나는 어쩌면 내 인생에서 가장 슬픈 꿈 중의 하나인 꿈을 꿨는데 그것은 내가 죽는 꿈이었다. 그것은 임사 체험과 비슷한 것으로 여겨졌다. 영혼이 육체를 떠나는, 승천하는 것 같은 일이 일어났고, 그다음 순간 나는 하늘에 있었다. 어쩐지 스탠리 큐브릭 감독의 「2001 스페이스 오디세이」에 나오는 어떤 우주 공간 같은 곳처럼 여겨졌고(꿈속에서 나는 그런 생각을 했다), 중력이 전혀 작용하지 않는 그곳에서 내 몸이 아주 천천히 어떤 곳을 향해 빨려가듯 떠가고 있었다. 하지만 더 이상 몸은 존재하지 않고 감각과 의식만 남아 있는 것 같았다. 어느 순간 저 멀리 블랙홀처럼 보이는 거대한 구멍이 보였는데 천천히 회전하고 있었다. 「2001 스페이스 오디세이」에 나오는 어떤 음악이 어디선가 들리면 잘 어울릴 것 같았지만 절대적인 침묵만이 있었다. 이상하게도 내가 나의 의식의 끈을 놓을 경우 블랙홀 같은 구멍 속으로 빨려 들어가게 될 것 같았고, 그렇게 될 경우 그것으로 모든 것이 끝날 것만 같았고, 그래서 그 구멍 속으로 빨려 들어가고 싶은 너무나 큰 유혹을 느끼면서도 그것에 저항하며 그렇게 되지 않도록 안간힘을 썼다. 그사이에도 나는 끝없이, 아주 고통스러울 정도로 천천히 그 블랙홀을 향해 떠가고 있었다. 지루할 정도로 길게 느껴졌지만 실제로는 길지 않은 꿈을 꾼 후 깼을 때에는 잠시 슬픔이 엄습해왔지만, 조금 후에는 마음이 죽음을 맞은 것처럼 아무런 느낌이 없었다.

하와이에서 돌아온 나는, 내가 그곳에 간 이유는 어쩌면 하와이에 대한 이런 글을 쓰게 되리라는 것을 막연하게나마 알았고, 결국은 이런 글을 쓰기 위해서였다는 생각을 했다. 나는 하와이와 관련해 내가 쓴 글을 다시 읽으며, 이 글을 쓰는 내내 얼마나 무료했는지를 생각했고, 너무도 무료했기에 이런 글을 쓸 수 있었다는 생각을 했다. 그리고 그것은 이 소설 자체도 마찬가지였다. 재미에 대한 나의 어떤 생각들에 대한 것인 것마냥 쓴 이 소설 전체가 내가 느낀 어떤 말할 수 없는 극심한 지겨움을 길게 표현한 것이었다.

뜬구름

 샌프란시스코를 떠나기 하루 전 골든게이트 공원을 다시 찾았는데 그곳은 시내에 있는 여러 공원들 중에서 내가 가장 많은 시간을 보낸 곳 중 하나였다. 파란 하늘 아래, 숲으로 둘러싸인 야트막한 언덕의 풀밭에 누워 오후의 반나절을 보냈다. 사람들은 산책을 하거나, 풀밭에 누워 일광욕을 하거나 책을 보고 있었다. 훌라후프를 하는 여자들도 있었고, 프리스비를 던지는 남자들도 있었다. 풀밭 여기저기에서 개들이 주인이 던진 작은 초록색 공을 향해 달려가고 있었는데, 미국의 개들은 공놀이를 정말 좋아했다.
 언젠가 몇 달 외국여행을 한 후 서울에 있는 집에 돌아갔을 때의 기억이 떠올랐다. 생각지 못한 뭔가가 나를 기다리고 있었는데, 바퀴벌레들이었다. 바퀴벌레들은 그사이 빈집을 차지한 것처럼 집 안을 유유히 돌아다니며 나를 너무도 반갑게 맞아줬고, 그래서 나는 반가운 마음에 몇 마리를 처치해주었다. 바퀴벌레들은 빈집에서 오래 지낸 탓에 사람을 상대하는 법을 모르는 것처럼 보였는데, 사람을 상대하는 법을 그것들이 알아먹을 수 있게 어떻게 가르쳐줘야 하는지 알 수 없었다. 나는 필사적일 이유가 하나도 없는데도 불구하고 필사적으로 그것들을 바라보며 그것들을 상대하는 데 있어 결사적인 어떤 방식을 생각하려 했지만 마땅한 생각이 떠오르지 않았다.

나는 어떤 생각에 바퀴벌레들을 위해 어떤 최후의 수단처럼, 베토벤의「월광」소나타를 튼 후 잠시 그것들이 집 안을 돌아다니는 것을 지켜보았다. 우리는 함께 그 서정적인 음악을 감상했는데 바퀴벌레들은 그 음악을 좋아하는 것 같았고, 더욱 활기차게 돌아다니는 것 같았다. 바퀴벌레들이 그 음악에 맞춰 춤을 추는 것 같기도 했다. 장시간 비행 후 기절할 것처럼 피로한 상태에서 너무도 활력에 넘치는 바퀴벌레들이 너무도 지쳐 손가락도 움직이기 힘든 나를 비웃듯 집 안을 태연하게 돌아다니는 모습을 보고 있자 그들이 내 집의 주인인 것처럼 여겨졌고 기분이 너무도 이상해 결국 그날 밤 집 근처 여관에 가 잠을 자고 다음 날 다시 돌아가야 했다.

8월이었고, 그날 하루 나는 모기장을 친 침대에 누워 모기들이 나타나기를 기다렸지만 이상하게도 모기는 없었다. 그 무렵은 모기들이 극성스럽게 사람을 괴롭히는 때였지만 막상 기다리고 있자 나타나는 모기는 없었다. 나는 모기장을 친 침대에서 모기들이 나타나기를 기다렸지만 나타나는 모기는 없는 이상한 하루를 보냈다. 하지만 모기는 이튿날, 내가 더 이상 기다리지 않게 되었을 때 나타났다. 나는 8월 내내 무척이나 많은 모기들을 죽였고, 그래서 내가 모기를 죽이며 8월을 보내고 있다고 느꼈다.

하지만 바퀴벌레와 모기 말고도 나를 시달리게 한 것이 또 있었는데 그것은 매미들이었다. 매미들이 창밖 나무에서 극성스럽게 울어댔다. 뇌를 쑤셔대는 것 같은 매미들의 울음소리를 고통스럽게 들으며 한국에 온 것을 실감했는데, 매미들의 울음소리와 한국이라는 나라에 돌아온 것 중 어느 것이 더 나를 고통스럽게 하는지는 분명치 않았다. 마치 그것을 알아내기라도 하려는 듯 침대에 누워, 매미 울음소리에 거의 남아 있지 않은 기력마저 다 뺏기며, 매미들을 차분한 마음으로 저주하며 매미들을 저주하는 마음으로 다시 돌아오게 된 그 이상한 나라를 저주하려 했지만 잘 되지 않았는데, 그것은 매미들의 기세등등한 울음소리에 완전히 기가 꺾이고 풀이 죽었기 때문이다. 그럼에도 울분이 치밀었고, 조금 후에는 허탈감이 몰려왔고, 그 두 가지가 번갈아가며 나를 압도했는데, 울분을 충분히 느끼고 나자 허탈했고, 충분히 허탈해하고 나자 그다음에는 계속해서 무슨 감정을 느끼기는 해야 할 것 같은데 무슨 감정을 느껴야 좋을지 모르는 상태에서 울분이 또다시 치밀었고, 그 과정이 반복되었기 때문이다. 이번에도 8월 말에 서울에 돌아가게 되면 늘 그랬던 것처럼 바퀴벌레와 모기와 매미를 포함해 아무것도 아닌 것들과 사투를 벌이며 대한민국에서 가장 기이한 생각을 하며 사는 사람 중 하나로 살아갈 것 같았다.

모든 것이 평화로운 공원에 누워 있는데 자꾸만 병적인 생각이 들었다. 그 평화로운 공원은 병적인 생각을 하기 좋은 곳이 아니었고, 그래서 그런 생각을 하는 것이 어려웠지만 마치 어떤 생각을 밀고 나가듯 병적인 생각들을 계속했다. 내가 누워 있는 곳 근처 나무들 아래에 풀들이 웃자라 있었고, 그것들이 이상하게도 불길한 느낌을 주었다. 하지만 내가 풀들에서 느끼는 불길함은 내 안에서 비롯되는 것 같았다. 그리고 그 불길함의 정체는 내가 앞으로도 계속해서 마치 어떤 억지를 부리듯, 아무런 내용도 없는 이런 글을 쓰며 살게 되리라는, 아니면 더 이상 어떤 글도 쓰지 못할 수도 있을 거라는 데 있는 것 같았다. 아니, 그보다도 사실상 아무런 기대도 희망도 위안도 없는, 웃음마저 거의 사라진 삶을 유령처럼 살고 있고, 억지를 부리듯 삶을 사는 것이 아니라 삶 자체가 억지 같은 그러한 삶을 앞으로도 계속해서 살게 될 거라는, 아니, 그렇게는 할 수 없을 거라는, 그리고 그것을 알 수도 있다는 데 있는 것 같았다.

풀밭을 가만히 바라보고 있자 차츰 내 눈앞에 있는 것들이, 마치 눈을 감고 한참 있다 뜨자 그사이 계절이 잘못 찾아온 것처럼 이상하게 바뀌어 있는 것처럼, 모든 게 시들어 있고, 조금 후에는 시든 모든 것들도 자취를 감추며, 파란 풀밭 위를 뛰어가던 개도, 개가 뒤쫓아가던 초록색 공도, 훌라후프를 돌리거나 프리스비를 던지는 사람들도 사라지며, 황량한 언덕만 있는 이상한 계절이 된 것 같았는데, 그런 상상을 했는데, 그 모든 것이 내 안의 사실적인 어떤 풍경처럼 여겨졌다. 마침 그때 어떤 개가 공중에 던져진 공을 향해 내 앞을 달려가며 짖지 않았다면 모든 것이 그 상태로 정지해버렸을 수도 있었을 것 같았다.

그 개를 보면서, 여느 때 같았으면 이곳의 개들이 공을 얼마나 좋아하는지를, 어쩌면 개들 사이에서는 공을 물어오는 것을 좋아하지 않으면 이상한 개 취급을 받을 수도 있을 것이라거나, 행복한 일생을 보낸 개라면 초록색 공을 향해 점프를 하는 장면을 떠올리며 눈을 감을 수도 있을 것이라는, 두서없이 이어지는 생각을 했을 테지만 더 이상 그 개에 대해서도, 그것이 향해 달려가는 공에 대해서도 생각하지 않았다. 더 이상 아무 생각도 하지 않았다. 텅 빈 눈으로 흘러가는 구름을 바라보았고, 텅 빈 눈으로 바라보기에는 구름만 한 것도 없다는 생각 같은 것도 하지 않았다. 생각만 해도 몸서리가 쳐지는 생각 같은 것은 더 이상 하지 않았다.

(나는 이 마지막 장은 오직 구름에 대해서만 이야기를 할 생각이었지만 어떻게 하다가 결국에는 딴 이야기를 하게 되었다. 하지만 이 장도, 이 소설 전체도 사실은 구름에 관한 이야기이기도 한데, 그것은 이 소설이 뜬구름 잡는 것에 관한 뜬구름 잡는 이야기이기 때문이다. 이 소설에는 뜬구름이라는 제목을 붙일 수도 있을 것 같은데, 그것은 내 생각에 자연계의 모든 것 중에서도 그 안에 핵심이 없다는 것을 가장 잘 보여주는 것이 뜬구름이기 때문이며, 동시에 생각과 말의 어지러운 장난에 지나지 않는 이 소설이 뜬구름처럼 아무런 핵심이 없는 것이기 때문이다.)

해설

미의 무의미

김태환

1. 반허구적 형식

  이 소설은 책 앞머리 작가의 언급에서도 드러나는 것처럼 정영문이 2010년 봄, 여름 두 계절 동안 샌프란시스코에 머물면서 쓴 일종의 샌프란시스코 체류기다. 여기서 그냥 체류기라고 하지 않고 '일종의'라는 말을 앞에 덧붙인 것은 한편으로 작가 자신이 이 체류기를 가리켜 오히려 표류기에 가깝다고 말하기 때문이다. 표류라는 말은 정영문 특유의 어떤 지향을(좀더 정확히 말하면 지향 없음을) 잘 표현하고 있으며 이 책이 여느 작가의 국외 여행기와도 다른 특색을 나타낼 것임을 짐작하게 한다.
  하지만 정영문의 샌프란시스코 체류기를 그저 체류기라고 부를 수 없는 더욱 근본적인 이유는 그가 자신의 체험을 일반적인 관행대로 여행기 형식 속에 담는 대신에 장편소설로 쓰기로 결정했다는 데 있다. 정영문은 특별히 허구적 인물이나 배경을 고안해내려는 노력도 하지 않은 채 미국을 여행하면서 자기에게 있었던 일이나 떠오른 생각들을 적어내려간 것처럼 보이는데, 그럼에도 불구하고 그는 자신의 글을 여행 산문이 아니라 소설로 간주하고 있는 것이다.

작가 자신의 체류기/표류기가 바로 소설이 됨으로써 비허구와 허구의 경계선에 걸쳐 있는 반(半)사실적-반(半)허구적 텍스트가 탄생한다. 이와 같은 혼성 장르적 텍스트는 사실인 동시에 허구이며 사실이 아니면서 동시에 허구가 아니기도 하다. 『어떤 작위의 세계』에 대한 고찰은 무엇보다도 그것이 혼성 장르로서 가지고 있는 양면적 특성에서부터 시작되어야 할 것이다.

먼저 이 소설을 사실적으로 만드는 가장 결정적인 요인은 소설의 화자가 곧 작가 자신이라는 점이다. 물론 화자가 직접 '나는 정영문이다'라고 말하지는 않는다. 그럼에도 불구하고 그가 자신의 신원에 대해 언급한 여러 가지 내용으로 볼 때 그는 분명 정영문 자신이다. 그는 거듭해서 자기가 이 소설을 쓰고 있다고 말한다. 즉 자신이 소설 속에 등장하는 허구적 인물로서의 1인칭 화자가 아니라 소설의 창조자임을 강조하고 있는 것이다. 이 작가-화자는 심지어 자기가 가장 최근에 발표한 소설 제목(『바셀린 붓다』, 자음과모음, 2010)을 언급하기도 한다. 또한 그는 자신이 50권 가량의 영어책을 한국어로 번역했다고 밝히고 있는데, 그 목록 속에는 레이먼드 카버의 책도 1권 포함되어 있다. 그것은 정영문의 이력과 정확히 일치한다. 이것으로 미루어서 이 소설에서 그가 자기 자신에 대해 이야기하는 부분들 대부분이 작가의 자기 고백이라고 생각할 수도 있을 것이다. 그 때문에 우리는 이 작품을 통해서 정영문의 다른 어떤 소설에서보다도 더 솔직하게 작가의 면모가 드러나 있다는 느낌을 받게 된다.

그럼에도 불구하고 이 책은 허구적이다. 아무리 작가가 직접 나서서 자기의 이야기를 한다고 해도, 거기에 소설이라는 장르 명칭이 붙는 순간 그 이야기의 사실성은 흔들리기 시작한다. 왜냐하면 소설은 그 속에 서술되는 내용의 사실성 여부를 문제 삼지 않는다는 작가와 독자 사이의 암묵적 계약을 전제로 하는 장르이기 때문이다. 그리하여 작가는 본격적으로 소설을 쓰기 시작하는 순간부터 사실이 아닌 것을 사실인 것처럼 말해서는 안 된다는 일상적 의사소통의 규범에서 자유로워진다. 일종의 면책 특권을 가지게 되는 것이다. 소설 바깥에서 이 소설을 쓰게 된 경위와 심정을 털어놓는 작가의 진술 ― 그에 따르면 그는 대산문화재단의 지원을 받아 2010년에 샌프란시스코에 머물며 이 소설을 썼고 "그냥 보이는 대로 보고 들리는 대로 듣고 느껴지는 대로 느끼고 어쩔 수 없이 경험되는 대로 경험한 것들에 대해" 쓰고자 했다 ― 과 샌프란시스코에서 있었던 이런저런 일들에 관한 소설 속의 진술 사이에는 진술 주체의 책임이라는 측면에서 큰 차이가 있다. 작가는 전자의 사실성 여부에 대해 책임을 져야 하는 반면(특히 대산문화재단의 지원을 받았다는 언급은 작가가 진술의 사실성에 대한 진술 주체로서의 책임 이상의 의무에 묶여 있음을 보여준다), 후자의 경우에는 사실이든 아니든 아무런 상관이 없는 것이다. 그리니 작가는 자기가 마음대로 상상한 것을 실제 일어난 것처럼 적었을 가능성도 있고, 따라서 그가 한 이야기 가운데 무엇이 그에게 실제 일어난 일이고 무엇이 마음대로 꾸며진 이야기인지는 불투명한 채로 남아 있다. 작가-화자는 그런 꾸며내기의 가능성을 환기하기라도 하려는 듯이, 종종 어떤 일을 정말로 겪은 것처럼 실컷 자세하게 이야기한 뒤에, 곧바로 "아니, 그것은 사실이 아니다"라며 앞의 진술을 취소하곤 한다. 예컨대 다음과 같은 대목을 보자.

> 방귀도 볼품 있는 엉덩이라야 어엿하게 뀔 수 있을 것 같았고, 그것이 이치인 것 같았다. 그 사실을 확인하려고, 얼마나 어엿하지 않은 방귀가 나오나 보려고 정색을 하고 방귀를 뀌려 했지만 방귀는 나올 마음이 없는 것 같았다. 〔……〕 나오려 들지 않는 방귀가 거의 야속하게 여겨졌다. 어떤 이유로 마음먹고 방귀를 뀌려고 하면 여간해서는 나오지 않는다는 사실을 다시 한 번 확인했다. 그것 역시 어떤 이치 같았다. 잠깐 사이에 어떤 이치를, 그것도 아주 허무맹랑한 이치를 두 가지나 깨닫게 된 것 같은 것이 하나도 뿌듯하지 않았다. 아니, 이것은 사실이 아닌데, 애초에 방귀 같은 것은 나오지 않을 것 같았고, 그래서 방귀를 뀔 마음 같은 것은 먹지 않았었다. (p. 62)

소설을 정영문의 체험기로 읽어가던 독자라면 이처럼 진술이 번복되는 순간 작가-화자가 들려준 이야기가 사실이 아니라는 데 대해 가벼운 실망감(그 실망감은 가벼운 것일 수밖에 없는데, 왜냐하면 그가 이야기하는 사실들이란 위의 인용문에서도 충분히 확인할 수 있는 것처럼 사실이라도 그만 아니라도 그만인 것 같은 경우가 대부분이기 때문이다)을 느끼면서도, 그것을 아무렇지도 않게 뒤집어버리고서 '사실은 그렇지 않았다'라고 말하는 화자의 진실성에 대해서는 어떻게 판단해야 할지 알 수 없는 난감한 처지에 빠지고 말 것이다.

2. 믿을 수 없는 화자?

이 지점에서 작가가 작가-화자로 변신하는 반허구적 텍스트의 중요한 특징 한 가지가 드러난다. 그것에 관해 좀더 상세히 고찰해보기로 하자. 정영문의 작가-화자가 방귀를 뀌려 했다고 했다가 아예 그런 시도도 하지 않았다고 번복할 때, 또는 금문교에서 과일들을 바다에 던졌다고 했다가 사실은 그러지 않았다고 주장할 때 독자로서는 그가 도대체 어디까지 사실을 말하고 있는지 의문을 품게 될 것이다. 그렇다면 그에 대해 웨인 C. 부스가 『소설의 수사학』에서 제안하여 널리 쓰이게 된 '믿을 수 없는 화자 unreliable narrator'라는 개념을 적용할 수 있을까? 답은 '아니오'이다.

부스의 '믿을 수 없는 화자'라는 개념 속에는 사실성에 대한 진술 주체의 책임을 요구하는 일상적 의사소통의 규범(화자는 신뢰할 수 있어야 한다)이 은연중에 함축되어 있다. 이 규범이 작용하기 때문에 독자는 화자가 신뢰할 수 없는 인물이라고 판단하는 순간부터 화자의 말에 대해 거리를 두면서 그가 숨기거나 왜곡하는 것에 대해 추측하려고 노력하게 되는 것이다. 믿을 수 없는 화자를 내세우는 작가는 바로 일상적 의사소통의 규범과 그 규범을 의식하는 독자의 성향을 이용하여 간접적으로 자신의 이야기를 전달한다고 할 수 있다.

그런데 이상의 고찰은 일상적 의사소통의 규범을 벗어나는 데서 소설의 계약이 성립한다는 명제와 충돌하는 것처럼 보인다. 소설의 허구성을 문제 삼지 않는다는 계약에 동의한 독자가 왜 화자의 말이 사실이 아닐 거라는 의심을 어떻게 품는 것일까? 이러한 모순은 작가와 화자의 엄격한 분리를 통해 비교적 쉽게 해결된다. 작가에 대한 면책 조항이 소설 계약의 제1조라면, 작가와 화자의 엄격한 분리는 소설 계약의 제2조라고 할 수 있다. 그리하여 작가에게는 사실성에의 구속에서 벗어나 자의적인 상상의 세계를 구축하는 것이 허용되지만(제1조), 화자는 작가가 만들어놓은 허구의 세계 속에서 사실성에 대한 책임을 지게 되는 것이다(제2조). 제라르 주네트 역시 바로 이런 맥락에서 작가와 화자를 구별한다. 그에 따르면 발자크의 소설 『고리오 영감』의 화자는 보케르 하숙집과 그 속의 인물들을 알고 있는 사람인 반면, 발자크 자신은 그들을 상상했을 뿐이라는 것이다. 따라서 화자는 자신이 알고 있는 사실을 정확히 이야기해야 할 책임을 지게 되는데, 다만 그 사실이란 작가가 지어낸 허구일 뿐인 것이다. 소설 속의 진술은 허구 세계 바깥에서 이 세계를 상상해내는 작가의 차원에서는 사실 여부가 전혀 문제되지 않지만, 그 세계에 속해 있는 화자의 차원에서는 진실일 수도 있고 거짓일 수도 있는 어떤 것이다.

 하지만 작가는 상상하는 자이고, 화자는 아는 자(정확히 말하면 아는 대로 보고하는 자)라는 주네트의 명쾌한 구분에는 뭔가 이율배반적인 점이 있다. 사실성을 따지지 않는다는 소설 계약 제1조가 현실과 사실성에의 구속에서 작가를 해방하고 자유로운 상상을 촉진하는 기능을 수행한다면, 화자가 사실을 이야기하는 자로서 작가와 엄격히 구분되어야 한다는 소설 계약 제2조는 작가적 상상이 사실성의 구속을 요구하는 현실의 모델에 따라야 한다는 생각을 은연중에 전제하고 있는 것이기 때문이다. 주네트가 작가와 화자를 구별하면서 사실주의 소설의 거장 발자크를 예로 떠올린 것은 우연이 아니다. 상상하는 작가와 분리된 화자, 아는 자, 보고하는 자로서의 화자는 무엇보다도 사실주의의 화자이다.

정영문의 작가-화자가 가지는 의미는 이러한 맥락에서 이해할 수 있을 것이다. 작가의 화자로의 변신은 무엇보다도 사실주의적 관습이 세운 작가와 화자 사이의 장벽에 대한 부정이며, 상상하는 자로서의 작가가 가지는 모든 면책 특권을 화자에게 그대로 부여하려는 시도이다. 따라서 작가-화자가 자신의 말을 번복할 때, 우리는 이러한 사실로부터 그가 일관성이 없고 믿을 수 없는 인물이며 그의 말 너머에 있는 진실을 독자 스스로 찾아내야 한다는 결론을 끌어낼 수는 없다. 이 번복은 오히려 작가-화자가 보고하는 자가 아니라 상상하는 자라는 것, 그의 말은 신뢰할 수 있느냐 없느냐, 사실이냐 아니냐라는 기준으로 평가될 이유가 없으며 그가 '어떤 일이 일어났다'라고 쓰는 것과 '나는 어떤 일이 일어났다고 상상했다'고 쓰는 것 사이에 어떤 근본적인 차이도 존재하지 않음을 우리에게 환기해준다. 다시 말해서 그것은 소설 계약 제2조의 폐기와 동 계약 제1조의 모든 차원에서의 실현을 뜻한다. 여기서 제1조와 제2조의 관계를 다시 생각해보면 후자는 전자에 대한 단서 조항이라고 할 수 있는데(제1조 소설적 진술에 대해서는 그 사실성 여부를 따지지 아니한다, 제2조 단 소설적 진술은 현실 세계가 아닌 소설 속 세계에 대해서는 사실적인 것으로 간주되어야 한다), 정영문의 소설에서는 소설의 본질적인 성격을 제한하는 단서 조항이 부정되고 있는 것이다.

그러니 작가가 소설 속의 주인공이자 화자로 등장하여 자신에 관한 이야기를 풀어놓는다고 해도 이 소설을 흔히 말하는 자전적 소설로 이해할 수는 없을 것이다. 자전적 소설에서는 사실을 말해야 할 의무를 진 화자가 마침 작가라는 직업을 지닌 인물일 뿐이며, 따라서 그가 화자로서 이야기를 하고 있는 동안은 소설을 쓰고 있는 것이 아니다. 이와 달리 정영문의 소설에서는 사실성의 구속에서 벗어나 있는 작가가 그러한 특권을 그대로 유지한 채로 화자가 되고 있으며, 그의 이야기는 그대로 그가 쓰고 있는 소설인 것이다. 작가의 언급에서 다음 대목은 이러한 사정과 관련이 있다. "아니, 그보다는 보이는 대로 보지 않고 들리는 대로 듣지 않고 느껴지는 대로 느끼지 않고 경험한 대로 받아들이지 않은 것들에 대한 이야기이다. 내가 마음대로 뒤틀어 심하게 뒤틀리기도 한 이야기들이 있는 이 글에는 지극히 사소하고 무용하며 허황된 고찰로서의 글쓰기에 대한 시도, 혹은 재미에 대한 나의 생각, 혹은 사나운 초록색 잠을 자는 무색의 관념들, 혹은 뜬구름 같은 따위의 부제를 붙일 수도 있을 것이다."

독자는 이렇게 소설적 시도를 하는 작가 정영문을 소설 속에서 직접 마주한다. 그런 점에서 이 소설은 지극히 사실적이다. 하지만 '심하게 뒤틀린' 그의 이야기들은 현실적인 것, 또는 흔히 현실적이라고 생각되는 것에 전혀 얽매이지 않는다. 그런 점에서 본다면 이 소설은 허구적인 설정과 허구적 인물로서의 화자를 내세우는 다른 일반적인 소설들보다도 더 허구적이다.

3. 상상의 상상

작가-화자의 이 소설이 상상의 산물이라면, 이 상상의 세계 속에서 작가-화자는 다시 끊임없이 상상에 빠져드는 인물로 등장한다. 그는 옛 여자 친구의 지금 남자 친구의 성기를 보고 불알들의 음흉함에 대해 상상하고, 우연히 길에서 본 두 여자들의 레즈비언적 삶에 대해 상상하며, 연못에 풀어놓은 마약에 취해 기분 좋게 물 위에 드러누워 있는 잉어들을 상상한다. 그것은 상상 속의 상상이고, 꿈속의 꿈이다. 그가 금문교에서 과일을 바다에 떨어뜨리는 장면을 생각해보자. 그는 더 이상 먹고 싶지 않게 된 과일들에게 특별한 최후를 맞이하게 해주려는 생각에서 금문교로 가서 그것들을 바다에 떨어뜨린다. 그러면서 금문교와 그곳을 찾아오는 자살자들에 관한 온갖 엉뚱한 상념에 빠져든다. 그리고 마지막에는 바다에 빠진 과일들의 운명에 대한 상상이 이어진다.

>한데 막상 과일들을 떨어뜨리고 나자 그것들 가운데는 떠내려가지 못하고 물속으로 가라앉는 것들도 있을 것 같았다. 어쩌면 가라앉는 것들은 물속 바닥에서, 어떤 건물 속 복도를 굴러가듯 천천히 굴러갈 수도 있을 것이었다. 과일들은 내가 그것들에게 아무 임무도 부여하지 않았지만 서서히 본래의 자신들의 모습을 잃으며, 태평양을 떠도는 자신들의 임무는 다할 것이었다. 나는 그것들이 태평양을 떠도는 것을 상상했고, 그것들이 그렇게 될 수 있게 된 것은 내가 매사에 의욕이 없어서라는 생각을 했다. (p. 151)

작가-화자는 이 대목에서 과일들을 떨어뜨리며 그 과일들이 바다에서 어떻게 될 것인지에 대해 상상하고 있다. 금문교에서 과일들이 떨어진 것은 실제 사건이며, 태평양을 떠도는 과일들, 또는 바다에 가라앉아 굴러다니는 과일들의 모습은 그 실제 사건에서 촉발된 상상에 속한다. 그러나 곧 이어서 작가-화자는 이 사건 자체를 부정한다.

"그래서 이 모든 것은 내가 매사에 아무런 의욕이 없어 침대에 조용히 누워 상상한 것이었다." 그는 침대에 누워서 자기가 밤에 금문교에 가서 과일들을 떨어뜨리는 상상을 하고, 또 그렇게 하는 와중에 과일들이 어떻게 될 것인지를 상상하는 것을 상상한 셈이다. 즉 그는 "나는 그것들이 태평양을 떠도는 것을 상상했고, 그것들이 그렇게 될 수 있게 된 것은 내가 매사에 의욕이 없어서라는 생각을 했다"는 것까지 상상하고 있는 것이다.

그런데 우리는 우리 자신이 상상하는 것을 상상하는 것이 가능할까? 먼저 일반적인 상상을 생각해보자. 과일들이 태평양을 떠도는 것을 상상한다고 해서 정말로 과일들이 태평양을 떠도는 것은 아니다. A를 상상한다는 것은 A가 사실이 아니라는 것, 아니면 적어도 A가 사실인지 아닌지 불투명하다는 것을 의미한다. 그런데 A를 상상했다고 상상한다면? 그것은 사실상 A를 상상한 것이다. A를 상상하지 않고 A를 상상했다고 상상만 할 수 있는 방법은 없다. 작가-화자는 과일들을 떨어뜨리는 것을 단지 상상만 했을 뿐 실행에 옮긴 것은 아니지만, 과일들이 태평양을 떠도는 장면을 상상한 것만은 의심의 여지가 없는 사실인 것이다. '상상하다'라는 동사가 자기 자신을 목적어로 취하는 경우 본래 이 동사에 고유한 탈사실적 효과는 사라지고 만다. 결국 상상된 상상은 역설적으로 매우 사실적인 어떤 것이 된다.

여기서 '생각하다'와 '상상하다'의 차이점을 생각해볼 수 있을 것이다. '생각하다'는 일반적 의미에서 '상상하다'의 목적어가 될 가능성이 있다. 예컨대 '나는 그녀가 그를 불행하게 만들었다고 생각했다'와 '나는 그녀가 그를 불행하게 만들었다고 생각한다고 상상했다'라는 문장 사이에는 분명한 의미상의 차이가 있다. 두번째 문장에는 실제로 그렇게 생각하지는 않았다는 함의가 담겨 있기 때문이다. 하지만 여기서 '생각하다'를 '상상하다'로 대체하면 얘기는 달라진다. 만일 '나는 그녀가 그를 불행하게 만들었다고 상상한다고 상상했다'라고 한다면, 결국 '나'는 그녀가 그를 불행하게 만들었다고 상상한 것이기 때문이다. 이러한 차이는 '생각하다'와는 달리 '상상하다'에 믿음의 요소가 빠져 있다는 데서 생겨난다. 상상은 생각이되 그 대상이 참이라는 믿음이 없는 생각인 것이다. 따라서 A라고 생각하지 않으면서(믿지 않으면서) A라고 생각한다고(믿는다고) 상상하는 것은 가능하지만, A라고 상상하지 않으면서 A라고 상상한다고 상상하는 것은 있을 수 없는 일이다.

상상. 스스로도 믿지 않는 생각. 믿느냐 믿지 않느냐라는 문제의 차원이 아예 존재하지 않는 생각. 그것은 곧 소설이다. 따라서 이 소설 속에서 작가-화자가 끊임없이 펼치고 있는 이런저런 엉뚱하고 기이한 상상들은 앞에서 말한 것처럼 상상 속의 상상이다. 그것은 실제로 일어난 것으로 서술되는 다른 모든 일들과는 달리 소설이라는 상상적 공간 속에 들어옴으로써 그 유효성을 전혀 잃지 않는 유일한 요소라고 할 수 있다. 다소 과장하여 말한다면 이 소설의 모든 내용 가운데서 확실한 것은 오직 작가-화자가, 더 나아가 정영문 자신이 그런 상상들을 했다는 것뿐이다. 나는 상상한다. 고로 존재한다. 이것이 정영문의 모토다.

4. 상상을 위한 상상

상상이 상상 속에 들어옴으로써 그 유효성을 전혀 잃지 않는 것은 그것이 원래부터 전혀 유효하지 않은 것이기 때문이라고도 말할 수 있을 것이다. 유효하지 않은 생각. 그것이 바로 정영문이 말하는 "사소하고 무용하며 허황된 고찰"이다. 그런데 이렇게 의식적으로 "사소하고 무용하며 허황된 고찰"을 수행해나가는 작가-화자가 아무리 기이하고 엉뚱해 보인다고 해도, 그는 그러한 상상의 사소함과 무용함과 허황됨을 잘 알고 있다는 점에서 일반적인 현실감을 아주 상실한 것은 아니다. 그는 어떤 생각을 한 뒤에 그것이 말이 안 된다거나 근거가 없다거나 하는 말을 자주 덧붙인다. 말이 안 되는 것을 말이 안 되는 것으로 알고 있으면서 말이 안 되는 것을 생각하는 것, 그것이 상상의 기본 요건이다. 따라서 상상하기 위해서는 미쳐서는 안 된다. 미친 사람은 상상할 수 없고 생각하고 믿을 수 있을 뿐이다. 작가-화자는 '맛이 가는 것'도 한번 기대해볼 만한 일이라고는 생각하지만, 그렇더라도 "사나워져 소란을 피우거나, 누군가에게 피해를 끼치지는 않기를, 조용히 혼잣말을 하며 지낼 수 있기를" 소망한다. 그가 원하는 것은 다음과 같은 상태다. "그래서 내가 맛이 가게 되면, 모든 것이 꿈만 같다는 생각도 할 수 없을 테지만, 그럼에도 꿈을 꾸는 듯한 얼굴을 하고, 벽과 지붕과 창문이 모두 구름으로 만들어진 집에서, 모두 구름으로 만들어진 침대와 탁자 같은 가구들에 둘러싸여, 구름으로 만들어진 옷을 입고, 구름으로 만들어진 음식을 먹고, 구름처럼 행동하고 생각해. 구름 아닌 모든 것들도 구름 같고. 그래서 구름이 아닌 것에 대해서는 생각할 수 없어 구름에 대해서만 생각하고 말할 수 있기를 바라는 것이다"(pp. 116~17). 맛이 간 뒤에는 상상 속의 세계를 현실로 믿게 되므로, 구름에 대한 이러한 생각을 상상이라 할 수는 없지만, 그것은 다른 누구에게도 폐를 끼치거나 주변에 소란을 일으키지 않는 믿음, 즉 아무런 영향이 없는 믿음, 미친 자의 머릿속과 입가를 맴돌기만 하는 믿음으로서, 유효하지 않은 생각으로서의 상상에 매우 가까운 것이다.

앞에서 말한 것처럼 상상은 사실성, 즉 외적 대상과의 일치에 대한 요구를 포기한 생각이다. 이것이 바로 상상이 아무런 유효성을 지니지 않는다는 말의 가장 핵심적인 의미이다. 생각의 주체는 자기 바깥의 대상과 일치하는 유효한 생각을 통해 그 대상을 장악하고 자기 뜻대로 조작할 수 있고 또 그래야 한다고 믿는다. 생각 속에는 그런 의미에서 언제나 유효성에의 요구와 의도가 포함되어 있다. 하지만 당연하게도 그런 요구가 언제나 충족되는 것은 아니다. 따라서 유효하지 않은 모든 생각이 상상이라고 할 수는 없다. 상상의 본질은 유효성에 대한 무관심에 있기 때문이다. 상상적 주체에게는 생각 너머에 있는 대상을 장악하고 그것에 어떤 식으로든 영향을 미치고자 하는 의지가 존재하지 않는 것이다.

예컨대 정영문의 작가-화자가 길을 가는 두 여자를 보고 그들이 레즈비언 커플일 거라고 추측하며 그들의 삶을 시시콜콜히 상상할 때, 차에 치어 죽은 야생 동물을 주워다 먹고 사는 히피의 이야기를 듣고 그에 관한 제멋대로의 이야기를 펼칠 때, 그의 그러한 상상들은 길을 가는 두 여자나 외롭게 살아가고 있는 불쌍한 히피와는 아무런 관련도 없고, 그들을 어떤 고정된 이미지에 가두어두지도 못한다. 대상은 상상을 촉발하는 계기가 될 뿐이고, 그렇게 시작된 상상은 그저 자신의 갈 길을 가는 것이다.

그러면 상상의 길은 어디로 이어지는가? 상상은 무엇을 향해 나아가는가? 상상에는 목표 지점이 없다. 상상은 태평양을 떠도는 과일들처럼, 혹은 뜬구름처럼, 정처 없이 흘러갈 따름이다. 정영문적인 상상은 무목적적이다. 일반적으로 볼 때, 설사 현실에서 동떨어진 상상이라 할지라도 비유적으로, 암시적으로 현실을 지시하고 풍자하는 것, 그렇게 하여 어떤 의미를 전달하는 것은 얼마든지 가능한 일이다. 이때 상상은 현실적으로 유효한 진술을 하기 위한 수단으로 동원되는 셈이다. 하지만 정영문의 소설은 그와 같은 상상의 도구화에서 아주 멀리 떨어져 있다. 예컨대 작가-화자는 샌프란시스코의 공원에서 만난 호보의 머리에 이가 있는 것을 보고 그 호보가 가려우면서도 꾹 참고 이들을 키우며 그들과 벗처럼 지낼지도 모른다고, 그리하여 풀밭에서 누워 쉴 때 이들이 머리에서 내려와 풀밭을 즐겁게 돌아다니다가 호보가 일어나면 다시 머리에 올라와 그와 함께 다른 곳으로 길을 떠날 것이라고 상상한다. 그리고 이어서 그런 이들을 호보와 함께 돌아다니는 동료 호보로 보아야 할지 아니면 호보의 머릿속에서 지속적인 삶을 영위하는 정주민으로 보아야 할지 고민에 빠진다. 이런 식의 상상이 그 자체로서 어처구니없는 즐거움을 주는 것 외에 어떤 다른 목적이나 의미를 가질 수 있겠는가?

요컨대 이러한 상상들은 생각 외부의 대상을 지향하는 것도 아니고(호보와 이의 실제 관계를 규명하는 것이 아니라는 의미에서), 어떤 다른 목적론적 연관성 속에 놓여 있는 것도 아니다(호보의 자연 친화적 삶을 비유적으로 표현하는 우화가 아니라는 의미에서). 그것은 그 자체가 궁극적인 목적이 되는 자기목적적 유희, 상상을 위한 상상이며, 이러한 상상을 낳는 것은 무언가 다른 것을 달성하고자 하는 목적의식적 의지가 아니라, 정신이 지니고 있는 "유희에 대한 어떤 끈질긴 욕망"(p. 94)인 것이다. 따라서 상상의 욕망은 삶이 정신에게 주는 권태와 절망과 우울에 대한 강력한 반작용으로 해석될 수도 있을 것이다. 작가-화자는 다른 대목에서 "우울과 절망과 권태의 능력이야말로 지력의 핵심"(p. 161)이라고 말한다.

또한 상상은 끈질긴 욕망의 산물로서, 자기 목적적일 뿐만 아니라, 자기 생산적이기도 하다. 일단 어떤 상상이 떠오르면, 그것은 또 다른 상상에 상상을 끝없이 불러일으키게 마련이다. 상상이 상상을 낳는다. 그것은 마치 바이러스처럼 스스로를 확산시키고 지속시키려는 경향을 보인다. "그렇게 자질구레한 생각들이 끝도 없이 나는 경우가 허다했는데, 자질구레할수록 생각들은 더 끝이 없었다"(p. 85).

자기 목적적, 자기 생산적 상상에 대한 지금의 논의는 그대로 소설에 적용된다. 소설은 글쓰기로 구현된 상상이기 때문이다. 대상이 없는 소설, 소설을 위한 소설, 스스로 증식해가는 소설. "이야기가 또 옆으로 새는데, 그것은 이 소설이 어디로 나아가도 좋기 때문이고, 이것은 또한 이 소설이 말하고자 하는 것이 아무것도 없기 때문이다. 내가 원하는 것은 하나의 이야기에서 또 다른 이야기가 파생하고 이탈해 그것들이 뒤섞이며 모든 것이 뒤죽박죽이 되는 소설이다"(pp. 167~68).

5. 상상의 원천: 유아적 세계관

이 소설에서 유효성을 포기한 무목적적, 비대상적 사고로서의 상상은 다른 한편으로 뚜렷한 유아적 양상을 나타낸다. 우리가 어른으로 성장하면서 현실적 합리주의를 받아들이는 대가로 포기한 유아적 세계관의 흔적이 작가-화자가 펼치는 상상들 곳곳에서 발견된다. 예컨대 그림자에 관한 다음 구절을 읽어보라.

> 내려오는 길도 무척 힘들었고, 나와 나란히 가고 있는 나의 허물 같은 나의 그림자 역시도 몹시 지쳐 보였다. 내가 그 그림자에서 눈을 떼게 되면 너무 지친 나머지 그것은 그냥 뒤에 처져 있을 것 같았고, 그래서 나는 그것과 떨어지지 않기 위해 그것에서 눈을 떼지 않고 걸었다. (p. 41)

피터팬의 일화를 떠올리지 않더라도, 그림자에 대한 깊은 관심, 내 그림자가 내게서 독립하여 떨어져나갈지도 모른다는 불안감은 유아적 세계관과 깊은 관련이 있다. 다음 대목도 이와 유사한 사고의 산물이다.

> 산책하는 사람들이 몇 명 지나갔지만 환한 햇빛 속에서 사람들보다 그들의 그림자들이 더 선명하게 존재하는 것 같았고, 그림자들이 더 살아 움직이는 시간 같았다. 그래서 나는 잔디밭에 누워, 지금은 그림자들이 더 살아 움직이는 시간이라는 생각을 하며 눈을 감았고, 그러자

나의 그림자가 잠시 나를 떠나 주위를 돌아다니는 것 같았고, 그래서 그것이 충분히 돌아다닐 시간을 준 후에야 눈을 떴다. (p. 217)

화창한 날 선명한 그림자들의 생생한 기운을 아이들보다 더 잘 느낄 수 있을까. 위의 구절은 작가-화자가 바로 그러한 감각의 소유자임을 잘 보여준다.

또한 작가-화자는 동물에 대해 집요하다고 할 수 있을 정도로 강한 호기심과 친근감을 보이고 있는데, 이 또한 유아적 세계관의 특징으로 이해할 수 있을 것이다. 일반적으로 아이들은 동물들에 강한 애착과 호기심을 보이며 인간과 동물 사이의 거리를 잘 느끼지 못한다. 그들은 한편으로 동물들의 다름에 매혹되면서도 다른 한편으로 그들과 커다란 심리적 동질감을 느끼는 것이다. 의인법적 상상력은 바로 그러한 유아적 세계관에 기원을 두고 있다. 그렇다면 작가-화자에게 재미있게 여겨지는 것으로서 "어떤 이유로 공중으로 뛰어오르는 세상의 모든 물고기들, 땅속에 굴을 파고 사는 동물들, 짝짓기 철이 되어 예민해진 동물들"이 열거되고(독자들은 재미있는 것의 목록에 동물들 외에 그림자와 구름이 포함되어 있으리라는 것도 충분히 짐작할 수 있을 것이다), 그가 "동물을 연상시키는 얼굴"을 좋아한다는 것, 그의 소설 속에서 원숭이, 개구리, 앵무새, 수탉, 까마귀, 두더지, 다람쥐, 토끼, 곰, 잉어에서 사마귀, 이, 벼룩, 전갈에 이르기까지 놀라울 정도로 다양한 동물들이 끊임없이 등장한다는 것, 다소 엉뚱하고 장난을 좋아하는 작가-화자의 성격이 때로는 동물들에게도 그대로 투영되어 나타난다는 것, 이런 모든 사실은 그의 정신적 태도가 얼마나 긴밀하게 유아적 세계관에 연결되어 있는지를 보여주는 증거라고 할 수 있을 것이다.

예컨대 그는 워싱턴 광장 공원에서 한 아시아계 남자가 조용히 체리를 먹고 버린 씨들을 다람쥐들이 치워가고 있다고 상상한다. "그가 가고 난 자리에는 처절한 복수를 당한 것 같은 체리의 씨가 수북이 쌓여 있다. 하지만 그 이튿날이면 체리의 씨는 모두 사라져 있다. 이유는 알 수 없었지만 나는 그 공원에 사는 다람쥐들이 모두 가져가, 체리 씨를 모아 어딘가 비밀스런 장소에 탑을 쌓고 있다고 상상했다. 그리고 그 일은 다람쥐들이 다소 이상하고, 순수하고, 특별한 열정을 갖고 여가 시간에 취미로 하는 것이었다"(p. 109). 이런 다람쥐들은 취미로 이상한 오기와 끈기를 가지고 소설을 쓴다고 말하는 작가-화자를 연상시킨다(pp. 130~31). 정영문은 다른 소설에서 몇 번의 실패 끝에 폭포를 거슬러 올라가는 물고기들을 바라보며 그들이 한 번에 올라가지 못하는 것은 연습이 부족해서가 아니라 폭포수를 거슬러 올라가는 것 자체를 즐기기 때문일 거라고 추측한다. "물고기들은 세차게 떨어지는 물줄기 위로 뛰어올랐다가 다시 떨어지는 것을 몹시 즐기는 것 같았다"(「닭과 함께 하는 어떤」, 『목신의 어떤 오후』, 문학동네, 2008, p. 163). 여기서도 유희하는 자로서의 소설가가 자기 자신의 마음을 물고기에 투영하며 물고기와 공감을 느끼고 있다고 할 수 있을 것이다.

정영문의 소설에서 유아적 세계관의 영향으로 볼 수 있는 또 하나의 특징은 무한한 호기심이다. 아이들에게 세계란 언제나 속 깊숙이 뭔가를 감추고 있는 신비로 나타난다. 그들은 자기가 보고 있지 않은 곳에서 항상 뭔가 기이한 일들이 일어나고 있을 거라고 믿으며, 어른들이 자기를 속이고 있다고 생각하기도 한다. 아이들의 지칠 줄 모르는 호기심과 상상력은 그런 소외감에서 비롯된다. 하지만 우리는 경험을 쌓아가면서 세계의 배후에 별다른 게 없고, 세상이란 늘 그저 그런 것이며, 우리가 모르는 중요한 비밀은 없음을 차츰 깨닫게 된다. 그리하여 우리는 신비에 대한 감각을 잃어버리고, 이를테면 그림자를 더 이상 신기하게 생각하지 않게 되는 것이다. 그것이 어른이 된다는 것, 철이 든다는 것의 의미이다. 그런 점에서 이 소설의 작가-화자는 심하게 철이 안 들어 있다. 그는 자기가 뭔가를 보지 못하고 있다는 것을 다른 사람들보다 훨씬 더 예민하게 느끼며, 그런 느낌을 갖는 순간부터 세계의 숨겨진 부분에 대해 호기심을 품고 자기 나름의 상상을 펼치기 시작한다. 그 때문에 그는 자기가 잠든 사이에 그림자가 무엇을 할지에 대해 생각하고, 아시아계 남자가 뱉어놓은 체리 씨의 행방을 궁금해하며(보통 사람들이라면 아침에 체리 씨가 사라진 것을 보고 어리둥절해하기보다 공원의 관리 상태를 칭찬할 것이고, 심지어 청소부가 체리 씨를 쓸어 담는 것을 직접 보기라도 한 것처럼 느낄 것이다), 말이 통하지 않는 동물들의 속내에 대해 그렇게나 큰 관심을 가지는 것이다.

 호기심과 짝을 이루는 것은 이론을 향한 충동이다. 이론이란 결국 보이지 않는 것에 대한 설명이기 때문이다. 프로이트는 아이들이 자기가 보지 못한 것, 자기가 이해할 수 없는 것에 대하여 이를테면 거세 이론과 같은 기이한 이론들을 만들어낸다고 말한다. 아이들은 모두 이론가이고, 이론가들은 아이다운 호기심을 잃지 않은 사람들이다. 우리는 이 소설에서 방귀에 관한 이론을 비롯하여 수없이 많은 "이론"들을 접하게 된다. 이 이론들은 대체로 우리가 알고 있는 상식적인 현실 논리와 동떨어져 있기 때문에 도저히 진지하게 믿을 만한 것으로 볼 수 없는 허황된 것으로서, 아이들의 마음을 사로잡는 터무니없고 기이한 이론들을 닮아 있다.

작가-화자는 자신의 이론벽에 대해 다음과 같이 말하고 있다. "나는 내가 어느 정도는 근거가 없고 어느 정도는 근거가 있다고 여겨지는, 일종의 이론 같은 것을 세우기를 얼마나 좋아하는지를 생각했고, 거지가 되기까지의 과정에 관한 나의 이론을 세웠다는 사실에 잠시 즐거워하기로 했고, 그렇게 했다"(p. 222). 위의 인용문에서는 이론의 유희적 성격이 강조되고 있다. 작가-화자에게는 무엇에 관한 이론이냐보다도 이론을 세웠다는 것 자체, 거기서 느끼는 즐거움만이 중요한 것이다. 이론을 위한 이론이다. 그렇기 때문에 대상은 오히려 하찮아 보이는 것일수록 더 좋다. 거지가 되는 과정에 관한 이론이라니…… 우리는 이 부분에서 작가-화자의 이론 지향과 유아적 세계관에 공통점 뿐만 아니라 차이도 있다는 것을 확인하게 된다. 유아적 세계관 속에서는 사고의 유희적인 특성이 순진하고 진지한 믿음에 의해 가려진다. 아이들은 말도 안 되는 엉뚱한 생각을 품고서도 그것을 조금도 의심하지 않는 것이다. 마치 꿈속에서 말도 안 되는 논리가 꿈꾸는 자에게 무비판적으로 받아들여지는 것처럼 말이다. 하지만 작가-화자는 말짱하게 깨어 있다. 그는 깨어서 꿈을 꾸는 자이고, 어른의 분별력을 가진 채로 유아적 충동과 감각에 몸을 맡긴 자이다. 이상의 고찰은 왜 작가가 자기 자신의 미국 체류기를 소설로 만들었는지, 왜 스스로 소설 속에 등장하여 현실과 허구의 경계를 애매하게 만드는지에 답할 수 있게 해준다. 그것은 아마도 그 자신이 늘 현실적 세계와 상상적 세계 양쪽에 발을 걸치고 있기 때문일 것이다. 비유하자면 그는 산타클로스가 선물을 가져왔다고 거짓말하는 현실적

부모의 역할과 그 말을 철석같이 믿고 있는 아이의 역할을 모두 수행하고 있는 셈이다. "오래도록 너무도 작위적인 삶을 살아왔고, 이제는 작위적인 것이 내게는 자연스러웠다"(p. 190)는 역설은 바로 그런 사정을 말해주고 있다.

6. 무의미에 대한 복수로서의 소설

이미 보았듯이 작가는(그리고 작가-화자도) 자신의 소설에 대해 "지극히 사소하고 무용하며 허황된 고찰로서의 글쓰기에 대한 시도"라고 서두에서 밝히고 있다. 작가-화자는 다음과 같이 말하기도 한다. "결국에는 주로 또다시 무의미하고도 알 수 없는 글을 쓰는 것으로 하루를 보내겠다는 약간의, 하지만 거의 원대하게 느껴지는 소망을 갖고 일어나 하루를 시작하곤 했는데, 그것은 무척 기분이 좋지 않은 것이었다"(p. 133). 그는 또한 소설 도처에서 자신이 하는 갖가지 상상이나, 자신이 만들어내는 이론 역시 허무맹랑하고 근거 없고, 말이 안 되는 것임을 끊임없이 환기시킨다. "하지만 그것은 말이 안 되는 생각이었고, 결국 나는 내가 일부러 하지 않아도, 근거가 없거나 부족한 생각을 얼마나 부족하지 않게 하는지, 그 때문에 나 자신이 하는 생각과 말을 얼마나 잘 믿지 않고 곧이듣지 않는지를 생각했고, 그날따라 평소에 비해 근거 없는 생각을 더 많이 하지는 않은 것 같다는 생각을 하며 잠이 들었고 [……]"(p. 200) 그러면 왜 그런 생각을 계속하며, 왜 그런 소설을 계속 쓰고 있는 것인가? 산타클로스가 오지 않는다는 것을 알게 된 아이가 무엇 때문에 산타가 어떻게 선물을 마련하는지, 그의 썰매는 어떻게 생겼는지, 사슴들은 얼마나 빨리 달리는지 등등에 대해 계속 생각하고 심지어 그것에 관한 이야기를 지어내고 있는 것인가? 다른 한편으로 끝없이 산타는 없다, 산타는 없다는 말을 되뇌면서 말이다.

작가-화자에게도 자신이 왜 소설을 쓰고 있는가 하는 물음은 쉽게 풀리지 않는 수수께끼인 것처럼 보인다. "지치고 힘들 때 아무런 도움이 되지 않는 소설을 지치고 힘들어하면서도 계속 쓰고 있는 것 또한 신기하다면 신기한 일이었다. 한데 정작 말하고 싶은 것이 아무것도 없음에도 많은 글을 썼고, 또 이런 장황한 소설을 쓰고 있다는 생각을 하자 나 자신이 속수무책인 수다쟁이처럼 여겨졌다"(p. 207).

소설의 거의 마지막 부분에 가서야 그는 하나의 결론에 도달한다. 그 결론은, 소설에 복수하기 위해 소설을 쓴다는 것, 그리고 무와 무의미, 존재의 근거 없음에 대해 복수하기 위해 소설을 쓴다는 것이다. "[……] 내가 할 수 있는 것은 소설에 대한 복수와, 무와 무의미, 그리고 존재의 근거 없음에 대한 복수뿐이라는 생각을 하며, 처절한 복수를 되새기며, 그 복수를 하기 위해서는 더욱 기이한 생각들을 하며 더욱 기이하게 살 수밖에 없다는 생각을 하며 샌드위치를 마저 먹었다"(p. 242). 이 진술을 앞에서 제시된 소설에 관한 그의 생각과 연결 지어본다면, 그는 무의미하고 근거 없는 생각과 소설을 가지고 존재의 무의미함과 근거 없음에 대한, 또는 무의미하고 근거 없는 소설과 이 세계에 대한 복수를 시도하는 셈이다. 무의미로 무의미와 대결하는 이 역설을 어떻게 이해해야 할까?

세계의 실재성을 부인하는 철학적 입장을 생각해보자. 이에 따르면 우리가 존재한다고 믿는 모든 것은 실은 존재하지 않는 것이다. 하지만 이 무의 세계 안에서도 다시 존재하는 것과 존재하지 않는 것, 유와 무의 구별이 있다는 것은 부인할 수 없다. 소는 실재하는 동물이지만 미노타우로스는 현실에 존재하지 않는 신화적 괴수다. 그런데 존재와 비존재 가운데 존재는 단지 존재의 가상일 뿐이다. 하지만 비존재, 즉 무는 무의 가상이 아니다. 없는 것처럼 보이는데 사실은 있다는 말은 만물의 실재성을 부인하는 논리에 따라 아예 성립할 수 없는 것이기 때문이다. 없는 것처럼 보였는데 사실은 있는 것으로 판명된다면, 그것은 다시 존재의 가상으로 전락하여 없는 것이 되고 만다. 결국 없는 것은 없는 것이다. 그리하여 무가 유보다 더 진실한 것이 된다. 미노타우로스가 소보다 더 진짜에 가깝다.

무의미, 무근거함, 무목적성에 대해서도 모두 같은 논리를 적용할 수 있다. 이 세계는 의미 있는 것, 근거 있는 것, 합목적적인 것, 유용한 것과 의미 없는 것, 근거 없는 것, 무목적적인 것, 쓸모없는 것을 구별하고 후자를 배제하려 한다. 그런데 만일 이 세계 자체가 무의미하고 근거 없고 무목적적이며 쓸모없는 것이라면? 그럴 경우 이 세계에서 의미와 근거와 목적으로 간주되던 것이 모두 가상이고 사실은 무의미와 무근거, 무목적에 지나지 않는 것으로 드러날 것이다. 이때 그러한 거짓에서 벗어나 있는 것은 오직 이들에 의해 배세된 무의미하고, 근거 없고, 무용한 것들뿐일 것이다. 따라서 작가-화자가 무의미한 것과 근거 없는 것, 엉뚱한 것, 어엿하지 못한 것을 지향한다면, 그것은 무의미한 가짜 의미들과 근거 없는 가짜 근거들과 목적 없는 가짜 목적들이 만들어낸 질서에 순응하지 않으려는 태도의 발로이며, 무의미하고 근거 없는 세계에 대한 복수의 시도, 그리고 그러한 세계 속에서 무슨 의미라도 구할 수 있는 듯이 이야기하는 소설

(그가 재미없다고 생각하는 "상처와 위안과 치유에 대해 얘기하는 소설" "거창한 소설" "감동을 주는 소설")에 대한 복수의 시도가 되는 셈이다.

세계의 무의미에 예술의 무의미로 대적하는 것은 이 세계가 무의미하며 그 무의미에서 벗어날 수 있는 출구가 전혀 없다는 권태롭고 절망적인 인식에 도달한 작가가 택할 수 있는 마지막 비타협적 저항의 방법일 것이다. 일군의 후근대적postmodern 작가들에 대한 페터 V. 지마의 인식은 정영문에게도 타당해 보인다. "그들은 소망스러운 기존 질서의 대안이 유토피아의 본래 의미, 즉 존재하지 않는 곳임을 인식한다"(『모던/포스트모던』, 문학과지성사, 2010, p. 384). 정영문의 작가-화자는 진정한 무와 무의미의 원천으로서 유아적 세계관과 상상력에 기대어 세상이 강요하는 가짜 의미들과의 대결을 시도한다. 그런데 주의할 점은 여기서 유아적이란 말이 낭만적인 의미에서 천진무구한 어린이보다는 상당히 엉뚱하고 때로는 짓궂은 데가 있는 개구쟁이와 더 관련이 깊다는 사실이다. 호텔 앞 모래밭에 한 낯선 청년이 (추정컨대) 자기 애인의 이름 '발레리'를 크게 써놓고 사라지자, 작가-화자는 아무 이유도 없이, 바로 그리로 뛰쳐나가 모래에 새겨진 그 이름을 지워버린다. 그는 개구쟁이를 자신이 재미있어 하는 것들의 목록에 올려놓기도 했거니와, 그가 저지른 이런 "어쩔 수 없이 하게 되는 어이없는 짓"(p. 54)은 바로 그런 아이의 장난으로밖에 이해할 수 없다. 그는 마치 모든 걸 어지럽히고 교란시키는 것 자체에 즐거움을 느끼는 짓궂은 개구쟁이처럼, 그렇게 의미의 가상들을 뒤죽박죽의 상상과 언어를 통해 지워가고자 하는 것이다.